A CHAVE DE
REBECCA

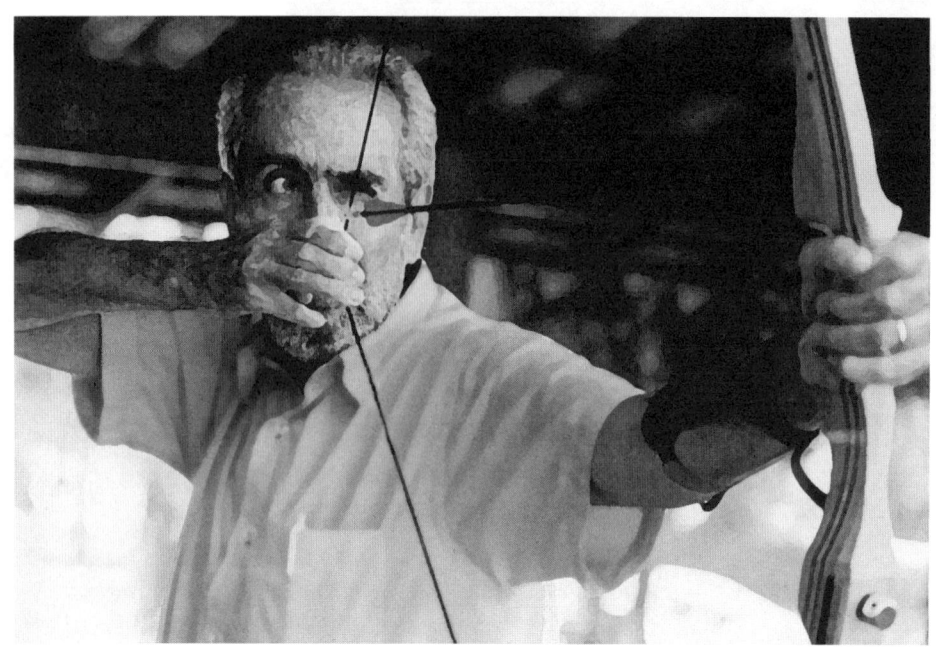

O Arqueiro

GERALDO JORDÃO PEREIRA (1938-2008) começou sua carreira aos 17 anos, quando foi trabalhar com seu pai, o célebre editor José Olympio, publicando obras marcantes como *O menino do dedo verde*, de Maurice Druon, e *Minha vida*, de Charles Chaplin.

Em 1976, fundou a Editora Salamandra com o propósito de formar uma nova geração de leitores e acabou criando um dos catálogos infantis mais premiados do Brasil. Em 1992, fugindo de sua linha editorial, lançou *Muitas vidas, muitos mestres*, de Brian Weiss, livro que deu origem à Editora Sextante.

Fã de histórias de suspense, Geraldo descobriu *O Código Da Vinci* antes mesmo de ele ser lançado nos Estados Unidos. A aposta em ficção, que não era o foco da Sextante, foi certeira: o título se transformou em um dos maiores fenômenos editoriais de todos os tempos.

Mas não foi só aos livros que se dedicou. Com seu desejo de ajudar o próximo, Geraldo desenvolveu diversos projetos sociais que se tornaram sua grande paixão.

Com a missão de publicar histórias empolgantes, tornar os livros cada vez mais acessíveis e despertar o amor pela leitura, a Editora Arqueiro é uma homenagem a esta figura extraordinária, capaz de enxergar mais além, mirar nas coisas verdadeiramente importantes e não perder o idealismo e a esperança diante dos desafios e contratempos da vida.

KEN FOLLETT

A CHAVE DE REBECCA

ARQUEIRO

Título original: *The Key to Rebecca*
Copyright © 1980 por Ken Follett
Copyright da tradução © 2017 por Editora Arqueiro Ltda.

tradução: Alves Calado

preparo de originais: Taís Monteiro

revisão: BR75/Clarisse Cintra e Rebeca Bolite

diagramação: Abreu's System

capa: © Johannes Wiebel/ Punchdesign/ Shutterstock.com

imagens de capa: Mapa: Steven Wright/ Shutterstock.com;
Mulher: Anton Hlushchenko/ Shutterstock.com;
Mesquita: George Nazmi Bebawi/ Shutterstock.com;
Praça e palmeiras: 2630ben/ Shutterstock.com

adaptação de capa: Miriam Lerner

impressão e acabamento: Lis Gráfica e Editora Ltda.

CIP-BRASIL. CATALOGAÇÃO NA PUBLICAÇÃO
SINDICATO NACIONAL DOS EDITORES DE LIVROS, RJ

F724c   Follett, Ken,
       A chave de Rebecca/ Ken Follett; tradução de Alves Calado.
       São Paulo: Arqueiro, 2017.
       352 p.; 16 x 23 cm.

       Tradução de: The key to Rebecca
       ISBN: 978-85-8041-676-3

       1. Ficção inglesa. I. Calado, Alves. II. Título.

17-38912   CDD: 823
                                       CDU: 821.111-3

Todos os direitos reservados, no Brasil, por
Editora Arqueiro Ltda.
Rua Funchal, 538 – conjuntos 52 e 54 – Vila Olímpia
04551-060 – São Paulo – SP
Tel.: (11) 3868-4492 – Fax: (11) 3862-5818
E-mail: atendimento@editoraarqueiro.com.br
www.editoraarqueiro.com.br

Para Robin McGibbon

"Nosso espião no Cairo é o maior herói de todos."

ERWIN ROMMEL, setembro de 1942

PRIMEIRA PARTE

TOBRUK

CAPÍTULO UM

O ÚLTIMO CAMELO DESABOU AO meio-dia.

Era o macho de cinco anos que ele tinha comprado em Gialo, o mais novo, mais forte e menos genioso dos três. Ele gostava do animal tanto quanto era possível gostar de um camelo, ou seja: só o odiava um pouquinho.

Homem e camelo subiram a encosta de uma pequena colina, a favor do vento, pisando com os pés grandes e desajeitados a areia irregular, e pararam no topo. Olharam à frente e não viram nada além de outro monte para subir, e depois desse mais mil, e foi como se o camelo desanimasse com a possibilidade. Suas patas dianteiras se dobraram, depois o traseiro arriou e ele se agachou no alto do morro como um monumento, o olhar cortando o deserto vazio com a indiferença dos agonizantes.

O homem puxou a corda presa ao nariz do animal. A cabeça foi para a frente e o pescoço se esticou, mas ele não quis se levantar. O homem foi para trás e chutou seus quartos com o máximo de força que conseguiu, três ou quatro vezes. Por fim, pegou uma faca de beduíno, curva, afiada e com a ponta estreita, e golpeou a anca do camelo. Sangue escorreu do ferimento, mas o bicho nem olhou em volta.

O homem entendeu o que estava acontecendo. Os órgãos do corpo do animal, desnutridos, simplesmente haviam parado de funcionar, como uma máquina sem combustível. Tinha visto camelos desmoronarem assim próximos a oásis, cercados por folhagens revigorantes que ignoravam, sem energia para comer.

Poderia tentar mais dois truques. Um era derramar água nas narinas do camelo até que ele começasse a se afogar e o outro era acender um fogo embaixo de seus quartos. Mas não podia desperdiçar água nem madeira, e além disso nenhum desses métodos tinha grandes chances de funcionar.

De qualquer maneira, era hora de parar. O sol estava alto e forte. O longo verão no Saara estava começando e ao meio-dia a temperatura alcançaria 43 graus à sombra.

Sem descarregar o camelo, o homem abriu uma das sacolas e tirou a barraca. Olhou ao redor outra vez: não havia sombra nem abrigo à vista – qualquer lugar era tão ruim quanto os outros. Armou a barraca ao lado do animal agonizante, no topo da colina.

Sentou-se de pernas cruzadas junto à abertura da barraca para fazer um chá. Alisou um pequeno quadrado de areia, arrumou alguns preciosos gravetos secos em formato de pirâmide e acendeu o fogo. Quando a água ferveu na chaleira, preparou o chá à maneira nômade, derramando-o no copo, acrescentando açúcar e depois devolvendo-o à chaleira para repetir o processo várias vezes. A infusão resultante, muito forte e bastante espessa, era a bebida mais revigorante do mundo.

Comeu algumas tâmaras e observou o camelo morrer enquanto esperava o sol passar. Sua tranquilidade era consequência da prática. Tinha percorrido uma longa distância naquele deserto, mais de 1.500 quilômetros. Dois meses antes, havia saído de El Agela, no litoral mediterrâneo da Líbia, e viajara no sentido sul por 800 quilômetros, via Gialo e Kufra, penetrando no coração vazio do Saara. Ali tomou a direção leste e cruzou a fronteira com o Egito sem ser notado nem por homens nem por animais. Atravessou a vastidão rochosa do Deserto Ocidental e virou para o norte perto de Kharga.

Agora não estava longe do destino. Conhecia o deserto, mas sentia medo dele – todos os homens inteligentes sentiam, até os nômades que passavam a vida inteira ali. Jamais permitia, porém, que esse medo tomasse conta dele, induzisse ao pânico, acabasse com sua energia. Sempre havia catástrofes: erros de orientação que faziam a pessoa deixar de passar em um poço por alguns quilômetros; odres que vazavam ou estouravam; camelos aparentemente saudáveis que adoeciam poucos dias depois da partida. A única reação era dizer *Inshallah*: é a vontade de Deus.

Finalmente, o sol começou a descer na direção oeste. O homem olhou para a carga do camelo, pensando em quanto daquilo poderia carregar. Havia três malas pequenas, duas pesadas e uma leve, todas importantes, uma bolsa de roupas pequena, um sextante, os mapas e o odre. Já era muito: teria que abandonar a barraca, o jogo de chá, a panela, o almanaque e a sela.

Juntou as três malas num fardo e amarrou as roupas e o sextante em cima, prendendo tudo com um pedaço de pano. Poderia enfiar os braços pelas alças de pano e levar a carga como uma mochila às costas. Pendurou o odre no pescoço.

Era uma carga pesada.

Três meses antes, poderia andar com aquilo o dia inteiro e jogar tênis à noite, porque era um homem forte. No entanto, o deserto o havia enfraquecido. Suas entranhas eram água, a pele era uma massa de feridas e ele tinha perdido entre 10 e 15 quilos. Sem o camelo, não conseguiria ir longe.

Pegou a bússola e começou a andar.

Seguiu para onde o instrumento apontava, resistindo à tentação de desviar circundando os morros, porque se orientava por puro cálculo nos últimos quilômetros, e o menor erro poderia desviá-lo em algumas centenas de metros fatais. Seguiu com passadas lentas e longas. A mente se esvaziou de esperanças e temores e ele se concentrou na bússola e na areia. Conseguiu esquecer a dor do corpo devastado e punha um pé à frente do outro mecanicamente, sem pensar a respeito e, portanto, sem esforço.

O dia avançou, esfriando conforme a noite chegava. O odre ficou mais leve no pescoço à medida que ele consumia o conteúdo. Recusava-se a pensar em quanta água restava: vinha bebendo 3,5 litros a cada 24 horas, segundo seus cálculos, e sabia que não havia o bastante para outro dia. Um bando de pássaros passou voando, piando ruidosamente. Ele levantou a cabeça, protegendo os olhos com a mão, e os reconheceu como cortiçóis-pedreses, aves do deserto parecidas com pombos marrons que voavam em grupos na direção da água todas as manhãs e ao anoitecer. Iam para o mesmo lado que ele, o que significava que estava no caminho certo, mas sabia que eles eram capazes de voar 80 quilômetros até a água, então a visão não foi muito encorajadora.

Nuvens se acumulavam no horizonte à medida que o deserto esfriava. Atrás dele, o sol desceu mais e se transformou num grande balão amarelo. Pouco depois, uma lua branca apareceu no céu púrpura.

Pensou em parar. Ninguém conseguia andar a noite toda. Mas não havia mais barraca, cobertor, arroz ou chá. E tinha certeza de que estava perto do poço: já deveria ter chegado.

Continuou. Agora a calma o estava abandonando. Tinha usado a força e a habilidade contra o deserto implacável, e no fim das contas parecia que o deserto venceria. Lembrou do camelo deixado para trás, em como ele havia se sentado no topo da colina com a tranquilidade da exaustão, aguardando a morte. Ele não esperaria a morte, pensou. Quando ela se tornasse inevitável, correria ao seu encontro. Não enfrentaria as horas de agonia e a loucura que o dominaria – isso seria indigno. Tinha sua faca.

A ideia causou-lhe desespero e agora ele não conseguia mais reprimir o medo. A lua desceu, mas a paisagem estava clara com a luz das estrelas. Viu a mãe a distância e ela falou: "Não diga que eu nunca avisei!" Ouviu um trem chacoalhando no ritmo de seu coração, lentamente. Pedras pequenas se moviam no seu caminho como ratos em fuga. Sentiu cheiro de cordeiro assado. Chegou ao topo de uma colina e viu, perto dali, o brilho vermelho da fogueira sobre a qual a carne estivera assando e um menino ao lado, roendo os ossos. Havia barracas em volta do fogo, camelos atados com peias, pastando os espinheiros afastados, e a boca do poço atrás. Foi em direção à alucinação. As pessoas no sonho olharam para ele, espantadas. Um homem alto se levantou e falou. O viajante levou a mão ao turbante, desenrolando o tecido para revelar o rosto.

O homem alto se adiantou, chocado.

– Meu primo! – exclamou.

O viajante percebeu que aquilo não era ilusão, afinal. Deu um sorriso fraco e desmoronou.

~

Ao acordar, pensou por um momento que era um adolescente outra vez e que sua vida adulta tinha sido um sonho.

Alguém tocava em seu ombro e dizia na língua do deserto:

– Acorde, Achmed.

Fazia anos que ninguém o chamava de Achmed. Percebeu que estava deitado na areia fria e enrolado num cobertor, a cabeça envolta num turbante. Abriu os olhos e viu o nascer do sol estupendo, como um arco-íris reto contra o horizonte preto e chapado. O vento gelado da manhã soprou em seu rosto. Naquele instante, experimentou de novo toda a confusão e a ansiedade dos 15 anos.

Tinha se sentido absolutamente perdido naquela primeira vez em que acordou no deserto. Pensara: Meu pai está morto, e depois Tenho um novo pai. Trechos das suras do Corão passaram por sua cabeça, misturados com pedaços do Credo que a mãe lhe ensinara em segredo, em alemão. Lembrou-se da dor recente da circuncisão em sua adolescência, seguida pelos gritos e pelos tiros de fuzis dos homens que o parabenizavam por ter enfim se transformado num deles, num homem de verdade. Depois a longa viagem de trem, em que imaginou como seriam os primos do deserto e se eles desprezariam seu corpo pálido e os costumes urbanos. Tinha saído rapidamente da estação de trem e visto os dois árabes sentados junto dos camelos na poeira do pátio, envoltos em mantos tradicionais que os cobriam da cabeça aos pés a não ser pela fenda no turbante, que só revelava os olhos escuros e insondáveis.

Eles o levaram ao poço. Foi aterrorizante: ninguém falou com ele a não ser por gestos. À noite percebeu que aquelas pessoas *não tinham banheiros* e ficou desesperadamente sem graça. Por fim, foi obrigado a perguntar. Houve um momento de silêncio e em seguida todos explodiram em gargalhadas. Ficou claro que tinham pensado que ele não sabia falar a língua deles – motivo pelo qual todos tentavam se comunicar através de sinais – e que ele havia usado uma palavra infantil para perguntar sobre o banheiro, o que tornou a situação ainda mais engraçada. Alguém explicou que ele deveria se afastar um pouco além do círculo de barracas e se agachar na areia. Depois disso ele não sentiu mais medo, porque, apesar de serem homens rudes, não eram desprovidos de gentileza.

Todos esses pensamentos tinham passado por sua mente enquanto assistia a seu primeiro amanhecer no deserto, e voltaram vinte anos depois com as palavras "Acorde, Achmed", tão novos e dolorosos quanto as lembranças ruins do dia anterior.

Sentou-se abruptamente, com os antigos pensamentos se dissipando depressa como as nuvens da manhã. Tinha atravessado o deserto numa missão de importância vital. Encontrara o poço e isso não fora alucinação: seus primos estavam ali, como sempre nessa época do ano. Havia desmoronado de exaustão e eles o enrolaram em cobertores, colocando-o para dormir junto ao fogo. Foi atingido por um pânico súbito e agudo ao pensar na bagagem preciosa – ainda a estava carregando quando chegou? –, então a viu, empilhada aos seus pés.

Ishmael estava agachado perto dele. Nunca havia sido de outro jeito: durante o ano que os dois garotos passaram no deserto, Ishmael sempre acordava primeiro.

– Grandes preocupações, primo – disse ele, agora.

Achmed assentiu.

– Está acontecendo uma guerra.

Ishmael pegou uma tigela minúscula engastada com pedras preciosas que continha água. Achmed mergulhou os dedos no líquido e lavou os olhos. Ishmael se afastou e Achmed ficou de pé.

Uma das mulheres, silenciosa e subserviente, lhe deu chá. Ele o pegou sem agradecer e bebeu depressa. Comeu um pouco de arroz frio, enquanto as tarefas do acampamento prosseguiam ao redor, sem pressa. Parecia que aquele ramo da sua família ainda era abastado: havia vários serviçais, muitas crianças e mais de vinte camelos. As ovelhas ali perto eram apenas parte do rebanho – o resto devia estar pastando a poucos quilômetros dali. Também devia haver mais camelos. Eles vagavam à noite procurando folhagens para comer e, ainda que tivessem peias nas patas, às vezes sumiam de vista. Os meninos deviam estar arrebanhando-os agora, como ele e Ishmael costumavam fazer. Os animais não tinham nomes, mas Ishmael conhecia cada um e sabia sua história.

– Esse é o macho que meu pai deu ao irmão dele, Abdel, no ano em que muitas mulheres morreram – dizia. – O macho ficou manco, por isso meu pai deu outro a Abdel e pegou esse de volta, e ele ainda manca, está vendo?

Achmed passara a conhecer bem os camelos, mas nunca havia adotado a atitude nômade com relação a eles: lembrou-se de que não tinha acendido um fogo embaixo dos quartos de seu animal agonizante no dia anterior. Ishmael faria isso.

Terminou o café da manhã e voltou para perto da bagagem. As malas não estavam trancadas. Abriu a de cima, uma pequena, de couro, e, quando olhou os botões e os mostradores do rádio compacto bem encaixado no espaço retangular, teve uma lembrança súbita e nítida como um filme: a cidade agitada e frenética de Berlim; uma rua ladeada de árvores chamada Tirpitzufer; um prédio de arenito de quatro andares; um labirinto de corredores e escadas; uma antessala com duas secretárias; um escritório esparsamente mobiliado com escrivaninha, sofá, arquivo, uma cama pequena e uma pintura japonesa pendurada na parede mostrando um demônio sorridente e uma fotografia autografada de Francisco Franco; e para além do escritório, numa sacada com vista para o canal Landwehr, dois dachshunds e um almirante de cabelos prematuramente brancos dizendo: "Rommel quer que eu ponha um agente no Cairo."

A mala também continha um livro, um romance em inglês. Preguiçosamente, Achmed leu a primeira linha: "Ontem à noite sonhei que voltava a Manderley." Um pedaço de papel dobrado caiu de entre as páginas do livro. Achmed o pegou com cuidado e o recolocou no lugar. Fechou o livro, colocou-o na mala e a fechou.

Ishmael estava parado junto dele.

– Foi uma viagem longa? – perguntou.

Achmed assentiu.

– Vim de El Agela, na Líbia. – Os nomes não significavam nada para o primo. – Vim do mar.

– Do mar!

– É.

– *Sozinho?*

– Tinha alguns camelos quando comecei.

Ishmael ficou pasmo: nem mesmo os nômades faziam viagens tão longas, e ele nunca tinha visto o mar.

– Mas por quê? – quis saber.

– Tem a ver com esta guerra.

– Um bando de europeus lutando contra outro bando de europeus para decidir quem vai se acomodar no Cairo. O que isso tem a ver com os filhos do deserto?

– O povo da minha mãe está na guerra.

– Um homem deve seguir o pai.

– E se ele tiver dois pais?

Ishmael deu de ombros. Entendia os dilemas.

Achmed levantou a mala fechada.

– Pode guardar isto para mim?

– Posso. – Ishmael pegou-a. – Quem está ganhando a guerra?

– O povo da minha mãe. Eles são como os nômades: orgulhosos, cruéis e fortes. Vão governar o mundo.

Ishmael sorriu.

– Achmed, você sempre acreditou no leão do deserto.

Achmed lembrou: tinha aprendido na escola que um dia houvera leões no deserto e que era possível que alguns tivessem permanecido, escondidos nas montanhas, alimentando-se dos cervos, das raposas do deserto e das ovelhas selvagens. Ishmael se recusava a acreditar nele. Na época a discussão parecia tremendamente importante e os dois quase brigaram. Achmed riu.

– Ainda acredito no leão do deserto.

Os dois primos se encararam. Fazia cinco anos que tinham se encontrado pela última vez. O mundo havia mudado. Achmed pensou nas coisas que podia contar: o encontro crucial em Beirute em 1938, a viagem a Berlim, o grande golpe em Istambul... Nada disso teria significado para o primo, e Ishmael provavelmente estava pensando o mesmo com relação aos acontecimentos dos *seus* últimos cinco anos. Desde que tinham ido juntos, na juventude, em peregrinação a Meca, amavam-se muito, mas nunca tinham nada para conversar.

Depois de um momento Ishmael se virou e levou a mala para sua barraca. Achmed pegou um pouco d'água numa tigela. Abriu outra mala e tirou um pedaço pequeno de sabão, um pincel de barba, um espelho e uma navalha. Cravou o espelho na areia, ajeitou-o e começou a desenrolar o turbante da cabeça.

Ficou chocado com a visão do próprio rosto.

Sua testa forte e, em geral, limpa estava coberta de feridas. Os olhos, sombreados de dor e com rugas nos cantos. A barba escura crescia embolada no rosto de maçãs delicadas e a pele do nariz grande e adunco estava vermelha e rachada. Separou os lábios cheios de bolhas e viu que os dentes bons, regulares, estavam imundos e manchados.

Esfregou o pincel no sabão e começou a se barbear.

Aos poucos, seu rosto antigo emergiu. Era mais forte do que bonito, e em geral tinha uma expressão que ele reconhecia, em seus momentos mais imparciais, como ligeiramente dissoluta. Mas agora estava apenas devastado. Carregara por centenas de quilômetros de deserto um frasco pequeno de loção perfumada, para usar nesse momento, mas não a colocou porque sabia que iria arder de modo insuportável. Deu o frasco a uma menina que estivera observando-o e ela saiu correndo, maravilhada com o presente.

Levou sua bolsa para a barraca de Ishmael e expulsou as mulheres. Tirou os mantos do deserto e vestiu uma camisa inglesa branca, uma gravata listrada, meias cinza e um terno xadrez marrom. Quando tentou calçar os sapatos, descobriu que os pés tinham inchado. Era excruciante tentar forçá-los dentro do couro novo e duro. Mas não podia usar seu terno europeu com as sandálias improvisadas a partir de pneus de borracha, feitas para o deserto. Por fim, abriu talhos nos sapatos com a faca curva e os calçou frouxos.

Queria mais: um banho quente, um corte de cabelo, creme hidratante para aliviar as feridas, uma camisa de seda, uma pulseira de ouro, uma garrafa de champanhe gelado e uma mulher quente e macia. Mas essas coisas ele teria de esperar.

Quando saiu da barraca, os nômades o olharam como se ele fosse um estranho. Pegou o chapéu e sopesou as duas malas que restavam: uma pesada e uma leve. Ishmael veio até ele carregando um odre de pele de cabra. Os dois primos se abraçaram.

Achmed pegou uma carteira no bolso do paletó para verificar seus documentos. Olhando a identidade, percebeu que era de novo Alexander Wolff, 34 anos, morador da Ville les Oliviers, Garden City, Cairo, homem de negócios, raça: europeia.

Pôs o chapéu, pegou as malas e partiu no frescor do alvorecer para caminhar pelos últimos quilômetros de deserto até a cidade.

~

A formidável e antiga rota de caravanas, que Wolff havia seguido de oásis em oásis através do deserto enorme, passava por um desfiladeiro na cordilheira e finalmente emergia como uma estrada moderna comum. A estrada era como uma linha desenhada por Deus no mapa, já que de um lado ficavam as colinas amarelas, empoeiradas e nuas e, do outro, luxuriantes plantações de algodão separadas por valas de irrigação. Os camponeses, curvados sobre as plantas, usavam galabias, camisolas simples de algodão listrado, em vez dos desajeitados mantos protetores dos nômades. Caminhando para o norte pela estrada, sentindo o cheiro fresco e úmido da brisa vinda do Nilo e observando os sinais cada vez mais frequentes da civilização urbana, Wolff começou a se sentir humano outra vez. Os camponeses espalhados pelo campo pareciam cada vez menos uma multidão. Por fim, Wolff escutou o motor de um carro e soube que estava em segurança.

O veículo se aproximava dele vindo da direção de Assyut, a cidade. Fez uma curva e surgiu à vista, e Achmed o reconheceu como um jipe militar. Quando o jipe chegou mais perto, ele viu os uniformes do exército britânico e percebeu que tinha deixado para trás um perigo e encontrado outro.

Obrigou-se a se acalmar. Tenho todo o direito de estar aqui, pensou. Nasci em Alexandria. Minha nacionalidade é egípcia. Tenho uma casa no Cairo. Todos os meus documentos são verdadeiros. Sou um homem rico, europeu, e um espião alemão por trás das linhas inimigas.

O jipe freou guinchando e levantando uma nuvem de poeira. Um dos homens saltou. Tinha três estrelas de tecido em cada ombro da camisa do uniforme: um capitão. Parecia tremendamente jovem e mancava.

– De onde diabo o senhor está vindo? – perguntou o capitão.

Wolff pôs as malas no chão e apontou um polegar por cima do ombro.

– Meu carro pifou na estrada do deserto.

O capitão assentiu, aceitando na hora a explicação. Jamais ocorreria a ele ou a qualquer outra pessoa que um europeu pudesse ter andado desde a Líbia até aquele lugar.

– É melhor eu verificar seus documentos, por favor – disse o militar.

Wolff os entregou. O capitão os examinou e em seguida ergueu o olhar. Wolff pensou: Houve um vazamento em Berlim e todos os oficiais no Egito estão me procurando. Ou então eles mudaram os documentos desde que estive aqui pela última vez e os meus estão ultrapassados. Ou...

– Acho que está tudo certo, Sr. Wolff – falou o capitão. – Há quanto tempo está andando?

Wolff percebeu que sua aparência devastada poderia despertar alguma compaixão útil em outro europeu.

– Desde ontem à tarde – respondeu, com um cansaço que não era de todo fingido. – Acabei me perdendo.

– O senhor passou a *noite toda* ao ar livre? – O capitão olhou o rosto de Wolff com mais atenção. – Santo Deus, acho que sim. É melhor pegar uma carona conosco. – Ele se virou para o jipe. – Cabo, pegue as malas do cavalheiro.

Wolff abriu a boca para protestar, depois fechou-a abruptamente. Um homem que tivesse andado a noite toda ficaria feliz se alguém pegasse sua bagagem. Ser contra isso não só desacreditaria sua história, como também atrairia atenção para as malas. Enquanto o cabo as colocava na traseira do jipe, Wolff percebeu, desesperado, que não tinha nem se dado o trabalho de trancá-las. Como pude ser tão idiota?, pensou. Sabia a resposta. Ainda estava em sintonia com o deserto, onde você tinha sorte se visse outras pessoas uma vez por semana, e a última coisa que elas iriam querer roubar seria um radiotransmissor que precisava ser conectado a uma fonte de energia. Seus sentidos permaneciam alertas para todas as coisas erradas: estava observando o movimento do sol, cheirando o ar em busca de água, medindo as distâncias que percorria e examinando o horizonte como se procurasse uma árvore solitária em cuja sombra pudesse descansar no calor do dia. Agora precisava esquecer tudo isso e pensar em policiais, documentos, trancas e mentiras.

Decidiu ser mais cuidadoso e subiu no jipe.

O capitão sentou-se a seu lado.

– Para a cidade – disse ao motorista.

Wolff decidiu incrementar sua história. Quando o jipe virou na estrada poeirenta, perguntou:

– Vocês têm água?

– Claro.

O capitão enfiou a mão embaixo do banco e pegou um cantil de estanho forrado de feltro, parecido com um frasco grande de uísque. Desatarraxou a tampa e o entregou a Wolff.

Wolff bebeu sofregamente, engolindo pelo menos meio litro.

– Obrigado – disse, e devolveu o cantil.

– Que sede – observou o capitão. – Não é de surpreender. Ah, por sinal, sou o capitão Newman. – E estendeu a mão.

Wolff apertou-a e olhou o sujeito com mais atenção. Ele era bem jovem mesmo – uns 20 e poucos anos –, e tinha uma aparência saudável, com um pega-rapaz na testa e um sorriso fácil; mas havia em sua postura aquela maturidade cautelosa que chega cedo aos homens que lutam.

– Participou de alguma ação? – perguntou Wolff.

– Alguma. – O capitão Newman tocou o próprio joelho. – Machuquei a perna em Cirenaica. Foi por isso que me mandaram para esta cidadezinha sem importância. – Ele riu. – Não posso dizer que estou louco para voltar ao deserto, mas gostaria de fazer alguma coisa um pouco mais significativa do que isso, atuando a centenas de quilômetros da guerra. A única luta que vemos é entre os cristãos e os muçulmanos da cidade. De onde é o seu sotaque?

A pergunta súbita, desconectada do que viera antes, pegou Wolff de surpresa. Sem dúvida, era intencional, pensou. O capitão Newman era um rapaz inteligente. Por sorte, Wolff tinha uma resposta preparada:

– Meus pais eram bôeres que vieram da África do Sul para o Egito. Cresci falando africânder e árabe. – Ele hesitou, com medo de parecer ansioso demais para explicar. – O nome Wolff é holandês, originalmente, e fui batizado como Alex por causa da cidade onde nasci.

Newman pareceu educadamente interessado.

– O que o traz aqui?

Wolff também estava preparado para isso.

– Tenho negócios em várias cidades do Alto Egito. – Ele sorriu. – Gosto de fazer visitas surpresa.

Estavam entrando em Assyut. Era uma cidade grande para os padrões egípcios, com fábricas, hospitais, uma universidade muçulmana, um convento famoso e cerca de sessenta mil habitantes. Wolff ia pedir para ser deixado na estação de trem quando Newman o poupou desse erro.

– O senhor precisa de uma oficina – disse o capitão. – Vamos levá-lo à do Nasif. Ele tem um caminhão-reboque.

Wolff se forçou a dizer:

– Obrigado.

Engoliu em seco. Ainda não estava pensando com intensidade ou velocidade suficientes. Queria me concentrar, pensou. É o maldito deserto – me deixou lento. Olhou o relógio. Tinha tempo para participar de uma encenação na oficina e ainda pegar o trem do dia para o Cairo. Pensou no que fazer. Precisaria ir até o tal lugar, porque Newman estava atento. Então os soldados se retirariam. Wolff teria que fazer perguntas sobre peças de automóvel ou algo assim, depois ir embora e andar até a estação.

Com sorte, Nasif e Newman talvez jamais comparassem observações a respeito de Alex Wolff.

O jipe foi passando pelas ruas movimentadas e estreitas. As visões familiares de uma cidade egípcia agradaram Wolff: as alegres roupas de algodão, as mulheres carregando trouxas na cabeça, os policiais intrometidos, os malandros de óculos escuros, as lojas minúsculas cuspindo suas mercadorias nas ruas esburacadas, as barracas, os carros caindo aos pedaços e os jumentos sobrecarregados. Pararam na frente de uma fileira de construções baixas, feitas de tijolos de barro. A rua estava meio bloqueada por um caminhão velho e os restos de um Fiat canibalizado. Um menino trabalhava num bloco de cilindro com uma chave inglesa, sentado no chão do lado de fora da entrada da oficina.

– Vou ter que deixá-lo aqui, infelizmente – disse Newman. – O dever me chama.

Wolff apertou a mão dele.

– Você foi muito gentil.

– Não gostaria de largá-lo assim – falou o capitão. – O senhor passou por maus bocados. – Ele franziu a testa, depois seu rosto se iluminou. – Já sei: vou deixar o cabo Cox para cuidar do senhor.

– É muita gentileza, mas realmente...

Newman não estava ouvindo.

– Pegue as malas dele, Cox, e fique atento. Quero que cuide dele e não deixe nada por conta desses vagabundos, entendeu?

– Sim, senhor! – exclamou o cabo.

Wolff gemeu por dentro. Agora demoraria mais ainda, tendo que se livrar do cabo. A gentileza do capitão Newman estava se tornando um incômodo – poderia ser intencional?

Wolff e Cox desceram e o jipe se afastou. Wolff entrou na oficina de Nasif e Cox foi atrás, carregando as malas.

Nasif era um rapaz sorridente, vestido com uma galabia imunda. Estava trabalhando numa bateria de carro à luz de um lampião a óleo.

– Querem alugar um lindo automóvel? – perguntou, em inglês. – Meu irmão tem um Bentley.

Wolff o interrompeu, falando rapidamente em árabe egípcio:

– Meu carro quebrou. Disseram que você tem um caminhão.

– Tenho. Podemos ir agora mesmo. Onde está o carro?

– Na estrada do deserto, entre 60 e 80 quilômetros daqui. É um Ford. Mas você vai sozinho. – Ele pegou a carteira e deu uma nota de libra inglesa a Nasif. – Me encontre no Grand Hotel, perto da estação de trem, quando voltar.

Nasif pegou o dinheiro, cheio de animação.

– Muito bom! Vou imediatamente!

Wolff assentiu e se virou. Ao sair da oficina com Cox em seu encalço, pensou nas implicações de sua curta conversa com Nasif. O mecânico iria para o deserto com o caminhão-reboque e procuraria o carro na estrada. Finalmente, desistiria e iria ao Grand Hotel para confessar o fracasso, quando ficaria sabendo que Wolff tinha ido embora. Pensaria que havia recebido um pagamento razoável pelo dia desperdiçado, mas isso não iria impedi-lo de contar a todo mundo a história do Ford desaparecido e de seu dono também desaparecido. Muito provavelmente o caso chegaria aos ouvidos do capitão Newman, cedo ou tarde. Newman poderia não saber exatamente o que pensar, mas sem dúvida sentiria a existência de um mistério que merecia investigação.

O humor de Wolff ficou mais sombrio enquanto ele concluía que seu plano de penetrar no Egito sem ser visto talvez tivesse fracassado.

Bem, teria que fazer o melhor possível. Olhou o relógio. Ainda tinha tempo para pegar o trem. Poderia se livrar de Cox na recepção do hotel, depois comer e beber alguma coisa enquanto esperava o embarque, se fosse rápido.

Cox era um homem baixo e moreno, com um sotaque britânico regional que Wolff não conseguiu identificar. Parecia ter a idade de Wolff e, se ainda era cabo, não devia ser muito inteligente. Seguindo Wolff pelo Midan el-Mahatta, ele disse:

– O senhor conhece esta cidade?

– Já estive aqui antes.

Entraram no Grand Hotel. Com 26 quartos, era o maior dos dois hotéis da cidade. Wolff se virou para Cox.

– Obrigado, cabo. Acho que você pode voltar ao trabalho.

– Não há pressa, senhor – disse Cox, animado. – Vou levar suas malas para cima.

– Tenho certeza de que eles têm carregadores aqui...

– Se eu fosse o senhor, não confiaria neles.

A situação estava se transformando em um pesadelo ou uma farsa, em que pessoas bem-intencionadas o obrigavam a um comportamento cada vez mais insensato em consequência de uma pequena mentira. Pensou de novo se isso seria algo involuntário e lhe veio à cabeça a ideia terrivelmente absurda de que talvez eles soubessem de tudo e estivessem apenas brincando com ele.

Afastou o pensamento e se dirigiu a Cox com o máximo de gentileza que pôde:

– Bom, obrigado.

Virou-se para o balcão e pediu um quarto. Olhou o relógio: ainda tinha quinze minutos. Preencheu o formulário rapidamente, dando um endereço inventado no Cairo – havia uma chance de que o capitão Newman esquecesse o endereço verdadeiro nos documentos de identidade, e Wolff não queria deixar um lembrete.

Um carregador núbio os levou ao quarto. À porta, Wolff lhe deu uma gorjeta. Cox pôs as malas na cama.

Wolff pegou a carteira: talvez Cox também esperasse uma gorjeta.

– Bom, cabo – começou ele –, você ajudou muito...

– Permita-me desfazer suas malas, senhor. O capitão disse para não deixar nada por conta dos árabes.

– Não, obrigado – retrucou Wolff, com firmeza. – Quero me deitar agora mesmo.

– Pode se deitar – insistiu Cox, generoso. – Não vou demorar...

– Não abra isso!

Cox estava levantando a tampa da mala. Wolff enfiou a mão dentro do paletó, pensando: Sujeito desgraçado, e: Agora estou frito, e também: Eu deveria ter trancado essa mala; e: Será que posso fazer isso discretamente? O cabo olhou as pilhas de notas novas de libras inglesas bem arrumadas que enchiam a maleta.

– Meu Deus, o senhor está com uma fortuna! – Enquanto avançava, Wolff pensou que Cox nunca tinha visto tanto dinheiro na vida. O cabo começou a se virar, dizendo: – O que o senhor quer com todo esse...

Wolff puxou a maligna faca beduína curva e ela brilhou na sua mão enquanto seu olhar encontrava o de Cox. O rapaz se encolheu e abriu a boca para gritar, mas a lâmina afiada se cravou fundo na carne macia de seu pescoço. O grito de medo saiu como um gorgolejo sangrento e ele morreu. Wolff não sentiu nada, apenas desapontamento.

CAPÍTULO DOIS

ERA MAIO E O *khamsin* – um vento quente e arenoso vindo do sul – estava soprando. Parado sob o chuveiro, William Vandam foi assaltado pelo pensamento deprimente de que aquele seria o único momento do dia em que ele se sentiria fresco. Fechou a torneira e se secou rapidamente. Sentia várias pequenas dores pelo corpo. Tinha jogado críquete no dia anterior, pela primeira vez em anos. O Serviço de Informações do Estado-Maior havia montado um time para jogar contra os médicos do Hospital de Campanha – espiões *versus* curandeiros, era como tinham chamado – e Vandam tinha corrido até a exaustão enquanto os médicos lançavam a bola para todo lado. Agora precisava admitir que não estava em boa forma. O gim havia minado suas forças e os cigarros lhe encurtaram o fôlego. Além disso, ele tinha preocupações de mais para dar ao jogo a concentração feroz que merecia.

Acendeu um cigarro, tossiu e começou a se barbear. Sempre fumava enquanto fazia a barba – era o único modo que conhecia para aliviar o tédio da tarefa diária inevitável. Quinze anos antes tinha jurado que deixaria a barba crescer assim que saísse do exército, mas ainda estava na corporação.

Vestiu o uniforme de todo dia: sandálias pesadas, meias, camisa com bolsos grandes e a bermuda cáqui com abas que podiam ser soltas e abotoadas abaixo do joelho, para proteção contra mosquitos. Ninguém jamais usava as abas, e os oficiais mais jovens costumavam cortá-las, porque eram ridículas demais.

Havia uma garrafa de gim vazia no chão ao lado da cama. Vandam olhou para ela com nojo de si mesmo: era a primeira vez que levava a maldita garrafa para a cama. Pegou-a, pôs a tampa e a jogou no cesto de lixo. Depois desceu.

Gaafar estava na cozinha, fazendo chá. O empregado era um copta idoso, careca, que andava arrastando os pés e tinha pretensões de ser um mordomo inglês. Jamais seria, mas possuía um pouquinho de dignidade e era honesto, e Vandam não tinha encontrado essas qualidades entre os empregados domésticos egípcios.

– Billy já acordou? – perguntou Vandam.

– Sim, senhor, ele já vai descer.

Vandam assentiu. Uma pequena panela d'água borbulhava no fogão. Vandam pôs um ovo para cozinhar e ajustou o cronômetro. Cortou dois pedaços de pão tipo inglês e fez torradas com eles. Em seguida passou manteiga nas fatias e as cortou em palitos, tirou o ovo da água e arrancou a casca da extremidade de cima.

Billy entrou na cozinha.

– Bom dia, pai.

Vandam sorriu para o filho de 10 anos.

– Bom dia. O café da manhã está pronto.

O garoto começou a comer. Vandam sentou-se diante dele com uma xícara de chá, observando-o. Nos últimos tempos Billy com frequência parecia cansado de manhã. Antes ele sempre se mostrava revigorado na hora do desjejum. Será que vinha dormindo mal? Ou seu metabolismo estava simplesmente se transformando no de um adulto? Talvez fosse apenas por ficar acordado até tarde, lendo histórias de detetives sob o cobertor, à luz de uma lanterna.

As pessoas diziam que Billy era igual ao pai, mas Vandam não enxergava a semelhança. Conseguia, porém, ver traços da mãe de Billy: os olhos verdes, a pele delicada e a expressão ligeiramente altiva que tomava conta do rosto dele quando alguém o contrariava.

Vandam sempre preparava o café da manhã para o filho. O empregado era perfeitamente capaz de cuidar do garoto, claro, e na maior parte do tempo fazia isso, mas Vandam gostava desse pequeno ritual específico. Não raro, aquele era o único momento do dia que ficava com Billy. Eles não conversavam muito – o menino comia e Vandam fumava –, mas isso não tinha importância: o fundamental era que ficavam juntos por um tempo no início de cada dia.

Depois do café, Billy escovou os dentes enquanto Gaafar pegava a motocicleta de Vandam. O menino voltou com seu boné da escola na cabeça e Vandam pôs o quepe do uniforme. Como faziam todo dia, prestaram continência um para o outro.

– Certo, senhor – disse Billy. – Vamos vencer essa guerra.

Então os dois saíram.

~

O escritório do major Vandam ficava em Grey Pillars, um conjunto de prédios rodeado por cercas de arame farpado que compunham o Quartel--general do Oriente Médio. Havia um relatório de incidente em sua mesa quando ele chegou. Sentou-se, acendeu um cigarro e começou a ler.

O documento vinha de Assyut, cerca de 500 quilômetros ao sul, e a princípio Vandam não entendeu por que tinha sido mandado para o serviço de informações. Uma patrulha dera carona a um europeu que depois assassinara um cabo com uma faca. O corpo fora descoberto na noite anterior, assim que a ausência do oficial tinha sido notada, porém várias horas depois da morte. Um homem cuja aparência batia com a descrição do europeu tinha comprado uma passagem para o Cairo na estação ferroviária, mas, quando encontraram o corpo, o trem já havia chegado ao destino e o assassino tinha sumido na cidade.

Não havia indicação de um motivo.

A força policial do Egito e a polícia militar britânica já estavam investigando em Assyut, e seus colegas no Cairo, como Vandam, ficariam sabendo dos detalhes nesta manhã. Que razão haveria para envolver o serviço de informações?

Vandam franziu a testa de novo, pensativo. Um europeu é encontrado no deserto. Diz que seu carro quebrou. Registra-se num hotel. Sai alguns minutos depois e pega um trem. O carro não é encontrado. O corpo de um soldado é descoberto na mesma noite, no quarto do hotel.

Por quê?

Vandam pegou o telefone e ligou para Assyut. A telefonista do quartel do exército demorou um tempo para localizar o capitão Newman, mas acabaram achando-o no arsenal e o chamaram ao telefone.

– Esse assassinato a faca quase parece um disfarce que deu errado – disse Vandam.

– Foi o que me ocorreu, senhor – concordou Newman. Ele soava como um homem jovem. – Por isso indiquei o relatório para o serviço de informações.

– Bem pensado. Diga-me: qual foi sua impressão sobre o homem?

– Era um sujeito grande...

– Tenho a descrição aqui: mais de 1,80 metro, 75 quilos, olhos e cabelos pretos. Mas isso não me diz como ele *era*.

– Entendo. Bom, para ser sincero, a princípio não suspeitei nem um pouco dele. Parecia exausto, o que combinava com a história de o carro ter quebrado na estrada do deserto, mas afora isso parecia um cidadão correto: branco, vestido decentemente, bem-articulado, com um sotaque que, segundo ele, era holandês, ou melhor, africânder. Estava tudo certo com os documentos. Ainda tenho quase certeza de que eram verdadeiros.

– Mas...?

– Ele disse que estava verificando negócios no Alto Egito.

– É bem plausível.

– É, mas ele não me pareceu o tipo de homem que passa a vida investindo em algumas lojas, pequenas fábricas e plantações de algodão. Era mais do tipo cosmopolita: se tinha dinheiro para investir, provavelmente seria com um corretor da Bolsa de Londres, ou num banco suíço. Simplesmente não parecia ser do tipo que se importa com coisas pequenas... Isso é muito vago, senhor, mas entende o que quero dizer?

– Entendo.

Newman parecia um sujeito esperto, pensou Vandam. O que estava fazendo, empacado em Assyut?

– E então me ocorreu que ele tinha aparecido do nada no deserto e que eu não sabia de fato de onde podia ter vindo – continuou o capitão. – Por isso falei para o coitado do Cox ficar com ele, com a desculpa de ajudá-lo, para garantir que ele não sumisse antes que tivéssemos a chance de verificar a história. Eu deveria ter prendido o sujeito, claro. Mas, honestamente, senhor, na hora eu tinha apenas uma suspeita muito leve...

– Não creio que alguém vá culpá-lo, capitão – disse Vandam. – Você fez bem em se lembrar do nome e do endereço nos documentos. Alex Wolff, Villa les Oliviers, Garden City, não é?

– Sim, senhor.

Vandam desligou. As suspeitas de Newman estavam alinhadas com seus instintos sobre o assassinato. Decidiu falar com seu superior direto. Saiu da sala levando o relatório do incidente.

O Serviço de Informações do Estado-Maior era comandado por um brigadeiro com o título de diretor de informação militar, DIM. O DIM tinha dois subdiretores, que eram coronéis: o SIM(O) – "O" de Operacional – e o SIM(I) – "I" de Informações. O chefe de Vandam, o tenente-coronel Bogge, era o SIM(I). Bogge era responsável pela segurança de pessoal e passava a maior parte do tempo administrando o aparato de censura. Vandam era encarregado dos vazamentos de segurança por meios que não fossem cartas. Ele e seus homens tinham várias centenas de agentes no Cairo e em

Alexandria; na maioria das boates e dos bares havia um garçom que estava em sua folha de pagamento. Ele tinha um informante entre os empregados dos políticos árabes mais importantes. O valete do rei Farouk trabalhava para Vandam, assim como o ladrão mais rico do Cairo. Ele se interessava por quem estivesse falando demais e quem estivesse ouvindo. Dentre os ouvintes, os nacionalistas árabes eram seu alvo principal. No entanto, talvez o homem misterioso de Assyut fosse uma ameaça diferente.

Até então, a carreira de Vandam em tempo de guerra tinha se distinguido por um sucesso espetacular e um fracasso enorme. O fracasso acontecera na Turquia. Rashid Ali tinha escapado do Iraque para lá. Os alemães queriam tirá-lo do país e usá-lo para propaganda, enquanto os ingleses queriam mantê-lo fora das luzes e os turcos não queriam ofender ninguém. A tarefa de Vandam era garantir que Ali permanecesse em Istambul, mas ele trocou de roupa com um agente alemão e escapou do país debaixo do nariz de Vandam. Alguns dias depois estava fazendo discursos de propaganda para o Oriente Médio na rádio nazista.

De algum modo, Vandam conseguiu se redimir no Cairo. Londres tinha lhe dito que havia motivos para acreditar na existência de um grande vazamento de segurança por lá, e depois de três meses de investigações meticulosas Vandam descobriu que um importante diplomata americano estava prestando contas a Washington usando um código inseguro. O código foi alterado, o vazamento, interrompido, e Vandam, promovido a major.

Se ele fosse civil ou mesmo um soldado em tempo de paz, sentiria orgulho de seu triunfo e deixaria a derrota para trás, dizendo: "A gente ganha algumas e perde outras." Mas, na guerra, os erros de um oficial matavam pessoas. Depois do caso Rashid Ali, uma agente tinha sido assassinada, e Vandam não conseguia se perdoar por isso.

Bateu à porta do tenente-coronel Bogge e entrou. Reggie Bogge era um homem baixo e atarracado, de 50 e poucos anos, com o uniforme imaculado e o cabelo preto besuntado de brilhantina. Costumava pigarrear quando não sabia exatamente o que dizer, o que acontecia com frequência. Estava sentado atrás de uma enorme escrivaninha curva – maior do que a do DIM –, examinando sua bandeja de entrada. Sempre mais disposto a conversar do que trabalhar, indicou uma cadeira para Vandam. Em seguida pegou uma bola de críquete vermelha e começou a jogá-la de uma mão para a outra.

– Você jogou bem ontem – disse.

– O senhor também não jogou mal – respondeu Vandam. Era verdade: Bogge tinha sido o único lançador decente no time do serviço secreto, e seus lançamentos lentos haviam rendido quatro *wickets* e 42 pontos. – Mas estamos vencendo a guerra?

– Mais notícias ruins, infelizmente. – A reunião de informes da manhã ainda não tinha acontecido, mas Bogge sempre ouvia as notícias que corriam de boca em boca antes. – Achamos que Rommel vai fazer um ataque frontal contra a Linha de Gazala. Eu já deveria saber: o sujeito nunca luta de forma honesta. Ele rodeou nosso flanco sul, tomou o quartel-general do 7º Batalhão de Blindados e capturou o general Messervy.

Era uma história de uma familiaridade deprimente, e Vandam sentiu-se cansado.

– Que desastre – disse.

– Felizmente, ele não conseguiu chegar ao litoral, por isso as divisões na Linha Gazala não ficaram isoladas. Ainda assim...

– Ainda assim, quando vamos *contê-lo*?

– Ele não vai muito mais longe. – Era uma observação idiota: Bogge simplesmente não queria se envolver nas críticas aos generais. – O que você tem aí?

Vandam lhe entregou o relatório do assassinato.

– Proponho investigar pessoalmente esse aí.

Bogge leu o documento e olhou para ele com o rosto inexpressivo.

– Não vejo por quê.

– Parece um disfarce desmascarado.

– Hein?

– Não há motivo para o assassinato, por isso precisamos especular. Uma possibilidade é a seguinte: o sujeito da carona não era o que disse que era. O cabo descobriu esse fato e o sujeito o matou.

– Não era o que ele disse que era... Quer dizer que era um espião? – Bogge gargalhou. – Como você acha que ele chegou a Assyut? De paraquedas? Ou andando?

Esse era o problema ao explicar as coisas a Bogge, pensou Vandam: ele precisava ridicularizar a ideia, como uma justificativa para não ter pensado nela.

– Não é impossível um avião pequeno chegar sem ser visto. Assim como não é impossível atravessar o deserto a pé.

Bogge jogou o relatório pelo ar, por cima da vastidão da mesa.

– Na minha opinião, não é muito provável. Não perca tempo com isso.

– Muito bem, senhor. – Vandam pegou o documento do chão, suprimindo a familiar raiva frustrada. As conversas com Bogge sempre se transformavam em disputas, e o mais inteligente era não entrar no jogo. – Vou pedir que a polícia nos mantenha informados sobre o progresso: cópias de memorandos e assim por diante, só para arquivo.

– Sim. – Bogge nunca era contra fazer as pessoas lhe mandarem cópias para arquivo: isso lhe permitia meter o nariz nas coisas sem assumir qualquer responsabilidade. – Escute, que tal arranjar uns treinos de críquete? Ontem notei que eles tinham redes e um barco para recuperar bolas. Eu gostaria de colocar nosso time em forma e fazer mais uns jogos.

– Boa ideia.

– Veja se consegue organizar alguma coisa, está bem?

– Sim, senhor.

Vandam saiu.

No caminho de volta para sua sala, se perguntou o que havia de tão errado com a administração do exército britânico a ponto de promoverem a tenente-coronel um homem de cabeça tão oca quanto Reggie Bogge. O pai de Vandam, que tinha sido cabo na Primeira Guerra Mundial, gostava de dizer que os soldados britânicos eram "leões comandados por jumentos". Às vezes Vandam achava que isso ainda era verdade. Mas Bogge não era apenas medíocre. Com alguma frequência tomava decisões ruins porque não tinha inteligência suficiente para tomar decisões boas, mas acima de tudo, para Vandam, Bogge tomava decisões ruins porque estava fazendo algum outro jogo, tentando passar uma imagem boa, ser superior ou qualquer outra coisa – Vandam não sabia o quê.

Uma mulher com jaleco hospitalar branco prestou continência a ele e Vandam retribuiu o cumprimento distraidamente.

– Major Vandam, não é? – perguntou ela.

Ele parou e olhou-a. Ela tinha assistido à partida de críquete, e então ele se lembrou de seu nome.

– Dra. Abuthnot. Bom dia.

Ela era alta, serena, e tinha mais ou menos a idade dele. Vandam lembrou que ela era cirurgiã – algo muito incomum para uma mulher, mesmo em tempos de guerra – e que tinha posto de capitão.

– O senhor se esforçou um bocado ontem – comentou ela.

Vandam sorriu.

– E hoje estou sofrendo por isso. Mas me diverti.

– Eu também. – A médica tinha uma voz grave, precisa, e um bocado de autoconfiança. – Vamos vê-lo na sexta-feira?

– Onde?

– Na recepção da União.

– Ah. – A União Anglo-Egípcia, um clube para europeus entediados, fazia tentativas ocasionais de justificar seu nome realizando uma recepção para convidados egípcios. – Eu gostaria de ir. A que horas?

– Às cinco, para o chá.

Vandam tinha um interesse profissional: era uma ocasião em que os egípcios podiam ouvir fofocas do serviço, e às vezes as fofocas do serviço incluíam informações úteis para o inimigo.

– Eu vou – disse ele.

– Ótimo. Vejo o senhor lá.

E com isso ela se virou.

– Será um prazer – retrucou Vandam às costas dela.

Observou-a se afastar, imaginando o que ela estaria usando por baixo do jaleco. Era esguia, elegante e segura – fazia com que ele se lembrasse de sua esposa.

Vandam entrou na sala. Não tinha intenção de organizar nenhum treino de críquete, mas também não iria esquecer o assassinato em Assyut. Bogge podia ir para o inferno. Vandam iria trabalhar.

Falou de novo com o capitão Newman e pediu que ele garantisse que a descrição de Alex Wolff fosse distribuída o mais amplamente possível.

Ligou para a polícia egípcia e confirmou que os hotéis e albergues do Cairo seriam checados ao longo do dia.

Contatou a Segurança de Campo, uma unidade da Força de Defesa do Canal anterior à guerra, e pediu que aumentassem as verificações de documentos de identidade durante alguns dias.

Solicitou que a tesouraria britânica ficasse especialmente atenta ao surgimento de dinheiro falso.

Aconselhou o serviço de escuta a estar alerta a um novo transmissor local. Pensou brevemente em como seria útil se os cientistas descobrissem como localizar um rádio monitorando suas transmissões.

Por fim, destacou um sargento de seu pessoal para visitar todas as lojas de rádios no Baixo Egito – não eram muitas – e pedir que informassem qualquer venda de peças e equipamentos que pudessem ser usados para construir ou consertar um transmissor.

Depois foi para a Villa les Oliviers.

~

A casa tinha recebido esse nome por conta de um pequeno parque público do outro lado da rua, onde um bosque de oliveiras estava agora florido, soltando pétalas brancas como poeira na grama seca e marrom.

Tinha um muro alto com um pesado portão de madeira entalhada. Agarrando-se às reentrâncias, Vandam subiu no portão e saltou do outro lado, aterrissando em um pátio amplo. Ao redor dele, as paredes caiadas estavam manchadas e encardidas, as janelas fechadas com postigos, descascando. Foi até o centro do pátio e olhou para a fonte de pedras. Um lagarto verde brilhante correu pelo fundo seco.

Fazia pelo menos um ano que aquele lugar estava vazio.

Vandam abriu um postigo, quebrou um vidro, enfiou a mão para destrancar a janela e escalou o parapeito, entrando em seguida na casa.

Não parecia o lar de um europeu, pensou enquanto andava pelos cômodos escuros e frescos. Não havia gravuras de caça nas paredes, nem enfileirado romances de Agatha Christie e Dennis Wheatley, nem um jogo de sofá e poltronas importado da Maples ou da Harrods. Em vez disso, o lugar era mobiliado com almofadas grandes no chão e mesas baixas, tapetes tecidos à mão e tapeçarias penduradas.

No andar de cima, encontrou uma porta trancada. Demorou três ou quatro minutos para arrombá-la com chutes. Atrás dela havia um escritório.

O cômodo estava limpo e arrumado, com alguns móveis bastante luxuosos: um divã amplo e baixo forrado de veludo, uma mesinha de centro entalhada, três abajures antigos combinando, um tapete de pele de urso, uma linda escrivaninha de marchetaria e uma poltrona de couro.

Na mesa havia um telefone, um bloco de rascunho em branco, uma pena com cabo de marfim e um tinteiro seco. Na gaveta da escrivaninha Vandam encontrou relatórios empresariais da Suíça, da Alemanha e dos Estados Unidos. Um delicado serviço de chá de cobre batido juntava poeira na mesinha. Numa estante atrás da escrivaninha havia livros em várias línguas: romances franceses do século XIX, o Pequeno Dicionário Oxford, um volume do que pareceu ser poemas em árabe com ilustrações eróticas e uma Bíblia em alemão.

Não havia documentos pessoais.

Não havia cartas.

Não havia uma única fotografia na casa.

Vandam sentou-se na poltrona de couro macio atrás da escrivaninha e olhou ao redor. Era um cômodo masculino, lar de um intelectual cosmopolita, um homem que, por um lado, era cuidadoso, preciso e organizado e, por outro, sensível e sensual.

Vandam estava intrigado.

Um nome europeu, uma casa totalmente árabe. Um panfleto sobre investimento em máquinas industriais, um livro de poemas eróticos em árabe. Uma jarra de café antiga e um telefone moderno. Uma enormidade de informações sobre uma pessoa, mas absolutamente nenhuma pista que pudesse ajudar a encontrá-la.

O escritório tinha sido limpo com esmero.

Deveria haver extratos bancários, contas de comerciantes, uma certidão de nascimento e um testamento, cartas de uma amante e fotos de pais ou filhos. O sujeito havia recolhido todas essas coisas e levado embora sem deixar qualquer traço de sua identidade, como se soubesse que um dia alguém iria procurá-lo ali.

– Quem é você, Alex Wolff? – perguntou Vandam em voz alta.

Levantou-se da poltrona e saiu do escritório. Caminhou pela casa e atravessou o pátio quente e empoeirado. Pulou de novo o portão e saltou na rua. Do outro lado, um árabe usando uma galabia listrada estava sentado de pernas cruzadas no chão, à sombra das oliveiras, observando Vandam sem qualquer curiosidade. Vandam não sentiu nenhum impulso de explicar que tinha invadido a casa em uma função oficial: o uniforme do exército britânico era autoridade suficiente para praticamente qualquer coisa naquela cidade. Pensou nas outras fontes que poderiam lhe fornecer informações sobre o dono daquela casa: registros municipais; comerciantes locais que tivessem feito entregas ali quando o lugar era habitado; até mesmo os vizinhos. Colocaria dois de seus homens cuidando disso e contaria a Bogge alguma história para disfarçar. Montou na motocicleta e deu a partida. O motor rugiu, entusiasmado, e Vandam foi embora.

CAPÍTULO TRÊS

CHEIO DE RAIVA E desespero, Wolff permaneceu sentado na frente de sua casa, olhando o oficial britânico ir embora.

Lembrava-se de como era a sua casa durante a infância, cheia de conversas, risos e vida. Ali, perto do grande portão entalhado, sempre havia um guarda, um gigante de pele negra do sul, sentado no chão, imune ao calor. Toda manhã um homem santo, velho e quase cego, recitava um capítulo do Corão no pátio. No ambiente fresco da arcada em três lados os homens da família sentavam-se em divãs baixos e fumavam seus narguilés enquanto meninos serviçais traziam café em jarras de gargalo comprido. Outro guarda negro ficava de pé junto à porta do harém, atrás do qual as mulheres permaneciam entediadas e gordas. Os dias eram longos e quentes, a família era rica e os filhos, mimados.

O oficial britânico, com sua bermuda e sua motocicleta, o rosto arrogante e os olhos intrometidos ocultos pelo quepe do uniforme, tinha invadido e violado a infância de Wolff. Wolff desejou ter visto o rosto do sujeito, porque gostaria de matá-lo um dia.

Tinha pensado naquele lugar durante a viagem inteira. Em Berlim, Trípoli e El Agela, na dor e na exaustão da travessia do deserto, no medo e na pressa da fuga de Assyut, a vila havia representado um porto seguro, um lugar para descansar, se sentir limpo e inteiro de novo no fim da viagem. Estivera ansioso para se deitar na banheira, tomar café no pátio e levar mulheres para a cama grande.

Agora precisaria ir para longe e se manter longe.

Tinha permanecido do lado de fora durante toda a manhã, ou andando pela rua e ou sentado sob as oliveiras, para o caso de o capitão Newman ter se lembrado do endereço e mandado alguém revistar a casa. Antes comprou uma galabia no bazar, sabendo que, se alguém aparecesse, estaria procurando um europeu, não um árabe.

Tinha sido um erro mostrar os documentos verdadeiros. Agora podia ver isso. O problema era que não confiava nas falsificações do Abwehr. Ao conhecer outros espiões e trabalhar com eles, ouvira histórias de terror sobre erros crassos e óbvios nos documentos forjados pelo serviço secreto alemão: impressão malfeita, papel de qualidade inferior, até grafia errada de palavras comuns em inglês. No curso de mensagens de rádio cifradas da escola de espiões, o boato era de que todos os policiais na Inglaterra sabiam que certos números num cartão de racionamento identificava o portador como um espião alemão.

Wolff havia pesado as alternativas e escolhido a que parecia menos arriscada. Errara, e agora não tinha para onde fugir.

Levantou-se, pegou as malas e começou a andar.

Pensou na família. A mãe e o padrasto estavam mortos, mas ele tinha três meios-irmãos e uma meia-irmã no Cairo. Seria difícil para eles esconderem-no. Passariam por interrogatório assim que os ingleses descobrissem a identidade do dono da vila, o que poderia acontecer ainda neste dia. E mesmo que eles mentissem para ajudá-lo, os empregados certamente falariam. Além disso, não podia confiar de verdade neles, já que, quando seu padrasto morrera, Wolff, como filho mais velho, tinha ficado não só com a casa, mas também com parte da herança, apesar de ser europeu e adotado, e não um filho biológico. Houve ressentimentos e reuniões com advogados; Alex Wolff se manteve firme e os outros nunca o perdoaram de fato.

Pensou em se hospedar no Shepheard's. Infelizmente, a polícia pensaria nessa possibilidade também e nesse momento o hotel já teria a descrição do assassino de Assyut. Os outros grandes hotéis iriam recebê-la em pouco tempo. Com isso, restavam as pensões. O fato de serem alertadas dependeria do ponto a que chegaria a meticulosidade da polícia. Como os britânicos estavam envolvidos, a polícia podia se sentir obrigada a ser minuciosa. Mesmo assim, os gerentes das pequenas casas de hóspedes costumavam ficar ocupados demais para prestar atenção aos policiais enxeridos.

Saiu de Garden City e foi para o centro da cidade. As ruas estavam ainda mais movimentadas e barulhentas do que quando ele deixara o Cairo. Havia incontáveis homens de uniforme – não somente britânicos, mas australianos, neozelandeses, poloneses, iugoslavos, palestinos, indianos e gregos. As jovens egípcias, esguias e atrevidas com seus vestidos de algodão e joias pesadas, ganhavam qualquer competição com suas rivais europeias de rosto vermelho e insosso. Dentre as mulheres mais velhas, Wolff teve a impressão de que um número menor usava os tradicionais manto e véu pretos. Os homens ainda se cumprimentavam do mesmo modo exuberante, trocando fortes apertos de mão que duravam pelo menos um ou dois minutos, a mão livre segurando o ombro um do outro, enquanto falavam animadamente. Os mendigos e vendedores ambulantes estavam em plena forma, se aproveitando do fluxo de europeus ingênuos. Com sua galabia, Wolff estava imune a eles, mas os estrangeiros eram cercados por aleijados, mulheres com bebês cobertos de moscas, meninos engraxates e homens vendendo de tudo, desde navalhas de segunda mão até canetas-tinteiro gigantescas que supostamente armazenavam tinta para seis meses.

O tráfego se tornara pior. Os bondes lentos e imundos estavam mais apinhados do que nunca, com passageiros pendurados do lado de fora, empoleirados nos estribos, entulhados na cabine junto com o motorneiro e sentados de pernas cruzadas no teto. Os ônibus e táxis não eram melhores: parecia haver grande escassez de peças para os veículos, já que um número enorme de carros encontrava-se sem faróis ou limpadores de para-brisa e tinha as janelas quebradas, pneus murchos e motores precários. Wolff viu dois táxis – um Morris antigo e um Packard mais antigo ainda – que finalmente tinham parado de rodar e agora eram arrastados por jumentos. Os únicos automóveis decentes eram as monstruosas limusines americanas dos paxás ricos e um ocasional Austin inglês anterior à guerra. Misturadas com os veículos a motor numa competição mortal, havia as carruagens de aluguel a cavalo, as carroças pertencentes aos camponeses, puxadas por mulas, e animais de criação – camelos, ovelhas e cabras –, que tinham sido proibidos de circular no centro da cidade pela lei egípcia mais impossível de se fazer cumprir.

E o barulho – Wolff tinha se esquecido do barulho.

Os bondes tocavam os sinos sem parar. Nos engarrafamentos, todos buzinavam o tempo inteiro. Quando não tinham motivo para buzinar, buzinavam por princípio. Para não ficar atrás, os cocheiros e os condutores de camelos berravam a plenos pulmões. Muitas lojas e todos os cafés tinham rádios baratos que trovejavam música árabe em volume máximo. Vendedores de rua gritavam continuamente enquanto pedestres os afugentavam. Cachorros latiam e milhafres grasnavam no céu. De vez em quando todos esses barulhos eram abafados pelo rugido de um avião passando.

Esta é a minha cidade, pensou Wolff. Eles não podem me pegar aqui.

Havia mais de dez pensões conhecidas que recebiam turistas de várias nacionalidades: suíços, austríacos, alemães, dinamarqueses e franceses. Pensou nelas e as descartou por serem óbvias demais. Por fim, se lembrou de um albergue barato administrado por freiras em Bulaq, a região portuária. Recebia principalmente os marinheiros que desciam o Nilo em barcos a vapor e faluchos carregados de algodão, carvão, papel e pedras. Wolff poderia ter certeza de que não seria roubado, infectado ou assassinado, e ninguém pensaria em procurá-lo naquele lugar.

À medida que se afastou da região dos hotéis, as ruas ficaram um pouco menos apinhadas, mas de vez em quando ainda via, através das construções amontoadas, a vela alta triangular de um falucho.

O albergue era um prédio grande, decadente, que tinha sido a residência de algum paxá. Agora havia um crucifixo de bronze sobre o arco da entrada. Uma freira de hábito preto regava um canteiro minúsculo de flores na frente da construção. Do outro lado do arco Wolff viu um saguão fresco e silencioso. Tinha caminhado vários quilômetros carregando as malas pesadas – estava ansioso para descansar.

Dois policiais egípcios saíram do albergue.

Num olhar rápido, Wolff notou os cintos de couro largos, os inevitáveis óculos escuros e o corte de cabelo militar, e seu coração se apertou no peito. Deu as costas para os homens e falou em francês com a freira no jardim:

– Bom dia, irmã.

Ela parou de molhar as plantas, se levantou e sorriu.

– Bom dia. – Era chocantemente jovem. – Quer um quarto?

– Não. Quero apenas sua bênção.

Os dois policiais se aproximaram e Wolff ficou tenso, preparando as respostas para o caso de eles o interrogarem e pensando que direção tomar se precisasse fugir. Então eles passaram direto, falando sobre uma corrida de cavalos.

– Deus o abençoe – disse a freira.

Wolff agradeceu e se afastou. Era pior do que tinha imaginado. A polícia devia estar verificando *todos os lugares*. Os pés de Wolff estavam machucados e seus braços doíam de carregar a bagagem. Estava desapontado e também um pouco indignado, já que tudo naquela cidade era notoriamente desordenado e caótico e, no entanto, parecia que haviam montado uma operação eficiente para capturá-lo. Deu meia-volta para retornar ao centro da cidade. Começava a se sentir como no deserto, andando eternamente sem chegar a lugar nenhum.

A distância, viu uma figura alta e familiar: Hussein Fahmy, um amigo da época de escola. Por um instante, ficou paralisado. Sem dúvida Hussein iria reconhecê-lo, e talvez o antigo amigo fosse de confiança. Mas, por outro lado, tinha mulher e três filhos – como explicaria a eles que o tio Achmed ia ficar em sua casa, mas que isso era segredo e eles não deveriam comentar nada com os amigos? Como Wolff explicaria isso ao próprio Hussein? O homem olhou na direção de Wolff, que se virou rapidamente e atravessou a rua, entrando atrás de um bonde. Assim que chegou à calçada oposta, correu por um beco, sem olhar para trás. Não, não poderia buscar abrigo com velhos amigos de escola.

Saiu do beco em outra rua e percebeu que estava perto da Escola Alemã. Imaginou se ela ainda estaria aberta: vários alemães no Cairo tinham sido presos. Foi para lá, depois viu uma patrulha da segurança de campo verificando documentos do lado de fora do prédio. Virou-se rapidamente e voltou por onde tinha vindo.

Precisava sair das ruas.

Sentia-se como um rato num labirinto – todo caminho que tomava estava bloqueado. Viu um táxi, um Ford grande e velho com vapor saindo de baixo do capô. Fez sinal e entrou. Deu um endereço ao motorista e o carro saiu engasgando em terceira marcha, aparentemente a única que funcionava. No caminho pararam duas vezes para pôr água no radiador fervendo e Wolff se encolheu no banco de trás, tentando esconder o rosto.

O táxi o levou até a parte copta do Cairo, o antigo gueto cristão.

Pagou a corrida ao motorista e desceu os degraus até a entrada. Deu algumas piastras à velha que segurava a grande chave de madeira e ela o deixou entrar.

Era uma ilha de escuridão e silêncio no mar tempestuoso do Cairo. Wolff caminhou pelas passagens estreitas, ouvindo ao longe os cânticos vindo das igrejas antigas. Passou pela escola, pela sinagoga e pelo porão para onde Maria teria levado o menino Jesus. Por fim, entrou na menor das cinco igrejas.

A missa estava para começar. Wolff pousou suas preciosas malas ao lado de um banco. Curvou-se diante das imagens de santos nas paredes e depois se aproximou do altar, ajoelhou-se e beijou a mão do padre. Voltou ao banco e se sentou.

O coro começou a entoar um trecho da escritura em árabe. Wolff se acomodou no banco. Estaria seguro ali até que a escuridão caísse. Depois faria a última tentativa.

~

A Cha-Cha era uma grande boate ao ar livre num jardim perto do rio. Estava apinhada, como sempre. Wolff esperou na fila de oficiais britânicos acompanhados por garotas enquanto alguns homens montavam mesas extras em cada centímetro livre. No palco, um comediante se apresentava.

Finalmente, Wolff conseguiu uma mesa e uma garrafa de champanhe. A noite estava quente e as luzes do palco aumentavam o calor. A plateia era barulhenta e sedenta, e como a única bebida servida era champanhe, todos ficavam bêbados bem rápido. Começaram a gritar pela estrela do show, Sonja el-Aram.

Primeiro precisaram ouvir uma grega acima do peso cantando "I'll See You in My Dreams" e "I Ain't Got Nobody". Então anunciaram Sonja. A princípio ela não apareceu, e a plateia ficou mais barulhenta e impaciente à medida que os minutos passavam. Por fim, quando todos pareciam à beira de uma insurreição, ouviu-se o rufar de tambores, as luzes no palco se apagaram e o silêncio tomou conta do lugar.

Quando os refletores se acenderam, Sonja estava imóvel no centro do palco, com os braços estendidos para o céu. Usava calças diáfanas e um sutiã coberto de lantejoulas. Seu corpo inteiro estava empoado de branco. A música teve início – tambores e uma flauta – e ela começou a se mover.

Wolff bebeu um gole do champanhe e assistiu, sorrindo. Ela ainda era a melhor.

Sonja balançou os quadris devagar, batendo um pé e depois o outro. Seus braços começaram a tremer, depois os ombros se moveram e os seios balançaram. Em seguida, seu famoso ventre ondulou de forma hipnotizante. O ritmo acelerou e ela fechou os olhos. Cada parte do corpo parecia se mover independentemente do resto. Wolff sentiu – como sempre, como todos os homens da plateia – que estava sozinho com ela, que Sonja dançava só para ele e que aquilo não era uma representação, não era a magia do espetáculo, mas uma necessidade dela, sendo os movimentos sensuais compulsivos inspirados por um frenesi sexual que Sonja sentia pelo próprio corpo voluptuoso. A plateia estava tensa, silenciosa, suando, hipnotizada. Ela foi acelerando cada vez mais, aparentemente em transe. A música chegou ao clímax com um estrondo. No instante de silêncio que veio em seguida, Sonja soltou um grito curto e agudo. Depois caiu de costas, as pernas dobradas sob o corpo, os joelhos separados, até que sua cabeça tocou as tábuas do palco. Ela ficou nessa posição por um momento, então as luzes se apagaram. A plateia se levantou e a ovacionou.

Quando as luzes se acenderam, ela havia sumido.

Sonja nunca fazia bis.

Wolff se levantou e deu ao garçom uma libra – equivalente a um salário de três meses para a maioria dos egípcios – para que ele o levasse aos bastidores. O homem o conduziu à porta do camarim de Sonja e se afastou.

Wolff bateu à porta.

– Quem é?

Ele entrou.

Ela estava sentada num banco alto, usando um roupão de seda e tirando a maquiagem. Viu-o pelo espelho e girou o banco até estar de frente para ele.

– Oi, Sonja.

Ela o encarou. Depois de um longo momento, disse:

– Seu filho da mãe.

~

Não tinha mudado.

Era uma mulher bonita. Seus cabelos eram pretos, longos, brilhantes e grossos; os olhos, grandes, castanhos e ligeiramente saltados, com cílios fartos emoldurando-os. O rosto só não era redondo graças às maçãs altas, que lhe davam forma. O nariz era arqueado, com um toque de arrogância, e a boca, carnuda, com dentes brancos perfeitos. O corpo era cheio de curvas, mas como Sonja era uns 5 centímetros mais alta do que a maioria das mulheres, não parecia roliça.

Seus olhos relampejaram de raiva.

– O que veio fazer aqui? Para onde você foi? O que aconteceu com a sua cara?

Wolff pousou as malas e se sentou no sofá. Olhou para ela. Sonja tinha se levantado e estava com as mãos nos quadris, o queixo projetado para a frente, os seios delineados em seda verde.

– Você está linda – disse ele.

– Saia daqui.

Wolff a examinou com cuidado. Conhecia Sonja bem demais para gostar ou desgostar dela: a mulher fazia parte de seu passado, como um antigo amigo que continua amigo apesar dos defeitos, apenas porque vocês sempre tiveram essa relação. Wolff imaginou o que teria acontecido com Sonja desde que ele deixara o Cairo. Será que tinha se casado, comprado uma casa, se apaixonado, mudado de empresário, tido um filho? Naquela tarde dentro da igreja fresca e escura ele havia pensado bastante em como deveria se aproximar dela, mas não chegara a nenhuma conclusão, já que não tinha certeza de como ela o receberia. Ainda não sabia. Ela parecia com raiva e desdenhosa, mas seria de verdade? Será que ele deveria ser charmoso e engraçado, agressivo e mandão ou desamparado e suplicante?

– Preciso de ajuda – disse simplesmente.

A expressão dela não se alterou.

– Os ingleses estão atrás de mim – continuou. – Estão vigiando minha casa. Todos os hotéis têm minha descrição. Não tenho onde dormir. Quero ficar com você.

– Vá para o inferno.

– Me deixe explicar por que abandonei você.

– Depois de dois anos, nenhuma desculpa será suficiente.

– Me dê um minuto para explicar. Em nome de... tudo.

– Eu não lhe devo nada. – Sonja o encarou com raiva por mais um momento, depois abriu a porta. Wolff pensou que ela iria expulsá-lo. Ele observou o rosto da mulher enquanto ela o encarava, segurando a porta. Depois Sonja pôs a cabeça para fora e gritou: – Alguém me traga uma bebida!

Wolff relaxou um pouco.

Sonja voltou para dentro e fechou a porta.

– Um minuto – disse para ele.

– Você vai ficar me vigiando feito um guarda de prisão? Não sou perigoso – falou Wolff, sorrindo.

– Ah, é, sim.

Mas ela voltou ao banco alto e continuou a tirar a maquiagem.

Wolff hesitou. O outro problema em que tinha pensado durante aquela longa tarde na igreja copta era como explicar por que tinha ido embora sem se despedir e nunca mais fizera contato. Apenas a verdade parecia convincente. Por mais que relutasse em revelar seu segredo, precisava contar, porque estava desesperado e Sonja era sua única esperança.

– Você lembra que fui a Beirute em 1938? – começou ele.

– Não.

– Trouxe um bracelete de jade para você.

O olhar de Sonja encontrou o dele pelo espelho.

– Não o tenho mais.

Wolff soube que ela estava mentindo.

– Fui lá para me encontrar com um oficial do exército alemão chamado Heinz – continuou. – Ele pediu que eu trabalhasse para a Alemanha na guerra que estava para começar, e eu concordei.

Sonja deu as costas para o espelho e o encarou. Wolff viu algo parecido com esperança nos olhos dela.

– Eles me mandaram voltar ao Cairo e esperar que entrassem em contato. Há dois anos, me procuraram querendo que eu fosse para Berlim. Eu, fui, fiz um curso de treinamento, depois trabalhei nos Bálcãs e no Levante. Voltei a Berlim em fevereiro porque tinham uma nova missão para mim. Eles me mandaram para cá...

– O que você está dizendo? – perguntou ela, incrédula. – Que você é um *espião*?

– Sou.

– Não acredito.

– Olhe. – Wolff pegou uma mala e a abriu. – Isso é um rádio para mandar mensagens a Rommel. – Fechou-a de novo e abriu a outra. – Essa é minha verba.

Sonja olhou para as pilhas de notas.

– Meu Deus! É uma *fortuna*.

Houve uma batida à porta e Wolff fechou a mala. Um garçom entrou com uma garrafa de champanhe num balde com gelo. Ao ver Wolff, perguntou:

– Devo trazer mais uma taça?

– Não – respondeu Sonja, impaciente. – Saia.

O garçom se retirou. Wolff abriu a bebida, encheu a taça, entregou a Sonja e depois tomou um longo gole direto da garrafa.

– Escute – disse. – Nosso exército está vencendo no deserto. Nós podemos ajudá-lo. Os alemães precisam saber sobre as forças britânicas: número de homens, divisões, nomes dos comandantes, qualidade das armas e equipamentos e, se possível, planos de batalha. Nós estamos aqui, no Cairo, onde podemos descobrir essas coisas. Depois, quando os alemães tomarem o poder, nós seremos heróis.

– Nós?

– Você pode me ajudar. A primeira coisa que pode fazer é me dar um lugar para morar. Você odeia os ingleses, não é? Não quer que eles sejam expulsos?

– Eu faria isso por qualquer pessoa, menos por você.

Ela terminou o champanhe e encheu a taça de novo.

Wolff pegou a taça da mão dela e bebeu.

– Sonja. Se eu tivesse lhe mandado um cartão-postal de Berlim, os ingleses iriam jogá-la na cadeia. Não é possível que você esteja com raiva, agora que sabe dos motivos. – Ele baixou a voz. – Tudo pode voltar a ser como nos velhos tempos. Vamos ter boa comida e o melhor champanhe, roupas novas, festas maravilhosas e um carro americano. Vamos para Berlim. Você sempre quis dançar em Berlim, e lá você vai ser uma estrela. A Alemanha é um novo *tipo* de nação. Vamos governar o mundo, e você pode ser uma princesa. Nós... – Ele parou. Nada disso estava causando efeito. Era hora da última cartada. – Como vai Fawzi?

Sonja baixou os olhos.

– Foi embora, aquela vaca.

Wolff pousou a taça, depois colocou as duas mãos no pescoço de Sonja, que o encarou sem se mover. Com os polegares embaixo do queixo dela, obrigou-a a se levantar.

– Vou encontrar outra Fawzi para nós – disse baixinho. Viu que os olhos dela ficaram úmidos. Suas mãos se moveram sobre o roupão de seda, descendo pelos lados do corpo, acariciando-o. – Sou o único que sabe do que você precisa.

Ele aproximou a boca da de Sonja, segurou o lábio dela entre os dentes e mordeu até sentir gosto de sangue.

Ela fechou os olhos.

– Odeio você – gemeu.

～

No frescor da noite, Wolff andava pelo caminho de sirga às margens do Nilo, na direção da casa-barco. As feridas tinham sumido do rosto e o intestino estava normal outra vez. Usava um novo terno branco e carregava duas sacolas cheias com seus mantimentos prediletos.

O subúrbio ilhéu de Zamalek era silencioso e pacífico. O barulho exagerado do centro do Cairo só podia ser ouvido ligeiramente por cima de uma larga faixa de água. O rio calmo e lamacento batia de leve nas casas-barcos enfileiradas na margem. As embarcações, de todos os tamanhos e formas, pintadas com cores alegres e adornadas luxuosamente, ficavam lindas ao sol do fim da tarde.

A de Sonja era menor e mais ricamente mobiliada do que a maioria.

Uma prancha levava do caminho até o convés superior, aberto à brisa mas protegido do sol por um toldo listrado de verde e branco. Wolff subiu a bordo e desceu a escada para o interior. O lugar era atulhado de móveis: poltronas, sofás, mesas e armários cheios de badulaques. Havia uma cozinha minúscula na proa. Cortinas de veludo marrom que desciam do teto ao chão dividiam o espaço ao meio, isolando o quarto. Depois do quarto, na popa, ficava o banheiro.

Sonja estava sentada numa almofada, pintando as unhas dos pés. Era extraordinário como ela conseguia parecer desleixada, pensou Wolff. Usava um vestido de algodão imundo, o rosto parecia macilento e o cabelo estava despenteado. Dali a meia hora, quando saísse para a boate Cha-Cha, pareceria uma mulher dos sonhos de qualquer homem.

Wolff pôs as sacolas numa mesa e começou a tirar as coisas.

– Champanhe francês... geleia inglesa... salsicha alemã... ovos de codorna... salmão escocês defumado...

Sonja ergueu o olhar, atônita.

– Ninguém consegue coisas assim. Estamos no meio de uma guerra.

Wolff sorriu.

– Há uma pequena mercearia grega em Qulali, cujo dono se lembra de um bom freguês.

– É seguro?

– Ele não sabe onde eu moro. E, além disso, a loja é o único lugar do Norte da África onde é possível arranjar caviar.

Ela se aproximou e olhou dentro de uma sacola.

– Caviar! – Tirou a tampa do vidro e começou a comer com os dedos. – Não como caviar desde que...

– Desde que eu fui embora. – Wolff pôs uma garrafa de champanhe na geladeira. – Se você esperar alguns minutos, poderá comer o caviar com champanhe.

– Não posso esperar.

– Nunca pode. – Ele pegou um jornal em língua inglesa numa das sacolas e começou a ler. Era um periódico vagabundo, cheio de comunicados oficiais, com as notícias da guerra censuradas com mais rigor do que nas transmissões da BBC que todo mundo escutava. A cobertura local era pior ainda: era ilegal publicar discursos dos políticos de oposição do Egito. – Ainda não há nada sobre mim – disse Wolff.

Ele tinha contado a Sonja os acontecimentos de Assyut.

– As notícias sempre saem com atraso – retrucou ela com a boca cheia de caviar.

– Não é isso. Se eles informarem o assassinato, terão que dizer qual foi a motivação. Se não disserem, as pessoas vão adivinhar. Os ingleses não querem que as pessoas suspeitem que os alemães têm espiões no Egito. Passa uma impressão ruim.

Ela entrou no quarto para trocar de roupa.

– Quer dizer que pararam de procurar você? – gritou de trás da cortina.

– Não. Encontrei Abdullah no bazar. Ele disse que a polícia egípcia não está muito interessada, mas há um tal de major Vandam pressionando.

Wolff pousou o jornal, franzindo a testa. Gostaria de saber se Vandam era o oficial que tinha invadido a Villa les Oliviers. Queria ter visto o sujeito mais de perto, mas do outro lado da rua o rosto do oficial, sombreado pelo quepe, era só um vazio escuro.

– Como Abdullah sabe? – perguntou Sonja.

– Não sei. – Wolff deu de ombros. – Ele é ladrão, ouve coisas.

Foi até a geladeira e pegou a garrafa de champanhe. Ainda não havia gelado o suficiente, mas ele estava com sede. Serviu duas taças. Sonja saiu vestida de trás da cortina. Como ele havia previsto, transformada: o cabelo perfeito, o rosto maquiado levemente, mas com apuro, o corpo dentro de um vestido diáfano vermelho-cereja e sapatos da mesma cor.

Alguns minutos depois soaram passos na prancha de embarque e uma batida à escotilha. O táxi de Sonja havia chegado. Ela esvaziou a taça e saiu. Os dois quase nunca diziam olá e adeus um ao outro.

Wolff foi até o armário onde guardava o rádio. Pegou o romance inglês e a folha de papel com a chave do código. Examinou a chave. Hoje era o dia 28 de maio. Ele precisava somar 42 – o ano – a 28 para chegar ao número da página do romance que deveria usar para codificar a mensagem. Maio era o quinto mês do ano, então a quinta letra de todas as linhas da página devia ser descontada.

Decidiu transmitir CHEGUEI. FAZENDO CONTATO. CONFIRME. Começando no topo da página 70 do livro, correu os olhos ao longo da primeira linha em busca da letra C. Era o décimo caractere, descontando a quinta letra. Em seu código, portanto, seria representado pela décima letra do alfabeto, o J. Em seguida precisava de um H. No livro, a terceira letra depois do C era um H. Assim, o H de CHEGUEI seria representado pela terceira letra do alfabeto, o C. Havia modos especiais para lidar com letras raras, como o Y.

Esse tipo de código era uma variação da cifra de uso único, o único tipo de código inviolável na teoria e na prática. Para decodificar a mensagem, o ouvinte precisaria ter o livro e a chave.

Quando terminou de codificar a mensagem, olhou o relógio. Deveria transmitir à meia-noite. Tinha duas horas antes de esquentar o rádio. Serviu-se de mais uma taça de champanhe e decidiu acabar com o caviar. Pegou uma colher e o vidro. Estava vazio – Sonja tinha comido tudo.

~

A pista era uma faixa de deserto de onde haviam tirado apressadamente os espinheiros e as pedras grandes. Rommel olhou para baixo enquanto o chão ia ao seu encontro. O Storch, um avião leve que os comandantes alemães usavam para viagens curtas pelo campo de batalha, desceu como uma mosca, as rodas nas extremidades de pernas dianteiras compridas e afiladas. O avião parou e Rommel desembarcou.

O calor o atacou primeiro, depois a poeira. No céu a temperatura estava amena, e agora ele se sentia como se tivesse entrado numa fornalha. Começou a suar imediatamente. Assim que inspirou o ar, uma fina camada de areia cobriu seus lábios e a ponta da língua. Uma mosca pousou em seu nariz grande e ele a espantou.

Von Mellenthin, oficial do serviço de informações de Rommel, foi até ele correndo pela areia, as botas de cano alto levantando nuvens de poeira. Parecia agitado.

– Kesselring está aqui – informou.

– *Auch, das noch* – retrucou Rommel. – É só disso que eu preciso.

Kesselring, o sorridente marechal de campo, representava tudo o que Rommel mais abominava nas forças armadas alemãs. Era um oficial do Estado-Maior, e Rommel odiava o Estado-Maior; era um dos fundadores da Luftwaffe, que tinha decepcionado Rommel muitas vezes na guerra do deserto; e era – o pior de tudo – um esnobe. Um de seus comentários ácidos havia chegado certa vez até Rommel. Reclamando que Rommel era grosseiro com seus subordinados, Kesselring tinha dito: "Poderia valer a pena falar com ele sobre isso, se ele não fosse de Württemburger." Württemburger era o estado onde Rommel havia nascido, e a observação era um exemplo do preconceito contra o qual Rommel vinha lutando durante toda a carreira.

Foi andando pela areia na direção do veículo de comando, com Von Mellenthin em seus calcanhares.

– O general Crüwell foi capturado – disse Von Mellenthin. – Tive que pedir a Kesselring que assumisse. Ele passou a tarde tentando descobrir onde o senhor estava.

– Só piora – retrucou Rommel, azedo.

Eles entraram na parte de trás do veículo de comando, um caminhão enorme. A sombra era bem-vinda. Kesselring estava curvado sobre um mapa, espantando moscas com a mão esquerda ao mesmo tempo que traçava uma linha com a direita. Ergueu o olhar e sorriu.

– Meu caro Rommel, graças a Deus você voltou – disse com uma voz sedosa.

Rommel tirou o quepe.

– Estive travando uma batalha – grunhiu.

– Imagino. O que aconteceu?

Rommel apontou para o mapa.

– Esta é a linha de Gazala. – Era uma série de "caixas" fortificadas ligadas por campos minados que partia do litoral, em Gazala, e seguia para o sul, penetrando no deserto por 80 quilômetros. – Contornamos a extremidade sul da linha e os pegamos por trás.

– Boa ideia. O que deu errado?

– Ficamos sem gasolina e munição. – Rommel sentou-se pesadamente, sentindo-se de repente muito cansado. – De novo – acrescentou.

Kesselring, como comandante em chefe do sul, era responsável pelos suprimentos de Rommel, mas o marechal de campo não pareceu notar a crítica implícita.

Um servente entrou com canecas de chá numa bandeja. Rommel bebeu um gole do seu. Tinha areia.

– Hoje à tarde tive a experiência incomum de assumir o papel de um dos seus comandantes subordinados – falou Kesselring, em tom afável.

Rommel grunhiu. Havia algum comentário sarcástico vindo pela frente, dava para ver. Não queria esgrimir com Kesselring agora; queria pensar na batalha.

– Achei tremendamente difícil – continuou Kesselring –, com as mãos atadas pela subordinação a um quartel-general que não dava ordens nem podia ser contatado.

– Eu estava no coração da batalha, dando as ordens no local.

– Mesmo assim, poderia ter mantido contato.

– É assim que os ingleses lutam – disparou Rommel, ríspido. – Os generais ficam quilômetros atrás das linhas, mantendo contato. Mas eu estou vencendo. Se tivesse meus suprimentos, estaria no Cairo agora.

– Você não vai para o Cairo – reagiu Kesselring bruscamente. – Vai para Tobruk, e ficará lá até eu ter conquistado Malta. São as ordens do Führer.

– Claro. – Rommel não reabriria essa discussão; pelo menos por enquanto. Tobruk era o objetivo imediato. Assim que aquele porto fortificado fosse tomado, os comboios da Europa, por mais inadequados que fossem, poderiam vir diretamente à linha de frente, dispensando a longa jornada pelo deserto que dispendia tanta gasolina. – E, para alcançar Tobruk, precisamos romper a linha de Gazala.

– Qual é o seu próximo passo?

– Retroceder e reagrupar as forças.

Rommel viu Kesselring levantar as sobrancelhas – o marechal de campo sabia como Rommel odiava recuar.

– E o que o inimigo vai fazer? – perguntou Kesselring a Von Mellenthin, que, como comandante do serviço de informações, era responsável pela avaliação detalhada da posição inimiga.

– Eles vão nos perseguir, mas não de imediato – respondeu o homem. – Felizmente, eles são sempre lentos em aproveitar uma vantagem. Mas, cedo ou tarde, tentarão uma investida.

– A questão é: quando e onde? – disse Rommel.

– De fato – concordou Von Mellenthin. Então pareceu hesitar e, em seguida, acrescentou: – Nos resumos de hoje há um pequeno item que deve interessá-lo, general. O espião fez contato.

– O espião? – Rommel franziu a testa, então se lembrou. – Ah, sim! – Rommel tinha ido de avião até o oásis de Gialo, no deserto da Líbia, para dar as últimas instruções antes que o espião finalmente começasse sua longa caminhada. O nome dele era Wolff. Rommel tinha ficado impressionado com a coragem do sujeito, mas era pessimista com relação às suas chances. – De onde ele fez contato?

– Do Cairo.

– Então ele chegou lá. Se é capaz disso, é capaz de qualquer coisa. Talvez consiga prever onde será a investida.

– Meu Deus, você não está contando com espiões agora, está? – disparou Kesselring.

– Não estou contando com ninguém! – exclamou Rommel. – *Eu* sou a pessoa com a qual todos contam!

– Ótimo. – Kesselring continuou sereno, como sempre. – As informações da inteligência nunca têm muita utilidade, como você deve saber. E as informações fornecidas pelos espiões são as piores.

– Concordo – retrucou Rommel, mais calmo. – Mas tenho a sensação de que esse pode ser diferente.

– Duvido – finalizou Kesselring.

CAPÍTULO QUATRO

ELENE FONTANA OLHOU O próprio rosto no espelho e pensou: estou com 23 anos, devo estar perdendo a beleza.

Aproximou-se de seu reflexo e se examinou com cuidado, procurando sinais de expressão. Sua pele era perfeita. Os olhos castanhos e redondos eram límpidos como um lago de montanha. Não havia rugas. Era um rosto infantil, de traços delicados, com uma inocência de criança abandonada. Ela parecia um colecionador de arte verificando sua melhor obra: pensava no rosto como sendo *dela*, não *ela*. Sorriu e o reflexo no espelho sorriu de volta. Era um sorriso pequeno e íntimo, com uma leve sugestão de malícia: sabia que poderia fazer um homem suar frio.

Pegou o bilhete e releu.

Quinta-feira
Querida Elene,
Infelizmente, está tudo acabado. Minha mulher descobriu. Nós resolvemos as coisas, mas precisei prometer que nunca mais veria você. Claro que você pode ficar no apartamento, mas não posso mais pagar o aluguel. Lamento muito que tenha acontecido assim, mas acho que nós dois sabíamos que não duraria para sempre. Boa sorte.
Do seu
Claud

Simples assim, pensou ela.

Rasgou o bilhete e seu sentimentalismo barato. Claud era um empresário gordo, metade francês e metade grego, dono de três restaurantes no Cairo e um em Alexandria. Era culto, jovial e gentil, mas, quando sentiu a pressão, não se importou nem um pouco com Elene.

Era o terceiro em seis anos.

Tinha começado com Charles, o corretor de valores. Ela estava com 17 anos, sem um tostão, desempregada e com medo de voltar para casa. Charles a colocou no apartamento e ia vê-la todas as noites de terça-feira. Ela o expulsou quando ele a ofereceu ao irmão, como se ela fosse uma bandeja de doces. Depois veio Johnnie, o melhor dos três, que queria se divorciar da esposa e se casar com Elene – ela recusara. Agora Claud também tinha ido embora.

Desde o início, ela sabia que não havia futuro naquilo.

O fim dos casos amorosos era culpa sua tanto quanto deles. Os motivos aparentes – o irmão de Charles, o pedido de casamento de Johnnie, a mulher de Claud – eram apenas desculpas, ou talvez catalisadores. A verdadeira razão era sempre a mesma: Elene estava infeliz.

Contemplou a perspectiva de outro caso amoroso. Sabia como seria. Durante um tempo viveria da pequena poupança que tinha no Barclay's Bank, no Shari Kasr-el-Nil – sempre conseguia economizar quando tinha um homem. Depois veria o saldo diminuir lentamente e arranjaria um emprego numa trupe de dança, mostrando as pernas e remexendo os quadris em uma boate qualquer por alguns dias. Depois... Fitou o espelho e seu olhar foi se tornando desfocado enquanto ela visualizava o quarto amante.

Talvez fosse um italiano, com olhos e cabelos brilhantes e unhas bem-feitas. Poderia conhecê-lo no bar do Metropolitan Hotel, onde os repórteres bebiam. Ele falaria com ela, depois lhe ofereceria uma bebida. Ela sorriria e ele estaria perdido. Marcariam um jantar para o dia seguinte. Ela estaria resplandecente ao entrar no restaurante de braço dado com ele. Todas as cabeças se virariam para os dois e ele se sentiria orgulhoso. Eles se encontrariam mais vezes. Ele lhe daria presentes. Depois lhe daria uma cantada, e então outra; a terceira seria bem-sucedida. Ela gostaria de fazer amor com ele – a intimidade, o toque, os carinhos – e faria com que ele se sentisse um rei. Ele se despediria dela ao amanhecer, mas voltaria naquela noite mesmo.

Os dois parariam de ir juntos a restaurantes – é "arriscado demais", diria ele –, mas ele passaria cada vez mais tempo no apartamento e começaria a pagar o aluguel e as contas. Então Elene teria tudo o que desejava: uma casa, dinheiro e afeto. Começaria a se perguntar por que estava sofrendo tanto. Teria um chilique se ele chegasse meia hora atrasado. Ficaria carrancuda se ele ao menos citasse a esposa. Reclamaria que ele não lhe dava mais presentes, mas os aceitaria despreocupadamente quando ele os desse. Ele ficaria irritado, mas não conseguiria deixá-la, porque a essa altura estaria ansioso por seus beijos relutantes, ávido por seu corpo perfeito, e ela ainda o faria sentir-se um rei na cama.

Começaria a achar a conversa dele tediosa. Exigiria mais paixão do que ele era capaz de dar. Os dois passariam a brigar. Finalmente chegaria a crise. A mulher dele teria suspeitas, ou um filho ficaria doente, ou ele teria de fazer uma viagem de negócios que duraria seis meses, ou ficaria sem dinheiro. E Elene voltaria ao ponto em que estava agora: à deriva, sozinha, desacreditada – e um ano mais velha.

Seus olhos entraram em foco de novo e ela fitou mais uma vez o rosto no espelho. Era ele a causa de tudo aquilo. Era por causa dele que Elene levava aquela vida sem sentido. Se fosse feia, teria sempre ansiado por viver daquela forma e nunca teria descoberto como era ter uma existência vazia. Você me desviou, pensou; me enganou, fingiu que eu era outra pessoa. Você não é o meu rosto, é uma máscara. Deveria parar de tentar arruinar minha vida.

Não sou uma linda socialite do Cairo, sou uma favelada de Alexandria.

Não sou uma mulher independente, sou praticamente uma prostituta.

Não sou egípcia, sou judia.

Meu nome não é Elene Fontana. É Abigail Asnani.

E quero voltar para casa.

~

O rapaz atrás do balcão da Agência Judaica do Cairo usava quipá. A não ser pela barba rala, suas bochechas eram lisas. Perguntou o nome e o endereço dela. Esquecendo sua decisão, respondeu que era Elene Fontana.

O rapaz pareceu confuso. Ela estava acostumada: a maioria dos homens ficava meio fora do rumo quando ela sorria.

– Será que... – começou ele. – Quero dizer... será que a senhorita se importa se eu perguntar por que deseja ir para a Palestina?

– Sou judia – respondeu ela, bruscamente. Não podia explicar sua vida àquele rapaz. – Minha família inteira morreu. Estou desperdiçando minha vida.

A primeira parte não era verdade, mas a segunda era.

– Que trabalho você faria na Palestina?

Ela não tinha pensado nisso.

– Qualquer coisa.

– A maioria do serviço disponível é trabalho agrícola.

– Ótimo.

Ele deu um sorriso gentil. Estava recuperando a compostura.

– Não quero ofender, mas você não parece uma trabalhadora agrícola.

– Se eu não quisesse mudar de vida, não iria para a Palestina.

– É. – Ele ficou brincando com a caneta. – Que trabalho você tem agora?

– Sou cantora e, quando não arranjo trabalho cantando, danço. E quando não consigo trabalho dançando, sou garçonete. – Era mais ou menos verdade. Ela havia feito essas três coisas esporadicamente, mas dançar era a única que fazia com sucesso, e nem era brilhante. – Eu lhe disse: estou desperdiçando minha vida. Por que todas essas perguntas? Agora a Palestina só aceita pessoas formadas em universidades?

– Longe disso. Mas é muito difícil entrar. Os ingleses impuseram uma cota e todos os lugares são ocupados por refugiados do nazismo.

– Por que não falou isso antes? – perguntou ela, com raiva.

– Por dois motivos. Primeiro, porque podemos mandar pessoas ilegalmente. Segundo... o segundo demora um pouco mais para explicar. Você pode esperar um minuto? Preciso telefonar para uma pessoa.

Elene ainda estava com raiva dele por tê-la interrogado antes de dizer que não havia lugares.

– Não sei se faz sentido esperar.

– Faz, eu prometo. É importante. Só um ou dois minutos.

– Está bem.

Ele foi para uma sala nos fundos. Elene esperou, impaciente. O dia estava esquentando e a sala era mal ventilada. Sentia-se meio idiota. Tinha ido até ali num impulso, sem pensar direito na ideia da imigração. Muitas de suas decisões eram tomadas assim. Poderia ter imaginado que fariam perguntas; poderia ter ensaiado as respostas. Poderia ter ido vestida com algo menos glamoroso.

O rapaz voltou.

– Está tão quente... – comentou. – Vamos tomar alguma coisa do outro lado da rua?

Então esse era o jogo, pensou ela. Decidiu dar um basta. Lançou um olhar avaliador para ele.

– Não. Você é novo demais para mim.

Ele ficou tremendamente sem graça.

– Ah, por favor, não entenda mal. Quero lhe apresentar a uma pessoa, só isso.

Ela pensou se deveria acreditar. Não tinha nada a perder e estava com sede.

– Está bem.

O rapaz segurou a porta para ela. Os dois atravessaram a rua, desviando das carroças precárias e dos táxis caindo aos pedaços, sentindo o calor súbito do sol. Passaram embaixo de um toldo listrado e entraram num café fresco. O rapaz pediu uma limonada, e Elene quis um gim-tônica.

– Vocês podem levar pessoas ilegalmente – começou ela.

– Às vezes. – Ele tomou metade da bebida num gole só. – Um dos motivos para fazermos isso é a pessoa estar sendo perseguida. Foi por isso que fiz aquelas perguntas.

– Não estou sendo perseguida.

– O outro motivo é as pessoas terem feito muito pela causa, de algum modo.

– Quer dizer que eu preciso conquistar o direito de ir para a Palestina?

– Olhe, talvez um dia todos os judeus tenham o direito de morar lá. Mas por enquanto há cotas, e é necessário haver um critério.

Ela ficou tentada a perguntar com quem precisaria dormir, mas já o tinha avaliado mal nesse sentido uma vez. Mesmo assim, supôs que ele queria usá-la de algum modo.

– O que eu preciso fazer? – disse.

Ele balançou a cabeça.

– Não devo negociar com você. Os judeus egípcios não podem entrar na Palestina, a não ser em casos especiais, e você não é um caso especial. É só isso.

– O que está tentando me dizer, então?

– Você não pode ir para a Palestina, mas ainda pode lutar pela causa.

– O que exatamente você tem em mente?

– A primeira coisa que precisamos fazer é derrotar os nazistas.

Ela gargalhou.

– Bom, vou me esforçar ao máximo!

Ele ignorou isso.

– Não gostamos muito dos ingleses, mas qualquer inimigo da Alemanha é nosso amigo, de modo que, no momento, em base estritamente temporária, estamos trabalhando com o serviço secreto britânico. Achei que você poderia ajudá-los.

– Pelo amor de Deus! Como?

Uma sombra cobriu a mesa e o rapaz levantou a cabeça.

– Ah! – exclamou, e olhou de volta para Elene. – Quero que conheça meu amigo, o major William Vandam.

~

Era um homem alto e forte: com os ombros largos e as pernas musculosas, poderia ser um atleta, ainda que parecesse ter – Elene supôs – quase 40 anos e estivesse começando a ficar meio flácido. Tinha o rosto redondo e franco, e cabelos castanhos e grossos que pareciam encaracolar se crescessem um pouco além do comprimento permitido. Apertou a mão dela, sentou-se, cruzou as pernas, acendeu um cigarro e pediu gim. Tinha a expressão severa, como se achasse a vida algo muito sério e não quisesse que ninguém ficasse de brincadeira.

Elene achou que ele era um típico inglês frio.

O rapaz da Agência Judaica perguntou ao major:

– Quais são as novidades?

– A linha de Gazala está se segurando, mas a coisa anda muito violenta por lá.

A voz de Vandam foi uma surpresa. Em geral, os oficiais ingleses falavam com o sotaque de classe alta que passara a simbolizar arrogância para os egípcios comuns. Vandam se expressava com exatidão, mas brandamente. Elene teve a sensação de que eram traços de um sotaque do campo, mas não conseguia se lembrar de como sabia disso.

– De onde o senhor é, major? – perguntou.

– Dorset. Por que pergunta?

– Estava pensando no seu sotaque.

– Sudoeste da Inglaterra. Você é observadora. Eu achava que não tinha sotaque.

– Só um leve traço.

Vandam acendeu outro cigarro. Ela olhou as mãos dele. Eram compridas e finas, e não combinavam com o restante do corpo; as unhas eram bem-cuidadas e a pele branca, a não ser pelas manchas amareladas nos pontos em que segurava o cigarro.

O rapaz se levantou.

– Vou deixar que o major explique tudo. Espero que trabalhe com ele. Acho muito importante.

Vandam apertou a mão dele e agradeceu, e o rapaz saiu.

Ele se virou para Elene.

– Me fale sobre você.

– Não – disse ela. – Me fale *você* sobre si mesmo.

Ele levantou uma sobrancelha, levemente espantado, achando meio engraçado e subitamente nem um pouco frio.

– Certo – concordou depois de um momento. – O Cairo está cheio de oficiais e homens em poder de segredos. Eles conhecem nossos pontos fortes, nossos pontos fracos e nossos planos. O inimigo quer saber esses segredos. Podemos ter certeza de que a qualquer momento do dia os alemães têm pessoas no Cairo tentando conseguir informações. Meu serviço é impedi-las.

– Simples assim – concluiu Elene.

Ele pensou.

– É simples, mas não fácil.

Elene notou que ele levava a sério tudo o que ela dizia. Achou que era por ser desprovido de humor, mas mesmo assim gostou disso – em geral os homens ouviam o que ela falava como música ambiente num bar: um som agradável, mas praticamente sem importância.

Ele estava esperando.

– Sua vez.

De repente teve vontade de contar a verdade.

– Sou uma cantora péssima e uma dançarina medíocre, mas às vezes encontro um homem rico que paga minhas contas.

Ele não disse nada, mas pareceu perplexo.

– Chocado? – perguntou Elene.

– Não deveria estar?

Ela desviou os olhos. Sabia o que ele estava pensando. Até então a havia tratado com educação, como se ela fosse uma mulher respeitável, da sua classe. Agora percebera que tinha se equivocado. A reação dele era completamente previsível, mas mesmo assim Elene ficou amarga.

– Não é isso que a maioria das mulheres faz quando se casa? Arranja um homem para pagar suas contas? – falou.

– É – respondeu ele, sério.

Ela o encarou, dominada pelo diabinho da malícia.

– Eu só viro a cabeça deles um pouco mais depressa do que uma dona de casa comum.

Vandam explodiu numa gargalhada. De repente parecia um homem diferente. Inclinou a cabeça para trás, os braços e as pernas se abriram e toda a tensão desapareceu do seu corpo. Quando o riso parou ele ficou relaxado por um breve momento. Os dois sorriram um para o outro. O instante passou e ele cruzou as pernas de novo. Ambos ficaram em silêncio. Elene se sentiu como uma colegial dando risadinhas em sala de aula.

Vandam estava sério de novo.

– Meu problema é informação – disse. – Ninguém conta nada a um inglês. É aí que você entra. Como é egípcia, ouve o tipo de fofocas e conversas de rua que nunca chegam ao meu conhecimento. E, como é judia, vai repassá-las a mim. Eu espero.

– Que tipo de fofocas?

– Estou interessado em qualquer pessoa que se mostre curiosa com relação ao exército britânico. – Ele fez uma pausa. Parecia decidir até que ponto contaria. – Mais especificamente... No momento estou procurando um homem chamado Alex Wolff. Costumava morar no Cairo e voltou há pouco tempo. Talvez esteja procurando um lugar para ficar e provavelmente tem muito dinheiro. Sem dúvida está fazendo perguntas sobre as forças britânicas.

Elene deu de ombros.

– Depois de toda aquela introdução, eu esperava que me pedissem para fazer uma coisa muito mais dramática.

– O quê, por exemplo?

– Não sei. Dançar uma valsa com Rommel e roubar a carteira dele.

Vandam riu de novo. Elene pensou: eu poderia gostar dessa risada.

– Bom, por mais que seja uma coisa simples, você faria?

– Não sei.

Na verdade, sei, sim, pensou ela; só estou tentando prolongar a entrevista porque estou me divertindo.

Vandam se inclinou à frente.

– Preciso de pessoas como você, Srta. Fontana. – Seu nome pareceu tolo quando ele o disse de modo tão educado. – Você é observadora, tem um disfarce perfeito e é, obviamente, inteligente. Por favor, me desculpe por ser tão direto...

– Não peça desculpas, eu adorei. Continue falando.

– A maioria das pessoas não é muito confiável. Elas fazem isso pelo dinheiro, e você tem um motivo melhor...

– Espere um minuto – interrompeu ela. – Quero dinheiro também. Quanto esse trabalho paga?

– Depende das informações que você trouxer.

– Qual é o mínimo?

– Nada.

– É um pouco menos do que eu estava esperando.

– Quanto você quer?

– Você poderia ser um cavalheiro e pagar o aluguel do meu apartamento.

Ela mordeu o lábio. Parecia uma prostituta falando assim.

– Quanto é?

– Setenta e cinco por mês.

Vandam ergueu as sobrancelhas.

– Onde você mora? Num palacete?

– Os preços subiram, não soube? A culpa é desses oficiais ingleses todos, desesperados para arranjar acomodação.

– *Touché*. – Ele franziu a testa. – Você teria que ser tremendamente útil para justificar 75 por mês.

Elene deu de ombros.

– Por que não me dá uma chance?

– Você é uma boa negociadora. – Ele sorriu. – Certo, um mês de teste.

Elene tentou não parecer triunfante.

– Como entro em contato com você?

– Mande um recado. – Ele pegou um lápis e um pedaço de papel no bolso da camisa e começou a escrever. – Vou lhe dar meu endereço e o número do meu telefone no quartel-general e em casa. Assim que eu tiver notícias suas, vou ao seu apartamento.

– Certo. – Ela anotou o endereço, imaginando o que o major pensaria do lugar. – E se alguém vir você?

– Isso tem alguma importância?

– Podem me perguntar quem você é.

– Bom, é melhor não contar a verdade.

Ela riu.

– Vou dizer que você é meu amante.

Ele desviou os olhos.

– Muito bem.

– Mas é melhor você representar bem o papel. – Ela manteve o rosto impassível. – Me levar flores e caixas de bombons.

– Não sei...

– Os ingleses não dão flores e chocolates às amantes?

Vandam a olhou sem piscar. Elene percebeu que ele tinha olhos cinza.

– Não sei – respondeu ele, com sinceridade. – Nunca tive amante.

Elene pensou: tenho que dar o braço a torcer.

– Então tem muito o que aprender – falou.

– Tenho certeza que sim. Gostaria de mais uma bebida?

E agora estou sendo dispensada, pensou. Você não é fácil, major Vandam: é íntegro e gosta muito de estar no controle das coisas; também é bastante autoritário. Eu posso lhe ensinar algumas coisinhas, driblar sua vaidade, causar um pequeno estrago na sua vida.

– Não, obrigada – disse. – Preciso ir.

Ele se levantou.

– Esperarei notícias suas.

Elene apertou a mão dele e foi andando. De algum modo teve a sensação de que ele não estava olhando-a se afastar.

~

Vandam colocou um traje civil para a recepção na União Anglo-Egípcia. Nunca teria ido à União enquanto sua esposa estava viva: ela dizia que era um local vulgar. Ele pedia para ela falar "popular", para não soar como uma esnobe do interior. Ela respondia que *era* uma esnobe do interior, e lhe pedia que por favor não fosse pretensioso a respeito de sua educação clássica.

Vandam a amava na época e continuava amando.

O pai dela era um homem razoavelmente rico que se tornara diplomata por não ter nada melhor a fazer. Não ficou satisfeito com a perspectiva de a filha se casar com o filho de um funcionário dos correios. Não adiantou dizer que Vandam tinha estudado em escola particular (com bolsa) e na Universidade de Londres, e que era considerado um dos mais promissores jovens oficiais de sua geração no exército. Mas a filha estava determinada, como era em todas as coisas, e no fim o pai acabou aceitando de bom grado o casamento. Estranhamente, na única ocasião em que o pai dele e o dela se encontraram, os dois se deram bastante bem. Infelizmente, as mães se odiavam e não houve mais reuniões de família.

Nada disso importava muito para Vandam, assim como o fato de que sua mulher tinha pavio curto, modos imperiosos e um coração pouco generoso. Angela era graciosa, digna e linda. Para Vandam, Angela era o modelo da feminilidade, e ele se considerava um homem de sorte.

O contraste com Elena Fontana não poderia ser mais marcante.

Ele foi de motocicleta até a União. A moto, uma BSA 350, era muito prática no Cairo. Podia ser usada o ano inteiro, já que o clima era quase sempre bom. E podia ziguezaguear entre os carros e táxis em engarrafamentos. Além disso, era um veículo bastante rápido e lhe dava uma emoção secreta, uma sensação de volta à adolescência, quando ele desejava motos como essa e não tinha dinheiro para comprar. Angela a detestava – como a União, era uma coisa vulgar –, mas pela primeira vez Vandam a desafiou resolutamente.

O dia estava começando a esfriar quando ele parou diante da União. Ao passar pela sede do clube, olhou por uma janela e viu um jogo de sinuca a pleno vapor. Resistiu à tentação e foi até o gramado.

Aceitou um copo de xerez de Chipre e se misturou à multidão, assentindo e sorrindo, jogando conversa fora com os conhecidos. Havia chá para os convidados muçulmanos abstêmios, mas não eram muitos os que tinham aparecido. Vandam provou o xerez e se perguntou se o barman poderia aprender a preparar um martíni.

Olhou para o Clube dos Oficiais Egípcios, do outro lado do gramado, e desejou ser capaz de entreouvir suas conversas. Alguém o chamou e, quando ele se virou, viu a médica. Mais uma vez precisou se esforçar para lembrar o nome dela.

– Dra. Abuthnot.

– Podemos ser informais aqui – disse a médica. – Meu nome é Joan.

– William. Seu marido veio?

– Não sou casada.

– Desculpe.

Agora ele a via sob uma nova luz. Ela era solteira e ele, viúvo, e os dois tinham sido vistos juntos em público três vezes em uma semana – àquele ponto a colônia inglesa no Cairo os consideraria praticamente noivos.

– Você é cirurgiã?

Ela sorriu.

– A única coisa que faço hoje em dia é costurar e remendar pessoas. Mas, sim, antes da guerra eu era cirurgiã.

– Como conseguiu? Não é fácil para uma mulher.

– Lutei com unhas e dentes. – Ela ainda estava sorrindo, mas Vandam detectou um tom subjacente de ressentimento. Joan continuou: – Você também é um pouco incomum, pelo que me disseram.

Vandam se considerava completamente comum.

– Como assim? – perguntou, surpreso.

– Cria seu filho sozinho.

– Não tive escolha. Se quisesse mandá-lo de volta à Inglaterra, não poderia. É impossível conseguir uma passagem a não ser que você esteja aleijado ou seja general.

– Mas você não queria mandá-lo de volta.

– Não.

– Foi isso que eu quis dizer.

– Ele é meu filho. Não quero que outra pessoa o crie. Ele também não quer.

– Entendo. Só que alguns pais achariam isso... afeminado.

Ele levantou as sobrancelhas e, para sua surpresa, ela ficou ruborizada.

– Acho que você está certa. Nunca pensei na situação desse modo.

– Estou envergonhada. Não devia ter me intrometido. Gostaria de outra bebida?

Vandam olhou para seu copo.

– Acho que precisarei ir lá dentro, procurar uma bebida de verdade.

– Boa sorte.

Ela sorriu e se virou.

Vandam seguiu pelo gramado até a sede do clube. Ela era uma mulher bonita, corajosa e inteligente, e tinha deixado claro que queria conhecê-lo melhor. Ele pensou: Por que diabo me sinto tão indiferente com relação a ela? Todas essas pessoas estão pensando em como nós combinamos – e estão certas.

Entrou e falou com o barman:

– Gim. Gelo. Uma azeitona. E *algumas gotas* de um vermute extrasseco.

Quando o martíni chegou, estava bastante bom, e ele bebeu mais dois. Pensou de novo na tal de Elene. Havia mil iguais a ela no Cairo: gregas, judias, sírias e palestinas, além de egípcias. Eram dançarinas apenas pelo tempo necessário para atrair o olhar de algum libertino rico. A maioria provavelmente alimentava a fantasia de se casar e ser levada para uma casa grande em Alexandria, Paris ou Surrey, e acabaria se decepcionando.

Todas tinham um rosto moreno delicado e corpos sensuais, com pernas esguias e seios empinados, mas Vandam se sentia tentado a pensar que Elene se destacava das outras. Seu sorriso era devastador. A ideia de ela ir para a Palestina trabalhar numa fazenda era, à primeira vista, ridícula; mas ela havia tentado e, como o plano fracassara, concordara em trabalhar para ele. Por outro lado, contar fofocas entreouvidas na rua era uma forma fácil de ganhar dinheiro, tanto quanto ser amante de alguém. Provavelmente ela era igual a todas as outras dançarinas. Vandam também não estava interessado nesse tipo de mulher.

Os martínis estavam começando a fazer efeito e ele ficou com medo de não ser tão educado quanto deveria com as senhoras quando elas chegassem, por isso pagou a conta e saiu.

Foi até o quartel-general para saber das últimas notícias. Parecia que o dia terminara com numerosas baixas dos dois lados – muito mais do lado britânico. Tremendamente desmoralizante, pensou. Tínhamos uma base segura, bons suprimentos, armas superiores e mais soldados. Planejamos de forma meticulosa e lutamos com cautela, e nunca vencemos porcaria nenhuma. Foi para casa.

Gaafar tinha preparado cordeiro e arroz. Vandam bebeu mais um drinque enquanto comia. Conversou com Billy enquanto jantava. A aula de geografia tinha sido sobre plantações de trigo no Canadá. Vandam gostaria que a escola ensinasse ao garoto alguma coisa sobre o país onde ele vivia.

Depois que Billy foi se deitar, Vandam sentou-se sozinho na sala de estar, fumando, pensando em Joan Abuthnot, Alex Wolff e Erwin Rommel. Todos o ameaçavam, cada um a seu modo. À medida que a noite caía lá fora, a sala começou a parecer claustrofóbica. Vandam encheu a cigarreira e saiu.

A cidade estava tão animada quanto a qualquer hora do dia. Havia um monte de soldados nas ruas, alguns muito bêbados. Eram homens resistentes, que tinham participado de ações no deserto, suportado a areia, o calor, as bombas e os obuses, e frequentemente consideravam os asiáticos menos gratos do que deveriam. Quando um vendedor dava o troco a menos, um dono de restaurante cobrava a mais ou um barman se recusava a servir bebidas, os soldados se lembravam dos amigos que tinham testemunhado morrer em explosões para defender o Egito e começavam a brigar, quebrar janelas e destruir o local. Vandam entendia por que os egípcios eram ingratos – não se importavam muito se quem os oprimia eram os ingleses ou os alemães –, mas ainda assim não tinha quase nenhuma compaixão pelos donos de lojas no Cairo que estavam fazendo fortuna com a guerra.

Caminhava devagar, com o cigarro na mão, aproveitando a brisa noturna, olhando as minúsculas lojas abertas, recusando-se a comprar uma camisa de algodão "feita sob medida enquanto o senhor espera", uma bolsa de couro "para a madame" ou um exemplar de segunda mão de uma revista chamada *Recortes Atrevidos*. Achou graça de um camelô que tinha fotos obscenas no lado esquerdo do paletó e crucifixos do lado direito. Viu um punhado de soldados quase cair de tanto rir ao ver dois policiais egípcios patrulhando a rua de mãos dadas.

Entrou num bar. Fora dos clubes britânicos, era sensato evitar o gim, por isso pediu *zibib*, a bebida com anis que ficava turva ao ser misturada com água. Às dez horas o bar fechou, por aprovação conjunta do governo muçulmano e do chefe da polícia militar, aquele desmancha-prazeres. A visão de Vandam estava meio embaçada quando ele saiu.

Foi para a Cidade Velha. Ao passar por uma placa em que estava escrito PROIBIDA A PASSAGEM DE SOLDADOS, entrou no Birka. Nas ruas estreitas e nos becos, as mulheres estavam sentadas em degraus e debruçadas em janelas, fumando e esperando fregueses, batendo papo com a polícia militar. Algumas falaram com Vandam, oferecendo o corpo em inglês, francês e italiano. Ele entrou num beco pequeno, atravessou um pátio deserto e entrou numa porta sem qualquer sinalização.

Subiu a escada e bateu a uma porta no primeiro andar. Uma egípcia de meia-idade a abriu. Ele pagou cinco libras e entrou.

Numa sala grande e escura, mobiliada com objetos luxuosos e antigos, sentou-se numa almofada e desabotoou o colarinho da camisa. Uma jovem com calças largas lhe entregou o narguilé. Ele tragou várias vezes a fumaça de haxixe. Logo foi dominado por uma agradável sensação de letargia. Recostou-se nos cotovelos e olhou em volta. Nas sombras da sala havia outros quatro homens. Dois eram paxás – ricos proprietários de terras – sentados juntos num divã e falando numa voz baixa e desconexa. Um terceiro, que parecia estar quase dormindo pelo efeito do haxixe, parecia inglês e provavelmente era um oficial como Vandam. O quarto estava sentado num canto conversando com uma das mulheres. Vandam ouviu trechos do que diziam e deduziu que o sujeito queria levar a mulher para casa e eles estavam negociando o preço. O homem era vagamente familiar, mas Vandam, bêbado e agora também drogado, não conseguia lembrar quem ele era.

Uma das garotas se aproximou e pegou a mão de Vandam. Levou-o até uma alcova e fechou a cortina. Tirou o sutiã. Tinha seios morenos e pequenos. Vandam acariciou seu rosto. À luz da vela, as feições mudavam constantemente, fazendo-a parecer velha, depois muito nova, depois predadora, depois amorosa. Num determinado ponto, a jovem ficou parecida com Joan Abuthnot. Mas por fim, quando ele a penetrou, estava parecida com Elene.

CAPÍTULO CINCO

ALEX WOLFF USAVA UMA galabia e um fez. Estava parado a 30 metros do portão do quartel-general britânico, vendendo leques de papel que se quebravam depois de dois minutos de uso.

A busca frenética havia terminado. Fazia uma semana que ele não via britânicos verificando documentos. O tal Vandam não podia manter a pressão por tempo indefinido.

Wolff tinha ido ao quartel-general assim que se sentiu razoavelmente seguro. Chegar ao Cairo havia sido uma vitória, mas era inútil a não ser que ele pudesse aproveitar o local para conseguir as informações que Rommel desejava – e depressa. Lembrou-se da rápida entrevista com Rommel em Gialo. O homem conhecido como Raposa do Deserto não parecia nem um pouco astuto. Era pequeno e incansável, com o rosto de camponês agressivo: nariz grande, os cantos dos lábios virados para baixo, um furo no queixo, uma cicatriz na face esquerda, o cabelo cortado tão curto que não aparecia nem um fio por baixo da aba do quepe.

– Número de soldados, nomes de divisões em campo e na reserva, condição de treinamento – dissera. – Número de tanques em campo e na reserva, condições de manutenção. Suprimentos de munição, comida e gasolina. Personalidades e atitudes dos comandantes. Intenções estratégicas e táticas. Dizem que você é bom, Wolff. É melhor que estejam certos.

Era mais fácil falar do que fazer.

Havia certa quantidade de informações que Wolff poderia conseguir apenas andando pela cidade. Podia observar os uniformes dos soldados de licença ou ouvir suas conversas, e isso lhe revelaria quais tropas estavam onde e quando voltariam. Às vezes um sargento mencionava estatísticas de mortos e feridos, ou o efeito arrasador dos canhões de 88mm – projetados como armas antiaéreas – que os alemães tinham posto em seus tanques. Tinha ouvido um mecânico do exército reclamar que 39 dos cinquenta tanques novos que haviam chegado na véspera precisavam de reparos importantes antes de entrar em serviço. Todas essas informações eram úteis e poderiam ser mandadas a Berlim, onde analistas do serviço secreto as juntariam com outras para formar um quadro geral. Mas não era o que Rommel queria.

Em algum lugar dentro do quartel-general havia pedaços de papel dizendo coisas como "Depois de descansar e se reequipar, a Divisão A, com cem tanques e suprimentos completos, partirá do Cairo amanhã e unirá forças com a Divisão B no Oásis C em preparação para o contra-ataque a oeste de D no próximo sábado ao amanhecer".

Eram esses pedaços de papel que Wolff queria.

Por isso estava vendendo leques do lado de fora do quartel-general.

Para montar o QG, os britânicos tinham ocupado várias casas grandes – a maioria de propriedade de paxás – no subúrbio de Garden City. (Wolff se sentia grato porque a Villa les Oliviers tinha escapado da rede.) As casas confiscadas tinham sido cercadas por arame farpado. Pessoas uniformizadas passavam rapidamente pelo portão, mas os civis eram parados e interrogados por um longo tempo enquanto as sentinelas telefonavam para verificar credenciais.

Havia mais quartéis-generais em outros prédios pela cidade – o Semiramis Hotel abrigava algo chamado Tropas Britânicas no Egito, por exemplo, mas aquele ali era o Quartel-general do Oriente Médio, o centro de influência. Quando estava na escola de espiões do Abwehr, Wolff passara muito tempo aprendendo a reconhecer uniformes, marcas de identificação de regimentos e o rosto de centenas de oficias britânicos superiores. Agora que estava ali, tinha observado em várias manhãs seguidas os grandes carros oficiais chegando e espiara pelas janelas, vendo coronéis, generais, almirantes, o próprio Sir Claude Auchinleck. Todos pareciam meio estranhos, e ele ficou confuso até perceber que as fotos que tinha memorizado eram em preto e branco, e agora estava vendo-os pela primeira vez em cores.

Os chefes do Estado-Maior iam de carro, mas seus auxiliares andavam a pé. Todas as manhãs, os capitães e majores chegavam caminhando, com suas pastas. Perto do meio-dia – Wolff presumia que depois da reunião matinal –, alguns saíam, ainda carregando as pastas.

A cada dia Wolff seguia um dos auxiliares.

A maioria deles trabalhava no quartel-general, e seus documentos secretos deviam ser trancados em seus escritórios ao final de cada dia. No entanto, aqueles poucos que saíam com pastas eram homens que precisavam estar no QG para a reunião matinal mas tinham escritórios em outras partes da cidade, então precisavam carregar os documentos entre um escritório e outro. Um deles ia para o Semiramis. Dois iam para os quartéis no Kasr-el-Nil. Um quarto ia para um prédio não identificado no Shari Suleiman Pasha.

Wolff queria acesso àquelas pastas.

Hoje faria um teste.

Enquanto esperava a saída dos auxiliares sob o sol cáustico, pensou na noite anterior e um sorriso se insinuou em seus lábios sob o bigode recente. Tinha prometido a Sonja que encontraria outra Fawzi para ela. Na noite anterior fora ao Birka e pegara uma garota no estabelecimento da madame Fahmy. Não era uma Fawzi – *aquela* havia sido uma verdadeira entusiasta –, mas dava uma boa substituta temporária. Wolff e Sonja tinham desfrutado dela separadamente, depois juntos. Então fizeram os jogos estranhos e excitantes de Sonja... Fora uma noite longa.

Quando os auxiliares saíram, Wolff seguiu a dupla que ia para o quartel.

Um minuto depois, Abdullah saiu de um café e acertou o passo com o dele.

– Aqueles dois? – perguntou Abdullah.

– Aqueles dois.

Abdullah era um sujeito gordo com um dente de aço. Era um dos homens mais ricos do Cairo, mas, ao contrário da maioria dos árabes ricos, não imitava os europeus. Usava sandálias, um manto sujo e um fez. Seu cabelo sebento se enrolava em volta das orelhas e as unhas eram pretas. Sua riqueza não vinha de terras, como a dos paxás, nem do comércio, como a dos gregos. Vinha do crime.

Abdullah era ladrão.

Wolff gostava dele. Era astuto, enganador, cruel e generoso, e vivia rindo. Para Wolff ele personificava os vícios e as virtudes antigas do Oriente Médio. Seu exército de filhos, netos, sobrinhos, sobrinhas e primos em segundo grau roubava casas e batia carteiras no Cairo havia trinta anos. Ele tinha tentáculos em toda parte: era atacadista de haxixe, tinha influência com políticos e era dono de metade das casas do Birka, incluindo a de madame Fahmy. Morava com as quatro esposas numa construção grande e decadente na Cidade Velha.

Seguiram os dois oficiais até o centro da cidade moderna.

– Quer uma pasta ou as duas? – perguntou Abdullah.

Wolff pensou. Uma seria um roubo casual; duas pareceria algo organizado.

– Uma – respondeu.

– Qual?

– Qualquer uma.

Wolff tinha pensado em pedir a ajuda de Abdullah depois de descobrir que a Villa les Oliviers não era mais segura, mas desistira. Sem dúvida Abdullah poderia ter escondido Wolff em algum lugar – provavelmente num bordel – por tempo mais ou menos indefinido. Mas assim que isso acontecesse, abriria negociações para vendê-lo aos britânicos. Abdullah dividia o mundo em dois: sua família e o resto. Era absolutamente leal à família e confiava nela sem ressalvas. Quanto às outras pessoas, poderia traí-las a qualquer momento e esperava que elas fizessem o mesmo com ele. Todos os seus negócios eram feitos na base da suspeita mútua. Wolff descobriu que isso funcionava surpreendentemente bem.

Chegaram a uma esquina movimentada. Os dois auxiliares atravessaram a rua, desviando-se do tráfego. Wolff já ia atrás quando Abdullah pôs a mão no braço dele, para impedi-lo.

– Vamos agir aqui – disse o ladrão.

Wolff olhou em volta, para os prédios, a calçada, o cruzamento e os camelôs. Deu um sorriso lento e assentiu.

– Perfeito.

~

Agiram no dia seguinte.

Abdullah tinha mesmo escolhido o local perfeito para o roubo. Era no ponto em que uma movimentada rua transversal encontrava uma principal. Na esquina havia um café com mesas externas que ocupavam metade da calçada. Na parte da rua principal, havia um ponto de ônibus. Apesar dos sessenta anos de domínio britânico, a ideia de fazer fila para entrar no ônibus nunca havia funcionado de fato no Cairo, de modo que as pessoas que esperavam simplesmente se acumulavam na calçada já apinhada. A rua transversal estava um pouco mais livre, já que, apesar de o café também ter mesas ali, não havia ponto de ônibus. Abdullah tinha observado essa pequena falha, e a resolvera destacando dois acrobatas para se apresentar na rua.

Wolff sentou-se à mesa da esquina, de onde podia ver a rua principal e a transversal, e se preocupou com as coisas que poderiam dar errado.

Os oficiais poderiam não voltar para o quartel hoje.

Poderiam ir por um caminho diferente.

Poderiam não estar com as pastas.

A polícia poderia chegar cedo demais e prender todo mundo no local.

O garoto poderia ser capturado pelos oficiais e interrogado.

Wolff poderia ser capturado pelos oficiais e interrogado.

Abdullah poderia decidir que ganharia seu dinheiro com menos dificuldades simplesmente entrando em contato com o major Vandam e informando que poderia prender Alex Wolff no Café Nasif ao meio-dia de hoje.

Wolff estava com medo de ser preso. Na verdade, estava aterrorizado. Esse pensamento o fazia suar frio sob o sol do meio-dia. Ele poderia viver sem comida boa, vinho e mulheres se tivesse a vastidão do deserto para consolá-lo, e poderia abrir mão da liberdade do deserto para viver numa cidade apinhada se tivesse os luxos urbanos para consolá-lo. Mas não podia perder as duas coisas. Nunca havia contado isso a ninguém – era seu pesadelo secreto. A ideia de morar numa cela minúscula e sem cores, no meio da escória do mundo (formada apenas por homens), comendo comida ruim, sem nunca ver o céu azul, o Nilo interminável ou as planícies a céu aberto... O pânico se insinuou só por pensar nisso. Afastou essas imagens da mente. Isso não iria acontecer.

Às quinze para meio-dia, a forma grande e suja de Abdullah passou gingando pelo café. Sua expressão era vazia, mas os olhos pretos e pequenos se moviam com rapidez, verificando seus arranjos. Atravessou a rua e sumiu de vista.

Ao meio-dia e cinco, Wolff viu dois quepes militares a distância no meio do acúmulo de cabeças.

Sentou-se na beirada da cadeira.

Os oficiais chegaram mais perto. Estavam carregando as pastas.

Do outro lado da rua, um carro parado ligou o motor.

Um ônibus chegou ao ponto e Wolff pensou: Abdullah não pode ter programado *isso* – é um golpe de sorte, um bônus.

Os oficiais estavam a 5 metros de Wolff.

O carro do outro lado da rua arrancou de repente. Era um grande Packard preto com um motor poderoso e um sistema macio de suspensão americana. Atravessou a rua feito um elefante atacando, o motor berrando em primeira marcha, indiferente ao trânsito na rua principal, seguindo para a transversal, com a buzina soando continuamente. Na esquina, a poucos metros de onde Wolff estava, o carro mergulhou na frente de um antigo táxi Fiat.

Os dois auxiliares pararam ao lado da mesa de Wolff e assistiram ao acidente.

O motorista do táxi, um jovem árabe com uma camisa ocidental e um fez, saltou do carro.

Um jovem grego usando um terno de pele de cabra saltou do Packard.

O árabe disse que o grego era um filho de uma porca.

O grego disse que o árabe tinha cara de bunda de camelo doente.

O árabe deu um tapa na cara do grego e o grego deu um soco no nariz do árabe.

As pessoas que saltavam do ônibus e as que estavam esperando para entrar nele se aproximaram.

Do outro lado da esquina, o acrobata que estava de pé na cabeça do colega se virou para olhar a briga, pareceu perder o equilíbrio e caiu em cima da plateia.

Um garotinho passou correndo pela mesa de Wolff. Wolff se levantou, apontou para ele e gritou a plenos pulmões:

– Pega ladrão!

O menino continuou correndo. Wolff foi atrás dele e quatro pessoas sentadas perto de Wolff pularam de suas cadeiras e tentaram agarrar o garoto. O menino passou em disparada entre os dois auxiliares que assistiam à briga na rua. Wolff e as pessoas que tinham se levantado para ajudá-lo trombaram nos oficiais, derrubando os dois. Vários transeuntes começaram a gritar "Pega ladrão!", mas a maioria não fazia ideia de quem era o suposto ladrão. Alguns recém-chegados achavam que devia ser um dos motoristas que brigavam. As pessoas no ponto de ônibus, a plateia dos acrobatas e a maioria dos clientes do café se adiantaram e começaram a atacar um dos dois motoristas – os árabes presumindo que o grego era o culpado e todos os outros presumindo que era o árabe. Vários homens com bengalas – a maioria das pessoas andava com bengalas – começaram a entrar no meio da multidão, batendo aleatoriamente em cabeças numa tentativa malsucedida de acabar com a briga. Alguém pegou uma cadeira no café e jogou em cima da aglomeração. Felizmente ela passou por cima das pessoas e atravessou o para-brisa do Packard.

Mas então os garçons, os empregados da cozinha e o proprietário do café saíram e começaram a atacar todo mundo que tropeçava em suas cadeiras ou mesas ou estava sentado. Todo mundo gritava com todo mundo em cinco línguas. Carros de passagem freavam para olhar, o tráfego engarrafou em três direções e todos os automóveis parados buzinavam sem parar. Um cachorro se soltou da coleira e começou a morder as pernas das pessoas num frenesi excitado. Todos os passageiros desceram do ônibus. A multidão brigando aumentava a cada segundo. Motoristas que tinham parado para olhar se arrependeram, porque quando a briga engolfou seus carros eles não puderam sair, já que todos os outros também tinham parado, e precisaram trancar as portas e levantar os vidros enquanto homens, mulheres e crianças, árabes, gregos, sírios, judeus, australianos e escoceses pulavam nos tetos, lutavam em cima dos capôs, caíam nos estribos e sangravam na lataria. Alguém atravessou a vitrine da alfaiataria perto do café, um bode apavorado entrou correndo na loja de suvenires que ficava do outro lado e começou a derrubar todas as prateleiras cheias de louças, cerâmicas e vidros. Um babuíno surgiu de algum lugar – provavelmente estava montando o bode, uma forma comum de diversão de rua – e correu por cima das cabeças na multidão, ágil, até desaparecer na direção de Alexandria. Um cavalo se soltou dos arreios e saiu em disparada pela rua, entre os carros. De uma janela acima do café uma mulher esvaziou um balde de água suja no meio da confusão. Ninguém notou.

Por fim a polícia chegou.

Quando as pessoas ouviram os apitos, os empurrões, socos e insultos que tinham provocado as brigas individuais pareceram muito menos importantes de repente. Todos começaram a correr para ir embora antes que começassem as prisões. A multidão diminuiu rapidamente. Wolff, que tinha caído no início da confusão, levantou-se e atravessou a rua para assistir ao desenlace. Depois que seis pessoas foram algemadas, não restou mais ninguém brigando, a não ser uma velha de preto e um mendigo de uma perna só que trocavam empurrões na sarjeta. O proprietário do café, o alfaiate e o dono da loja de suvenires retorciam as mãos e repreendiam os policiais por não terem aparecido antes, enquanto duplicavam e triplicavam mentalmente os danos, pensando no seguro.

O motorista do ônibus tinha quebrado o braço, mas todos os outros ferimentos eram leves, cortes e arranhões.

Só houve uma morte: o bode foi mordido pelo cachorro e consequentemente precisou ser sacrificado.

Quando os policiais tentaram remover os dois carros batidos do local, descobriram que, durante a briga, os moleques de rua tinham levantado as traseiras dos dois veículos com macacos e levado os pneus.

Absolutamente todas as lâmpadas do ônibus também tinham sido roubadas.

Assim como uma pasta do exército britânico.

~

Alex Wolff estava muito satisfeito consigo mesmo enquanto andava rapidamente pelos becos do Velho Cairo. Uma semana antes, a tarefa de roubar segredos do QG tinha parecido quase impossível. Agora, pelo jeito, havia conseguido. A ideia de pedir a Abdullah que orquestrasse uma briga de rua tinha sido brilhante.

Imaginou o que haveria na pasta.

A casa de Abdullah era parecida com todas as outras casas amontoadas de cortiços. A fachada rachada, com a tinta descascando, tinha janelas pequenas e tortas. A entrada era um arco baixo e sem porta, com um corredor escuro do outro lado. Wolff se abaixou sob o arco, seguiu pelo corredor e subiu uma escada de pedra em espiral. Lá em cima, passou por uma cortina e entrou na sala de Abdullah.

O cômodo era igual ao dono: sujo e rico. Três crianças pequenas e um cachorrinho corriam atrás uns dos outros em volta dos sofás caros e das mesas de marchetaria. Num canto perto de uma janela, uma velha tecia um tapete. Outra mulher estava saindo da sala quando Wolff entrou: ali não existia uma separação muçulmana rígida dos gêneros, como na casa onde Wolff tinha crescido. No meio do piso, Abdullah estava sentado de pernas cruzadas numa almofada com bordados, segurando um bebê no colo. Ergueu o olhar para Wolff e deu um sorriso largo.

– Meu amigo, que sucesso tivemos!

Wolff sentou-se no chão diante dele.

– Foi maravilhoso – elogiou. – Você é um mago.

– Que confusão! E o ônibus chegando no momento exato! E o babuíno fugindo...

Wolff olhou mais atentamente o que Abdullah estava fazendo. No chão ao lado dele havia uma pilha de carteiras, bolsas e relógios. Enquanto falava, ele pegou uma bela carteira de couro trabalhado. Tirou de dentro um maço de notas de dinheiro egípcio, alguns selos de correio e um minúsculo lápis de ouro e guardou em algum lugar embaixo da camisola. Depois largou a carteira, pegou uma bolsa de mulher e começou a mexer.

Wolff percebeu de onde aquilo tinha vindo.

– Seu velho patife – disse. – Você colocou seus garotos na multidão batendo carteiras.

Abdullah riu, mostrando o dente de aço.

– Ter todo aquele trabalho e só roubar uma pasta...

– Mas você pegou a pasta.

– Claro.

Wolff relaxou. Abdullah não fez qualquer menção de pegá-la.

– Por que não me entrega? – falou Wolff.

– Agora mesmo. – Ainda assim, Abdullah continuou parado. Após um momento, acrescentou: – Você deveria me pagar mais 50 libras depois do serviço.

Wolff contou as notas e elas desapareceram embaixo da camisola suja. Abdullah se inclinou à frente, segurando o bebê junto ao peito com um braço. Enfiou a outra mão sob a almofada em que estava sentado e puxou a pasta.

Wolff pegou-a e a examinou. O fecho estava partido. Ficou irritado: certamente deveria haver um limite para a dissimulação. Obrigou-se a falar com calma:

– Você já a abriu.

Abdullah deu de ombros e disse apenas:

– *Maaleesh.*

Era uma palavra convenientemente ambígua, que significava ao mesmo tempo "Desculpe" e "E daí?".

Wolff suspirou. Tinha ficado muito tempo na Europa; havia esquecido como as coisas eram feitas ali.

Levantou a aba da pasta. Dentro havia um maço de cerca de dez folhas de papel datilografadas em inglês. Enquanto lia, alguém colocou uma xícara de café minúscula a seu lado. Ele olhou e viu uma jovem linda.

– Sua filha? – perguntou a Abdullah.

Abdullah gargalhou.

– Minha mulher.

Wolff olhou de novo a jovem. Parecia ter uns 14 anos. Ele voltou a atenção para os papéis.

Logo em seguida, abaixou-os.

– Santo Deus – disse baixinho.

E começou a gargalhar.

Tinha roubado o cardápio completo do refeitório do alojamento para o mês de junho.

~

– Emiti uma notificação lembrando aos oficiais que os papéis do quartel-general não devem ser carregados pela cidade, a não ser em circunstâncias especiais – disse Vandam ao coronel Bogge.

Bogge estava sentado atrás de sua grande mesa curva, polindo com um lenço a bola de críquete vermelha.

– Boa ideia – concordou. – Manter os rapazes atentos.

– Um dos meus informantes, a nova garota de quem falei... – continuou Vandam.

– A prostituta.

– É. – Vandam resistiu ao impulso de dizer a Bogge que *prostituta* não era a palavra certa para Elene. – Ela ouviu um boato de que o tumulto foi organizado por Abdullah...

– Quem é Abdullah?

– É uma espécie de receptador de mercadorias roubadas. E por acaso também é informante, se bem que me vender informações é o menos importante dos seus muitos empreendimentos.

– Segundo esse boato, com que objetivo o tumulto foi organizado?

– Roubo.

– Sei.

Bogge parecia em dúvida.

– Muitas coisas foram furtadas, mas precisamos considerar a possibilidade de que o objetivo principal era a pasta.

– Uma conspiração! – exclamou Bogge com uma expressão de ceticismo divertido. – Mas o que esse tal de Abdullah iria querer com nossos cardápios do refeitório, hein? – acrescentou, gargalhando.

– Ele não tinha como saber o que havia na pasta. Pode ter apenas presumido que eram documentos secretos.

– Repito a pergunta – insistiu Bogge com ar de um pai educando pacientemente o filho. – O que ele iria querer com documentos secretos?

– Pode ter sido contratado para isso.

– Por quem?

– Alex Wolff.

– Quem?

– O homem do assassinato a faca em Assyut.

– Ora, por favor, major, achei que tivéssemos encerrado esse assunto.

O telefone de Bogge tocou e ele atendeu. Vandam aproveitou a oportunidade para se acalmar um pouco. A verdade sobre Bogge, refletiu, era que ele provavelmente não confiava em si mesmo nem na própria capacidade de julgamento. E, sem autoconfiança para tomar decisões sérias, desdenhava dos outros, bancando o sabichão para sobrepujar as pessoas e ter a ilusão de que, no final das contas, *era* inteligente. Claro que Bogge não tinha como saber se o roubo da pasta era significativo ou não. Poderia ouvir o que Vandam tinha a dizer e depois tirar as próprias conclusões; mas sentia medo. Não podia ter uma conversa produtiva com um subordinado porque gastava toda a energia intelectual procurando modos de flagrar o outro numa contradição, descobrir algum erro ou demonstrar desprezo por suas ideias, e quando terminava de demonstrar sua pretensa superioridade dessa forma, a decisão já tinha sido tomada, para o bem ou para o mal, e mais ou menos por acidente, no calor da conversa.

Bogge estava dizendo:

– Claro, senhor, vou cuidar disso imediatamente – estava dizendo Bogge.

Vandam se perguntou como ele lidava com os superiores. O coronel desligou.

– Bom, onde estávamos, mesmo? – perguntou a ele.

– O assassino de Assyut ainda está à solta – disse Vandam. – Talvez seja significativo que logo depois da chegada dele ao Cairo um oficial do quartel-general tenha tido a pasta roubada.

– Contendo cardápios do refeitório.

Lá vamos nós de novo, pensou Vandam. Com o máximo de delicadeza que conseguiu, disse:

– No serviço de informações não acreditamos em coincidências, acreditamos?

– Não venha me dar lições, garoto. Mesmo que estivesse certo, e tenho certeza de que não está, o que poderíamos fazer a respeito, além de emitir o aviso que você já emitiu?

– Bem, eu falei com Abdullah. Ele nega que conheça Alex Wolff, e acho que está mentindo.

– Se ele é um ladrão, por que não o denuncia à polícia egípcia?

E de que adiantaria?, pensou Vandam.

– A polícia sabe tudo sobre ele – respondeu. – Não pode prendê-lo porque um número grande demais de altos oficiais ganha muito dinheiro com os subornos pagos por ele. Mas nós poderíamos pegá-lo e interrogá-lo, fazê-lo suar um pouco. Ele é um homem sem lealdade, então é capaz de mudar de lado num instante...

– O Serviço de Informações do Quartel-general não pega pessoas para fazê-las suar, major...

– A Segurança de Campo pode, ou mesmo a polícia militar.

Bogge sorriu.

– Se eu for à Segurança de Campo com essa história de um receptador árabe roubando cardápios de refeitório, vou virar a piada do departamento.

– Mas...

– Já discutimos isso o suficiente, major. Na verdade, já discutimos até demais.

– Pelo amor de Deus...

Bogge levantou a voz.

– Não acredito que o tumulto foi organizado, não acredito que Abdullah pretendesse roubar a pasta e não acredito que Wolff seja espião nazista. Está claro?

– Olhe, eu só quero...

– Está *claro*?

– Sim, senhor.

– Ótimo. Está dispensado.

Vandam saiu.

CAPÍTULO SEIS

SOU SÓ UM MENININHO. Meu pai me disse quantos anos eu tenho, mas esqueci. Vou perguntar de novo quando ele chegar em casa outra vez. Ele é soldado. O lugar aonde vai se chama Sudão. Um Sudão fica muito longe.

Eu vou à escola. Aprendo o Corão. O Corão é um livro sagrado. Também aprendo a ler e escrever. Ler é fácil, mas é difícil escrever sem fazer uma lambança. Às vezes eu colho algodão ou levo os animais para beber água.

Minha mãe e minha avó cuidam de mim. Minha avó é uma pessoa famosa. Praticamente todas as pessoas do mundo vêm procurá-la quando ficam doentes. Ela dá remédios feitos de ervas.

Ela me dá melaço. Eu gosto de melaço misturado com coalhada. Deito na cozinha e ela me conta histórias. Minha predileta é a balada de Zahran, o herói de Denshway. Sempre que ela me conta essa, diz que Denshway fica perto. Ela deve estar ficando velha e esquecida, porque Denshway é bem longe, eu fui lá uma vez com Abdel e a gente demorou a manhã inteira para chegar.

Foi em Denshway que os ingleses estavam atirando em pombos quando uma bala incendiou um celeiro. Todos os homens da aldeia chegaram correndo para ver quem tinha começado o fogo. Um dos soldados ficou apavorado quando viu todos os homens fortes da aldeia correndo na sua direção, por isso atirou neles. Houve uma briga entre os soldados e os aldeões. Ninguém ganhou, mas o soldado que tinha atirado no celeiro foi morto. Logo vieram mais soldados e prenderam todos os homens da aldeia.

Os soldados fizeram uma coisa de madeira chamada cadafalso. Não sei o que é isso, mas é usado para enforcar pessoas. Não sei o que acontece com as pessoas quando elas são enforcadas. Alguns aldeões foram enforcados e outros foram açoitados. O que é açoitar eu sei. É a pior coisa do mundo, acho que pior até do que enforcamento.

Zahran foi o primeiro a ser enforcado, porque foi o que mais lutou contra os soldados. Foi até o cadafalso de cabeça erguida, orgulhoso porque tinha matado o homem que pôs fogo no celeiro.

Eu queria ser ele.

Nunca vi um soldado inglês, mas sei que odeio eles.

Meu nome é Anwar el-Sadat, e eu vou ser um herói.

~

Sadat cofiou o bigode. Estava muito satisfeito com ele. Tinha apenas 22 anos e, com seu uniforme de capitão, parecia um pouco um menino soldado: o bigode o fazia parecer mais velho. Precisava de toda a autoridade possível, porque o que iria propor era – como sempre – ligeiramente ridículo. Nessas pequenas reuniões, ele se esforçava para falar e agir como se o punhado de esquentadinhos na sala de fato fosse expulsar os ingleses do Egito qualquer dia.

Impostou a voz quando começou a falar.

– Todos esperávamos que Rommel derrotasse os ingleses no deserto, libertando nosso país. – Olhou ao redor, o que era uma boa estratégia, tanto em reuniões grandes quanto pequenas, para fazer com que cada um acreditasse que tinha a atenção individual de Sadat. – Agora temos notícias muito ruins. Hitler concordou em entregar o Egito aos italianos.

Sadat estava exagerando: isso não era uma notícia, era um boato. Além disso, a maior parte da plateia sabia que era boato. Mas o melodrama era a ordem do dia e eles reagiram com murmúrios raivosos.

– Proponho que o Movimento dos Oficiais Livres negocie um tratado com a Alemanha – continuou Sadat –, sob o qual organizaríamos um levante contra os ingleses no Cairo e eles garantiriam a independência e a soberania do Egito depois da derrota dos ingleses.

Enquanto falava, o caráter risível da situação ficou evidente para Sadat de novo: ali estava ele, um camponês recém-saído da fazenda, falando com meia dúzia de subalternos descontentes sobre negociações com o Reich alemão. E, no entanto, quem mais representaria o povo egípcio? Os britânicos eram conquistadores, o Parlamento era uma marionete e o rei era estrangeiro.

Havia outro motivo para a proposta, um motivo que não seria discutido ali e que Sadat não admitiria nem para si mesmo a não ser no meio da noite: Abdel Nasser tinha sido alocado no Sudão com sua unidade, e a ausência dele dava a Sadat a chance de ganhar a posição de líder do movimento rebelde.

Afastou o pensamento porque era ignóbil. Precisava fazer com que os outros concordassem com a proposta, e depois com que concordassem com os meios de realizá-la.

Foi Kemel que falou primeiro:

– Mas será que os alemães vão nos levar a sério?

Sadat assentiu, como se também achasse que essa era uma consideração importante. Na verdade, os dois tinham combinado de antemão que Kemel faria essa pergunta, porque ela tiraria a atenção do assunto principal. A verdadeira questão era se os alemães seriam confiáveis para cumprir qualquer acordo que fizessem com um grupo de rebeldes não oficiais: Sadat *não* queria que a reunião focasse nisso. Era improvável que os alemães mantivessem sua parte do trato, mas, se os egípcios se levantassem contra os ingleses e depois fossem traídos pelos alemães, veriam que nada que não fosse a independência seria suficientemente bom – e talvez, também, buscassem a liderança do homem que tinha organizado o levante. Essas duras realidades políticas não eram para reuniões assim – eram sofisticadas demais, calculadas demais. Kemel era a única pessoa com quem Sadat podia discutir tática. Era investigador da polícia do Cairo, um homem astuto e cauteloso – talvez o trabalho na polícia o tivesse deixado cínico.

Os outros começaram a discutir se isso daria certo. Sadat não fez nenhuma contribuição à conversa. Que eles falassem, pensou; era o que realmente gostavam de fazer. Quando se tratava de agir, em geral o decepcionavam.

Enquanto eles discutiam, Sadat se lembrou da fracassada revolução do verão anterior. Ela começara com o xeique de al-Azhar, que havia declarado: "Não temos nada a ver com a guerra." Então o Parlamento egípcio, numa rara demonstração de independência, adotara a política de "salvar o Egito do flagelo da guerra". Até então o exército do país vinha lutando ao lado do exército britânico no deserto, mas então os britânicos ordenaram que os egípcios baixassem as armas e se retirassem. Eles ficaram satisfeitos em se retirar, mas não queriam ser desarmados. Sadat viu ali uma oportunidade providencial de fomentar a discórdia. Ele e muitos outros jovens oficiais se recusaram a entregar as armas e planejaram marchar até o Cairo. Para grande decepção de Sadat, porém, os britânicos cederam imediatamente e deixaram que eles ficassem com as armas. Sadat continuara tentando soprar a fagulha da rebelião até que ela se transformasse na chama da revolução, mas os britânicos o haviam suplantado ao ceder. A marcha até o Cairo fora um fiasco: a unidade de Sadat chegou ao ponto de encontro, mas ninguém apareceu. Eles lavaram os veículos, sentaram-se, esperaram um tempo e em seguida foram para o acampamento.

Seis meses depois, Sadat sofrera outro fracasso. Dessa vez a situação foi centrada no gordo, licencioso e turco rei do Egito. Os britânicos deram um ultimato ao rei Faruk: ele deveria instruir seu primeiro-ministro a compor um novo governo pró-britânico ou deveria abdicar. Sob pressão, o monarca convocou Mustafa el-Nahas Pasha e ordenou que ele formasse um novo governo. Sadat não era monarquista, mas era oportunista – anunciou que isso era uma violação da soberania egípcia e os jovens oficiais marcharam até o palácio para saudar o rei, em protesto. Mais uma vez Sadat tentou forçar uma rebelião. Seu plano era cercar o palácio num gesto de defesa do rei. Mais uma vez, foi o único a aparecer.

Ficou amargamente desapontado nas duas ocasiões. Teve vontade de abandonar toda a causa rebelde – Que os egípcios vão para o inferno sozinhos, pensava nos momentos mais sombrios de desespero. Mas esses momentos passaram, porque ele sabia que a causa era justa e tinha consciência de que era inteligente o bastante para servir bem a ela.

– Mas não temos nenhum meio de contatar os alemães – falou Imam, um dos pilotos.

Sadat ficou satisfeito porque eles já estavam discutindo *como* fazer, em vez de *se* fazer.

Kemel tinha a resposta para essa pergunta:

– Um de nós poderia ir numa patrulha de rotina, depois sair do curso e pousar atrás das linhas alemãs.

– Na volta ele teria que explicar o desvio – observou um dos pilotos mais velhos.

– Ele poderia não voltar – retrucou Imam, a tristeza substituindo rapidamente a alegria em seu olhar.

– Ele poderia voltar com Rommel – disse Sadat, baixinho.

Os olhos de Imam se iluminaram de novo e Sadat soube que o jovem piloto estava se vendo entrando com Rommel no Cairo, à frente do exército de libertação. Sadat decidiu que Imam levaria a mensagem.

– Vamos combinar o texto da mensagem – disse, democraticamente.

Ninguém notou que não tinha sido levantado um debate sobre se uma mensagem deveria ser mandada.

– Acho que deveríamos apresentar quatro argumentos. Um: somos egípcios honestos que têm uma organização dentro do exército. Dois: como eles, estamos lutando contra os britânicos. Três: podemos recrutar um exército rebelde para lutar do lado deles. Quatro: vamos organizar um levante contra os ingleses no Cairo se, em troca, eles garantirem a independência e a soberania do Egito depois da derrota dos britânicos. – Após uma pausa, acrescentou com a testa franzida: – Acho que talvez devêssemos dar alguma prova de nossa boa-fé.

O silêncio tomou conta do ambiente. Kemel tinha a resposta a essa questão também, mas seria melhor se ela viesse de um dos outros.

Imam não decepcionou:

– Poderíamos mandar alguma informação militar útil junto com a mensagem.

Kemel fingiu se opor à ideia.

– Que tipo de informação *nós* poderíamos obter? Não consigo imaginar...

– Fotos aéreas das posições britânicas.

– Como?

– Podemos fazer isso numa patrulha de rotina, com uma máquina fotográfica comum.

Kemel pareceu em dúvida.

– E a revelação do filme?

– Não é necessário – respondeu Imam, empolgado. – Podemos mandar só o filme.

– Só um filme?

– Quantos quisermos.

– Acho que Imam está certo – disse Sadat. De novo estavam discutindo as questões práticas de uma ideia, em vez de seus riscos. Só havia mais um obstáculo a superar. Sadat sabia, pela experiência amarga, que aqueles rebeldes eram terrivelmente corajosos até o momento que precisavam de fato arriscar o pescoço. – Com isso falta apenas decidir qual de nós vai pilotar o avião.

Enquanto falava ele olhou ao redor, pousando por fim o olhar em Imam.

Depois de hesitar por um momento, Imam se levantou.

Os olhos de Sadat chamejaram de triunfo.

~

Dois dias depois, Kemel caminhou os 3 quilômetros desde o centro do Cairo até o subúrbio onde Sadat morava. Como investigador, Kemel podia utilizar um carro oficial quando quisesse, mas raramente usava para ir a reuniões rebeldes, por motivos de segurança. Era quase certo que seus colegas da polícia seriam simpáticos ao Movimento dos Oficiais Livres, mas mesmo assim ele não sentia pressa em colocá-los à prova.

Kemel era quinze anos mais velho do que Sadat, mas sua atitude com relação ao mais jovem era praticamente de culto ao herói. Kemel compartilhava do ceticismo de Sadat, de sua compreensão realista das alavancas do poder político, mas Sadat tinha algo mais – um idealismo ardente que lhe dava uma energia inesgotável e uma esperança sem limites.

Kemel imaginava como daria a notícia a ele.

A mensagem para Rommel tinha sido datilografada, assinada por Sadat e por todos os principais membros do Movimento dos Oficiais Livres – a não ser por Nasser, que estava ausente –, e lacrada num envelope pardo grande. As fotos aéreas das posições britânicas tinham sido tiradas. Imam havia partido em seu Gladiator, seguido num outro avião por Baghdadi. Os dois haviam pousado no deserto para pegar Kemel, que dera o envelope pardo a Imam, e embarcado no avião de Baghdadi. O rosto de Imam reluzia de idealismo juvenil.

Kemel pensou: Como vou dizer isso a Sadat?

Era a primeira vez que andavam de avião. O deserto, tão igual visto do solo, era um interminável mosaico de formas e padrões: os trechos de cascalho, os pontos de vegetação e os morros vulcânicos esculpidos.

– Você vai sentir frio – observou Baghdadi.

Kemel pensou que ele estava brincando. O deserto parecia uma fornalha. Mas, à medida que o aviãozinho subia, a temperatura baixou cada vez mais, e logo ele estava tremendo em sua fina camisa de algodão.

Depois de um tempo os dois aviões viraram para o leste e Baghdadi falou ao rádio, contando à base que Imam tinha se desviado do rumo e não estava respondendo aos chamados. Como era esperado, a base mandou que ele seguisse Imam. Essa pequena pantomima era necessária para que Baghdadi, que deveria retornar, não fosse alvo de suspeitas.

Sobrevoaram um acampamento do exército. Kemel viu tanques, caminhões, canhões de campanha e jipes. Um punhado de soldados acenou: Devem ser britânicos, pensou. Os dois aviões subiram mais e viram, à frente, sinais de batalha: grandes nuvens de poeira, explosões e disparos. Viraram para passar ao sul do campo de batalha.

Kemel tinha pensado: Vamos passar por cima de uma base britânica, depois por um campo de batalha e, em seguida, devemos chegar a uma base alemã.

À frente, o avião de Imam perdeu altura, em vez de prosseguir. Baghdadi subiu um pouco mais – Kemel teve a sensação de que o Gladiator estava chegando ao teto máximo – e virou para o sul. Olhando o avião à direita, Kemel viu o que os pilotos tinham visto: um acampamento pequeno com uma faixa livre, marcada como pista de pouso.

Aproximando-se da casa de Sadat, Kemel se lembrou de como tinha ficado entusiasmado sobrevoando o deserto, quando percebeu que estavam por trás das linhas alemãs e que o acordo estava quase nas mãos de Rommel.

Bateu à porta. Ainda não sabia o que dizer a Sadat.

Era uma casa comum, de família, mais pobre que a de Kemel. Num instante Sadat chegou à porta, usando galabia e fumando um cachimbo. Ele olhou para o rosto de Kemel e disse imediatamente:

– Deu errado.

– Deu.

Kemel entrou. Foram à salinha que Sadat usava como escritório. Havia uma mesa, uma estante de livros e algumas almofadas no chão sem tapete. Na mesa, em cima de uma pilha de papéis, havia uma pistola do exército.

– Encontramos um acampamento alemão com uma pista – disse Kemel. – Imam desceu. Então os alemães começaram a atirar contra o avião dele. Era um avião inglês, veja bem. Nós nem pensamos nisso.

– Mas sem dúvida eles podiam ver que o avião não era hostil. Não disparou, não lançou bombas...

– Ele continuou descendo – prosseguiu Kemel. – Agitou as asas e acho que também tentou avisá-los pelo rádio, mas eles continuaram atirando. Acertaram a cauda do avião.

– Ah, meu Deus.

– Ele parecia estar descendo muito depressa. Os alemães pararam de atirar. De algum modo, conseguiu pousar sobre as rodas. O avião meio que quicou. Acho que Imam não era mais capaz de controlá-lo. Certamente não conseguiu diminuir a velocidade. Saiu da superfície dura e chegou a um trecho de areia. A asa de bombordo bateu no chão e se partiu, o nariz mergulhou na areia e a fuselagem caiu sobre a asa quebrada.

Sadat olhava Kemel com o rosto inexpressivo e imóvel, o cachimbo quase apagando na mão. Em sua mente, Kemel via o avião caído, quebrado na areia, com um caminhão de bombeiros e uma ambulância dos alemães acelerando pela pista na direção dele, seguidos por dez ou quinze soldados. Jamais esqueceria como, parecendo uma flor abrindo suas pétalas, a barriga do avião explodira para o alto numa confusão de chamas vermelhas e amarelas.

– Ele explodiu – disse a Sadat.

– E Imam?

– Não pode ter sobrevivido àquele incêndio.

– Precisamos tentar de novo. Temos que encontrar outra maneira de enviar uma mensagem.

Kemel o encarou e percebeu que o tom de voz decidido era falso. Sadat tentou acender o cachimbo, mas a mão que segurava o fósforo tremia demais. Kemel olhou com atenção e viu que o outro tinha lágrimas nos olhos.

– Coitado – sussurrou Sadat.

CAPÍTULO SETE

WOLFF TINHA VOLTADO AO ponto de partida: sabia onde os segredos estavam, mas não podia pegá-los.

Poderia roubar outra pasta, como tinha feito com a primeira, mas para os ingleses começaria a parecer uma conspiração. Podia pensar em outro modo de fazer isso, mas até mesmo a tentativa mais discreta poderia levar a um aumento da segurança. Além do mais, uma pasta num dia não satisfazia suas necessidades: precisava ter acesso regular, sem impedimento, a documentos secretos.

Era por isso que estava raspando os pelos pubianos de Sonja.

Os pelos eram pretos e crespos, e cresciam muito depressa. Como ela os raspava regularmente, podia usar as calças translúcidas sem o tapa-sexo pesado, de cetim, em cima. Essa medida extra de liberdade física – junto com os boatos persistentes e acurados de que ela não usava nada por baixo da calça – tinha ajudado a torná-la a principal dançarina do ventre da época.

Wolff mergulhou o pincel na tigela e começou a passar a espuma.

Ela estava deitada na cama, as costas apoiadas numa pilha de travesseiros, olhando-o com desconfiança. Não estava apreciando muito essa última perversão dele. Achava que não iria gostar.

Wolff sabia que ia.

Entendia como a mente de Sonja funcionava e conhecia seu corpo melhor do que ela mesma, e queria algo dela.

Acariciou-a com o pincel de barba macio.

– Pensei em outro modo de dar uma olhada naquelas pastas.

– Qual?

Ele não respondeu imediatamente. Pousou o pincel e pegou a navalha. Testou o gume afiado com o polegar, depois olhou para ela. Sonja o encarava com um fascínio horrorizado. Ele se inclinou mais para perto, abriu as pernas dela um pouco mais, encostou a navalha na pele e a puxou para cima num movimento delicado e cuidadoso.

– Vou ficar amigo de um oficial inglês – disse.

Ela não respondeu. Não estava escutando de fato. Ele limpou a navalha numa toalha. Com um dedo da mão esquerda tocou o trecho raspado, esticando a pele, depois aproximou a navalha.

– Depois vou trazer o oficial para cá – continuou.

– Ah, não – retrucou Sonja.

Ele a tocou com o gume da navalha e raspou para cima suavemente.

Ela começou a ofegar.

Wolff limpou a navalha e acariciou de novo, uma, duas, três vezes.

– De alguma forma, vou fazê-lo trazer a pasta.

Encostou o dedo no ponto mais sensível e raspou em volta. Sonja fechou os olhos.

Ele derramou água quente de uma chaleira numa tigela no chão ao lado. Mergulhou uma flanela na água e torceu.

– Depois vou dar uma olhada na pasta enquanto o oficial estiver na cama com você.

Apertou a flanela quente contra a pele raspada.

Ela soltou um gritinho agudo, como um animal acuado.

– Ahh, meu Deus!

Wolff tirou o roupão de banho e ficou nu. Pegou uma garrafa de óleo para a pele, derramou um pouco na palma da mão e se ajoelhou na cama ao lado de Sonja. Em seguida, ungiu o púbis dela.

– Não vou – disse ela, começando a se retorcer.

Ele acrescentou mais óleo, massageando todas as dobras e reentrâncias. Com a mão esquerda, segurou-a pelo pescoço, prendendo-a.

– Vai, sim.

Seus dedos astutos sondavam e apertavam, ficando menos gentis.

– Não – disse ela.

– Sim.

Ela balançou a cabeça de um lado para outro. Seu corpo se retorcia desamparado pelo prazer intenso. Sonja começou a estremecer e finalmente disse:

– Ah. Ah. Ah. Ah. Ah!

E relaxou.

Wolff não deixou que ela parasse. Continuou a acariciar a pele lisa, sem pelos, enquanto com a mão esquerda beliscava os mamilos. Incapaz de resistir, ela começou a se contorcer de novo.

Abriu os olhos e viu que ele também estava excitado.

– Seu desgraçado, meta em mim – exigiu.

Ele riu. O sentimento de poder era como uma droga. Deitou-se sobre ela e posicionado, hesitou.

– Rápido! – exclamou Sonja.

– Você vai fazer?

– Rápido!

Ele encostou o corpo no dela, depois fez outra pausa.

– Vai fazer?

– Vou! Por favor!

– Ahhh – ofegou Wolff, e então a penetrou.

~

Depois Sonja tentou voltar ao assunto, claro.

– Aquela promessa não valeu – disse.

Wolff saiu do banheiro enrolado numa toalha grande. Olhou para ela, deitada na cama, ainda nua, comendo chocolates de uma caixa. Havia momentos em que ele quase gostava dela.

– Promessa é dívida.

– Você prometeu encontrar outra Fawzi para nós.

Ela estava mal-humorada. Sempre ficava, depois do sexo.

– Eu trouxe aquela garota da casa de madame Fahmy.

– Ela não era outra Fawzi. Fawzi não pedia dez libras toda vez e não ia para casa de manhã.

– Certo. Ainda estou procurando.

– Você não prometeu *procurar*. Prometeu *encontrar*.

Wolff foi ao outro cômodo e tirou uma garrafa de champanhe da geladeira. Pegou duas taças e levou para o quarto.

– Quer um pouco?

– Não. Sim.

Ele serviu uma taça e lhe entregou. Ela bebeu um pouco e comeu outro chocolate.

– Ao desconhecido oficial britânico que vai ter a maior surpresa da vida dele – disse Wolff.

– Não vou para a cama com um inglês. Eles cheiram mal, a pele parece de lesma e eu os odeio.

– É por isso que você vai fazer o que lhe pedi: porque os odeia. Imagine só: enquanto o sujeito está comendo você e pensando em como tem sorte, vou ler os documentos secretos dele.

Wolff começou a se vestir. Pôs uma camisa feita sob medida numa das minúsculas alfaiatarias da Cidade Velha: uma camisa de uniforme britânico com divisas de capitão nos ombros.

– O que é isso que você está usando? – perguntou Sonja.

– Um uniforme de oficial britânico. Eles não falam com estrangeiros, você sabe.

– Você vai fingir que é inglês?

– Sul-africano, acho.

– Mas e se eles descobrirem?

Ele a encarou.

– Provavelmente vou ser fuzilado como espião.

Ela desviou o olhar.

– Se eu encontrar algum oficial confiável, irei com ele à Cha-Cha – disse Wolff. Enfiou a mão na camisa e tirou a faca de uma bainha embaixo do braço. Aproximou-se dela e tocou com a ponta seu ombro nu. – Se você me desapontar, corto os seus lábios fora.

Ela o encarou. Não falou nada, mas havia medo em seus olhos.

Wolff saiu.

~

O Shepheard's estava apinhado, como sempre.

Wolff pagou o táxi, passou pelo bando de vendedores ambulantes dragomanos do lado de fora, subiu os degraus e entrou no saguão, onde havia mercadores levantinos em meio a reuniões comerciais ruidosas, europeus usando o correio e os bancos, garotas egípcias em vestidos baratos e oficiais britânicos – o acesso ao hotel era proibido para as patentes inferiores. Wolff passou entre duas damas morenas e exuberantes segurando luminárias e entrou no salão. Uma pequena banda tocava música sem graça enquanto mais pessoas, agora sobretudo europeias, gritavam sem parar, chamando os garçons. Wolff se desviou dos sofás e das mesas com tampo de mármore e foi até o balcão comprido, no final.

Ali estava um pouco mais silencioso. Mulheres eram proibidas e bebidas fortes eram a ordem do dia. Era para aquele lugar que um oficial solitário iria.

Wolff sentou-se junto ao balcão. Ia pedir champanhe, mas se lembrou do disfarce e pediu uísque e água.

Tinha tomado muito cuidado na escolha das roupas. Os sapatos marrons eram do padrão dos oficiais e engraxados à perfeição; as meias cáqui estavam dobradas para baixo no lugar exato; a bermuda marrom e larga tinha um vinco nítido; a camisa com divisas de capitão estava para fora da bermuda; o quepe, gasto na medida certa.

Ele estava um pouco preocupado com o sotaque. Tinha uma história pronta para explicá-lo: a mesma que contara ao capitão Newman, em Assyut, de que havia crescido na África do Sul, falando holandês. Mas e se o oficial que ele abordasse fosse sul-africano? Wolff não conseguia distinguir os sotaques britânicos suficientemente bem para reconhecer um sul-africano.

Preocupava-se mais com o conhecimento a respeito do exército. Estava procurando um oficial do quartel-general, por isso diria que era das BTE, as Tropas Britânicas no Egito, uma unidade separada e independente. Infelizmente, sabia pouca coisa sobre o destacamento. Não tinha certeza do que as BTE faziam e de como eram organizadas, e não podia citar o nome de um único oficial. Imaginou uma conversa:

– Como vai o velho Buffy Jenkins?

– O velho Buffy? Não o vejo muito no meu departamento.

– Não? Ele comanda o show! Estamos falando das mesmas BTE?

Ou então:

– E Simon Frobisher?

– Ah, Simon está a mesma coisa, você sabe.

– Espere um minuto: alguém disse que ele voltou para casa. É, tenho certeza de que voltou. Como você não sabia disso?

Então viriam as acusações, o telefonema para a polícia militar, a briga e, finalmente, a cadeia.

A prisão era a única coisa que amedrontava de fato Wolff. Ele afastou o pensamento e pediu mais uma dose de uísque.

Um coronel suado chegou e parou junto ao balcão, ao lado do banco de Wolff.

– Ezma! – exclamou, chamando o barman.

A palavra significava "escute", mas todos os britânicos achavam que era "garçom". O coronel olhou para Wolff.

Wolff assentiu educadamente e disse:

– Senhor.

– Sem quepe no bar, capitão – falou o coronel. – O que você está pensando?

Wolff tirou o quepe, xingando-se internamente pelo erro. O coronel pediu cerveja. Wolff desviou o olhar.

Havia quinze ou vinte oficiais no bar, mas ele não reconheceu nenhum. Procurava um dos oito ajudantes que saíam do QG diariamente ao meio-dia com suas pastas. Tinha memorizado cada rosto e poderia reconhecê-los se os visse. Já estivera no Metropolitan Hotel e no Turf Club sem sucesso, e depois de meia hora no Shepherd's tentaria o Clube dos Oficiais, o Gezira Sporting Clube e até a União Anglo-Egípcia. Se fracassasse esta noite, tentaria de novo no dia seguinte – mais cedo ou mais tarde trombaria com pelo menos um deles.

E aí tudo dependeria de suas habilidades.

O plano tinha muitos pontos positivos. O uniforme o tornava um deles, um colega digno de confiança. Como a maioria dos soldados, eles deviam estar solitários e desesperados por sexo naquele país estranho. Sonja era, inegavelmente, uma mulher muito desejável, e nenhum oficial inglês mediano tinha a blindagem necessária contra os ardis de uma sedutora oriental. E, de qualquer modo, se ele tivesse o azar de escolher um oficial suficientemente esperto para resistir à tentação, precisaria largar o sujeito e procurar outro.

Esperava não demorar tanto assim.

Na verdade, demorou mais cinco minutos.

O major que entrou era um homem pequeno, muito magro e uns dez anos mais velho do que Wolff. Em suas bochechas viam-se as veias partidas de um bêbado inveterado. Tinha olhos azuis saltados e o cabelo ralo, louro-claro, estava grudado na cabeça.

Todo dia ele saía do QG ao meio-dia e caminhava até um prédio comum no Shari Suleiman Pasha – levando a pasta.

O coração de Wolff quase parou.

O major foi até o balcão e tirou o quepe.

– Ezma! – exclamou. – Uísque! Sem gelo. Rápido! – Virou-se para Wolff. – Que tempo horrível! – comentou, puxando conversa.

– Como sempre, não é, senhor? – retrucou Wolff.

– É verdade. Meu nome é Smith, do QG.

– Como vai, senhor? – Wolff sabia que, como Smith ia do QG até outro prédio todo dia, não podia ser de fato do QG, e se perguntou brevemente por que o sujeito mentiria sobre isso. Afastou o pensamento por ora. – Slavenburg, do GTE.

– Que ótimo. Posso lhe oferecer outro?

Conversar com um oficial estava parecendo mais fácil do que ele havia esperado.

– É muita gentileza, senhor – disse.

– Pegue leve no "senhor". Sem carteirada no bar, certo?

– Claro.

Outro erro.

– O que vai ser?

– Uísque e água, por favor.

– Se eu fosse você, não beberia essa água. Dizem que vem direto do Nilo.

Wolff sorriu.

– Devo ter me acostumado.

– Nenhum problema de estômago? Deve ser o único branco no Egito que não teve.

– Nasci na África, estou há dez anos no Cairo.

Wolff adotou o estilo de fala abreviada de Smith. Eu deveria ter sido ator, pensou.

– África, é? Bem que achei seu sotaque estranho.

– Pai holandês, mãe inglesa. Temos uma fazenda na África do Sul.

Smith pareceu atencioso.

– Deve ser difícil para o seu pai, com os alemães na Holanda.

Wolff não tinha pensado nisso.

– Ele morreu quando eu era pequeno – disse.

– Lamento.

Smith esvaziou seu copo.

– O mesmo, de novo? – ofereceu Wolff.

– Obrigado.

Wolff pediu mais bebidas. Smith lhe ofereceu um cigarro. Wolff recusou.

Smith reclamou da comida ruim, de como os bares estavam ficando sem bebidas, do aluguel de seu apartamento e da grosseria dos garçons árabes. Wolff estava louco para explicar que a comida era ruim porque Smith insistia em comer pratos ingleses, não egípcios, que as bebidas estavam escassas por causa da guerra europeia, que os preços dos aluguéis tinha chegado àquele ponto por causa dos milhares de estrangeiros que, como Smith, tinham invadido a cidade, e que os garçons eram grosseiros porque ele era preguiçoso ou arrogante demais para aprender umas poucas expressões de cortesia na língua local. Em vez de explicar, mordeu a língua e assentiu de forma compassiva.

No meio desse rosário de descontentamentos, Wolff olhou por cima do ombro de Smith e viu seis policiais militares entrando no bar.

Smith notou a mudança na expressão dele.

– O que foi? Parece que viu um fantasma.

Havia um policial militar do exército, um policial militar da marinha com perneiras brancas, um australiano, um neozelandês, um sul-africano e um *gurkha* de turbante. Wolff sentiu uma ânsia louca de fugir. O que iriam perguntar a ele? O que ele diria?

Smith olhou em volta e viu os policiais militares.

– O piquete noturno de sempre: procurando oficiais bêbados e espiões alemães – comentou. – Este é um bar de oficiais, eles não vão nos incomodar. Qual é o problema? Saiu sem autorização ou o quê?

– Não, não. – Wolff improvisou rapidamente: – O cara da marinha parece um sujeito que eu conheci, que foi morto em Halfaya.

Continuou a olhar para os guardas. Eles pareciam muito profissionais com seus capacetes de aço e as pistolas nos coldres. Será que pediriam documentos?

Smith havia se esquecido deles.

– E quanto aos empregados... – dizia. – Gente maldita. Tenho quase certeza de que o meu anda pondo água no gim. Mas vou descobrir. Peguei uma garrafa vazia de gim e enchi com *zibib*. Sabe, aquele negócio que fica turvo se põe água? Espere até ele tentar diluir aquilo. Vai ter que comprar uma garrafa nova e fingir que nada aconteceu. Rá, rá! Bem feito!

O oficial encarregado do piquete se aproximou do coronel que dissera para Wolff tirar o quepe.

– Tudo em ordem, senhor?

– Tudo tranquilo – respondeu o coronel.

– O que você acha que está fazendo? – perguntou Smith a Wolff. – Quero dizer, você tem direito de usar essas divisas, não é?

– Claro – respondeu Wolff.

Uma gota de suor caiu em seu olho e ele a enxugou em um gesto rápido demais.

– Não fique ofendido – disse Smith –, mas é que o Shepheard's é proibido para patentes inferiores, e há histórias de oficiais não comissionados costurando estrelas na camisa só para entrar aqui.

Wolff se empertigou.

– Olhe, senhor, se quiser verificar...

– Não, não, não – falou Smith, rapidamente.

– Fiquei chocado com a semelhança.

– Claro, entendo. Vamos tomar mais uma bebida. Ezma!

O policial que havia falado com o coronel estava dando uma longa olhada pelo salão. Sua braçadeira o identificava como subchefe da polícia militar. Encarou Wolff, que se perguntou se o sujeito se lembraria da descrição do assassino de Assyut. Certamente, não. De qualquer modo, não estariam procurando um oficial britânico que atendesse à descrição. E Wolff tinha deixado o bigode crescer, para confundir ainda mais. Obrigou-se a encarar o policial e depois afastou o olhar casualmente. Pegou sua bebida, certo de que o sujeito ainda o estava fitando.

Então ouviu um som de botas e o piquete se foi.

Com um esforço, Wolff se controlou para não estremecer de alívio. Levantou o copo com a mão firme.

– Saúde!

– Você conhece este lugar – disse Smith. – O que há para se fazer aqui à noite, além de beber?

Wolff fingiu pensar na pergunta.

– Já assistiu a alguma dança do ventre?

Smith bufou, enojado.

– Uma vez. Uma árabe gorda sacudindo os quadris.

– Ah. Então você precisa ver uma dança do ventre de verdade.

– Será?

– A dança do ventre verdadeira é a coisa mais erótica que você vai ver na vida.

Havia um brilho estranho nos olhos de Smith.

– É mesmo?

Wolff pensou: major Smith, você é exatamente do que eu preciso.

– Sonja é a melhor – garantiu. – Você precisa ver o show dela.

Smith assentiu.

– Talvez eu vá.

– Na verdade, eu estava pensando em ir à Cha-Cha Club. Quer ir comigo?

– Primeiro vamos tomar mais um.

Enquanto observava Smith engolir a bebida, Wolff refletiu que o major aparentava ser um homem tremendamente corruptível. Parecia entediado, influenciável e alcoólatra. Desde que ele fosse heterossexual, Sonja poderia seduzi-lo com facilidade. (Droga, pensou, Era melhor que ela fizesse o que devia ser feito.) Depois precisariam descobrir se ele tinha algo mais útil do que cardápios na pasta. Por fim, teriam que encontrar um modo de arrancar os segredos dele. Havia muitos "se" e pouco tempo.

A única coisa que podia fazer era dar um passo de cada vez, e o primeiro deles era ter Smith sob seu poder.

Terminaram as bebidas e partiram para a Cha-Cha. Não conseguiram encontrar um táxi, por isso tomaram um *gharry*, uma charrete puxada a cavalo. O cocheiro chicoteava implacavelmente o animal idoso.

– O sujeito está pegando pesado com o animal – comentou Smith.

– Pois é – retrucou Wolff, pensando: Você deveria ver o que fazemos com os camelos.

O clube estava apinhado e calorento de novo. Wolff precisou subornar um garçom para conseguir uma mesa.

A apresentação de Sonja começou instantes depois de eles se acomodarem. Smith olhava Sonja enquanto Wolff observava Smith. Em minutos o major estava babando.

– Ela é boa, não é? – perguntou Wolff.

– Fantástica – respondeu Smith, sem se virar.

– Na verdade, eu a conheço um pouco. Posso pedir para ela vir à nossa mesa depois?

Desta vez Smith olhou em volta.

– Santo Deus! Você faria isso?

~

O ritmo acelerou. Sonja espreitou por cima da plateia apinhada. Centenas de homens devoravam com o olhar seu corpo magnífico. Ela fechou os olhos.

Os movimentos eram automáticos: as sensações assumiam o controle. Em sua imaginação, ela ainda via o mar de rostos vorazes a encarando. Sentia os seios balançarem, a barriga ondular e os quadris se projetarem, e era como se outra pessoa fizesse isso com ela, como se todos os homens famintos na plateia manipulassem seu corpo. Movimentava-se cada vez mais rápido. Não havia mais artifícios na dança; Sonja estava fazendo-a por si mesma. Também não era ela que acompanhava a música – a música a acompanhava. Ondas de excitação a dominavam. Ela dominava a excitação, dançando até saber que estava à beira do êxtase, tendo a noção de que só precisaria saltar e então sairia voando. Hesitou no limite. Abriu os braços. A música chegou ao clímax com uma pancada. Ela deixou escapar um grito de frustração e caiu para trás, as pernas dobradas embaixo do corpo, as coxas abertas para a plateia. Então sua cabeça bateu no palco e, em seguida, as luzes se apagaram.

Era sempre assim.

Em meio à tempestade de aplausos, Sonja se levantou e atravessou o palco escuro até os bastidores. Foi rapidamente ao camarim, de cabeça baixa, sem olhar para ninguém. Não queria as palavras nem os sorrisos deles. Eles não entendiam. Ninguém sabia como era aquilo, ninguém fazia ideia do que acontecia com ela todas as noites quando dançava.

Tirou os sapatos, a calça diáfana e o sutiã de lantejoulas e vestiu um robe de seda. Sentou-se à frente do espelho para remover a maquiagem. Sempre fazia isso logo depois de dançar, porque a maquiagem fazia mal à pele. Precisava cuidar do corpo. O rosto e o pescoço estavam ficando de novo com aquela aparência redonda, observou. Precisaria parar de comer chocolate. Já tinha passado bastante da idade em que as mulheres começavam a engordar. Sua idade era outro segredo que a plateia jamais deveria descobrir. Tinha quase a idade do pai quando ele morrera. O pai...

Ele havia sido um homem grande e arrogante cujos feitos jamais estiveram à altura das próprias esperanças. Sonja e seus pais dormiam juntos numa cama estreita e dura numa favela do Cairo. Ela jamais se sentira tão segura e aquecida quanto naqueles dias, em que se enrolava contra as costas largas do pai. Lembrava-se do cheiro familiar dele. Então, quando ela deveria estar dormindo, surgia outro cheiro, algo que a excitava de modo inexplicável. A mãe e o pai começavam a se mexer no escuro, deitados lado a lado, e Sonja se movia com eles. Algumas vezes a mãe percebia o que estava acontecendo, e o pai batia em Sonja. Depois da terceira vez a colocaram para dormir no chão e desde então ela passou a ouvi-los, mas sem poder compartilhar o prazer: isso parecia cruel demais. Ela culpava a mãe. Seu pai estava disposto a compartilhar, tinha certeza. Ele sabia o tempo todo o que ela estivera fazendo. Deitada no chão, com frio, excluída, ouvindo, tentava desfrutar daquilo a distância, mas não funcionava. Nada mais havia funcionado, até a chegada de Alex Wolff.

Nunca tinha falado com Wolff sobre aquela cama estreita na favela, mas de algum modo ele entendia. Ele tinha um instinto para as necessidades profundas que as pessoas jamais admitiam. Ele e a garota Fawzi haviam recriado a cena de infância para Sonja, e tinha dado certo.

Ele não fazia isso por bondade, ela sabia, mas para usar as pessoas. Agora queria usá-la para espionar os ingleses. Ela faria quase qualquer coisa para prejudicar os ingleses. Qualquer coisa menos ir para a cama com um deles...

Ouviu uma batida à porta do camarim.

– Pode entrar – gritou Sonja.

Um dos garçons entrou com um bilhete. Ela assentiu, dispensou o rapaz e desdobrou o papel. A mensagem dizia simplesmente: "Mesa 41. Alex."

Amassou o papel e o largou no chão. Então ele tinha arranjado alguém. Fora rápido. O instinto de Wolff para a fraqueza estava funcionando de novo.

Ela o entendia, porque era como ele. Também usava as pessoas, ainda que de modo menos inteligente. Usava inclusive o próprio Wolff. Ele tinha estilo, bom gosto, amigos de alta classe e dinheiro, e um dia iria levá-la para Berlim. Uma coisa era ser estrela no Egito, outra muito diferente era ser estrela na Europa. Queria dançar para os velhos generais aristocráticos e os belos e jovens soldados; queria seduzir homens poderosos e jovens brancas e lindas; queria ser a rainha do cabaré da cidade mais decadente do mundo. Wolff seria seu passaporte. Sim, ela o estava usando.

Devia ser incomum, pensou, duas pessoas serem tão próximas e ainda assim se amarem tão pouco.

Ele cortaria *mesmo* os seus lábios fora.

Sonja estremeceu, afastou o pensamento e começou a se vestir. Colocou um vestido branco com mangas largas e decote profundo. O decote destacava os seios e a parte de baixo estreitava os quadris. Calçou sandálias brancas de salto alto. Prendeu um pesado bracelete de ouro em cada pulso e, no pescoço, pendurou um cordão de ouro que se acomodava entre os seios. O inglês gostaria disso. Eles tinham o gosto mais grosseiro de todos.

Deu uma última olhada em seu reflexo no espelho e saiu para a boate.

O silêncio a acompanhou pelo salão. As pessoas ficavam mudas quando ela se aproximava e começavam a falar a seu respeito quando ela seguia seu caminho. Sonja se sentia como se estivesse fazendo um convite a um estupro em massa. No palco era diferente: ficava separada de todos por uma parede invisível. Mas ali embaixo podiam tocá-la, e todos queriam fazer isso. Nunca chegavam às vias de fato, mas o perigo a empolgava.

Chegou à mesa 41 e os dois homens se levantaram.

– Sonja, minha cara, você estava magnífica, como sempre – disse Wolff.

Ela agradeceu o elogio com um aceno de cabeça.

– Deixe-me apresentar-lhe o major Smith.

Sonja apertou a mão dele. Era um homem magro, de queixo retrognata, com bigode louro e mãos feias e ossudas. Olhou para Sonja como se ela fosse uma sobremesa extravagante que tivessem acabado de pôr à sua frente.

– Encantado – disse Smith.

Sentaram-se. Wolff serviu champanhe.

– Sua dança foi esplêndida, mademoiselle – começou o major inglês. – Simplesmente esplêndida. Muito... artística.

– Obrigada.

Ele estendeu um braço e deu um tapinha na mão dela por cima da mesa.

– Você é linda.

E você é um idiota, pensou ela. Captou um olhar de alerta de Wolff: ele sabia o que se passava em sua cabeça.

– O senhor é muito gentil, major – respondeu.

Dava para ver que Wolff estava nervoso. Ele não sabia se ela faria o que ele desejava. Na verdade, Sonja ainda não tinha decidido.

– Conheci o falecido pai de Sonja – disse Wolff a Smith.

Era mentira, e Sonja sabia por que ele tinha dito isso. Queria lembrá-la.

Seu pai fora ladrão em meio expediente. Quando havia trabalho ele trabalhava, quando não havia, roubava. Um dia ele tentou arrancar a bolsa de uma europeia no Shari el-Koubri. O acompanhante da mulher agarrou o pai de Sonja, e, durante a briga, a mulher foi derrubada, torcendo o pulso. Era uma mulher importante, e o pai de Sonja foi açoitado até a morte pela ofensa.

Claro, a surra não tinha sido para matá-lo. Ele devia ter o coração fraco ou algo assim. Os britânicos que o julgaram não se importaram. O homem cometera um crime, recebera a punição devida e essa punição o matara: um árabe imundo a menos no mundo. Sonja, na época com 12 anos, ficara arrasada. Desde então, odiava os ingleses com cada fibra do ser.

Acreditava que Hitler tinha a ideia certa, mas o alvo errado. Não era a fraqueza racial dos judeus que infectava o mundo; era a dos ingleses. Os judeus no Egito eram mais ou menos como o restante das pessoas: alguns eram ricos, outros, pobres, alguns eram bons, outros, maus. Mas os ingleses eram consistentemente arrogantes, gananciosos e cruéis. Ela ria amargamente do estilo pretensioso com que os britânicos tentavam defender a Polônia da opressão alemã ao mesmo tempo que continuavam a oprimir o Egito.

Mesmo assim, por qualquer motivo que fosse, os alemães estavam lutando contra os ingleses, e isso bastava para tornar Sonja pró-Alemanha.

Queria que Hitler derrotasse, humilhasse e arruinasse a Grã-Bretanha.

Faria qualquer coisa para ajudar.

Até seduziria um inglês.

Inclinou-se para a frente.

– Major Smith, o senhor é um homem *muito* atraente.

Wolff relaxou nitidamente.

Smith ficou perplexo. Seus olhos pareceram saltar das órbitas.

– Santo Deus! – exclamou. – Você acha?

– Acho sim, major.

– Bem, prefiro que me chame de Sandy.

Wolff se levantou.

– Infelizmente, preciso deixá-los. Sonja, posso acompanhá-la até em casa?

– Acho que você pode deixar isso comigo, capitão – atalhou Smith.

– Sim, senhor.

– Isto é, se Sonja...

Sonja piscou de forma coquete.

– Claro, Sandy.

– Odeio acabar com a festa – desculpou-se Wolff. – Mas preciso acordar cedo.

– Tudo bem – retrucou Smith, tranquilizando-o. – Pode ir.

Enquanto Wolff saía, um garçom trouxe o jantar. Era uma refeição europeia – bife com batatas – e Sonja beliscou um pouco enquanto Smith conversava com ela e contava sobre suas conquistas no time de críquete da escola. Parecia não ter feito nada espetacular desde então. Ele era muito entediante.

Sonja ficava se lembrando do açoitamento.

Ele bebeu o tempo todo durante o jantar. Quando saíram, Smith estava cambaleando levemente. Sonja lhe deu o braço, mais por ele do que por ela. Andaram até a casa-barco em meio ao ar fresco da noite. Smith olhou para o céu.

– Essas estrelas... Que lindas.

A fala dele estava meio engrolada.

Pararam diante da casa-barco.

– Muito bonita – disse Smith.

– É ótima. Gostaria de ver por dentro?

– Gostaria muito.

Ela o guiou pela prancha de embarque, atravessaram o convés e desceram a escada.

Smith esquadrinhou à sua volta, com os olhos arregalados.

– Preciso dizer: é muito luxuosa.

– Quer beber alguma coisa?

– Quero muito.

Sonja odiou o modo como ele dizia "muito" o tempo todo. Ele engrolava a palavra, pronunciando "buito".

– Champanhe ou alguma coisa mais forte?

– Um golinho de uísque seria muito bom.

– Sente-se.

Ela lhe deu a bebida e se sentou perto dele. Smith tocou seu ombro, beijou seu rosto e agarrou seu seio de modo grosseiro. Ela estremeceu. Ele interpretou a reação como sinal de paixão e apertou com mais força.

Sonja puxou-o por cima do corpo. Ele era muito desajeitado: os cotovelos e os joelhos ficavam cutucando-a. Enfiou a mão de qualquer jeito embaixo da sua saia.

– Ah, Sandy, você é tão forte! – exclamou ela.

Olhou por cima do ombro de Smith e viu o rosto de Wolff. Ele estava no convés, ajoelhado, olhando pela escotilha e rindo em silêncio.

CAPÍTULO OITO

WILLIAM VANDAM ESTAVA COMEÇANDO a desanimar, achando que não encontraria Alex Wolff. Já tinham se passado quase três semanas desde o assassinato em Assyut e Vandam não estava nem perto de sua presa. À medida que o tempo corria, o rastro ficava mais frio. Quase desejava que houvesse outro roubo de pasta, para saber pelo menos o que Wolff estava aprontando.

Tinha plena noção de que estava se tornando meio obcecado pelo sujeito. Acordava por volta das três da madrugada, quando o efeito do álcool tinha se esvaído, e ficava preocupado até o amanhecer. O que o incomodava era algo relacionado com o *estilo* de Wolff: o modo esquivo como ele havia entrado no Egito, a rapidez com que havia assassinado o cabo Cox e a facilidade com que tinha sumido na cidade. Vandam pensava nessas coisas sem parar, o tempo todo imaginando por que achava o caso tão fascinante.

Não havia feito nenhum progresso verdadeiro, mas conseguira algumas informações, que tinham alimentado sua obsessão – não como a comida alimenta uma pessoa, deixando-a satisfeita, mas como o combustível alimenta o fogo, fazendo-o queimar com mais intensidade.

A Villa les Oliviers pertencia a alguém chamado Achmed Rahmha. Os Rahmha eram uma família rica do Cairo. Achmed tinha herdado a casa do pai, Gamal Rahmha, um advogado. Um dos tenentes de Vandam descobrira o registro de um casamento entre Gamal Rahmha e uma mulher chamada Eva Wolff, viúva de Hans Wolff, ambos alemães, e depois os documentos de adoção tornando o filho de Hans e Eva filho legítimo de Gamal Rahmha...

Isso transformava Achmed Rahmha em um alemão e explicava como ele possuía documentos egípcios legítimos em nome de Alex Wolff.

Também havia nos registros um testamento que concedia a Achmed, ou Alex, a maior parte da fortuna de Gamal, além da casa.

Entrevistas com todos os Rahmha remanescentes não tinham revelado nada. Achmed havia desaparecido dois anos antes e não dera notícias desde então. O entrevistador voltou com a impressão de que a ausência do filho adotado não era muito sentida pela família.

Vandam estava convencido de que, quando desapareceu, Achmed tinha ido para a Alemanha.

Havia outro ramo da família Rahmha, mas eram nômades e ninguém sabia onde podiam ser encontrados. Sem dúvida, pensou Vandam, eles tinham ajudado Wolff de algum modo em sua reentrada no Egito.

Agora Vandam entendia isso. Wolff não podia ter entrado no país através de Alexandria. A segurança no porto era rígida: sua chegada seria percebida, ele seria investigado e, cedo ou tarde, a investigação revelaria seus antecedentes alemães. E assim seria preso. Ao vir do sul, ele esperara entrar sem ser visto e retomar sua posição de nascido e criado no Egito. Tinha sido sorte dos ingleses o fato de Wolff se meter numa encrenca em Assyut.

Para Vandam, essa parecia ter sido a última sorte dos britânicos.

O major estava sentado em seu escritório fumando um cigarro atrás do outro, preocupado com Wolff.

O sujeito não era um coletor de fofocas e boatos de baixo nível. Não se satisfazia, como outros agentes, em mandar relatórios baseados no número de soldados que via na rua e na escassez de peças de motores. O roubo da pasta provava que ele queria informações de alto nível e era capaz de pensar em maneiras engenhosas de consegui-las. Se ficasse à solta por tempo suficiente, acabaria sendo bem-sucedido.

Vandam andou pela sala – foi do cabideiro até a mesa, deu a volta nela e voltou ao cabideiro.

O espião também tinha problemas. Precisava se explicar aos vizinhos intrometidos, esconder o rádio em algum lugar, se locomover pela cidade e encontrar informantes. Podia ficar sem dinheiro, o rádio podia quebrar, os informantes podiam traí-lo ou alguém podia descobrir seu segredo acidentalmente. De um modo ou de outro, alguns traços do espião precisavam aparecer.

Quanto mais inteligente ele fosse, mais isso demoraria.

Vandam estava convencido de que Abdullah, o ladrão, estava envolvido com Wolff. Depois que Bogge se recusara a mandar prender Abdullah, Vandam oferecera a ele uma grande quantidade de dinheiro em troca de informações sobre o paradeiro de Wolff. Abdullah continuava dizendo que não sabia nada sobre alguém chamado Wolff, mas a luz da cobiça havia brilhado em seus olhos.

Era possível que Abdullah não soubesse onde Wolff podia ser encontrado – sem dúvida o homem seria cuidadoso a ponto de tomar essa precaução contra um sujeito notoriamente desonesto –, mas talvez pudesse descobrir. Vandam tinha deixado claro que a oferta do dinheiro continuava de pé. Por outro lado, assim que Abdullah tivesse a informação, poderia simplesmente ir até Wolff, contar sobre a oferta de Vandam e pedir que ele pagasse um valor mais alto.

Vandam andou pela sala de novo.

Tinha algo a ver com *estilo*. Entrar sem ser percebido, assassinar com uma faca, sumir na cidade. E havia alguma outra coisa... Algo que Vandam sabia, algo que havia lido num relatório ou que tinham lhe contado numa reunião. Wolff poderia ser um homem que Vandam conhecera muito tempo atrás, mas que não conseguia mais trazer à mente. Estilo.

O telefone tocou.

Ele atendeu.

– Major Vandam.

– Ah, olá, aqui é o major Calder, da tesouraria.

Vandam ficou tenso.

– Pois não?

– Você nos mandou um bilhete há duas semanas, perguntando sobre libras esterlinas falsificadas. Bom, nós encontramos algumas.

Era isso: esse era o rastro.

– Ótimo! – exclamou.

– Na verdade, é um monte – continuou a voz do outro lado da linha.

– Preciso ver isso o mais rápido possível.

– Já estou cuidando de tudo. Vou mandar um rapaz; ele deve chegar logo.

– Sabe quem usou esse dinheiro?

– Na verdade foi mais de um lote, mas temos alguns nomes para vocês.

– Fantástico. Ligo de volta assim que tiver visto as notas. Você disse Calder?

– Sim. – O sujeito deu seu número de telefone. – Falamos mais tarde, então.

Vandam desligou. Libras esterlinas falsificadas; batia. Essa podia ser a brecha. A libra esterlina não era mais uma moeda legal no Egito. Oficialmente, o Egito era um país soberano. Mas as libras sempre podiam ser trocadas por dinheiro egípcio na sede da tesouraria britânica. Consequentemente, as pessoas que costumavam fazer negócios com estrangeiros em geral aceitavam notas de libra como pagamento.

Vandam abriu a porta e gritou pelo corredor:

– Jakes!

– Senhor! – gritou Jakes de volta.

– Traga a pasta sobre notas falsificadas.

– Sim, senhor!

Vandam entrou na sala ao lado e falou com seu secretário.

– Estou esperando um pacote da tesouraria. Me entregue assim que chegar, está bem?

– Sim, senhor.

Vandam voltou à sua sala. Jakes apareceu um instante depois com uma pasta de papel. Ele era o membro mais antigo da equipe de Vandam, um rapaz prestativo, confiável, que seguia as ordens ao pé da letra até o fim e só então usava a própria iniciativa para tomar decisões. Era ainda mais alto do que Vandam, magro e de cabelo preto, com uma aparência um tanto lúgubre. Ele e Vandam se tratavam com uma formalidade confortável. Jakes era muito rigoroso no uso da continência e da palavra "senhor" e usava palavrões com grande frequência, mas os dois discutiam o trabalho de igual para igual. Era muito bem-relacionado e quase certamente chegaria mais longe do que Vandam no exército.

Vandam acendeu a luminária da mesa.

– Muito bem. Me mostre uma foto do dinheiro falsificado pelos nazistas.

Jakes pousou a pasta na mesa e folheou os papéis. Pegou um maço de fotografias lustrosas e as espalhou. Todas mostravam a frente e o verso de uma cédula de dinheiro, em tamanho um pouco maior do que o real.

Jakes as separou.

– Notas de uma libra, de cinco, de dez e de vinte.

Setas pretas nas fotos indicavam os erros pelos quais as falsificações poderiam ser identificadas.

A fonte da informação eram notas falsas tiradas de espiões alemães capturados na Inglaterra.

– Seria de imaginar que eles saberiam que não se deve dar dinheiro falso aos espiões – disse Jakes.

Vandam respondeu sem desviar o olhar das fotos.

– A espionagem é um negócio caro, e a maior parte do dinheiro é desperdiçada. Por que deveriam comprar moeda inglesa na Suíça se eles mesmos podem produzir? Assim como um espião possui documentos falsos, também pode portar dinheiro falso. Além disso, a circulação dessas cédulas tem um leve efeito danoso na economia britânica. É inflacionário, como quando o governo imprime dinheiro para pagar as dívidas.

– Mesmo assim, eles já deveriam ter percebido que estamos pegando os sacanas.

– Ah, mas quando nós os pegamos, tomamos todas as precauções para que os alemães não *saibam* que os pegamos.

– Mesmo assim, espero que nossos espiões não estejam usando Reichsmarks falsificados.

– Acho que não. Nós levamos o serviço de informações mais a sério do que eles, você sabe. Eu gostaria de dizer o mesmo sobre as táticas com os tanques.

O secretário de Vandam bateu à porta e entrou. Era um cabo de 20 anos que usava óculos.

– Pacote da tesouraria, senhor.

– Ótimo! – exclamou Vandam.

– Pode assinar o recibo, senhor?

Vandam assinou o documento e rasgou o envelope para abri-lo. Continha várias centenas de notas de libra.

– Cacete! – disse Jakes.

– Eles disseram que havia um monte. Pegue uma lupa, cabo, depressa.

– Sim, senhor.

Vandam pôs ao lado de uma das fotos uma nota que tirou do envelope e procurou o erro que a identificava.

Não precisava de lupa.

– Olhe, Jakes.

A nota tinha o mesmo erro da foto.

– É isso, senhor – disse Jakes.

– Dinheiro nazista fabricado na Alemanha – falou Vandam. – *Agora* estamos na pista dele.

~

O tenente-coronel Reggie Bogge sabia que o major Vandam era um sujeito inteligente, com o tipo de astúcia que às vezes se encontra entre a classe trabalhadora; mas o major não era páreo para pessoas do naipe de Bogge.

Naquela noite, Bogge jogou sinuca com o brigadeiro Povey, diretor do Serviço de Informações Militar, no Gezira Sporting Club. O brigadeiro era sagaz e não gostava muito de Bogge, mas Bogge achava que podia lidar com ele.

Jogaram a um xelim por ponto e o brigadeiro deu a saída.

Enquanto jogavam, Bogge disse:

– Espero que não se importe em falar de trabalho no clube, senhor.

– De jeito nenhum.

– É que não consigo me afastar da minha mesa durante o dia.

– O que está preocupando você?

O brigadeiro passou giz em seu taco.

Bogge encaçapou uma bola vermelha e alinhou a rosa.

– Tenho quase certeza de que há um espião razoavelmente perigoso trabalhando no Cairo.

Ele errou a bola rosa.

O brigadeiro se curvou sobre a mesa.

– Continue.

Bogge olhou as costas largas do brigadeiro. Era preciso abordar o assunto com sutileza. Claro que o chefe de um departamento era o responsável pelos sucessos do setor, já que só os bem-administrados obtinham sucesso, como todo mundo sabia. Mesmo assim, era necessário ser discreto com relação a como receber o crédito.

– O senhor se lembra de um cabo que foi esfaqueado em Assyut há algumas semanas? – começou.

– Vagamente.

– Tive uma intuição sobre isso, e desde então venho seguindo-a. Na semana passada, um auxiliar do Estado-Maior teve a pasta roubada durante uma briga de rua. Não há nada de extraordinário nisso, é claro, mas eu somei dois e dois.

O brigadeiro encaçapou a bola branca.

– Droga – xingou. – Sua vez.

– Pedi que a tesouraria procurasse dinheiro inglês falso, e, veja só, eles encontraram. Mandei meus rapazes examinarem e descobrimos que o dinheiro foi feito na Alemanha!

– Arrá!

Bogge encaçapou uma vermelha, a azul e outra vermelha, depois errou a rosa de novo.

– Acho que você me deixou bastante bem – comentou o brigadeiro, avaliando a mesa com os olhos estreitados. – Há alguma chance de rastrear o sujeito a partir do dinheiro?

– É uma possibilidade. Já estamos trabalhando nisso.

– Me passe aquela cruzeta, sim?

– Claro.

O brigadeiro pôs a cruzeta no feltro e alinhou a tacada.

– Alguém sugeriu que poderíamos instruir a tesouraria a continuar aceitando as notas falsas, para talvez conseguirmos algumas pistas novas.

A sugestão tinha sido de Vandam, e Bogge a havia recusado. Vandam insistira, um comportamento que estava se tornando exaustivamente comum, e Bogge precisara interrompê-lo com raiva. Mas era uma coisa imponderável, e, se a situação ficasse ruim, Bogge queria poder dizer que tinha consultado os superiores.

O brigadeiro se empertigou.

– Depende de quanto dinheiro está envolvido, não é?

– Várias centenas de libras até agora.

– É muito.

– Acho que não é realmente necessário continuar a aceitar as notas falsas, senhor.

– Muito bem.

O brigadeiro encaçapou a última bola vermelha e passou para as outras cores.

Bogge anotou a pontuação. O brigadeiro estava à frente, mas Bogge tinha conseguido o que queria ali.

– Quem você destacou para trabalhar nessa questão do espião? – perguntou o brigadeiro.

– Bom, basicamente eu mesmo estou cuidando disso...

– Sim, mas qual dos seus majores você está usando?

– Vandam.

– Ah, sim, Vandam. Não é um mau sujeito.

Bogge não gostou do rumo que a conversa estava tomando. O brigadeiro não entendia realmente como era necessário ser cuidadoso com pessoas como Vandam – quando lhes oferecíamos a mão, elas queriam o braço. O exército *promoveria* essas pessoas acima do posto merecido. O pesadelo de Bogge era acabar recebendo ordens de um filho de carteiro com sotaque de Dorset.

– Vandam tem uma certa queda pelos árabes, infelizmente – disse. – Mas, como o senhor observou, ele não é mau. Pelo menos é esforçado.

– É. – O brigadeiro estava com sorte, encaçapando uma bola depois da outra. – Ele estudou na mesma escola que eu. Vinte anos depois, claro.

Bogge sorriu.

– Como bolsista, não foi, senhor?

– Foi – respondeu o brigadeiro. – Eu também.

E encaçapou a preta.

– Parece que o senhor ganhou – disse Bogge.

~

O gerente da Cha-Cha Club disse que mais da metade de seus clientes pagava a conta com libras esterlinas, que não podia identificar quem tinha pagado com quais notas e que, mesmo se pudesse, só sabia o nome de alguns frequentadores assíduos.

O chefe dos caixas do hotel Shepheard's disse algo semelhante, assim como dois motoristas de táxi, o dono de um bar de soldados e a cafetina madame Fahmy.

Vandam esperava mais ou menos a mesma história no próximo local de sua lista, uma loja pertencente a um tal de Mikis Aristopoulos.

Aristopoulos tinha trocado uma grande quantidade de libras esterlinas, a maioria falsificada, e Vandam imaginou que sua loja seria um estabelecimento de tamanho considerável, mas não era. Aristopoulos tinha uma pequena mercearia. O lugar cheirava a temperos e café, mas não havia muita coisa nas prateleiras. O próprio Aristopoulos era um grego baixo, de cerca de 25 anos, com um sorriso largo e dentes brancos. Usava um avental listrado por cima da calça de algodão e da camisa branca.

– Bom dia, senhor. Em que posso ajudá-lo? – saudou.

– Parece que você não tem muita coisa para vender – respondeu Vandam. Aristopoulos sorriu.

– Se estiver procurando algo específico, posso ter no depósito. Já fez compras aqui antes, senhor?

Então esse era o sistema: as iguarias raras ficavam nos fundos, apenas para os fregueses assíduos. Isso significava que ele devia conhecer a clientela. Além disso, a quantidade de dinheiro falso que tinha trocado provavelmente representava um pedido grande, do qual iria se lembrar.

– Não vim fazer compras – respondeu Vandam. – Há dois dias você levou 147 libras em espécie à Tesouraria Geral Britânica e trocou por moeda egípcia.

Aristopoulos franziu a testa e pareceu preocupado.

– Sim...

– Cento e vinte e sete libras eram falsas. Falsificadas. Não eram ver-
dadeiras.

Aristopoulos sorriu e abriu os braços, dando de ombros num gesto
amplo.

– Lamento pela tesouraria. Eu recebo o dinheiro dos ingleses e devolvo
aos ingleses... O que posso fazer?

– Pode ir para a cadeia por repassar notas falsas.

Aristopoulos parou de sorrir.

– Por favor. Isso não é justo. Como eu poderia saber?

– Todo aquele dinheiro veio de uma pessoa só?

– Não sei...

– Pense! – disparou Vandam. – Alguém lhe pagou a quantia de 127
libras?

– Ah... sim! Sim! – De repente Aristopoulos pareceu magoado. – Um
cliente muito respeitável. Cento e vinte e seis libras e dez xelins.

– Qual é o nome dele?

Vandam prendeu a respiração.

– Sr. Wolff...

– Ahhh.

– Estou muito surpreso. O Sr. Wolff é um bom cliente há muitos anos e
nunca teve problemas com o pagamento. Nunca.

– Escute – disse Vandam. – Você entregou a mercadoria em domicílio?

– Não.

– *Droga.*

– Nós nos oferecemos para entregar, como sempre, mas dessa vez o Sr.
Wolff...

– Vocês costumam fazer entregas na casa dele?

– Costumamos, mas dessa vez...

– Qual é o endereço?

– Deixe-me ver. Villa les Oliviers, Garden City.

Vandam bateu com o punho no balcão, frustrado. Aristopoulos parecia
um pouco assustado.

– Mas recentemente você não tem feito entregas lá – falou Vandam.

– Não desde que o Sr. Wolff voltou. Senhor, lamento muito por esse dinheiro ter passado pelas minhas mãos inocentes. Talvez possamos dar um
jeito na situação...

– Talvez – disse Vandam, pensativo.

– Vamos tomar um café.

Vandam assentiu. Aristopoulos o levou à sala dos fundos. Ali as prateleiras estavam cheias de garrafas e latas, na maioria importadas. Havia caviar russo, presunto americano enlatado e geleia inglesa. Aristopoulos serviu um café forte e denso em xícaras minúsculas. Estava sorrindo de novo.

– Esses probleminhas sempre podem ser resolvidos entre amigos – disse.

Começaram a beber o café.

– Talvez, como um gesto de amizade – continuou Aristopoulos –, eu possa lhe oferecer alguma coisa da minha loja. Tenho um pequeno estoque de vinho francês...

– Não, não.

– Em geral consigo arranjar um pouco de uísque escocês quando todo mundo no Cairo fica sem...

– Não estou interessado *nesse* tipo de arranjo – retrucou Vandam, impaciente.

– Ah!

Aristopoulos tinha se convencido de que Vandam queria suborno.

– Quero encontrar Wolff – continuou Vandam. – Preciso saber onde ele mora agora. Você disse que ele era freguês assíduo?

– É.

– Que tipo de coisas ele compra?

– Muito champanhe. E caviar. Muito café. Bebida estrangeira. Nozes em conserva, linguiça de alho, abricós no conhaque...

– Hum. – Vandam sorveu essas informações incidentais com avidez. Que tipo de espião gastava a verba em iguarias importadas? Resposta: um espião que não fosse muito bom. Mas Wolff *era* bom. Era uma questão de estilo. – Estou aqui imaginando quando ele deve retornar.

– Assim que ficar sem champanhe.

– Certo. Quando isso acontecer, preciso descobrir onde ele mora.

– Mas, senhor, se ele se recusar de novo a deixar que eu faça a entrega...?

– Era nisso que eu estava pensando. Vou lhe deixar com um ajudante.

Aristopoulos não gostou da ideia.

– Quero ajudá-lo, senhor, mas meu negócio é particular...

– Você não tem escolha. É me ajudar ou ir para a cadeia.

– Mas ter um militar inglês trabalhando aqui na minha loja...

– Ah, não vai ser um militar inglês. – Isso chamaria muita atenção, pensou Vandam, e provavelmente espantaria Wolff também. Sorriu. – Acho que conheço a pessoa ideal para o serviço.

~

Naquela noite, depois do jantar, Vandam foi até o apartamento de Elene carregando um enorme buquê de flores, sentindo-se ridículo.

Ela morava num prédio antigo, gracioso e espaçoso perto da Place de l'Opéra. Uma zeladora núbia indicou o terceiro andar. Ele subiu a escadaria de mármore curva que ocupava o centro do prédio e bateu à porta do 3A.

Vandam não tinha avisado que iria, e lhe ocorreu que ela poderia estar com algum amigo.

Esperou impacientemente no corredor, imaginando como ela seria na própria casa. Era a primeira vez que ia até ali. Talvez ela tivesse saído. Sem dúvida Elene tinha muito o que fazer à noite...

A porta se abriu.

Ela estava usando um vestido de algodão amarelo com a saia volumosa, bastante simples mas fina quase a ponto de ser transparente. A cor era muito bonita em contraste com a pele morena. Ela o olhou com o rosto inexpressivo por um momento, depois o reconheceu e abriu seu sorriso travesso.

– Bem, olá!

– Boa noite.

Ela se adiantou e lhe deu um beijo no rosto.

– Entre.

– Eu não esperava o beijo.

– Tudo faz parte da encenação. Deixe-me pegar seu disfarce.

Ele lhe entregou as flores. Tinha a sensação de que estava sendo provocado.

– Vá para ali enquanto ponho isto na água – disse ela.

Vandam acompanhou a direção do dedo de Elene, entrou na sala e olhou em volta. Era confortável ao ponto da sensualidade. Era decorada em cor-de-rosa e dourado, mobiliada com sofás macios e uma mesa de carvalho claro. Era uma sala de canto, com janelas dos dois lados, e agora o sol da tarde entrava, fazendo tudo cintilar levemente. Havia um tapete grosso de pele marrom, que parecia de urso. Vandam se abaixou e passou a mão: genuíno. Teve uma imagem súbita e vívida de Elene deitada no tapete, nua e se contorcendo. Piscou e olhou para outro lado. No sofá à frente estava um livro cuja leitura ela, presumivelmente, interrompera quando ele chegara. Pegou o exemplar e se acomodou no sofá. Ainda estava quente do contato com as mãos dela. O título era *Trem para Istambul*. Parecia um romance de capa e espada. Na parede do lado oposto havia uma pintura que parecia moderna, retratando um baile de sociedade: todas as mulheres usando vestidos formais lindíssimos e todos os homens nus. Vandam foi sentar-se no sofá embaixo do quadro, para não ter que olhá-lo. Achou esquisito.

Ela entrou com as flores num vaso e o cheiro de glicínias encheu a sala.

– Quer uma bebida?

– Você sabe preparar martíni?

– Sei. E tenho cigarro, se você quiser.

– Obrigado. – Ela sabia receber, pensou Vandam. Achou que isso era necessário, pelo modo como ganhava a vida. Pegou seus cigarros. – Fiquei com medo de você ter saído.

– Hoje, não.

Havia um tom estranho em sua voz quando ela disse isso, mas Vandam não conseguiu descobrir o que era. Olhou-a usando a coqueteleira. Chegara ali com a intenção de conduzir a reunião num nível profissional, mas não conseguiu, porque era Elene que a estava conduzindo. Sentia-se como um amante clandestino.

– Gosta desse tipo de coisa? – perguntou ele, apontando para o livro.

– Ultimamente tenho lido histórias de mistério.

– Por quê?

– Para descobrir como uma espiã deve se comportar.

– Não acredito que você... – Ele a viu sorrindo e percebeu que estava sendo provocado de novo. – Nunca sei quando você está falando sério.

– Muito raramente. – Ela lhe entregou a bebida e sentou-se na outra ponta do sofá. Olhou-o por cima da borda da taça. – À espionagem.

Ele bebeu um gole do martíni. Estava perfeito. Ela também. O sol ameno conferia um tom dourado à sua pele. Os braços e pernas pareciam lisos e macios. Vandam pensou que Elene devia ser na cama da mesma forma que era fora dela: relaxada, divertida e disposta a qualquer coisa. Droga. Ela havia provocado nele o mesmo efeito na última vez. E ele tinha caído em uma de suas raras bebedeiras e terminado num bordel vagabundo.

– Está pensando em quê? – perguntou ela.

– Em espionagem.

Ela gargalhou. Parecia que, de algum modo, sabia que ele estava mentindo.

– Você deve adorar – comentou.

Vandam pensou: Como ela faz isso comigo? Mantinha-o sempre desestabilizado com as provocações e a inteligência, o rosto inocente e os membros longos e morenos.

– Pegar espiões pode ser um trabalho bastante satisfatório, mas não adoro.

– O que acontece com eles quando você os pega?

– Em geral são enforcados.

– Ah.

Ele tinha conseguido desestabilizá-la, para variar. Elene estremeceu.

– Geralmente os fracassados morrem em tempos de guerra – falou.

– É por isso que você não adora o trabalho? Porque eles são enforcados?

– Não. Não adoro porque nem sempre os pego.

– Você se orgulha de ter o coração tão duro?

– Não creio que eu tenha o coração duro. Estamos tentando matar mais deles do que eles podem matar dos nossos.

Pensou: Por que estou me justificando?

Elene se levantou para servir outra bebida. Vandam a observou andando pela sala. Ela se movia com a graça de uma gata, pensou. Não, como uma gatinha, um filhote. Observou suas costas quando ela se abaixou para pegar a coqueteleira e imaginou o que estaria usando por baixo do vestido amarelo. Notou as mãos enquanto ela servia a bebida: eram esguias e fortes. Elene não se serviu de outro martíni.

Vandam se perguntou qual seria a origem dela.

– Seus pais estão vivos? – disse.

– Não – respondeu ela, bruscamente.

– Sinto muito.

Sabia que ela estava mentindo.

– Por que quer saber isso?

– Pura curiosidade. Por favor, desculpe.

Ela se inclinou e tocou seu braço de leve, roçando a pele com as pontas dos dedos, uma carícia suave como uma brisa.

– Você se desculpa demais.

Ela desviou o olhar, como se hesitasse. Depois, parecendo ceder a um impulso, começou a falar de seu passado.

Era a mais velha dos cinco filhos de uma família paupérrima. Os pais eram pessoas cultas e amorosas.

– Meu pai me ensinou inglês e minha mãe me ensinou a usar roupas limpas – contou.

Mas o pai, alfaiate, era ultraortodoxo e tinha se afastado do resto da comunidade judaica em Alexandria depois de uma disputa doutrinária com o açougueiro kosher. Quando Elene tinha 15 anos, seu pai começara a ficar cego. Não conseguia mais trabalhar como alfaiate, mas também não pedia nem aceitava ajuda dos judeus "apóstatas" de Alexandria. Elene, então, foi trabalhar como empregada doméstica numa casa britânica e mandava o salário para a família.

A partir desse ponto, Vandam sabia, sua história era a mesma que se repetira inúmeras vezes nos últimos cem anos nos lares da classe dominante britânica: ela tinha se apaixonado pelo filho da família e ele a seduzira. Elene teve sorte por terem descoberto tudo antes que ela engravidasse. O filho foi mandado para a universidade e Elene foi demitida. Ficou aterrorizada com a ideia de voltar para casa e contar ao pai que tinha sido demitida por fornicação – e com um gentio. Passou a viver da indenização e continuara a mandar para casa a mesma quantia toda semana, até que o dinheiro acabou. Então um empresário lascivo que ela havia conhecido na casa a instalara num apartamento e ela embarcara no trabalho de sua vida. Logo depois seu pai ficara sabendo como ela vivia e fez a família observar a *shivá* para ela.

– O que é *shivá*?

– Luto.

Desde então ela não tivera notícias deles, a não ser por uma mensagem de um amigo dizendo que a mãe tinha morrido.

– Você odeia seu pai?

Ela deu de ombros e abriu os braços, indicando o apartamento.

– Acho que tudo acabou bem.

– Mas você é feliz?

Ela o encarou. Por duas vezes pareceu prestes a falar, mas não disse nada. Por fim desviou o olhar. Vandam sentiu que Elene estava se arrependendo do impulso que a fizera contar a história de sua vida. Ela mudou de assunto:

– Por que veio aqui hoje, major?

Vandam se concentrou. Estivera tão interessado em Elene – olhando suas mãos e seus olhos enquanto ela falava – que chegara a se esquecer de seu objetivo.

– Ainda estou procurando Alex Wolff – começou. – Não o encontrei, mas encontrei seu merceeiro.

– Como?

Ele decidiu não contar. Era melhor que ninguém fora do serviço secreto soubesse que os espiões alemães eram descobertos por conta do dinheiro falsificado que usavam.

– É uma longa história. O importante é que quero colocar alguém dentro da loja para o caso de ele voltar.

– Eu.

– Foi o que pensei.

– Então, quando ele entrar na mercearia, eu o acerto na cabeça com um saco de açúcar e escondo o corpo inconsciente até você aparecer.

Vandam gargalhou.

– Acredito que você faria isso. Consigo vê-la saltando por cima do balcão.

Ele percebeu que estava ficando muito descontraído e decidiu se controlar antes de bancar o idiota.

– Falando sério, o que eu preciso fazer? – perguntou Elene.

– Falando sério, você precisa descobrir onde ele mora.

– Como?

– Não sei bem. – Vandam hesitou. – Achei que talvez você pudesse ficar amiga dele. É uma mulher muito bonita, imagino que seria fácil.

– O que quer dizer com "ficar amiga"?

– Isso é com você. Desde que consiga o endereço dele.

– Sei.

De repente o humor dela havia mudado e sua voz estava amarga. A mudança deixou Vandam atônito: ela era rápida demais para que ele conseguisse acompanhá-la. Sem dúvida, uma mulher como Elene não ficaria ofendida com essa sugestão, ficaria?

– Por que você não manda um dos seus soldados segui-lo até em casa? – sugeriu ela.

– Talvez eu precise fazer isso, se você não conseguir ganhar a confiança dele. O problema é que ele pode perceber que está sendo seguido e escapar. Nesse caso, nunca mais voltaria à mercearia e perderíamos a vantagem. Mas se você puder convencê-lo, digamos, a convidá-la à casa dele para jantar, teríamos a informação que queremos sem nos revelarmos. Claro que pode não dar certo. As duas alternativas são arriscadas. Mas prefiro a abordagem sutil.

– Entendo.

Claro que entendia, pensou Vandam. A situação era clara como água.

Então qual era o problema, afinal? Elene era uma mulher estranha: num instante ele estava fascinado, no outro, furioso. Pela primeira vez, pensou que ela pudesse se recusar a fazer o que ele pedia.

– Você vai me ajudar? – perguntou, nervoso.

Elene se levantou, serviu outro drinque para Vandam e, dessa vez, se serviu também. Estava muito tensa, mas ficou claro que não queria dizer por quê. Vandam sempre ficava muito incomodado quando as mulheres mudavam de humor assim. Seria uma chateação se ela se recusasse a cooperar.

– Acho que não é pior do que o que venho fazendo durante toda a vida – disse ela, por fim.

– Foi o que pensei – observou Vandam, aliviado.

Ela lhe lançou um olhar muito sombrio.

– Você começa amanhã. – Ele lhe deu um papel com o endereço da loja. Ela o pegou sem olhar. – A loja pertence a Mikis Aristopoulos.

– Quanto tempo você acha que vai demorar?

– Não sei. – Vandam se levantou. – Vou me comunicar com você a intervalos de alguns dias, para garantir que está tudo indo bem. Mas você deve entrar em contato comigo assim que ele aparecer, certo?

– Certo.

Vandam se lembrou de uma coisa.

– Por sinal, o dono da loja acha que estamos atrás de Wolff por falsificação de dinheiro. Não comente com ele sobre espionagem.

– Não vou comentar.

A mudança de humor foi permanente. Os dois não estavam mais gostando da companhia um do outro.

– Vou deixá-la então com seu livro de mistério – disse Vandam.

Ela se levantou.

– Vou acompanhá-lo até a porta.

Quando Vandam saiu, o inquilino do apartamento ao lado veio se aproximando pelo corredor. No fundo da mente, Vandam estivera pensando nesse momento a noite toda, e agora fez o que tinha decidido não fazer. Pegou o braço de Elene, baixou a cabeça e lhe deu um beijo na boca.

Os lábios dela se moveram ligeiramente em resposta. Ele se afastou e o vizinho passou. Vandam olhou para Elene. O inquilino destrancou a porta, entrou no apartamento e a fechou em seguida. Vandam soltou o braço dela.

– Você é um ótimo ator – disse Elene.

– Sou. Até logo.

Ele se virou e caminhou depressa pelo corredor. Deveria estar satisfeito com o trabalho da noite, mas em vez disso sentia que fizera alguma coisa ligeiramente vergonhosa. Ouviu a porta do apartamento dela bater com força.

~

Elene se encostou na porta fechada e xingou William Vandam.

Ele tinha entrado em sua vida cheio de cortesia inglesa, pedindo que ela fizesse um novo tipo de trabalho e o ajudasse na guerra. Depois, aparecera dizendo que ela deveria trabalhar como puta outra vez.

Havia mesmo acreditado que mudaria de vida. Nada mais de empresários ricos, nada de casos furtivos, nada de dançar ou servir às mesas. Tinha arranjado um emprego digno, algo em que acreditava, algo que importava. Mas agora teria que participar de novo do antigo jogo.

Durante sete anos, tinha vivido de sua beleza, e agora queria parar.

Foi para a sala pegar uma bebida. A taça dele estava na mesa, pela metade. Elene a levou aos lábios. O drinque estava quente e amargo.

A princípio não tinha gostado de Vandam: ele parecia um homem severo, solene, chato. Depois mudara de ideia. Quando pensara pela primeira vez que poderia haver um homem diferente atrás da fachada austera? Lembrou-se: foi no momento em que ele riu. Aquela risada a intrigara. Ele tinha feito isso de novo esta noite, quando ela dissera que acertaria um saco de açúcar na cabeça de Wolff. Havia uma essência divertida bem no fundo dele e, se essa essência vinha à tona, o riso borbulhava e tomava conta de toda a sua personalidade por um instante. Ela suspeitou de que ele era um homem com grande apetite pela vida – um apetite mantido sob controle com muita firmeza. Isso fazia Elene querer conhecer o íntimo de Vandam, fazer com que ele fosse ele mesmo. Era por isso que o provocava e tentava levá-lo a rir de novo.

Também era por isso que tinha correspondido ao beijo dele.

Havia ficado estranhamente satisfeita em recebê-lo em casa, vê-lo sentado em seu sofá, fumando e conversando. Até pensou em como seria bom levar aquele homem forte e inocente para a cama e mostrar coisas com que ele jamais havia sonhado. Por que gostava dele? Talvez porque ele a tratasse como uma pessoa, não como uma garotinha. Sabia que ele jamais daria um tapa no seu traseiro dizendo: "Não preocupe essa cabecinha linda com isso..."

E então ele tinha estragado tudo. Por que ela estava tão incomodada com aquela situação com Wolff? Mais um ato de sedução fingida não lhe faria mal. Vandam tinha dito mais ou menos isso. E, ao dizer, revelara que a considerava uma puta. Era isso que a deixava tão furiosa. Queria a estima dele e, quando ele pedira que ela ficasse "amiga" de Wolff, Elene soube que jamais iria consegui-la, não de verdade. De qualquer modo, a situação como um todo era ridícula: o relacionamento de uma mulher como ela e um oficial inglês estava condenado a ser como todos os relacionamentos de Elene: manipulação de um lado, dependência do outro e respeito em nenhum dos dois. Vandam sempre iria vê-la como puta. Por um curto tempo, Elene tinha achado que ele poderia ser diferente dos outros, mas estava errada.

E pensou: Mas por que estou tão incomodada?

~

No meio da noite, Vandam estava sentado no escuro, junto à janela de seu quarto, fumando e olhando o Nilo enluarado, quando uma memória de sua infância o atingiu.

Vandam estava com 11 anos, era inocente em termos sexuais e, fisicamente, ainda era uma criança. Estava em sua casa geminada, de tijolos cinza, onde sempre morara. A casa tinha um banheiro com água quente aquecida pela caldeira a carvão na cozinha. Tinham lhe dito que sua família era muito afortunada por isso, mas que ele não alardeasse esse fato. Na verdade, quando fosse para a escola nova, a escola chique em Bournemouth, deveria fingir que achava perfeitamente normal ter um banheiro com água quente saindo das torneiras.

Esse banheiro tinha um vaso sanitário. Vandam estava indo mijar. A mãe dele já estava lá dentro, dando banho em sua irmã de 7 anos, mas elas não se incomodavam que ele entrasse para mijar – já havia feito isso antes, e o outro banheiro ficava longe, à distância de uma caminhada fria pelo quintal. O que Vandam tinha esquecido era que a prima também estava tomando banho. Ela tinha 8 anos. Ele entrou no banheiro. Sua irmã estava sentada na banheira e a prima, de pé, pronta para sair. A mãe dele segurava uma toalha. Ele olhou para a prima.

Ela estava nua, claro. Era a primeira vez que ele via uma garota nua, uma que não fosse sua irmã. O corpo da prima era rechonchudo e a pele estava vermelha pela temperatura da água. Ela era a coisa mais linda que ele já tinha visto. Ficou parado junto da porta do banheiro, olhando-a com interesse e admiração evidentes.

Não viu o tapa chegando. A mão grande da mãe pareceu vir do nada, acertando seu rosto com um estalo alto. A mãe era forte, e aquele foi um de seus melhores tapas. Doeu feito o diabo, mas o choque foi ainda pior do que a dor. Infelizmente aquele sentimento caloroso que o havia envolvido se dissipou feito uma névoa.

"Saia!", gritou a mãe, e ele obedeceu, dolorido e humilhado.

Vandam se lembrou disso, sentado sozinho olhando a noite egípcia, e pensou, assim como na ocasião: Por que ela fizera aquilo?

CAPÍTULO NOVE

DE MANHÃ CEDO O piso de ladrilhos da mesquita estava frio sob os pés de Alex Wolff. O punhado de fiéis ao alvorecer estava perdido na vastidão do salão cheio de colunas. Havia um silêncio, uma sensação de paz e uma claridade cinza e desolada. Um facho de luz do sol rasgava uma das fendas estreitas na parede, e nesse momento o muezim começou a gritar:

– Allahu akbar! Allahu akbar! Allahu akbar! Allahu akbar!

Wolff se virou na direção de Meca.

Usava um manto comprido e um turbante, e os calçados na sua mão eram sandálias árabes simples. Nunca sabia muito bem por que fazia isso. Era religioso apenas em teoria. Fora circuncidado de acordo com a doutrina islâmica e tinha feito a peregrinação a Meca, mas consumia álcool e carne de porco, jamais pagava o *zakat* – o dízimo islâmico –, nunca observava o jejum do Ramadã e não rezava todo dia, quanto mais cinco vezes por dia. Mas às vezes sentia a necessidade de imergir, por apenas alguns minutos, no ritual familiar e mecânico da religião do padrasto. Então, como tinha feito hoje, levantava-se enquanto ainda era madrugada, vestia as roupas tradicionais, caminhava pelas ruas frias da cidade até a mesquita que o padrasto tinha frequentado, realizava as abluções cerimoniais e entrava a tempo para as primeiras orações do novo dia.

Tocou as orelhas com as mãos, depois as pôs em concha diante do corpo, a esquerda dentro da direita. Curvou-se e se ajoelhou. Tocando a testa no chão nos momentos devidos, recitou o *el-fatha*:

– Em nome de Deus, senhor dos mundos, misericordioso e compassivo, príncipe do dia do juízo; a vós servimos e a vós rezamos pedindo ajuda; guiai-nos no caminho certo, o caminho daqueles a quem mostrastes misericórdia, a quem não derramastes a ira e que não se desviam.

Olhou por cima do ombro direito, depois do esquerdo, para cumprimentar os dois anjos que registravam seus atos bons e maus.

Quando olhou por cima do ombro esquerdo, viu Abdullah.

Sem interromper a oração, o ladrão deu um sorriso largo, mostrando o dente de aço.

Wolff se levantou e saiu. Parou do lado de fora para calçar as sandálias e Abdullah veio bamboleando atrás. Os dois trocaram um aperto de mãos.

– Você é um homem devoto, como eu – disse Abdullah. – Eu sabia que, mais cedo ou mais tarde, viria à mesquita do seu pai.

– Estava me procurando?

– Muitas pessoas estão procurando você.

Juntos, os dois se afastaram da mesquita.

– Sabendo que você é um homem religioso, eu não poderia entregá-lo aos ingleses – disse Abdullah –, mesmo em troca de tanto dinheiro, por isso falei ao major Vandam que não conhecia ninguém chamado Alex Wolff, ou Achmed Rahmha.

Wolff parou abruptamente. Então ainda o estavam caçando. Tinha começado a se sentir seguro. Cedo demais. Pegou Abdullah pelo braço e o guiou até um café árabe. Sentaram-se.

– Ele conhece meu nome árabe – observou Wolff.

– Ele sabe tudo sobre você. Menos onde encontrá-lo.

Wolff ficou preocupado e, ao mesmo tempo, muito curioso.

– Como é esse major?

Abdullah deu de ombros.

– Inglês. Sem sutileza. Sem bons modos. Bermuda cáqui e rosto da cor de um tomate.

– Você pode fazer melhor do que isso.

Abdullah assentiu.

– Esse homem é paciente e determinado. Se eu fosse você, teria medo dele.

De repente Wolff *estava* com medo.

– O que ele anda fazendo? – perguntou.

– Bem, ele descobriu tudo sobre sua família. Falou com todos os seus irmãos. Eles disseram que não sabiam nada sobre você.

O proprietário do café trouxe dois pratos de pasta de feijão-fava e dois pães rústicos e chatos. Wolff partiu seu pão e o mergulhou no feijão. Moscas começaram a se juntar em volta das tigelas. Os dois as ignoraram.

– Vandam está oferecendo 100 libras pelo seu endereço – falou Abdullah, com a boca cheia. – Rá! Como se fôssemos mesmo trair um dos nossos por dinheiro.

Wolff engoliu em seco.

– Nem se você soubesse meu endereço.

Abdullah deu de ombros.

– Seria fácil descobrir.

– Eu sei. Por isso vou contar, como sinal de minha confiança na sua amizade. Estou morando no Shepheard's Hotel.

Abdullah pareceu magoado.

– Meu amigo, sei que não é verdade. É o primeiro lugar onde os ingleses procurariam.

– Você me entendeu mal. – Wolff sorriu. – Não sou hóspede lá. Trabalho na cozinha, lavando panelas. No fim do dia me deito no chão com mais de dez homens e durmo lá.

– Que esperto! – Abdullah riu. Estava satisfeito com a ideia e deliciado por ter a informação. – Está se escondendo debaixo do nariz deles!

– Sei que você vai guardar esse segredo. E, como sinal de gratidão, espero que aceite um presente de 100 libras.

– Mas não é necessário...

– Eu insisto.

Abdullah suspirou e cedeu, com relutância.

– Muito bem.

– Vou mandar o dinheiro à sua casa.

Abdullah raspou a tigela com o resto do pão.

– Agora preciso ir – disse. – Me permita pagar o seu café da manhã.

– Obrigado.

– Ah! Puxa, eu vim sem dinheiro. Mil perdões...

– Não é nada. – Wolff sorriu. – *Alallah*, aos cuidados de Deus.

– *Allah yisallimak*, que deus o proteja – respondeu Abdullah, do modo convencional.

Em seguida, saiu.

Wolff pediu café e pensou no ladrão. O sujeito seria capaz de traí-lo por muito menos do que 100 libras, claro. O que o impedira até o momento era o fato de não saber o endereço de Wolff. Estava tentando descobri-lo. Por isso tinha ido à mesquita. Agora tentaria confirmar a história sobre ele estar morando na cozinha do hotel. Talvez não fosse fácil, porque obviamente ninguém admitiria que os empregados dormiam no chão da cozinha. Na verdade, Wolff não sabia se isso era verdade, mas precisava contar que mais cedo ou mais tarde Abdullah descobriria a mentira. A história não passava de uma tática de adiamento, assim como o suborno. No entanto, quando Abdullah enfim descobrisse que Wolff morava na casa-barco de Sonja, provavelmente iria atrás dele pedindo mais dinheiro, em vez de ir procurar Vandam.

A situação estava sob controle – por enquanto.

Wolff deixou alguns *millemes* na mesa e saiu.

A cidade tinha acordado. As ruas já estavam engarrafadas, as calçadas apinhadas de vendedores e mendigos, o ar recendendo a aromas de todo tipo. Wolff foi até o correio central usar um telefone. Ligou para o Quartel--general e perguntou pelo major Smith.

– Temos dezessete Smiths – disse a telefonista. – Sabe o primeiro nome?

– Sandy.

– Deve ser o major Alexander Smith. Ele não está no momento. Quer deixar recado?

Wolff sabia que o major não estaria no QG – era cedo demais.

– O recado é: meio-dia hoje em Zamalek. Assinado: S. Entendeu?

– Entendi, mas pode me dizer seu no...

Wolff desligou. Saiu do correio e foi para Zamalek.

Desde que Sonja tinha seduzido Smith, o major havia mandado para ela um buquê de rosas, uma caixa de bombons, uma carta de amor e dois recados entregues em mãos pedindo para vê-la de novo. Wolff a proibira de responder. Àquela altura Smith estaria se perguntando se iria vê-la de novo. Wolff tinha quase certeza de que Sonja era a primeira mulher bonita com quem Smith havia dormido. Depois de dois dias de suspense, Smith estaria desesperado para estar com ela outra vez e aproveitaria qualquer chance.

No caminho para casa, Wolff comprou um jornal, repleto das bobagens de sempre. Quando chegou, Sonja ainda estava dormindo. Jogou o jornal enrolado em cima dela, para acordá-la. Ela gemeu e se virou.

Wolff a deixou e passou pela cortina, entrando na sala. Na outra extremidade, na proa do barco, ficava uma cozinha aberta, minúscula. Tinha um armário grande para vassouras e material de limpeza. Wolff abriu a porta do armário. Para entrar, precisava dobrar os joelhos e abaixar a cabeça. O fecho da porta só podia ser manipulado por fora. Ele vasculhou as gavetas da cozinha e achou uma faca dobrável. Pensou que talvez conseguisse abrir a tranca por dentro do armário enfiando a faca na fresta da porta e comprimindo-a contra o fecho de mola. Entrou no armário, fechou a porta e tentou. Deu certo.

No entanto, não conseguia ver nada através do batente.

Pegou um prego e um ferro de passar e bateu o prego na madeira fina, à altura dos olhos. Usou um garfo para alargar o buraco, então entrou no armário de novo e fechou a porta. Encostou o olho no furo.

Viu a cortina se abrir e Sonja entrar na sala. Ela olhou em volta, surpresa por ele não estar ali, deu de ombros e em seguida levantou a camisola e coçou a barriga. Wolff conteve uma risada. Ela foi até a cozinha, pegou a chaleira e abriu a torneira.

Wolff enfiou a faca na fresta da porta, soltou a tranca, abriu a porta e saiu.

– Bom dia – disse.

Sonja deu um grito.

Wolff gargalhou.

Ela jogou a chaleira nele e Wolff desviou.

– É um bom esconderijo, não é? – perguntou.

– Você me deu um susto, seu desgraçado.

Ele pegou a chaleira e entregou a ela.

– Faça o café.

Em seguida pôs a faca no armário, fechou a porta e foi se sentar.

– Por que você precisa de um esconderijo?

– Para vigiar você e o major Smith. É muito engraçado, ele parece uma tartaruga apaixonada.

– Quando ele vem?

– Hoje ao meio-dia.

– Ah, não... Por que tão cedo?

– Escute. Se ele tiver alguma coisa valiosa naquela pasta, certamente não tem permissão para ficar andando pela cidade com ela. Deve levá-la direto para o escritório e trancar no cofre. Não podemos permitir que tenha tempo de fazer isso – essa artimanha toda será inútil a não ser que ele traga a pasta. O que queremos é que ele venha correndo do QG para cá. Na verdade, se ele chegar tarde e sem a pasta, vamos nos trancar e fingir que você saiu. E na próxima vez ele vai saber que precisa aparecer depressa.

– Você pensou em tudo, não foi?

Wolff riu.

– É melhor começar a se arrumar. Quero que esteja irresistível.

– Sou sempre irresistível.

Sonja foi para o quarto.

– Lave o cabelo – gritou Wolff.

Não houve resposta.

Ele olhou o relógio. O tempo estava se esgotando. Andou pela casa-barco escondendo vestígios de sua estadia – guardou os sapatos, a navalha, a escova de dentes e o fez. Sonja subiu ao convés, de roupão, para secar o cabelo ao sol. Wolff preparou o café e levou uma xícara para ela. Bebeu o seu, depois lavou a xícara e guardou. Pegou uma garrafa de champanhe, pôs num balde com gelo e o arrumou ao lado da cama, junto com duas taças. Pensou em trocar os lençóis, mas decidiu fazer isso depois da visita de Smith, não antes. Sonja desceu do convés. Passou perfume nas coxas e entre os seios. Wolff deu uma última olhada em volta. Estava tudo pronto. Sentou-se num sofá próximo a uma escotilha para vigiar o caminho de sirga.

Passava um pouco do meio-dia quando o major Smith apareceu. Estava apressado, como se tivesse medo de se atrasar. Usava a camisa do uniforme, bermuda cáqui, meias e sandálias, mas tinha tirado o quepe. Suava profusamente.

Estava com a pasta na mão.

Wolff riu com satisfação.

– Aí vem ele – gritou. – Está pronta?

– Não.

Ela estava tentando chateá-lo. Devia estar pronta. Wolff entrou no armário, fechou a porta e encostou o olho no buraco.

Ouviu os passos de Smith na prancha de embarque e depois no convés.

– Olá? – gritou o major.

Sonja não respondeu.

Olhando pelo buraco, Wolff viu Smith descer a escada e entrar no barco.

– Tem alguém aí?

O major olhou para a cortina que separava o quarto. Sua voz estava cheia da expectativa da decepção.

– Sonja?

A cortina se abriu. Sonja estava parada, os braços abertos para manter as metades da cortina separadas. Tinha prendido o cabelo num penteado complexo, como fazia para suas apresentações. Usava a calça larga e transparente, mas àquela distância seu corpo era visível através do tecido. Da cintura para cima estava nua, a não ser por um colar de pedras preciosas. Os seios morenos eram grandes e arredondados. Tinha passado batom nos mamilos.

Wolff pensou: Boa garota!

O major Smith olhou para ela. Estava muito impressionado.

– Ah, meu Deus. Ah, minha alma. Ah, minha nossa.

Wolff tentou não rir.

Smith largou a pasta e foi até ela. Quando a abraçou, ela deu um passo para trás e fechou a cortina às costas dele.

Wolff abriu o armário e saiu.

A pasta estava no chão, perto da cortina. Wolff se ajoelhou, levantando sua galabia, e virou a pasta. Testou os fechos. Estava trancada.

– *Lieber Gott* – murmurou. – Meu Deus amado.

Olhou em volta. Precisava de um alfinete, um clipe de papel, uma agulha de costura, algo para abrir os fechos. Em silêncio, foi até a cozinha e puxou uma gaveta cuidadosamente. Espeto de carne, grosso demais; cerda de uma escova de aço, fina demais; faca para legumes, larga demais... Num pires ao lado da pia, encontrou um prendedor de cabelo de Sonja.

Voltou à mala e enfiou a ponta do prendedor no buraco de uma das fechaduras. Torceu-o, testando, sentiu a resistência de uma mola e fez mais força.

O prendedor se partiu.

Praguejou baixinho.

Olhou para o relógio de pulso, num reflexo. Na última vez, Smith havia comido Sonja em cerca de cinco minutos. Eu devia ter dito para ela fazer com que a coisa durasse, pensou.

Pegou a faca dobrável que usara para abrir a porta do armário por dentro. Com cuidado, enfiou-a num dos fechos da pasta e pressionou. A faca se dobrou.

Podia ter arrebentado os fechos em alguns segundos, mas não queria isso, porque dessa forma Smith saberia que sua pasta fora aberta. Wolff não tinha medo dele, mas queria que o major continuasse sem saber o verdadeiro motivo do interesse de Sonja. Se houvesse algo valioso na pasta, Wolff iria querer abri-la regularmente.

Mas, se não conseguisse abrir a pasta, Smith seria inútil.

O que aconteceria se ele arrebentasse os fechos? Smith terminaria de transar com Sonja, se vestiria, pegaria a pasta e perceberia que ela fora aberta. Acusaria Sonja. A casa-barco estaria comprometida a não ser que Wolff matasse Smith. E quais seriam as consequências disso? Outro soldado britânico assassinado, desta vez no Cairo. Haveria uma terrível caçada. Será que ligariam o assassinato a Wolff? Será que Smith teria contado algo sobre Sonja a alguém? Quem tinha visto os dois juntos na Cha-Cha Club? Será que as investigações levariam os ingleses à casa-barco?

Muito arriscado – mas o pior seria que Wolff se veria sem uma fonte de informações, de volta à estaca zero.

Enquanto isso, seu povo estava travando uma guerra no deserto e precisava de informações.

Wolff ficou em silêncio no meio da sala, forçando-se a raciocinar. Tinha conseguido pensar em algo que lhe dera a resposta, e agora a coisa havia escapado de sua mente. Do outro lado da cortina, Smith estava grunhindo e gemendo. Wolff se perguntou se ele já teria tirado a bermuda...

Tirado a bermuda – era isso.

Ele devia estar com a chave da pasta no bolso da bermuda.

Espiou por entre as metades da cortina. Smith e Sonja estavam deitados na cama. Ela de costas, de olhos fechados. Ele ao lado, apoiado num cotovelo, tocando-a. Ela arqueava as costas como se gostasse. Enquanto Wolff olhava, Smith rolou para ficar meio deitado em cima dela, e encostou o rosto em seus seios.

Ainda estava de bermuda.

Wolff enfiou a cabeça pela cortina e acenou, tentando atrair a atenção de Sonja. Olhe para mim, mulher!, pensou. Smith moveu a cabeça de um seio para o outro. Sonja abriu os olhos, olhou para o topo da cabeça de Smith, acariciou o cabelo cheio de brilhantina e viu Wolff.

– Tire a bermuda dele – falou ele, sem emitir som algum, apenas movendo os lábios.

Ela franziu a testa, sem entender.

Wolff passou pela cortina e tentou se comunicar com ela por mímica.

O rosto de Sonja iluminou com o entendimento.

Wolff passou de volta pela cortina e a fechou, deixando apenas uma fresta minúscula para olhar.

Viu as mãos de Sonja descendo até a bermuda de Smith e começando a lutar contra os botões da braguilha. Smith gemeu. Sonja revirou os olhos, num gesto de desprezo pela paixão crédula do sujeito. Wolff pensou: espero que ela tenha a presença de espírito de jogar a bermuda para cá.

Depois de um minuto, Smith ficou impaciente com a demora dela, então se sentou e tirou a bermuda. Jogou-a em direção ao pé da cama e se virou de novo para Sonja.

O pé da cama ficava a quase 2 metros da cortina.

Wolff se abaixou e se deitou de bruços. Abriu a cortina e foi se arrastando pelo chão.

– Ah, meu Deus, você é tão linda! – ouviu Smith dizer.

Chegou até a bermuda. Com uma das mãos virou a peça de roupa com cuidado até achar um bolso. Enfiou a mão lá dentro e tateou em busca de uma chave.

O bolso estava vazio.

Wolff ouviu a movimentação na cama. Smith grunhiu.

– Não, fique parado – ordenou Sonja.

Boa garota, Wolff pensou.

Virou a bermuda até encontrar o outro bolso. Tateou. Também estava vazio.

Podia haver mais bolsos. Wolff ficou imprudente. Tateou a bermuda procurando calombos que pudessem ser de metal. Não achou nada. Levantou a bermuda...

E havia um punhado de chaves embaixo.

Soltou um silencioso suspiro de alívio.

As chaves deviam ter escorregado do bolso quando Smith jogara a bermuda no chão.

Wolff pegou a chave e a bermuda e começou a se arrastar para trás, em direção à cortina.

Então ouviu passos no convés.

– Santo Deus, o que é isso?! – falou Smith, com a voz aguda.

– Quieto! – exclamou Sonja. – É só o carteiro. Você gosta disso?...

– Ah, gosto...

Wolff chegou à cortina e olhou para cima. O carteiro estava pondo uma carta no degrau superior da escada, perto da escotilha. Para horror de Wolff, ele o viu e gritou:

– *Sabeh el-kheir!* Bom dia!

Wolff pôs um dedo nos lábios pedindo silêncio, depois encostou a rosto na mão indicando que Sonja estava dormindo, e apontou para o quarto.

– Perdão! – sussurrou o carteiro.

Wolff acenou, dispensando-o.

Não veio nenhum som do quarto.

Será que a saudação do carteiro tinha deixado Smith com suspeitas? Provavelmente não, decidiu Wolff: um carteiro podia gritar bom dia mesmo quando não via ninguém, já que a escotilha aberta indicava que havia alguém em casa.

Os sons de sexo no quarto ao lado retornaram e Wolff respirou mais tranquilo.

Examinou as chaves, encontrou a menor e testou nos fechos da pasta.

Funcionou.

Destrancou o outro fecho e abriu a pasta. Dentro havia um maço de papéis numa pasta de papelão duro. Wolff pensou: Cardápios outra vez, não, por favor. Abriu a pasta e olhou a folha de cima.

Leu:

OPERAÇÃO ABERDEEN

1. As forças aliadas vão lançar um grande contra-ataque no alvorecer de 5 de junho.
2. O ataque acontecerá em duas frentes...

Ele ergueu os olhos.

– Meu Deus – sussurrou. – É isso!

Prestou atenção ao redor. Agora os sons no quarto estavam mais altos. Podia ouvir as molas da cama e pensou que o próprio barco estava começando a balançar ligeiramente. Não havia muito tempo.

O relato em posse de Smith era detalhado. Wolff não tinha certeza absoluta do funcionamento da cadeia de comando britânica, mas presumivelmente as batalhas eram planejadas em detalhes pelo general Richie, no quartel-general do deserto, e depois os planos eram mandados para o QG no Cairo, para a aprovação de Auchinleck. As ideias para as batalhas mais importantes deviam ser discutidas nas reuniões matinais, das quais Smith participava. Wolff se perguntou de novo qual departamento ficava no prédio comum do Shari Suleiman Pasha para onde Smith voltava todas as tardes, depois afastou o pensamento. Precisava fazer anotações.

Procurou lápis e papel, pensando: Eu devia ter feito isso antes. Encontrou um bloco e um lápis vermelho numa gaveta. Sentou-se perto da pasta e continuou lendo.

As principais forças dos Aliados estavam sitiadas numa área que eles chamavam de Caldeirão. O contra-ataque de 5 de junho se destinava a romper o cerco. Começaria às 2h50, com o bombardeio das colinas de Aslagh, no flanco leste de Rommel, feito por quatro regimentos de artilharia. A artilharia deveria amaciar a oposição, preparando o ataque em ponta de lança por parte da infantaria da 10ª Brigada Indiana. Quando os indianos tivessem rompido a linha nas colinas de Aslagh, os tanques da 22ª Brigada Blindada atravessariam a brecha e capturariam Sidi Muftah, enquanto a 9ª Brigada Indiana viria atrás e consolidaria a posição.

Enquanto isso, a 32ª Brigada de Tanques do Exército, com apoio da infantaria, atacaria o flanco norte de Rommel nas colinas de Sidra.

Quando chegou ao fim do relatório, Wolff percebeu que estivera tão absorto que tinha ouvido, mas não assimilado, o som do major Smith chegando ao clímax. Agora a cama rangeu e dois pés bateram no chão.

Wolff se retesou.

– Querido, me sirva um pouco de champanhe – pediu Sonja.

– Só um minuto...

– Quero agora.

– Eu me sinto meio idiota sem minha bermuda, minha querida.

Wolff pensou: Meu Deus, ele quer a bermuda.

– Gosto de você assim, sem roupa – disse Sonja. – Beba uma taça comigo antes de se vestir.

– Seu desejo é uma ordem.

Wolff relaxou. Ela pode reclamar, pensou, mas quer o mesmo que eu!

Ele examinou rapidamente o restante dos papéis, agora decidido a não ser apanhado: Smith era uma descoberta maravilhosa, e seria uma tragédia matar a galinha na primeira vez em que ela punha um ovo de ouro. Anotou que o ataque empregaria quatrocentos tanques, 330 deles na frente leste e apenas setenta na frente norte; que os generais Messervy e Briggs iriam estabelecer quartéis-generais conjuntos e que Auchinleck estava exigindo – de modo rabugento, parecia – um reconhecimento detalhado e uma cooperação íntima entre a infantaria e os tanques.

Uma rolha espocou ruidosamente enquanto ele fazia suas anotações. Passou a língua nos lábios, pensando que seria bom beber um pouco. Imaginou com que rapidez Smith acabaria com uma taça de champanhe. Decidiu não se arriscar.

Recolocou os papéis na pasta de papel e esta na pasta de couro. Fechou-a e trancou os fechos. Recolocou o molho de chaves no bolso da bermuda. Levantou-se e espiou pela cortina.

Smith estava sentado na cama com sua cueca do exército, uma taça numa das mãos e um cigarro na outra, parecendo satisfeito consigo mesmo. Os cigarros deviam ficar no bolso da camisa – seria ruim se estivessem na bermuda.

No momento, Wolff estava no campo de visão de Smith. Ele afastou o rosto da fresta minúscula entre as bandas da cortina e esperou. Ouviu Sonja dizer:

– Sirva um pouco mais para mim, por favor.

Wolff olhou de novo. Smith pegou a taça dela e se virou para a garrafa.

Agora estava de costas para Wolff, que passou a bermuda pela cortina e a colocou no chão. Sonja o viu e levantou as sobrancelhas, alarmada. Wolff puxou o braço de volta. Smith entregou a taça a Sonja.

Wolff entrou no armário, fechou a porta e se acomodou. Imaginou quanto tempo precisaria esperar até que Smith fosse embora. Não se importava: estava morrendo de alegria. Tinha encontrado ouro.

Passou-se meia hora antes que visse, pelo buraco, Smith entrar na sala vestido de novo. Àquela altura Wolff estava cheio de cãibras. Sonja acompanhou Smith.

– Você precisa ir tão cedo? – disse ela.

– Infelizmente, sim. Veja bem, este é um horário muito ruim para mim. – Ele hesitou. – Para ser sincero, eu não devia andar por aí com essa pasta. Foi muito difícil conseguir vir aqui ao meio-dia. Veja bem, preciso ir do QG direto para o meu escritório. Bom, não fiz isso, porque fiquei morrendo de medo de não encontrar você caso me atrasasse. Falei com o pessoal do meu escritório que almoçaria no QG e ao pessoal do QG que ia almoçar na minha sala. Mas, na próxima vez, vou ao escritório, deixo a pasta e venho para cá. Se não for problema para você, minha bonequinha.

Wolff pensou: pelo amor de Deus, Sonja, diga alguma coisa!

– Mas, Sandy, minha empregada vem todas as tardes fazer a limpeza. Nós não ficaríamos sozinhos.

Smith franziu a testa.

– Maldição. Bom, teremos de nos ver à noite.

– Mas eu preciso trabalhar. E depois do show tenho que ficar na boate e conversar com os clientes. E não poderia me sentar à sua mesa toda noite; as pessoas iriam fofocar.

O armário estava muito quente e abafado. Wolff suava muito.

– Você não pode dizer para a sua empregada não vir? – sugeriu Smith.

– Mas, querido, eu não poderia fazer a limpeza. Não sei fazer!

Wolff a viu sorrir, depois ela segurou a mão do major e a colocou entre as pernas.

– Ah, Sandy, diga que vem ao meio-dia.

Era muito mais do que Smith poderia suportar.

– Claro que venho, querida.

Os dois começaram a se beijar e finalmente Smith foi embora. Wolff ouviu os passos atravessando o convés e descendo a prancha, depois saiu do armário.

Sonja olhou com alegria maliciosa enquanto ele esticava os membros travados.

– Está doendo? – perguntou com compaixão fingida.

– Valeu a pena. Você foi maravilhosa.

– Conseguiu o que queria?

– Melhor do que poderia ter sonhado.

Wolff cortou pão e linguiças para o almoço enquanto Sonja tomava banho. Depois que comeram, pegou o romance inglês e a chave do código, em seguida rascunhou a mensagem para Rommel. Sonja foi à pista de corridas de cavalo com alguns amigos egípcios – Wolff lhe dera 50 libras para apostar.

À noite ela foi para a Cha-Cha e Wolff ficou sentado em casa bebendo uísque e lendo poesia árabe. Perto de meia-noite, ele montou o rádio.

Exatamente à meia-noite, enviou o sinal de chamada: Esfinge. Alguns segundos depois, o posto de escuta de Rommel no deserto, ou Companhia Horch, respondeu. Wolff mandou uma série de letras "V" para permitir que eles fizessem a sintonia exata, depois perguntou qual era a intensidade do seu sinal. No meio da frase, cometeu um erro e mandou uma série de letras "E", de Erro, antes de recomeçar. Eles disseram que seu sinal estava com força máxima e enviaram "P", de Prossiga. Ele enviou "KA", indicando o começo de sua mensagem; depois, em código, começou: "Operação Aberdeen..."

No fim acrescentou "AR", indicando Fim da Mensagem, e "K", de Câmbio. Eles responderam com uma série de "R", que significava: "Sua mensagem foi recebida e compreendida."

Wolff guardou o rádio, o livro código e a chave, depois se serviu de outra bebida.

De uma forma geral, achou que tinha se saído incrivelmente bem.

CAPÍTULO DEZ

A MENSAGEM DO ESPIÃO ERA um dos vinte ou trinta relatórios que estavam na mesa de Von Mellenthin às sete da manhã de 4 de junho. Havia vários outros documentos de unidades de escuta: a infantaria tinha ouvido conversas com tanques realizadas sem código; os quartéis-generais de campanha tinham dado instruções em códigos de baixo nível de segurança que foram decifrados durante a noite. E havia outros tráfegos de mensagem por rádio durante a noite que, apesar de indecifráveis, forneciam sugestões das intenções inimigas simplesmente por causa da localização e da frequência. Além do reconhecimento por rádio, havia os relatórios dos serviços de informação no campo, que recebiam dados sobre armas capturadas, uniformes dos inimigos mortos, interrogatório de prisioneiros e informações simples resultantes da observação das pessoas contra quem lutavam no deserto. E havia o reconhecimento aéreo, um relato de situação fornecido por um especialista em ordem de batalha e um resumo – praticamente inútil – da avaliação atual de Berlim sobre as intenções e a força dos Aliados.

Como todos os oficiais de informação em campo, Von Mellenthin desprezava os relatórios dos espiões. Baseados em fofocas diplomáticas, matérias de jornal e puras suposições, eles erravam com a mesma frequência com que acertavam, o que os tornava inúteis.

Precisava admitir que aquele *parecia* diferente.

Um agente secreto comum podia relatar: "Os homens da 9ª Brigada Indiana foram informados de que podem se envolver numa grande batalha no futuro próximo", ou: "Os Aliados planejam uma saída do Caldeirão no início de junho", ou: "Correm boatos de que Auchinleck será substituído como comandante em chefe". Mas naquele relatório não havia nada indefinido.

O espião, cujo codinome era Esfinge, começava a mensagem com: "Operação Aberdeen". Dava a data do ataque, as brigadas envolvidas e seus papéis específicos, os lugares onde iriam atacar e o pensamento tático dos planejadores.

Von Mellenthin não ficou convencido, mas estava interessado.

Enquanto o termômetro em sua barraca passava da marca de 37 graus, ele começou sua rodada rotineira de discussões matinais. Pessoalmente, por telefone de campanha e – com menos frequência – por rádio, falava com os serviços de informação das divisões, com o oficial de ligação da Luftwaffe para saber sobre os reconhecimentos aéreos, com o homem de ligação da Companhia Horch e com alguns dos melhores serviços de informação das brigadas. Mencionou, a todos esses homens, a 9ª e a 10ª Brigadas Indianas, a 22ª Brigada Blindada e a 32ª Brigada de Tanques do Exército. Pediu para estarem atentos a elas. Além disso, mandou permanecerem alertas a preparativos de batalhas nas áreas de onde, segundo o espião, o contra-ataque viria. E também deveriam atentar para os observadores inimigos: se o espião estivesse certo, haveria aumento no reconhecimento aéreo por parte dos Aliados nas posições que eles planejavam atacar, ou seja, as colinas de Aslagh, as de Sidra e Sidi Muftah. Poderia haver aumento do bombardeio nessas posições, com o objetivo de enfraquecê-las. Se bem que isso seria tão revelador das intenções britânicas que a maioria dos comandantes resistiria à tentação, como blefe. Poderia haver uma *redução* no bombardeio, e isso, da mesma forma, poderia ser um sinal.

Essas conversas também permitiam que os serviços de informação de campo atualizassem seus relatórios noturnos. Quando encerrou os contatos, Von Mellenthin redigiu *seu* relatório para Rommel e o levou ao Veículo de Comando. Discutiu-o com o chefe do Estado-Maior, que então o apresentou a Rommel.

A discussão matinal foi breve, já que Rommel tinha tomado suas principais decisões e dado as ordens do dia na noite anterior. Além disso, Rommel não costumava ter um temperamento reflexivo pela manhã: ele preferia a ação. Percorria o deserto, indo de uma posição de linha de frente até outra em seu carro ou seu avião Storch, dando novas ordens, fazendo piada com os homens e cuidando das escaramuças – e, no entanto, apesar de se expor constantemente ao fogo inimigo, não era ferido desde 1914.

Nesse dia Von Mellenthin foi com ele, aproveitando a oportunidade para ver por conta própria a situação na linha de frente e avaliar pessoalmente os serviços de informação que mandavam o material bruto: alguns eram cautelosos demais, omitindo todos os dados não confirmados, e outros exageravam com o objetivo de obter suprimentos extras e reforços para suas unidades.

No início da tarde, quando pelo menos o termômetro mostrou uma queda de temperatura, houve mais relatórios e conversas. Von Mellenthin revirou aquela massa de detalhes em busca de informações relativas ao contra-ataque previsto por Esfinge.

A Aríete Blindada – divisão italiana que ocupava as colinas de Aslagh – informou aumento na atividade aérea do inimigo. Von Mellenthin perguntou se eram bombardeios ou reconhecimento, e eles disseram que era reconhecimento: na verdade, o bombardeio havia parado.

A Luftwaffe informou atividades numa terra de ninguém que poderia ou não ser um grupo avançado marcando um ponto de encontro.

Houve uma interceptação de rádio com falhas, num código de baixo nível de segurança, em que "... (algo ininteligível)... Brigada Indiana exigia esclarecimento urgente sobre ... (ordens?)... de manhã, com referência específica à hora de… (ininteligível)... bombardeio de artilharia". Na tática britânica, como Von Mellenthin sabia, o bombardeio de artilharia costumava preceder um ataque.

As evidências vinham aumentando.

Von Mellenthin verificou sua ficha sobre a 32ª Brigada de Tanques do Exército e descobriu que ela fora avistada recentemente nas colinas de Rigel – uma posição lógica para atacar as colinas de Sidra.

A tarefa de um comandante do serviço de informações era impossível: prever os movimentos do inimigo com base em dados inadequados. Ele olhava os sinais, usava a intuição e fazia suas apostas.

Von Mellenthin decidiu apostar em Esfinge.

Às 18h30, levou seu relatório ao Veículo de Comando. Rommel estava lá com seu chefe do Estado-Maior, o coronel Bayerlein, e Kesselring, ao redor de uma mesa grande de campanha, olhando o mapa das operações. Um tenente estava sentado ao lado, pronto para tomar notas.

Rommel tinha tirado o quepe, e sua cabeça grande e meio careca parecia desproporcional em relação ao corpo pequeno. Parecia cansado e magro. Sofria de problemas estomacais recorrentes, Von Mellenthin sabia, e com frequência ficava sem conseguir comer durante dias. Seu rosto normalmente gorducho tinha perdido carne e as orelhas pareciam mais proeminentes do que o normal. Mas os olhos escuros e estreitados brilhavam com entusiasmo e a esperança de vitória.

Von Mellenthin bateu os calcanhares e entregou formalmente o relatório, então explicou suas conclusões no mapa. Quando terminou, Kesselring disse:

– E você afirma que tudo isso é baseado no relatório de um espião?

– Não, marechal de campo – respondeu Von Mellenthin com firmeza. – Houve indicações que confirmaram.

– É possível encontrar indicações que confirmem qualquer coisa – observou Kesselring.

Com o canto do olho, Von Mellenthin viu que Rommel estava ficando irritado.

– Não podemos planejar batalhas baseados em informações de um agentezinho secreto sujo no Cairo – disparou Kesselring.

– Estou inclinado a acreditar nesse relatório – disse Rommel.

Von Mellenthin observou os dois. Eram curiosamente equilibrados em termos de poder. Curiosamente para o exército, em que as hierarquias em geral eram muito bem definidas. Kesselring era o comandante em chefe do sul e estava acima de Rommel, mas Rommel não recebia ordens dele, devido a algum capricho de Hitler. Os dois tinham patronos em Berlim – Kesselring, o homem da Luftwaffe, era o favorito de Göring. E Rommel produzia uma publicidade tão boa que podia confiar no apoio de Goebbels. Kesselring era popular com os italianos, ao passo que Rommel sempre os insultava. Em última instância, Kesselring era mais poderoso, já que, como marechal de campo, tinha acesso direto a Hitler, enquanto Rommel precisava passar por Jodl; mas essa era uma carta que Kesselring não podia se dar ao luxo de jogar com frequência. Por isso, os dois discutiam. E apesar de Rommel ter a palavra final ali no deserto, na Europa – Von Mellenthin sabia – Kesselring estava fazendo manobras para se livrar dele.

Rommel se virou para o mapa.

– Então vamos nos preparar para um ataque em duas frentes. As colinas de Sidra estão guardadas pela 21ª Divisão Panzer com canhões antitanque. Os Panzers vão atrair os britânicos para o campo minado e destruí-los com fogo antitanque. Se o espião estiver certo e os britânicos só mandarem setenta tanques nesse ataque, a 21ª Divisão Panzer deverá cuidar deles rapidamente e ficar livre para outra ação no mesmo dia.

Ele passou um dedo grosso pelo mapa.

– Agora pensem na segunda frente, o ataque principal, no flanco leste. Ele é guardado pelo exército italiano. O ataque deve ser liderado por uma brigada indiana. Conhecendo os indianos, e conhecendo os nossos italianos, presumo que o ataque será bem-sucedido. Portanto, ordeno uma reação vigorosa.

Rommel respirou fundo e continuou:

– Um: os italianos vão contra-atacar a partir do oeste. Dois: os Panzers, depois de repelir a outra frente nas colinas de Sidra, vão dar meia-volta e atacar os indianos pelo norte. Três: hoje à noite nossos engenheiros vão abrir uma passagem no campo minado em Bir el Harmat, de modo que a 15ª Divisão Panzer possa girar para o sul, sair pela brecha e atacar as forças britânicas pela retaguarda.

Ouvindo e observando, Von Mellenthin assentiu. Era um plano típico de Rommel, que envolvia a rápida troca de forças para maximizar o efeito, um movimento de cerco e o surgimento surpresa de uma divisão poderosa onde era menos esperada, na retaguarda do inimigo. Se tudo desse certo, as brigadas aliadas seriam cercadas, isoladas e destruídas.

Se tudo desse certo.

Se o espião estivesse certo.

– Talvez você esteja cometendo um erro enorme disse Kesselring a Rommel.

– Tem todo o direito de achar isso – respondeu Rommel, com calma.

Von Mellenthin não estava calmo. Se o plano desse errado, logo Berlim ficaria sabendo da crença injustificada de Rommel em informações fracas e Von Mellenthin seria culpado por fornecer essas informações. A atitude de Rommel com os subordinados que o decepcionavam era violenta.

Rommel olhou para o tenente que tomava notas.

– Então essas são minhas ordens para amanhã.

E olhou, desafiador, para Kesselring.

Von Mellenthin pôs as mãos nos bolsos e cruzou os dedos.

~

Von Mellenthin se lembrou daquele momento quando, dezesseis dias depois, ele e Rommel olhavam o sol nascer em Tobruk.

Estavam juntos no acampamento a noroeste de El Adem, esperando o início da batalha. Rommel usava os óculos que havia tomado do general capturado O'Connor e que tinham se tornado uma espécie de marca registrada sua. Estava em plena forma: olhos brilhantes, animado e cheio de confiança. Quase era possível escutar seu cérebro tiquetaqueando enquanto ele examinava a paisagem e imaginava como a batalha poderia acontecer.

– O espião estava certo – comentou Von Mellenthin.

Rommel sorriu.

– É exatamente o que eu estava pensando.

O contra-ataque aliado de 5 de junho tinha acontecido precisamente segundo a previsão, e a defesa de Rommel havia funcionado tão bem que se transformou num contra-ataque. Três das quatro brigadas aliadas que se envolveram foram destruídas e quatro regimentos de artilharia foram capturados. Rommel aproveitou a vantagem sem remorsos. Em 14 de junho, a linha Gazala foi rompida. Naquele dia, 20 de junho, eles iriam sitiar a guarnição vital litorânea de Tobruk.

Von Mellenthin estremeceu. Era espantoso como o deserto podia ser frio às cinco da manhã.

Olhou o céu.

Às 5h20, o ataque começou.

Um som parecido com um trovão distante aumentou até um rugido ensurdecedor enquanto os Stukas apareciam. A primeira formação passou sobrevoando, mergulhou em direção às posições britânicas e largou as bombas. Uma grande nuvem de poeira e fumaça subiu, e com isso todas as forças de artilharia de Rommel abriram fogo com um estrondo de estourar os tímpanos. Outra onda de Stukas chegou, e em seguida mais uma: eram centenas de bombardeiros.

– Fantástico – exclamou Von Mellenthin. – Kesselring realmente conseguiu.

Era a coisa errada a dizer. Rommel retrucou de maneira brusca:

– O crédito não é de Kesselring: hoje nós mesmos estamos orientando os aviões.

Mesmo assim, a Luftwaffe vinha fazendo uma boa demonstração, pensou Mellenthin. Mas não disse.

Tobruk era uma fortaleza concêntrica. A guarnição ficava dentro de uma cidade e a cidade ficava no coração de uma grande área controlada pelos britânicos e cercada por 56 quilômetros de arame farpado pontuados por postos de reforço militar. Os alemães precisavam atravessar o arame, penetrar na cidade e depois tomar a guarnição.

Uma nuvem de fumaça laranja subiu no meio do campo de batalha.

– É um sinal dos engenheiros de assalto – explicou Von Mellenthin –, dizendo para a artilharia aumentar o alcance.

Rommel assentiu.

– Ótimo. Estamos fazendo progresso.

De repente Von Mellenthin foi tomado pelo otimismo. Havia um butim em Tobruk: combustível, dinamite, barracas e caminhões – mais de metade do transporte motorizado de Rommel já consistia de veículos britânicos capturados – e comida. Von Mellenthin sorriu.

– Peixe fresco no jantar? – perguntou.

Rommel entendeu sua linha de pensamento.

– Fígado – disse. – Batata frita. Pão fresco.

– Cama de verdade com travesseiro de penas.

– Numa casa com paredes de pedra que mantenha o calor e os insetos do lado de fora.

Um mensageiro chegou. Von Mellenthin pegou o papel e leu. Tentou falar com a voz neutra:

– Eles cortaram o arame no Ponto Reforçado 69. O grupo Menny está atacando com a infantaria do Afrika Korps.

– É isso. Abrimos uma brecha. Vamos.

~

Eram dez e meia da manhã quando o tenente-coronel Reggie Bogge enfiou a cabeça pela porta da sala de Vandam.

– Tobruk foi sitiada.

Não fazia sentido trabalhar, então. Vandam continuou lendo mecanicamente relatórios de informantes, avaliando o caso de um tenente preguiçoso que estava indicado para promoção mas que não merecia e tentando pensar numa nova abordagem para o caso de Alex Wolff. Mas tudo isso parecia banal demais. As notícias foram ficando mais depressivas à medida que o dia transcorria. Os alemães romperam o perímetro de arame; atravessaram o fosso antitanque; cruzaram o campo minado interno; chegaram à encruzilhada estratégica conhecida como King's Cross.

Vandam foi para casa jantar com Billy às sete horas. Não podia contar ao garoto sobre Tobruk – por ora a notícia não deveria ser divulgada. Enquanto comiam as costeletas de cordeiro, Billy disse que seu professor de inglês, um rapaz com problema nos pulmões que não podia entrar para o exército, não parava de falar sobre como adoraria ir para o deserto se engalfinhar com os hunos.

– Mas não acredito nele – refletiu Billy. – O senhor acredita?

– Talvez ele esteja falando sério. Só se sente culpado.

Billy estava na idade do confronto.

– Culpado? Ele não pode sentir *culpa*. A culpa não é dele.

– Inconscientemente, pode.

– Qual é a diferença?

Eu provoquei isso, pensou Vandam. Refletiu por um momento.

– Quando a gente faz uma coisa que sabe que é errada, e se sente mal com isso, e entende por que se sente mal, é uma culpa consciente. O Sr. Simkisson não fez nada errado, mas *mesmo assim* se sente mal com relação a isso, e não sabe por que se sente mal. Isso é culpa inconsciente. Ele se sente melhor se fala sobre como quer lutar.

– Ah – disse Billy.

Vandam não soube se o garoto tinha entendido ou não.

Billy foi para a cama com um livro novo. Contou que era uma história de detetives. Chamava-se *Morte no Nilo*.

Vandam voltou para o QG. As notícias continuavam ruins. A 21ª Divisão Panzer tinha entrado na cidade de Tobruk e disparado do porto contra vários navios britânicos que estavam tentando, tarde demais, escapar para mar aberto. Várias embarcações haviam sido afundadas. Vandam pensou nos homens que construíam navios e nas toneladas de aço precioso que havia em cada um, no treinamento dos marinheiros, na transformação da tripulação numa equipe; e agora os homens estavam mortos, o navio afundado, o esforço desperdiçado.

Passou a noite no refeitório dos oficiais, esperando notícias. Bebeu sem parar e fumou tanto que ficou com dor de cabeça. Os boletins vinham periodicamente da Sala de Operações. Durante a noite, Ritchie, o comandante do 8º Exército, decidiu abandonar a fronteira e recuar para Mersa Matruh. Disseram que quando o comandante em chefe Auchinleck ouviu essa notícia, saiu da sala com o rosto sombrio como a noite.

Perto do alvorecer, Vandam se pegou pensando em seus pais. Alguns portos no litoral sul da Inglaterra tinham sofrido tanto quanto Londres com os bombardeios, mas seus pais estavam um pouco mais para dentro, num povoado no interior de Dorset. Seu pai era chefe dos correios num pequeno escritório de triagem. Vandam olhou para o relógio: deviam ser quatro da manhã na Inglaterra. O velho estaria colocando as presilhas nas pernas das calças para pedalar até o trabalho, no escuro. Com 60 anos, ele tinha o corpo de um camponês adolescente. A mãe de Vandam, muito religiosa, proibia o fumo, a bebida e todo tipo de comportamento dissoluto, um termo que ela usava para abarcar tudo, desde disputas de dardo até ouvir rádio. Esse regime parecia servir para o marido, mas ela mesma vivia doente.

Com o tempo, a bebida, a fadiga e o tédio fizeram Vandam cochilar. Sonhou que estava na guarnição de Tobruk com Billy, Elene e a mãe. Corria de cômodo em cômodo fechando as janelas. Lá fora os alemães – que tinham se transformado em bombeiros – encostavam escadas na parede e subiam. De repente a mãe de Vandam parou de contar suas notas de dinheiro falso e abriu uma janela, apontou para Elene e gritou: "A Mulher Escarlate!"

Rommel entrou pela janela usando um capacete de bombeiro e virou uma mangueira na direção de Billy. A força do jato jogou o garoto por cima de um parapeito e ele caiu no mar. Vandam sabia que a culpa era sua, mas não conseguia descobrir o que tinha feito de errado. Começou a chorar dolorosamente. Acordou.

Ficou aliviado ao descobrir que não estava chorando de verdade. O sonho o deixara com um desespero avassalador. Acendeu um cigarro. O gosto era horrível.

O sol nasceu. Vandam percorreu o refeitório apagando as luzes, só para ter o que fazer. Um cozinheiro apareceu com um bule de café. Enquanto Vandam bebia uma xícara, um capitão desceu com outro boletim. Parou no meio do refeitório e esperou que todos fizessem silêncio.

– O general Klopper cedeu a guarnição de Tobruk a Rommel no amanhecer de hoje – disse, finalmente.

Vandam saiu do refeitório e caminhou pelas ruas da cidade em direção à sua casa perto do Nilo. Sentia-se impotente e inútil, alocado no Cairo pegando espiões enquanto lá, no deserto, seu país perdia a guerra. Pensou que Alex Wolff podia ter tido algo a ver com a última série de vitórias de Rommel, mas descartou a ideia como algo remoto demais. Estava tão deprimido que se perguntou se as coisas poderiam piorar. E percebeu que, claro, poderiam.

Quando chegou em casa, foi direto para a cama.

SEGUNDA PARTE

MERSA MATRUH

CAPÍTULO ONZE

O GREGO ERA UM APALPADOR.
Elene não gostava de apalpadores. Não se incomodava com a luxúria explícita – na verdade até gostava. O que detestava eram as apalpadelas furtivas, culpadas, não solicitadas.

Depois de duas horas na loja, passou a sentir aversão por Mikis Aristopoulos. Após duas semanas, estava pronta para estrangulá-lo.

A loja em si era boa. Ela gostava dos cheiros de temperos e das fileiras de caixas e latas coloridas nas prateleiras nos fundos. O trabalho era simples e repetitivo, mas o tempo passava bem rápido. Ela deixava os clientes perplexos ao fazer as contas de cabeça com rapidez. De vez em quando comprava alguma iguaria importada e estranha e a levava para experimentar em casa: um vidro de patê de fígado, um chocolate Hershey, uma garrafa de Bovril, uma lata de feijões cozidos. E para ela era novidade fazer um trabalho comum, monótono, de oito horas por dia.

Mas o chefe era uma chateação. Sempre que tinha chance, tocava seu braço, seu ombro ou seu quadril; cada vez que passava por ela, atrás do balcão ou na sala dos fundos, roçava em seus seios ou no traseiro. A princípio ela havia pensado que fosse sem querer, porque ele não aparentava ser desse tipo: tinha 20 e poucos anos e era bonito, com um sorriso largo que mostrava os dentes brancos. Devia ter interpretado o silêncio dela como concordância. Elene teria que lhe dar uma pequena lição.

Não precisava daquilo. Suas emoções já estavam confusas demais. Sentia apreço e ódio por William Vandam, que falava com ela de igual para igual e depois a tratava como uma puta; ela deveria seduzir Alex Wolff, que não conhecia, e estava sendo apalpada por Mikis Aristopoulos, por quem só sentia desprezo.

Todos me usam, pensou. É a história da minha vida.

Imaginou como Wolff seria. Para Vandam era fácil mandar que fosse amiga dele, como se fosse só apertar um botão para se tornar instantaneamente irresistível. Na verdade, muita coisa dependia do homem. Alguns homens gostavam dela de imediato. Com outros, o trabalho era difícil e, às vezes, impossível. Parte dela torcia para que fosse impossível com Wolff. A outra parte lembrava que ele era espião dos alemães e que

Rommel estava chegando mais perto a cada dia. E se os nazistas alcançassem o Cairo...

Aristopoulos trouxe uma caixa de massa da sala dos fundos. Elene olhou o relógio: estava quase na hora de ir para casa. Aristopoulos largou a caixa e a abriu. Na volta, enquanto se espremia para passar por ela, pôs as mãos embaixo dos braços de Elene e tocou em seus seios. Ela se afastou. Ouviu alguém entrando na loja. Vou dar uma lição nesse grego, pensou. Quando ele entrou na sala dos fundos, ela gritou alto, em árabe:

– Se você tocar em mim de novo eu corto o seu pau!

O cliente explodiu numa gargalhada. Ela se virou e olhou para ele. Era europeu, mas devia entender árabe, pensou.

– Boa tarde – cumprimentou.

Ele olhou para a sala dos fundos.

– O que você andou fazendo, Aristopoulos, seu bode jovem? – gritou.

Aristopoulos enfiou a cabeça pela porta.

– Bom dia, senhor. Essa é minha sobrinha, Elene.

O rosto dele demonstrava constrangimento e alguma outra coisa que Elene não identificou. O grego voltou para o depósito.

– Sobrinha! – exclamou o cliente, olhando para Elene. – Uma história provável.

Era um homem grande, de 30 e poucos anos, cabelo escuro, pele morena e olhos escuros. O nariz era grande e adunco, típico dos árabes ou dos europeus aristocratas. A boca era fina, e quando sorria mostrava dentes pequenos, como os de um gato, Elene pensou. Conhecia os sinais de riqueza e os viu ali: camisa de seda, relógio de ouro, calça de algodão feita sob medida com cinto de couro de jacaré, sapatos feitos à mão e uma leve colônia masculina.

– Em que posso ajudá-lo? – perguntou-lhe Elene.

Ele a encarou como se estivesse pensando em várias respostas possíveis.

– Vamos começar com um pouco de geleia inglesa – falou, finalmente.

– Pois não.

A geleia ficava nos fundos. Ela foi até lá, pegar um pote.

– É ele! – sussurrou Aristopoulos.

– Do que você está falando? – perguntou ela em voz normal.

Ainda estava furiosa com ele.

– O homem do dinheiro falso. O Sr. Wolff. É ele!

– Ah, meu Deus! – Por um momento Elene havia esquecido o motivo por que estava ali. O pânico de Aristopoulos a contagiou e sua mente ficou vazia. – O que devo dizer a ele? O que devo fazer?

– Não sei. Dê a geleia a ele. Não sei...

Sim, a geleia. Elene pegou um pote de geleia Cooper's Oxford numa prateleira e voltou à loja. Obrigou-se dar um sorriso luminoso para Wolff enquanto colocava a mercadoria no balcão.

– O que mais?

– Um quilo do café forte, moído fino.

Ele a observou enquanto Elene pesava o café e passava no moedor. De repente ela sentiu medo. Ele não era como Charles, Johnnie e Claud, os homens que a haviam sustentado. Aqueles eram delicados, fáceis de levar, culpados e flexíveis. Wolff parecia equilibrado e confiante – seria difícil enganá-lo e impossível contrariá-lo, supôs.

– Mais alguma coisa?

– Uma lata de presunto.

Ela foi andando pela loja, encontrando o que ele queria e colocando as mercadorias no balcão. Os olhos de Wolff a acompanhavam. Ela pensou: Preciso falar com ele, não posso ficar só perguntando se ele quer mais alguma coisa. Deveria ficar amiga dele.

– Mais alguma coisa? – perguntou.

– Meia caixa de champanhe.

A caixa de papelão contendo seis garrafas era pesada. Elene a arrastou para fora da sala dos fundos.

– Imagino que o senhor queira que seja o pedido entregue – disse.

Tentou fazer com que a sugestão parecesse casual. Estava ligeiramente sem fôlego com o esforço de se abaixar e arrastar a caixa, e esperava que isso disfarçasse seu nervosismo.

Ele parecia ver através dela com seus olhos escuros.

– Entregar? – repetiu. – Não, obrigado.

Ela olhou a caixa pesada.

– Espero que o senhor more perto daqui.

– Bem perto.

– O senhor deve ser muito forte.

– O bastante.

– Temos um entregador muito confiável...

– Sem entrega – disse ele com firmeza.

Ela assentiu.

– Como quiser. – Na verdade não tinha esperado que ele acatasse sua sugestão, mas mesmo assim ficou decepcionada. – Mais alguma coisa?

– Acho que é só isso.

Ela começou fazer as contas.

– Aristopoulos deve estar se saindo bem, para contratar uma ajudante – comentou Wolff.

– Cinco libras, doze xelins e seis pence... O senhor não diria isso se soubesse quanto ele me paga... Cinco libras, treze xelins e seis... Seis libras...

– Você não gosta do trabalho?

Ela o encarou.

– Eu faria *qualquer coisa* para sair daqui.

– O que você tem em mente?

Ele era muito rápido.

Elene deu de ombros e voltou à soma. Por fim, disse:

– Treze libras, dez xelins e quatro pence.

– Como você sabia que eu ia pagar em libras esterlinas?

Sim, ele era *rápido*. Elene ficou com medo de ter se denunciado. Sentiu que estava ruborizando. Teve uma inspiração e disse:

– O senhor é um oficial britânico, não é?

Ele riu. Pegou um rolo de notas de libra e lhe deu 14. Ela deu o troco em moedas egípcias. Pensou: O que mais posso fazer? O que mais posso dizer? Começou a colocar as compras numa sacola de papel pardo.

– O senhor vai dar uma festa? – perguntou. – Adoro festas.

– O que a faz achar isso?

– O champanhe.

– Ah. Bem, a vida é uma grande festa.

Elene pensou: fracassei. Agora ele vai embora e talvez passe semanas sem voltar. Talvez nunca mais volte. Eu o tive na mira, falei com ele. Agora preciso deixar que vá embora e desapareça na cidade.

Deveria se sentir aliviada, mas em vez disso sentiu um fracasso repulsivo.

Ele levantou a caixa de champanhe e pôs no ombro esquerdo, depois pegou a sacola com a mão direita.

– Tchau – disse.

– Tchau.

Perto da porta, ele se virou.

– Encontre-me no restaurante Oásis na quarta-feira à noite, às sete e meia.

– Certo! – respondeu ela, animada.

Mas ele tinha ido embora.

~

Levaram quase a manhã inteira para chegar à colina de Jesus. Jakes estava sentado na frente, ao lado do motorista, e Vandam e Bogge no banco de trás. Vandam sentia-se exultante. Uma companhia australiana havia tomado a colina durante a noite e capturado um posto de escuta de rádio alemão quase intacto. Era a primeira notícia boa que Vandam recebia em meses.

Jakes se virou e gritou acima do som do motor:

– Parece que os australianos nem se vestiram antes de atacar, para surpreendê-los. A maioria dos italianos foi capturada ainda de pijama.

Vandam tinha ouvido a mesma história.

– Mas os alemães não estavam dormindo – disse. – A coisa foi bem feia.

Pegaram a estrada principal para Alexandria, depois a litorânea para El Alamein, onde viraram numa trilha de barris – uma rota pelo deserto marcada com barris. Quase todo o tráfego era feito na direção oposta, recuando. Ninguém sabia o que estava acontecendo. Pararam numa área de suprimentos para abastecer o jipe, e Bogge precisou dar uma carteirada no oficial encarregado para conseguir um pouco de gasolina.

O motorista pediu instruções para chegar à colina.

– Trilha de garrafa – disse o oficial, bruscamente.

As trilhas, criadas pelo e para o exército, eram indicadas por cortes feitos nos barris e latas de gasolina vazios ao longo das rotas. À noite pequenas luzes eram postas nos barris para iluminar os símbolos recortados.

– O que está acontecendo aqui? – perguntou Bogge ao oficial. – Parece que tudo está voltando para a direção leste.

– Ninguém me diz nada – respondeu o oficial.

Pegaram uma xícara de chá e um sanduíche de carne enlatada no caminhão-refeitório. Quando voltaram a andar, passaram por um campo de batalha recente, cheio de destroços e tanques queimados, onde um destacamento recolhia desordenadamente os cadáveres. Os barris haviam desaparecido, mas o motorista os encontrou de novo do outro lado da planície de cascalho.

Ao meio-dia, acharam a colina. Havia uma batalha acontecendo não muito longe: podiam ouvir os canhões e ver nuvens de poeira subindo a oeste. Vandam percebeu que nunca estivera tão perto do confronto. A impressão geral era de sujeira, pânico e confusão. Apresentaram-se ao Veículo do Comando e foram levados aos caminhões de rádio capturados dos alemães.

Os homens do serviço de informações de campo já estavam trabalhando. Os prisioneiros eram interrogados numa barraca pequena, um de cada vez, enquanto os outros esperavam sob o sol implacável. Especialistas em material bélico inimigo examinavam armas e veículos, anotando os números de série dos fabricantes. O Serviço Y estava procurando comprimentos de onda e códigos. A tarefa do pequeno grupo de Bogge era investigar com quanta antecedência os alemães descobriam os movimentos dos Aliados.

Cada um foi para um caminhão. Como a maioria das pessoas do serviço de informações, Vandam sabia um pouquinho de alemão. Conhecia umas duzentas palavras, a maioria termos militares, então, apesar de não ser capaz de distinguir entre uma carta de amor e uma lista de compras, conseguia ler ordens e relatórios do exército.

Havia muito material para examinar: o posto capturado era um grande prêmio para o serviço de informações. A maioria das coisas precisaria ser encaixotada, transportada para o Cairo e examinada detidamente por uma equipe grande. O serviço de hoje era uma avaliação preliminar.

O caminhão de Vandam estava uma completa bagunça. Os alemães tinham começado a destruir seus documentos quando perceberam que a batalha estava perdida. Caixas tinham sido esvaziadas e um pequeno fogo aceso, mas o dano foi contido rapidamente. Havia sangue numa pasta de papelão: alguém tinha morrido defendendo seus segredos.

Vandam colocou mãos à obra. Os alemães tentariam destruir os papéis mais importantes primeiro, por isso ele começou com a pilha meio queimada. Havia muitas mensagens de rádio dos Aliados, interceptadas e em alguns casos decodificadas. A maioria era coisa de rotina – a maioria de tudo era coisa de rotina. Mas, enquanto trabalhava, Vandam se deu conta de que a interceptação alemã de informações por rádio estava captando uma quantidade incrível de dados úteis. Eram melhores do que Vandam tinha imaginado, e a segurança de rádio dos Aliados era muito ruim.

Embaixo da pilha de papéis meio queimados havia um livro, um romance em inglês. Vandam franziu a testa. Abriu o volume e leu a primeira frase: "Ontem à noite sonhei que voltava a Manderley." O livro se chamava

Rebecca e tinha sido escrito por Daphne du Maurier. O título era vagamente familiar. Vandam achou que talvez sua esposa o tivesse lido. Parecia ser sobre uma jovem que morava numa casa de campo na Inglaterra.

Coçou a cabeça. Era uma leitura peculiar para o Afrika Korps, para dizer o mínimo.

E por que em inglês?

Podia ter sido de um soldado inglês capturado, mas Vandam achou improvável: em sua experiência, os soldados liam pornografia, histórias de detetives e a Bíblia. De algum modo, não conseguia imaginar os Ratos do Deserto interessados nos problemas da senhora de Manderley.

Não, o livro estava ali com um objetivo. Qual seria? Vandam só conseguia pensar numa possibilidade: era a base de um código.

Um código de livro era uma variação da cifra de uso único, que por sua vez era um caderno com letras e números impressos aleatoriamente em grupos de cinco caracteres. Só eram feitas duas cópias de cada caderno: uma para quem mandava a mensagem e uma para quem a recebia. Para cada mensagem, era usada uma folha do caderno, que depois era arrancada e destruída. Como cada folha só era usada uma vez, o código não podia ser decifrado. Um código de livro usava as páginas de um livro impresso da mesma forma, só que as folhas não eram necessariamente destruídas depois do uso.

O livro tinha uma grande vantagem sobre o caderno. Este último tinha a função inconfundível de codificar, mas um livro parecia algo inocente. No campo de batalha isso não importava; mas importava para um agente que estivesse atrás das linhas inimigas. O que poderia explicar por que o livro era em inglês. Soldados alemães mandando mensagens uns para os outros usariam um livro em alemão – se é que usariam um livro –, mas um espião em território britânico precisaria andar com um livro em inglês.

Vandam examinou o exemplar com mais atenção. O preço escrito a lápis na página de guarda tinha sido apagado com borracha. Isso podia significar um exemplar comprado de segunda mão. Vandam levantou-o à luz, tentando ler a marca deixada pelo lápis no papel. Identificou o número 50, seguido de algumas letras. Seria *eic*? Podia ser *erc*. Era *esc*, percebeu. Cinquenta escudos. O livro fora comprado em Portugal. Portugal era território neutro, com embaixadas da Alemanha e da Grã-Bretanha, e era um agitado centro de espionagem de nível inferior.

Assim que voltasse ao Cairo, mandaria uma mensagem ao posto do serviço secreto em Lisboa. Eles poderiam verificar as livrarias de língua inglesa em Portugal – não devia haver muitas – e tentar verificar onde o livro tinha sido comprado, e possivelmente por quem.

Pelo menos dois exemplares teriam sido adquiridos, e um livreiro poderia se lembrar de uma venda assim. A questão interessante era: onde estava o outro exemplar? Vandam tinha quase certeza de que era no Cairo, e pensou que sabia quem o estava usando.

Decidiu mostrar o que havia encontrado ao tenente-coronel Bogge. Pegou o livro e saiu do caminhão.

Bogge estava vindo ao seu encontro.

Vandam o encarou. Bogge estava com o rosto branco e com raiva, à beira da histeria. Veio pisando forte pela areia, com um pedaço de papel na mão.

Vandam pensou o que haveria acontecido com ele.

– O que você faz o dia inteiro, afinal? – gritou Bogge.

Vandam não respondeu. Bogge lhe entregou o pedaço de papel. Era uma mensagem de rádio cifrada, com a transcrição escrita entre as linhas de código. Tinha sido mandada à meia-noite de 3 de junho. O remetente usava o codinome Esfinge. A mensagem, depois das preliminares usuais sobre intensidade do sinal, tinha o título OPERAÇÃO ABERDEEN.

Vandam ficou atônito. A Operação Aberdeen tinha acontecido em 5 de junho e os alemães haviam recebido a mensagem sobre ela dois dias antes.

– Jesus Cristo Todo-poderoso, isso é um desastre – exclamou ele.

– Claro que é uma merda de um desastre! – gritou Bogge. – Significa que Rommel está recebendo detalhes completos de nossos ataques antes que eles aconteçam!

Vandam leu o restante da mensagem. Eram mesmo "detalhes completos". A mensagem citava as brigadas envolvidas, o horário de vários estágios do ataque e a estratégia geral.

– Não é de espantar que Rommel esteja vencendo – murmurou Vandam.

– Não faça piadas! – berrou Bogge.

Jakes apareceu ao lado de Vandam, acompanhado por um coronel da brigada australiana que tinha tomado a colina.

– Com licença, senhor... – disse, dirigindo-se a Vandam.

Vandam reagiu bruscamente:

– Agora não, Jakes.

– Fique, Jakes – atalhou Bogge. – Isso tem a ver com você também.

Vandam entregou o papel a Jakes. Sentia-se como se tivesse levado um soco. A informação era tão boa que sem dúvida havia se originado no QG.

– Meu Deus! – exclamou Jake, baixinho.

– Eles devem estar recebendo isso de um oficial britânico – disse Bogge. – Você percebe, não é?

– Sim – respondeu Vandam.

– O que quer dizer com *sim*? Seu trabalho é a segurança pessoal. Isso é responsabilidade sua, droga!

– Sei disso, senhor.

– Também sabe que um vazamento dessa magnitude terá de ser informado ao comandante em chefe?

O coronel australiano, que não avaliava a escala da catástrofe, estava sem graça ao ver um oficial sendo humilhado publicamente.

– Vamos deixar as recriminações para depois, Bogge – disse. – Duvido que a situação seja culpa de um único indivíduo. Seu primeiro trabalho é descobrir a extensão do dano e fazer um relatório preliminar aos seus superiores.

Estava claro que Bogge não tinha terminado a arenga, mas sua patente era inferior. Suprimiu a fúria com esforço visível e disse:

– Certo, vá em frente, Vandam.

Então saiu pisando firme e o coronel foi na outra direção.

Vandam sentou-se no estribo do caminhão. Acendeu um cigarro com a mão trêmula. A notícia parecia pior à medida que ele a assimilava. Não somente Alex havia entrado no Cairo e escapado da rede de Vandam, como também tinha obtido acesso a segredos de alto nível.

Vandam pensou: Quem é esse homem?

Em apenas alguns dias, ele havia escolhido seu alvo, feito o trabalho de base e em seguida subornado, chantageado ou corrompido o alvo até a traição.

Quem seria o alvo? Quem estaria dando as informações a Wolff? Centenas de pessoas tinham as informações: os generais, seus ajudantes, as secretárias que datilografavam as mensagens, os homens que codificavam mensagens para serem transmitidas por rádio, o oficial que levava mensagens verbais, todo o pessoal do serviço de informações, todo o pessoal de ligação entre os serviços...

De algum modo, presumiu Vandam, dentre essas centenas de pessoas, Wolff tinha encontrado uma disposta a trair seu país em troca de dinheiro, por convicção política, sob pressão ou chantagem. Claro que era possível que Wolff não tivesse nada a ver com isso – mas Vandam achava improvável, já que um traidor precisava de um canal de comunicação com o inimigo, e Wolff era esse canal. E era difícil acreditar que houvesse dois homens como Wolff no Cairo.

Jakes estava junto de Vandam, parecendo atordoado. Vandam disse:

– Não somente essas informações estão sendo passadas, como Rommel as está usando. Você deve se lembrar da luta em 5 de junho...

– É, lembro. Foi um massacre.

E a culpa foi minha, pensou Vandam. Bogge estivera certo com relação a isso: o trabalho de Vandam era impedir que os segredos vazassem, e, quando isso acontecia, a responsabilidade era dele.

Um homem sozinho não podia vencer a guerra, mas podia perdê-la. Vandam não queria ser esse homem.

Levantou-se.

– Certo, Jakes, você ouviu o que Bogge disse. Vamos em frente.

Jakes estalou os dedos.

– Tinha esquecido o que vim lhe dizer: estão chamando-o ao telefone de campanha. É do QG. Parece que há uma egípcia na sua sala, perguntando por você, recusando-se a ir embora. Diz que tem uma mensagem urgente e que não aceita não como resposta.

Vandam pensou: Elene!

Talvez ela tivesse feito contato com Wolff. Devia ter feito – por que outro motivo estaria desesperada para falar com ele? Vandam correu até o Veículo de Comando, com Jakes nos calcanhares.

O major encarregado das comunicações lhe entregou o telefone.

– Seja rápido, Vandam, estamos usando essa coisa.

Vandam tinha aturado abusos suficientes por um dia. Pegou o telefone e aproximou a cabeça do rosto do major.

– Vou usar pelo tempo que precisar – disse. Em seguida deu as costas a ele e falou ao telefone: – Sim?

– William?

– Elene! – Queria dizer como era bom escutar a voz dela, mas em vez disso falou: – O que aconteceu?

– Ele foi à loja.

– Você o viu? Conseguiu o endereço?

– Não, mas tenho um encontro marcado com ele.

– Muito bem! – Vandam estava cheio de um deleite selvagem. Agora pegaria o filho da mãe. – Onde e quando?

– Amanhã à noite, às sete e meia, no restaurante Oásis.

Vandam pegou um lápis e um pedaço de papel.

– Restaurante Oásis, sete e meia – repetiu. – Estarei lá.

– Bom.

– Elene...

– Sim?

– Não consigo nem dizer como estou grato. Obrigado.

– Até amanhã.

– Até amanhã.

Vandam desligou o telefone.

Bogge estava atrás dele, com o major encarregado das comunicações.

– Que diabo você quer, usando o telefone de campanha para marcar encontros com as suas namoradas? – questionou.

Vandam lhe deu um sorriso ensolarado.

– Não era namorada, era uma informante. Ela fez contato com o espião. Pretendo prendê-lo amanhã à noite.

CAPÍTULO DOZE

WOLFF OLHAVA SONJA COMER. O fígado estava malpassado, róseo e macio, como ela gostava. Ela comia com deleite, como sempre. Ele pensou em como os dois eram parecidos. No trabalho eram competentes, profissionais e tremendamente bem-sucedidos. Os dois viviam à sombra de traumas infantis: a morte do pai dela, o casamento da mãe dele com um árabe. Nenhum dos dois jamais chegara perto de se casar, porque gostavam demais de si mesmos para amar outra pessoa. O que os unia não era o amor, nem mesmo o afeto, mas luxúrias compartilhadas. A coisa mais importante da vida, para ambos, era ceder aos apetites. Os dois sabiam que Wolff estava correndo um risco pequeno, mas desnecessário, ao jantar num restaurante, e os dois sentiam que o risco valia a pena, já que a vida não tinha graça sem comida boa.

Sonja terminou de comer o fígado e o garçom trouxe uma taça de sorvete de sobremesa. Ela sempre ficava faminta depois de se apresentar na Cha-Cha. Não era de surpreender: gastava muita energia no número. Mas quando finalmente desse por encerrados seus números de dança, engordaria. Wolff a imaginou dali a vinte anos: teria três queixos e seios enormes, o cabelo estaria quebradiço e grisalho, seus pés ficariam chatos e ela ofegaria depois de subir a escada.

– De que você está rindo? – perguntou Sonja.

– Estava visualizando você idosa, usando um vestido preto sem forma e um véu.

– Não vou ser assim. Vou ser muito rica e morar num lugar cercada de rapazes e mulheres, todos nus, ansiosos para realizar meus menores caprichos. E você?

Wolff sorriu.

– Acho que vou ser o embaixador de Hitler no Egito e usar uniforme da SS para ir à mesquita.

– Você precisaria tirar as botas de montaria.

– Poderei visitá-la na sua casa?

– Sim, por favor. Usando uniforme.

– E precisaria tirar as botas de montaria na sua presença?

– Não. Todo o resto, menos as botas.

Wolff gargalhou. Sonja estava num raro bom humor. Ele chamou o garçom e pediu café, conhaque e a conta.

– Tenho uma boa notícia – disse a ela. – Estive guardando-a. Acho que encontramos outra Fawzi.

De repente ela ficou muito imóvel, olhando-o atentamente.

– Quem é ela? – perguntou baixinho.

– Fui ao merceeiro ontem. A sobrinha de Aristopoulos está trabalhando com ele.

– Uma vendedora de loja!

– É uma verdadeira beldade. Tem um rosto lindo, inocente, e um sorriso ligeiramente malicioso.

– Quantos anos?

– É difícil dizer. Uns vinte, acho. Tem corpo de menina.

Sonja lambeu os lábios.

– E você acha que ela vai...?

– Acho que sim. Ela está louca para se livrar de Aristopoulos e praticamente se jogou em cima de mim.

– Quando?

– Vou levá-la para jantar amanhã à noite.

– Vai levá-la para casa?

– Talvez. Preciso sondar. Ela é tão perfeita que não quero estragar tudo apressando as coisas.

– Quer dizer que precisa tê-la antes.

– Se for necessário.

– Acha que ela é virgem?

– É possível.

– Se for...

– Então eu guardo para você. Você foi tão boa com o major Smith que merece um agrado. – Wolff se recostou na cadeira, examinando Sonja.

O rosto dela era uma máscara de cobiça sexual enquanto se imaginava corrompendo uma pessoa linda e inocente. Wolff bebeu um gole de seu conhaque. Um calor se espalhou por seu estômago. Ele se sentia bem: cheio de comida e vinho, com a missão dando notavelmente certo e uma nova aventura sexual à vista.

A conta chegou e ele pagou com notas de libras inglesas.

~

Era um restaurante pequeno, mas bem-sucedido. Ibrahim o administrava e o irmão cuidava da cozinha. Tinham aprendido a profissão num hotel francês na Tunísia, onde haviam nascido. E, quando o pai dos dois morreu, eles venderam as ovelhas e foram para o Cairo em busca de fortuna. A filosofia de Ibrahim era simples: eles só sabiam fazer a culinária franco-árabe, portanto só ofereciam isso. Talvez pudessem atrair mais clientes se o cardápio na vitrine oferecesse espaguete à bolonhesa ou rosbife e pão tradicional inglês, mas esses clientes não voltariam, e de qualquer modo Ibrahim tinha seu orgulho.

A fórmula funcionava. Estavam ganhando bem, mais dinheiro do que o pai jamais tinha visto. A guerra trouxera mais oportunidades de negócios ainda. Mas a riqueza não tinha deixado Ibrahim descuidado.

Dois dias antes, havia tomado café com um amigo que era caixa no hotel Metropolitan. O amigo dissera que a tesouraria britânica havia se recusado a trocar quatro das notas de libras inglesas passadas no bar do hotel. As notas eram falsas, segundo os ingleses. O mais injusto era que eles tinham confiscado o dinheiro.

Isso não aconteceria com Ibrahim.

Cerca de metade de seus clientes eram formada por britânicos e muitos pagavam em libras esterlinas. Desde que ouvira a notícia, passara a verificar cuidadosamente cada nota antes de colocar no caixa. Seu amigo do Metropolitan tinha explicado como identificar as falsas.

Era típico dos britânicos. Não faziam um anúncio público para ajudar os empresários do Cairo a evitar ser enganados. Simplesmente se recostavam e confiscavam as notas fajutas. Acostumados com esse tipo de tratamento, os empresários do Cairo se uniam. A rede de boatos funcionava bem.

Quando Ibrahim recebeu as notas falsas de um europeu alto que estava jantando com a famosa dançarina do ventre, não soube direito o que fazer. As notas eram todas novas e tinham o mesmo defeito. Ibrahim verificou-as duas vezes, comparando-as com uma nota boa: não havia dúvida. Será que deveria explicar a questão discretamente ao freguês? O sujeito poderia se ofender ou pelo menos fingir que estava ofendido, e era provável que fosse embora sem pagar. A conta dele era alta – tinha pedido os pratos mais caros, além de vinho importado –, e Ibrahim não queria correr o risco de perder tudo.

Decidiu que chamaria a polícia. Os policiais impediriam o cliente de fugir e poderiam ajudar Ibrahim a convencê-lo a pagar com cheque, ou pelo menos assinar uma promissória.

Mas que polícia? A polícia egípcia provavelmente argumentaria que não era sua responsabilidade, demoraria uma hora para chegar e então exigiria propina. O freguês provavelmente era inglês – por que outro motivo teria libras esterlinas? – e provavelmente oficial, e o dinheiro falso era britânico. Ibrahim decidiu chamar os militares.

Foi até a mesa dos dois, levando a garrafa de conhaque. Deu um sorriso.

– Monsieur, madame, espero que tenham gostado da refeição.

– Estava excelente – disse o homem.

Ele falava como um oficial britânico.

Ibrahim se virou para a mulher.

– É uma honra servir à maior dançarina do mundo.

Ela assentiu, régia.

– Gostaria de oferecer-lhes uma taça de conhaque, como cortesia da casa – disse Ibrahim.

– É muita gentileza – respondeu o homem.

Ibrahim serviu mais conhaque, fez uma reverência e se afastou. Isso deveria mantê-los sentados por mais algum tempo, pensou. Saiu pela porta dos fundos e foi à casa de um vizinho que tinha telefone.

~

Se eu tivesse um restaurante, pensou Wolff, faria coisas assim. As duas taças de conhaque custavam muito pouco ao proprietário, comparadas com a conta de Wolff, mas o gesto era muito eficaz para fazer com que o cliente se sentisse querido. Frequentemente Wolff havia brincado com a ideia de abrir um restaurante, mas era um sonho irreal: sabia que o trabalho era duro demais.

Sonja também gostou da atenção especial. Estava nitidamente reluzindo sob as influências dos elogios e do álcool. Esta noite, na cama, iria roncar feito um porco.

O proprietário desapareceu por alguns minutos e depois voltou. Com o canto do olho, Wolff viu o sujeito sussurrando com um garçom. Supôs que estivessem falando de Sonja. Sentiu uma pontada de ciúme. Havia lugares no Cairo onde, por causa de seus bons modos e pelas gorjetas fartas, era conhecido pelo nome e recebido como rei; mas considerara sensato não ir a locais onde pudesse ser reconhecido, pelo menos enquanto os britânicos estivessem à sua caça. Agora se perguntou se poderia se dar ao luxo de relaxar a vigilância um pouco mais.

Sonja bocejou. Era hora de colocá-la na cama. Wolff acenou para um garçom.

– Por favor, pegue o agasalho da madame – pediu.

O homem se afastou, parou para murmurar algo com o proprietário e continuou em direção à sala dos casacos.

Um alarme soou, fraco e distante, no fundo da mente de Wolff.

Ele brincou com uma colher enquanto esperava o casaco de Sonja. Ela comeu mais um *petit four*. O proprietário atravessou o restaurante, saiu pela porta da frente e voltou. Aproximou-se da mesa deles.

– Gostariam de um táxi?

Wolff olhou para Sonja.

– Tudo bem – disse ela.

– Eu gostaria de respirar ar puro – contrapôs Wolff. – Vamos andar um pouco e então pegamos um.

– Certo.

Wolff olhou para o proprietário.

– Nada de táxi.

– Muito bem, senhor.

O garçom trouxe o agasalho de Sonja. O proprietário ficou olhando para a porta. Wolff ouviu outro alarme interno, este mais alto.

– Algum problema? – perguntou ao dono do restaurante.

O sujeito pareceu bem preocupado.

– Devo mencionar um problema delicado, senhor.

Wolff começou a se irritar.

– Bom, o que é? Queremos ir para casa.

Houve o som de um veículo chegando ruidoso do lado de fora do restaurante.

Wolff segurou as lapelas do casaco do proprietário.

– O que está acontecendo?

– O dinheiro com que o senhor pagou a conta, senhor. Não é bom.

– Vocês não aceitam libras esterlinas? Então por que não...

– Não é isso, senhor. O dinheiro é falso.

A porta do restaurante se abriu com estrondo e três policiais militares entraram.

Wolff olhou para eles boquiaberto. Tudo estava acontecendo tão depressa que ele não conseguia respirar direito. Polícia militar... Dinheiro falso. De repente ficou com medo. Poderia ir para a cadeia. Aqueles imbecis em Berlim tinham lhe dado notas falsas, uma coisa tão *idiota*! Sentiu vontade de pegar Canaris pelo pescoço e *apertar...*

Balançou a cabeça. Não havia tempo para sentir raiva. Precisava manter a calma e tentar sair daquela confusão...

Os policiais foram até a mesa. Dois eram ingleses e o terceiro, australiano. Usavam botas pesadas e capacetes de aço, e todos tinham um pequeno revólver num coldre preso ao cinto. Um dos ingleses disse:

– É esse homem?

– Só um momento – reagiu Wolff, e ficou atônito ao ver como sua voz saía fria e suave. – O proprietário me informou neste exato minuto que meu dinheiro não é bom. Não acredito, mas estou disposto fazer a vontade dele e tenho certeza de que podemos chegar a algum acordo que o satisfaça. – Lançou um olhar de censura para o proprietário. – Realmente não era necessário chamar a polícia.

O principal policial disse:

– É crime passar dinheiro falso.

– Intencionalmente – retrucou Wolff. – É crime passar dinheiro falso *intencionalmente*. – Enquanto ouvia a própria voz, calma e convincente, sua confiança cresceu. – O que proponho é o seguinte: estou com meu talão de cheques e um pouco de dinheiro egípcio. Vou preencher um cheque para pagar minha conta e usar o dinheiro egípcio para a gorjeta. Amanhã vou levar as notas supostamente falsas à tesouraria britânica para que sejam examinadas e, se forem mesmo falsas, vou entregá-las. – Ele sorriu para o grupo que o cercava. – Imagino que isso satisfaça a todos.

– Eu preferiria que o senhor pagasse a conta inteira em dinheiro vivo – atalhou o proprietário.

Wolff teve vontade de lhe dar um soco na cara.

– Talvez eu tenha dinheiro egípcio suficiente – falou Sonja.

Wolff pensou: Graças a Deus.

Ela abriu a bolsa.

– Mesmo assim, senhor, solicito que venha comigo – disse o policial que estava no comando.

O coração de Wolff parou de novo.

– Por quê?

– Precisamos fazer algumas perguntas.

– Ótimo. Por que não ligam para mim amanhã de manhã? Eu moro...

– O senhor terá que ir comigo. Foram as ordens que recebi.

– De quem?

– Do subchefe de polícia militar.

– Muito bem, então. – Wolff se levantou. Podia sentir o medo bombeando uma força desesperada em seus braços. – Mas você ou o chefe de polícia militar vão ficar bem encrencados de manhã.

Em seguida levantou a mesa e a jogou em cima do agente.

Tinha planejado e calculado o movimento em dois segundos. Era uma mesa circular pequena, de madeira maciça. A borda acertou o nariz do homem, e, enquanto o sujeito tombava para trás, a mesa caiu em cima dele.

A mesa e o policial estavam à esquerda de Wolff. À direita estava o proprietário, com Sonja à sua frente, ainda sentada, e os outros dois policiais dos dois lados dela, posicionados ligeiramente atrás.

Wolff agarrou o proprietário e o empurrou contra um policial. Em seguida, saltou para o outro, o australiano, e lhe deu um soco no rosto. Esperava passar pelos dois e fugir. Não deu certo. Os homens eram escolhidos pelo tamanho, pela beligerância e pela brutalidade, e estavam acostumados a lidar com soldados endurecidos pelo deserto e pelas brigas alimentadas a bebidas. O australiano recebeu o soco e cambaleou um passo para trás, mas não caiu. Wolff o chutou no joelho e deu outro soco no rosto; então o outro policial, o segundo inglês, empurrou o proprietário para fora do caminho e deu uma rasteira em Wolff.

Wolff caiu pesadamente. Seu peito e a cabeça bateram no chão de ladrilhos. Sentiu uma fisgada no rosto, ficou momentaneamente sem fôlego e viu estrelas. Foi chutado de novo, na lateral do corpo; a dor o fez se sacudir de forma frenética e rolar para longe. O policial pulou em cima dele, batendo em sua cabeça. Ele lutou para empurrar o sujeito. Outra pessoa se sentou nos seus pés. Então Wolff viu, acima e atrás do policial inglês que estava sobre seu peito, o rosto de Sonja retorcido de fúria. Passou por sua mente a ideia de que ela estava se lembrando de outra surra dada por soldados britânicos. Então viu que ela levantava bem alto a cadeira em que estivera sentada. O policial em cima do peito de Wolff viu-a, girou, levantou a cabeça e os braços para se proteger. Ela baixou a cadeira pesada com toda a força. Um canto do assento acertou o homem na boca e ele soltou um grito de dor e raiva enquanto o sangue jorrava dos lábios.

O australiano saiu de cima dos pés de Wolff e agarrou Sonja por trás, imobilizando seus braços. Wolff flexionou o corpo e empurrou o inglês ferido para longe, depois se levantou com dificuldade.

Enfiou a mão dentro da camisa e pegou a faca.

O australiano jogou Sonja para o lado, deu um passo à frente, viu a faca e parou. Ele e Wolff se encararam por um instante. Wolff viu os olhos do outro correrem rapidamente de um lado para outro, na direção dos dois colegas caídos no chão. A mão do australiano foi até o coldre.

Wolff se virou e correu para a porta. Um de seus olhos estava machucado, e ele não conseguia enxergar direito. A porta estava fechada. Tentou agarrar a maçaneta e errou. Sentiu vontade de gritar. Enfim encontrou a maçaneta e escancarou a porta. Ela bateu na parede com um estrondo. Um tiro espocou.

~

Vandam pilotava a motocicleta pelas ruas a uma velocidade perigosa. Havia tirado a tampa do farol – de qualquer modo, ninguém no Cairo levava a tampa a sério – e dirigia com o polegar na buzina. As ruas ainda estavam movimentadas com táxis, charretes, caminhões do exército, jumentos e camelos. As calçadas estavam apinhadas e as lojas, iluminadas por lâmpadas elétricas, lampiões a óleo e velas. Vandam costurava com imprudência no meio do tráfego, ignorando as buzinas ultrajadas dos carros, os punhos erguidos dos cocheiros e o apito de um policial egípcio.

O subchefe da polícia militar tinha ligado para sua casa.

– Vandam, não foi você que deu o aviso sobre o tal dinheiro falso? Acabamos de receber um telefonema de um restaurante onde um europeu está tentando passar...

– *Onde?*

O subchefe da polícia deu o endereço e Vandam saiu correndo de casa.

Derrapou numa esquina, arrastando um calcanhar na rua poeirenta para manter a tração. Ocorreu-lhe que, com tanto dinheiro falso em circulação, parte dele devia ter caído na mão de outros europeus e que o sujeito no restaurante poderia ser uma vítima inocente. Esperava que não. Queria desesperadamente pôr as mãos em Alex Wolff. O espião havia sido mais esperto do que ele e o tinha humilhado. E agora, com o acesso a segredos e a linha direta com Rommel, ameaçava provocar a queda do Egito. Mas não era só isso. Vandam estava curioso com relação a ele. Queria ver o sujeito e tocá-lo, descobrir como ele se movia e como falava. Era inteligente ou apenas sortudo? Corajoso ou imprudente? Decidido ou teimoso? Será que tinha um rosto bonito e um sorriso caloroso ou olhos pequenos e sorrisinho bajulador? Lutaria ou se entregaria? Vandam queria saber. E, acima de tudo, queria pegá-lo pelo pescoço e arrastá-lo para a cadeia, acorrentá-lo à parede, trancar a porta e jogar a chave fora.

Desviou-se de um buraco, em seguida acelerou e partiu rugindo por uma rua silenciosa. O endereço ficava um pouco fora do centro da cidade, perto da Cidade Velha. Vandam conhecia a rua, mas não o restaurante. Virou mais duas esquinas e quase atropelou um velho montado num jumento, com a esposa andando um pouco mais atrás. Encontrou a rua que procurava.

Era estreita e escura, com construções altas dos dois lados. No térreo havia algumas lojas e entradas de casas. Vandam parou ao lado de dois meninos que brincavam na sarjeta e perguntou onde ficava o restaurante. Eles apontaram vagamente pela rua.

Vandam seguiu, parando para olhar sempre que via uma janela iluminada. Estava na metade da rua quando ouviu o estalo meio abafado de uma arma de fogo pequena e o ruído de vidro quebrando. Virou a cabeça bruscamente na direção do som. A luz de uma janela quebrada se refletiu em cacos de vidro no chão. Enquanto ele observava, um homem alto saiu correndo pela porta.

Só podia ser Wolff.

Ele correu na direção oposta a de Vandam.

O major sentiu um jorro de selvageria. Girou o acelerador da moto e partiu rugindo atrás do fugitivo. Enquanto passava pelo restaurante, um policial saiu correndo e deu três tiros. O ritmo do fugitivo não se alterou.

Vandam alcançou-o com a luz do farol. O sujeito corria rápido, num passo consistente. Quando o facho o acertou, ele olhou por cima do ombro sem desacelerar e Vandam vislumbrou um nariz aquilino, um queixo forte e um bigode acima da boca que ofegava, aberta.

Vandam teria atirado nele, mas os oficiais do QG não andavam armados.

A moto se aproximou dele rapidamente. Quando estavam quase lado a lado, Wolff virou de repente uma esquina. Vandam freou e derrapou com a roda traseira, inclinando-se para manter o equilíbrio. Parou, ajeitou a moto e acelerou de novo.

Viu as costas de Wolff desaparecendo num beco estreito. Sem diminuir a velocidade, virou a esquina e entrou no beco. A moto saltou no espaço vazio. O estômago de Vandam deu uma cambalhota. A luz do farol iluminou o nada. Teve a impressão de que estava caindo num poço. Deu um grito involuntário de medo. A roda de trás bateu em alguma coisa. A da frente desceu, desceu e acertou o chão. O farol mostrou um lance de escada. A moto quicou e pousou de novo. Vandam lutou desesperadamente para manter a roda da frente em linha reta. A moto desceu os degraus numa série de saltos capazes de destruir sua coluna, e a cada pancada Vandam tinha certeza de que perderia o controle e cairia. Viu Wolff na base da escada, ainda correndo.

Vandam chegou ao pé da escada e se sentiu incrivelmente sortudo. Viu Wolff virar outra esquina e foi atrás. Estavam num labirinto de becos. Wolff subiu correndo um pequeno lance de escada.

Vandam pensou: Meu Deus, não.

Não tinha escolha. Acelerou e foi na direção dos degraus. Um segundo antes de bater no primeiro degrau, puxou o guidom para cima com toda a força. A roda dianteira se levantou. A moto bateu nos degraus, corcoveou bruscamente e quase o arremessou para fora do banco. Ele se agarrou com ferocidade ao guidom. A moto subia saltando feito louca. Vandam lutava com ela. Chegou ao topo.

Viu-se numa passagem longa com paredes altas e vazias dos dois lados. Wolff ainda estava à sua frente, correndo. Vandam pensou que poderia pegá-lo antes que ele chegasse ao fim da passagem. Disparou.

Wolff olhou para trás, por cima do ombro, continuou correndo e olhou de novo. Dava para ver que seu passo estava vacilando. Não era mais firme e ritmado – agora os braços se sacudiam e ele corria de qualquer jeito. Vislumbrando o rosto de Wolff, Vandam viu que estava retesado de esforço.

Wolff conseguiu acelerar, mas isso não bastava. Vandam chegou perto dele, passou à frente, em seguida freou depressa e girou o guidom. A roda de trás derrapou e a da frente bateu na parede. Vandam saltou enquanto a moto caía. Aterrissou de pé, de frente para Wolff. O farol quebrado lançou um facho de luz na escuridão. Não fazia sentido Wolff se virar e correr na outra direção, já que Vandam estava descansado e poderia facilmente alcançá-lo. Sem parar, Wolff saltou por cima da moto, o corpo passando pela coluna de luz do farol como uma faca cortando chamas, e se chocou contra Vandam. Ainda meio desequilibrado, Vandam cambaleou para trás e caiu. Wolff oscilou e deu outro passo. Vandam estendeu a mão às cegas no escuro, encontrou o tornozelo de Wolff, agarrou e puxou. Wolff desabou.

O farol quebrado iluminava pouco o resto do beco. O motor tinha parado, e, em meio ao silêncio, Vandam escutava a respiração arfante e rouca de Wolff. Também podia sentir o cheiro dele: bebida, suor e medo. Mas não conseguia ver o rosto.

Houve uma fração de segundo em que os dois ficaram caídos, um exausto e o outro atordoado. Então os dois se levantaram atabalhoadamente. Vandam saltou contra Wolff e eles se atracaram.

Wolff era forte. Vandam tentou imobilizar os braços dele, mas não conseguiu. De repente soltou-o e desferiu um soco. Acertou algum lugar macio e Wolff emitiu um "Uuuf". Vandam deu outro soco, desta vez mirando o rosto. Mas Wolff desviou e o punho acertou o vazio. De repente algo brilhou na mão de Wolff sob a luz fraca.

Uma faca!, Vandam pensou.

A lâmina reluziu na direção do seu pescoço. Vandam se sacudiu para trás num reflexo. Sentiu uma dor lancinante na bochecha e levou a mão ao rosto imediatamente. Sentiu um jorro de sangue quente. A dor logo se tornou insuportável. Ele pressionou o ferimento e seus dedos tocaram alguma coisa dura. Percebeu que eram os próprios dentes e que a faca havia atravessado a carne da bochecha. Em seguida, sentiu que estava caindo, escutou Wolff correndo para longe, e tudo ficou preto.

CAPÍTULO TREZE

WOLFF PEGOU UM LENÇO no bolso da calça e limpou o sangue da faca. Examinou a lâmina à luz fraca e a limpou de novo. Foi andando enquanto polia vigorosamente o aço fino. Parou e pensou: O que estou fazendo? Já está limpa. Jogou o lenço fora e recolocou a faca na bainha embaixo do braço. Saiu do beco para uma rua, orientou-se e foi para a Cidade Velha.

Imaginou uma cela de prisão. Tinha 2 metros de comprimento por 1,20 de largura, e metade dessa área era ocupada por uma cama. Embaixo da cama havia um penico. As paredes eram de pedra cinza e lisa. Uma pequena lâmpada pendia do teto, presa por um cordão. Numa extremidade da cela havia uma porta. Na outra, uma pequena janela quadrada, acima do nível dos olhos, através da qual era possível ver o céu azul e luminoso. Imaginou que acordava de manhã e via tudo isso, e se lembrou de que estava ali havia um ano, e que continuaria por mais nove. Usou o penico e depois lavou as mãos na tigela do canto. Não havia sabonete. Um prato de mingau frio foi empurrado pela portinhola na porta. Pegou a colher e pôs um bocado na boca, mas não conseguiu engolir, porque estava chorando.

Balançou a cabeça para limpar as visões de pesadelo. Pensou: Eu saí, não foi? *Eu saí*. Percebeu que algumas pessoas na rua olhavam-no passar. Viu um espelho numa vitrine de loja e se examinou nele. O cabelo estava desgrenhado, um lado do rosto tinha um hematoma e estava inchado, a manga da camisa tinha sido rasgada e havia sangue no colarinho. Ainda ofegava pelo esforço de correr e lutar. Pensou: Estou parecendo perigoso. Continuou andando e virou na esquina seguinte para pegar um caminho fora das ruas principais.

Aqueles imbecis em Berlim tinham lhe dado dinheiro falso! Não era de espantar que fossem tão generosos – eles mesmos estavam imprimindo. Era uma atitude tão idiota que Wolff se perguntou se não seria mais do que idiotice. A Abwehr era comandada pelos militares, não pelo Partido Nazista; seu chefe, Canaris, não era o maior apoiador de Hitler.

Quando eu voltar a Berlim haverá um tremendo expurgo...

Como tinha sido descoberto ali no Cairo? Estava gastando dinheiro depressa. As notas falsas tinham entrado em circulação. Os bancos haviam tomado conhecimento das notas – não, não os bancos, mas a tesouraria britânica. De qualquer modo, alguém tinha começado a recusar o dinheiro e a notícia correra pelo Cairo. O proprietário do restaurante notou que o dinheiro de Wolff era falso e chamou os militares. Wolff deu uma risada amarga ao se lembrar de como se sentira lisonjeado pelo conhaque oferecido pelo proprietário – aquilo não havia passado de um ardil para segurá--lo até a chegada da polícia.

Pensou no homem da motocicleta. Devia ser um filho da mãe decidido, para entrar com a moto naqueles becos, subindo e descendo escadas. Ele não estava armado, supôs Wolff – se estivesse, sem dúvida teria usado a arma. E não tinha capacete de aço, de modo que presumivelmente não era policial militar. Alguém do serviço de informações, talvez? Será que era o major Vandam?

Esperava que sim.

Cortei o sujeito, pensou. Um corte feio, provavelmente. Onde terá sido? No rosto?

Espero que tenha sido Vandam.

Voltou a pensar no problema imediato. Eles estavam com Sonja. Ela diria que mal conhecia Wolff – inventaria alguma história sobre tê-lo conhecido na Cha-Cha. Eles não poderiam segurá-la por muito tempo, porque ela era famosa, uma estrela, uma espécie de heroína entre os egípcios, e prendê-la lhes causaria muitos problemas. Por isso iriam libertá-la em pouco tempo. Mas ela teria que lhes dar seu endereço, o que significava que Wolff não poderia voltar à casa-barco, pelo menos por ora. Mas estava exausto, machucado e desalinhado – precisava se limpar e descansar algumas horas, em algum lugar.

Pensou: Já estive aqui antes – andando pela cidade, cansado e perseguido, sem ter aonde ir.

Desta vez precisaria contar com Abdullah.

Estivera indo para a Cidade Velha sabendo o tempo todo, lá no fundo, que Abdullah era tudo o que lhe restava, e agora se viu a poucos passos da casa do velho ladrão. Passou embaixo de um arco, seguiu por um corredor curto e escuro e subiu uma escada de pedra em espiral até a casa de Abdullah.

O homem estava sentado no chão com outro sujeito. Havia um narguilé entre eles e o ar estava cheio do aroma herbáceo do haxixe. Abdullah olhou para Wolff e deu um sorriso vagaroso e sonolento. Falou em árabe:

– Este é meu amigo Achmed, também chamado de Alex. Bem-vindo, Achmed-Alex.

Wolff sentou-se no chão e os cumprimentou em árabe.

– Meu irmão Yasef, aqui, gostaria de propor uma charada – disse Abdullah –, uma coisa que está nos incomodando há algumas horas, desde que começamos a sugar as borbulhas. E por falar nisso...

Ele entregou o cachimbo a Wolff, que deu um trago, enchendo os pulmões.

– Achmed-Alex, amigo do meu irmão, bem-vindo – saudou Yasef. – Diga o seguinte: por que os ingleses chamam a gente de *wogs*?

Yasef e Abdullah desmoronaram em risadas. Wolff percebeu que eles estavam sob a influência do haxixe: deviam ter fumado a tarde toda. Deu mais um trago no cachimbo e o estendeu para Yasef. Era forte. Abdullah sempre tinha do melhor.

– Por acaso sei a resposta – falou Wolff. – Os egípcios que trabalhavam no canal de Suez recebiam camisas especiais, para mostrar que tinham o direito de estar em território britânico. Estavam trabalhando a serviço do governo, por isso nas costas da camisa havia impressas as letras W.O.G.S., Working on Government Service, trabalhando a serviço do governo.

Yasef e Abdullah riram de novo.

– Meu amigo Achmed-Alex é inteligente – disse Abdullah. – É quase tão inteligente quanto um árabe, porque é quase árabe. É o único europeu que conseguiu me enganar.

– Não creio que seja verdade – retrucou Wolff, cuja fala estava entrando no mesmo ritmo dos dois. – Eu jamais tentaria ser mais esperto do que o meu amigo Abdullah. Quem é capaz de enganar o diabo?

Yasef sorriu e assentiu, apreciando a frase espirituosa.

– Escute, irmão, e eu vou contar. – Abdullah franziu a testa, organizando os pensamentos drogados. – Achmed-Alex pediu que eu roubasse uma coisa para ele. Assim eu assumiria o risco e ele ficaria com a recompensa. Claro, ele não me enganou de modo tão simples. Eu roubei a coisa, era uma pasta, e, claro, minha intenção era ficar com o conteúdo, já que o ladrão tem direito aos produtos do crime, segundo as leis de Deus. Assim eu teria sido mais esperto do que ele, não é?

– É, sim – concordou Yasef. – Mas não me lembro da passagem das santas escrituras que diz que um ladrão tem direito aos produtos do crime. No entanto...

– Talvez não – interrompeu Abdullah. – O que eu estava falando?

Wolff, que ainda estava mais ou menos sóbrio, respondeu:

– Você deveria ter sido mais esperto do que eu, porque abriu a pasta.

– Isso mesmo! Mas espere aí. Não havia nada de valor lá dentro, por isso Achmed-Alex tinha me enganado. Mas espere aí! Eu fiz com que ele pagasse pelo serviço, portanto eu ganhei 100 libras e ele não ganhou nada.

Yasef franziu a testa.

– Então você se deu melhor do que ele.

– Não. – Abdullah balançou a cabeça, triste. – Ele me pagou com notas falsas.

Yasef olhou para Abdullah. Abdullah olhou de volta para ele. Os dois explodiram numa gargalhada. Deram tapinhas nos ombros um do outro, bateram os pés no chão e rolaram nas almofadas, gargalhando até os olhos lacrimejarem.

Wolff forçou um sorriso. Era o tipo de história engraçada que agradava aos negociantes árabes, com sua cadeia de trapaças mútuas. Abdullah iria contá-la durante anos. Mas a narrativa provocou um arrepio em Wolff. Então Abdullah também sabia sobre as notas falsas. Quantos mais saberiam? Wolff sentiu como se a matilha de caça o tivesse cercado, de modo que, para onde quer que corresse, dava de cara um lobo, e o círculo ia ficando mais apertado a cada dia.

Abdullah pareceu notar pela primeira vez a aparência de Wolff. Ficou imediatamente muito preocupado.

– O que aconteceu com você? Foi assaltado? – Ele pegou um minúsculo sino de prata e tocou. Quase no mesmo instante, uma mulher sonolenta veio do cômodo ao lado. – Vá pegar um pouco de água quente – ordenou Abdullah. – Limpe os ferimentos do meu amigo. Dê a ele minha camisa europeia. Traga um pente. Traga café. Depressa!

Numa casa europeia, Wolff protestaria pelo fato de a mulher ter sido acordada depois da meia-noite para cuidar dele, mas ali um protesto desse tipo seria muito descortês. As mulheres existiam para servir aos homens e não ficariam surpresas nem incomodadas com as exigências peremptórias de Abdullah.

– Os britânicos tentaram me prender e eu fui obrigado a lutar para escapar – explicou Wolff. – Infelizmente, acho que eles podem descobrir onde eu estava morando, e isso é um problema.

– Ah.

Abdullah deu um trago no narguilé e o passou adiante outra vez. Wolff começou a sentir os efeitos do haxixe: estava relaxado, com o pensamento vagaroso, meio sonolento. O tempo passou mais devagar. Duas esposas de Abdullah cuidaram dele, lavando seu rosto e penteando seu cabelo. Ele achou os cuidados muito agradáveis.

Abdullah pareceu cochilar por um tempo, depois abriu os olhos e disse:

– Você deve ficar aqui. Minha casa é sua. Vou escondê-lo dos ingleses.

– Você é um amigo de verdade.

Era estranho, pensou Wolff. Tinha planejado oferecer dinheiro a Abdullah para que ele o escondesse. Então o ladrão revelou que sabia que o dinheiro não prestava, e Wolff estivera pensando no que fazer. Agora Abdullah iria escondê-lo em troca de nada. Era um verdadeiro amigo. O estranho era que Abdullah não era um amigo de verdade. Não existiam amigos no mundo de Abdullah: havia a família, pela qual ele faria tudo, e o resto, pelo qual não faria nada. O que fiz para merecer esse tratamento especial?, pensou Wolff, com sono.

Seu alarme interno estava tocando mais uma vez. Obrigou-se a pensar, o que não era fácil depois do haxixe. Um passo de cada vez, disse a si mesmo. Abdullah me diz para ficar aqui. Por quê? Porque fui mais esperto do que ele.

Porque fui mais esperto do que ele. Aquela história não estava terminada. Abdullah iria querer acrescentar mais uma reviravolta ao ciclo. Como? Entregando Wolff aos britânicos. Era isso. Assim que Wolff caísse no sono, Abdullah mandaria uma mensagem ao major Vandam. Wolff seria apanhado. Os ingleses pagariam a Abdullah pela informação e finalmente a história poderia ser contada a favor de Abdullah.

Droga.

Uma esposa trouxe uma camisa europeia branca. Wolff se levantou e tirou a camisa rasgada e ensanguentada. A esposa afastou o olhar de seu peito nu.

– Achmed ainda não precisa dela – disse Abdullah. – Entregue a camisa a ele de manhã.

Wolff pegou a camisa com a mulher e vestiu.

– Será que é indigno para você dormir na casa de um árabe, meu amigo Achmed? – falou o ladrão.

– Os ingleses têm um provérbio – disse Wolff. – Quem janta com o diabo deve usar uma colher comprida.

Abdullah riu, mostrando o dente de aço. Sabia que Wolff tinha adivinhado seu plano.

– Você é quase um árabe – declarou.

– Adeus, amigos – disse Wolff.

– Até a próxima – respondeu Abdullah.

Wolff saiu para a noite fria, imaginando aonde poderia ir.

~

No hospital, uma enfermeira entorpeceu metade do rosto de Vandam com um anestésico local, depois a Dra. Abuthnot costurou sua bochecha com as mãos longas, sensíveis e precisas. Colocou um curativo e o prendeu com uma longa faixa de bandagem amarrada em volta da cabeça.

– Devo estar parecendo um personagem de quadrinhos com dor de dente.

Ela ficou séria. Não tinha um grande senso de humor.

– Vou dar um analgésico – disse.

– Não, obrigado.

– Não seja durão, major. Vai se arrepender.

Vandam olhou para ela, com o jaleco branco e os sapatos baixos e sérios, e se perguntou como a havia achado ao menos um pouquinho desejável. Ela era bastante agradável, até mesmo bonita, mas também era fria, superior e antisséptica. Não era como...

Não era como Elene.

– Um analgésico vai me fazer dormir – disse.

– O que é ótimo. Se dormir, poderemos ter certeza de que nada acontecerá com os pontos durante algumas horas.

– Eu adoraria, mas tenho um trabalho importante que não pode esperar.

– Você *não pode trabalhar*. Não deveria andar por aí. Deveria falar o mínimo possível. Está fraco pela perda de sangue, e um ferimento desses é traumático tanto mental quanto fisicamente. Em algumas horas vai sentir a reação e vai ficar tonto, nauseado, exausto e confuso.

– Vou ficar pior ainda se os alemães tomarem o Cairo.

Vandam se levantou.

A Dra. Abuthnot pareceu irritada. Vandam pensou em como dar ordens às pessoas combinava com ela. A médica não sabia como enfrentar a desobediência explícita.

– Você é um garoto tolo – disse.

– Sem dúvida. Posso comer?

– Não. Tome glucose dissolvida em água quente.

Eu poderia experimentar isso dissolvido em gim quente, pensou. Apertou a mão dela. Estava fria e seca.

Jakes esperava do lado de fora do hospital, num carro.

– Eu sabia que não conseguiriam mantê-lo por muito tempo, senhor. Posso levá-lo para casa?

– Não. – O relógio de Vandam tinha parado. – Que horas são?

– Duas e cinco.

– Presumo que Wolff não estivesse jantando sozinho.

– Não, senhor. A acompanhante dele está presa no QG.

– Me leve até lá.

– Se o senhor tem certeza...

– Tenho.

O carro se afastou.

– Você notificou os superiores? – disse Vandam.

– Sobre os acontecimentos desta noite? Não, senhor.

– Bom. É melhor deixar para amanhã. – Vandam não falou o que os dois sabiam: que o departamento, já sob uma nuvem negra por ter permitido que Wolff obtivesse informações, cairia em total desgraça por deixá-lo escapar entre os dedos. – Suponho que Wolff estivesse jantando com uma mulher.

– E que mulher, senhor, se me permite dizer. Um verdadeiro chuchu. Chamada Sonja.

– A dançarina?

– Ela mesma.

Seguiram em silêncio. Wolff era um sujeito frio, pensou Vandam, saindo com a dançarina do ventre mais famosa do Egito enquanto roubava informações militares britânicas. Bom, agora ele não ficaria mais tão descuidado. De certa forma isso era uma infelicidade: alertado por esse incidente de que os ingleses estavam atrás dele, teria mais cuidado de agora em diante. Nunca se deve espantá-los, apenas pegá-los.

Chegaram ao QG e saíram do carro.

– O que foi feito com ela desde que chegou? – quis saber Vandam.

– O tratamento não tratamento. Uma cela vazia, sem comida, sem bebida, sem perguntas.

– Bom.

Ainda assim, era uma pena que ela tivesse tido tempo para organizar as ideias. Vandam sabia, a partir de interrogatórios de prisioneiros de guerra, que os melhores resultados eram obtidos imediatamente depois da captura, quando o prisioneiro ainda estava com medo de ser morto. Mais tarde, depois de ter sido levado de um lado para o outro, recebido comida e bebida, começava a pensar em si mesmo como prisioneiro, não como soldado, e se lembrava de que tinha novos direitos e deveres e, consequentemente, tornava-se mais propenso a manter a boca fechada. Vandam deveria ter interrogado Sonja logo depois da briga no restaurante. Como isso não fora possível, a segunda melhor opção era que ela fosse mantida isolada sem qualquer informação até que ele chegasse.

Jakes seguiu na frente, por um corredor, até a sala de interrogatório. Vandam espiou pelo olho mágico da porta. Era uma sala quadrada, sem janelas, mas clara devido à luz elétrica. Havia uma mesa, duas cadeiras e um cinzeiro. De um lado ficava um cubículo sem porta, com um toalete.

Sonja estava numa cadeira virada para a porta. Jakes tinha razão, pensou Vandam; ela era um chuchu. Mas não era *bonita*, de jeito nenhum. Era uma espécie de amazona, com o corpo maduro e voluptuoso e feições fortes e bem-proporcionadas. As moças no Egito costumavam ter uma graça esguia, de pernas longas, como corças jovens. Sonja era mais como... Vandam franziu a testa e pensou: Uma tigresa. Usava um vestido longo, amarelo-brilhante, espalhafatoso para o gosto de Vandam, mas que combinava com a Cha-Cha. Observou-a por um ou dois minutos. Estava sentada imóvel, sem se mexer, sem fumar nem roer as unhas. Ele pensou que seria difícil fazê-la falar. Então a expressão no rosto dela mudou, a mulher se levantou e começou a andar de um lado para outro, e Vandam pensou: Não é tão durona assim.

Abriu a porta e entrou.

Sentou-se à mesa em silêncio. Com isso ela ficou de pé, o que era uma desvantagem psicológica para uma mulher: O primeiro ponto é meu, pensou ele. Ouviu Jakes entrar depois dele e fechar a porta. Olhou para Sonja.

– Sente-se.

Ela continuou de pé, olhando-o, e um sorriso lento se insinuou em seu rosto. Apontou para o curativo.

– Ele fez isso com você?

O segundo ponto foi para ela.

– Sente-se.

– Obrigada.

Ela se sentou.

– Quem é "ele"?

– Alex Wolff, o homem que você *tentou* pegar hoje.

– E quem é Alex Wolff?

– Um cliente rico da Cha-Cha.

– Há quanto tempo você o conhece?

Ela olhou para o relógio.

– Cinco horas.

– Qual é o seu relacionamento com ele?

Ela deu de ombros.

– Tivemos um encontro.

– Como se conheceram?

– Do modo usual. Depois do meu número, um garçom trouxe um recado do Sr. Wolff me convidando a me sentar à mesa com ele.

– Qual?

– Qual mesa?

– Qual garçom?

– Não lembro.

– Continue.

– O Sr. Wolff me ofereceu uma taça de champanhe e pediu que eu jantasse com ele. Aceitei, fomos ao restaurante e o resto vocês sabem.

– Você se senta com pessoas da plateia depois do show?

– Sim, é um costume.

– Geralmente você janta com elas?

– Às vezes.

– Por que aceitou dessa vez?

– O Sr. Wolff pareceu um homem incomum. – Ela olhou de novo para o curativo de Vandam e riu. – Ele era um tipo de homem incomum.

– Qual é o seu nome completo?

– Sonja el-Aram.

– Endereço?

– *Jihan*, em Zamalek. É uma casa-barco.

– Idade?

– Que descortês!

– Idade.

– Recuso-me a responder.

– Você está pisando em terreno perigoso...

– Não, *você* está pisando em terreno perigoso. – De repente ela deixou Vandam perplexo expondo seus sentimentos, e ele percebeu que durante aquele tempo todo ela estivera contendo uma fúria. Sonja balançou um dedo diante do rosto dele. – Pelo menos dez pessoas viram seus valentões uniformizados me prenderem no restaurante. Ao meio-dia de amanhã, metade do Cairo vai saber que os britânicos puseram Sonja na cadeia. Se eu não aparecer na Cha-Cha amanhã à noite, haverá um motim. Meu povo vai incendiar a cidade. Vocês terão que trazer tropas do deserto para cuidar disso. E se eu sair daqui com um hematoma ou um arranhão que seja, vou mostrar ao mundo inteiro no palco amanhã à noite, e o resultado vai ser o mesmo. Não, não sou eu que estou pisando em terreno perigoso.

Vandam ficou olhando-a inexpressivamente durante toda essa diatribe, depois falou como se ela não tivesse dito nada de extraordinário. Precisava ignorar o que Sonja dissera, porque ela estava certa e ele não poderia negar.

– Vamos repassar o que você disse – começou em tom afável. – Você falou que conheceu Wolff na Cha-Cha...

– Não – interrompeu ela. – Não vou repetir nada. Vou cooperar com você e responder às perguntas, mas não serei interrogada.

Ela se levantou, virou a cadeira e se sentou de costas para Vandam.

Vandam olhou para a nuca de Sonja por um momento. Ela realmente o havia superado na manobra. Ele estava com raiva de si mesmo por ter deixado isso acontecer, mas sua raiva misturava-se com uma certa admiração pelo modo como ela havia feito aquilo. Levantou-se abruptamente e saiu da sala. Jakes foi atrás.

– O que o senhor acha? – perguntou Jakes, já no corredor.

– Teremos que liberá-la.

Jakes foi dar instruções. Enquanto aguardava, Vandam pensou em Sonja. Imaginou de onde ela teria tirado a força para desafiá-lo. Quer a história fosse verdadeira ou falsa, ela deveria estar com medo, confusa, intimidada e, em última instância, cedendo. Era verdade que sua fama lhe dava alguma proteção, mas ao ameaçá-lo com essa cartada ela talvez estivesse blefando, insegura e um pouco desesperada, já que em geral uma cela de isolamento amedrontava qualquer um, sobretudo celebridades, porque o afastamento súbito do familiar mundo reluzente as fazia se perguntarem se aquele mundo reluzente era real.

O que lhe dava forças? Ele repassou a conversa na mente. A pergunta que ela evitara tinha sido sobre a idade. Sem dúvida seu talento lhe permitira ultrapassar a idade em que as dançarinas comuns se aposentavam, de modo que talvez ela vivesse com medo da passagem dos anos. Nenhuma pista aí. Afora isso, tinha se mostrado calma, inexpressiva, sem revelar nada, a não ser quando sorriu de seu ferimento. Então, no fim, permitiu-se explodir, mas mesmo naquele momento tinha *usado* a fúria, não fora controlada por ela. Vandam trouxe à mente o rosto de Sonja durante o ataque de raiva contra ele. O que tinha visto ali? Não era só raiva. Não era medo.

Então entendeu. Era ódio.

Ela o odiava. Mas ele não era nada para ela, não era nada além de um oficial inglês. Portanto ela odiava os ingleses. E seu ódio lhe dera forças.

De repente Vandam se sentiu cansado. Sentou-se pesadamente num banco no corredor. De onde *ele* tiraria forças? Era fácil ser forte se você era insano, e no ódio de Sonja havia uma insinuação de algo meio louco. Ele não tinha um refúgio assim. Com calma, racionalmente, pensou no que estava em jogo. Imaginou os nazistas entrando no Cairo, a Gestapo nas ruas, os judeus egípcios arrebanhados para campos de concentração, a propaganda fascista pelo rádio...

Pessoas como Sonja olhavam o Egito sob o domínio britânico e sentiam que os nazistas já haviam chegado. Não era verdade, mas se alguém tentasse, por um momento, enxergar os britânicos através do olhar de Sonja, isso possuía uma certa plausibilidade: os nazistas diziam que os judeus eram sub-humanos e os britânicos diziam que os negros eram como crianças; não havia liberdade de imprensa na Alemanha, mas também não havia nenhuma no Egito; e os ingleses, como os alemães, tinham sua polícia política. Antes da guerra, Vandam costumava escutar a política de Hitler sendo endossada calorosamente no refeitório dos oficiais: eles não gostavam do Führer, não porque era fascista, mas porque tinha sido cabo no exército e pintor de paredes na vida civil. Havia pessoas grosseiras em toda parte, e às vezes elas chegavam ao poder, e aí você precisava lutar contra elas. Era uma filosofia mais racional do que a de Sonja, mas não deixava de ser inspiradora.

O efeito da anestesia no rosto estava passando. Ele sentia uma dor afiada, nítida, na bochecha, como uma queimadura recente. Além disso, percebeu que estava com dor de cabeça. Esperava que Jakes demorasse muito resolvendo a libertação de Sonja, para ficar sentado no banco por mais algum tempo.

Pensou em Billy. Não queria que o garoto tomasse o café da manhã sem ele. Talvez eu fique acordado até de manhã, depois posso levá-lo à escola, voltar para casa e dormir, pensou. Como seria a vida de Billy sob o domínio nazista? Eles iriam ensiná-lo a desprezar os árabes. Seus professores atuais não eram grandes admiradores da cultura africana, mas pelo menos Vandam podia fazer alguma coisa para ajudar o filho a perceber que pessoas diferentes não eram necessariamente idiotas. O que aconteceria na sala de aula nazista quando ele levantasse a mão e dissesse "Senhor, meu pai diz que um inglês idiota não é mais inteligente do que um árabe idiota"?

Pensou em Elene. Agora ela era uma mulher sustentada, mas pelo menos podia escolher os amantes e, se não gostasse do que eles queriam fazer na cama, poderia mandá-los embora. No bordel de um campo de concentração não teria esse tipo de escolha... Estremeceu.

É. Não somos muito admiráveis, sobretudo nas nossas colônias, mas os nazistas são piores, quer os egípcios saibam ou não. Vale a pena lutar. Na Inglaterra a decência progride de forma vagarosa; na Alemanha está dando um grande passo para trás. Pense nas pessoas que você ama e as questões ficam mais claras.

Tire forças disso. Fique acordado mais um pouco. Levante-se.

Ele se levantou.

Jakes voltou.

– Ela é anglófoba – disse Vandam.

– Perdão, senhor?

– Sonja. Ela odeia os ingleses. Não acredito que Wolff fosse um cliente casual. Vamos.

Saíram juntos do prédio. Lá fora ainda estava escuro.

– O senhor está muito cansado... – disse Jakes.

– É. Estou cansado. Mas ainda estou pensando direito, Jakes. Me leve à delegacia central de polícia.

– Sim, senhor.

Saíram. Vandam entregou sua cigarreira e o isqueiro a Jakes, que dirigiu com uma das mãos enquanto acendia o cigarro de Vandam. Vandam tinha dificuldades para tragar: segurava o cigarro entre os lábios e inalava a fumaça, mas não conseguia tragar com força suficiente para acendê-lo. Jakes lhe entregou o cigarro aceso. Vandam pensou que adoraria um martíni para acompanhar.

Jakes parou o carro do lado de fora da delegacia.

– Queremos o chefe dos detetives, seja lá como o chamem – ordenou Vandam.

– Não creio que ele esteja aqui a esta hora.

– Não. Pegue o endereço dele. Vamos acordá-lo.

Jakes entrou no prédio. Vandam ficou olhando pelo para-brisa. O alvorecer estava chegando: as estrelas tinham se apagado e agora o céu estava mais cinza do que preto. Havia algumas pessoas na rua. Viu um homem puxando dois jumentos carregados de legumes, presumivelmente indo para a feira. Os muezins ainda não tinham entoado a primeira oração do dia.

Jakes voltou.

– Gezira – disse, engrenando o carro e soltando a embreagem.

Vandam pensou em Jakes. Alguém tinha lhe dito que o rapaz possuía um senso de humor fantástico. Vandam sempre o havia achado agradável e alegre, mas nunca vira qualquer vestígio de humor verdadeiro. Será que sou tão tirano que meus funcionários morrem de medo de fazer uma piada na minha presença? Ninguém me faz rir, pensou.

A não ser Elene.

– Você nunca *me* conta piadas, Jakes.

– Senhor...?

– Já ouvi dizer que tem um senso de humor fantástico, mas você nunca me conta piadas.

– É verdade, senhor.

– Poderia ser sincero por um momento e me dizer por quê?

Depois de uma pausa, Jakes disse:

– O senhor não inspira intimidade.

Vandam assentiu. Como eles poderiam saber que ele gostava de jogar a cabeça para trás e soltar uma gargalhada?

– Falou com muito tato, Jakes. Assunto encerrado.

Essa situação com Wolff está me afetando, pensou. Em um instante me pergunto se talvez nunca tenha sido realmente bom no meu trabalho, depois me pergunto se sou bom em alguma coisa. E meu rosto está doendo.

Atravessaram a ponte para a ilha. O cinza no céu passou de um tom ardósia para pérola.

– Se me permite, eu gostaria de dizer que o senhor é, de longe, o melhor superior que eu já tive – falou Jakes.

– Ah. – Vandam foi pego de surpresa. – Santo Deus. Bom, obrigado, Jakes. Obrigado.

– De nada, senhor. Chegamos.

Parou o carro na frente de uma casa pequena e bonita, de um andar, com jardim bem-cuidado. Vandam supôs que o chefe dos detetives estivesse se saindo bem com suas propinas, mas não bem demais. Talvez fosse um homem cauteloso: era bom sinal.

Subiram pelo caminho e bateram à porta. Depois de dois minutos, uma cabeça surgiu por uma janela e falou em árabe.

Jakes usou sua voz de sargento-instrutor:

– Serviço de informações militar. Abram a porra da porta!

Um minuto depois, um árabe pequeno e bonito abriu a porta, ainda afivelando o cinto.

– O que está acontecendo? – perguntou em inglês.

Vandam assumiu o comando:

– Uma emergência. Deixe-nos entrar, está bem?

– Claro. – O detetive deu um passo para o lado e os dois entraram. Levou-os para uma pequena sala de estar. – O que aconteceu?

Parecia amedrontado e Vandam pensou: Quem não estaria? Alguém batendo à porta no meio da noite...

– Não há por que entrar em pânico – começou Vandam –, mas queremos que você monte uma vigilância, e precisamos que seja agora.

– Claro. Por favor, sentem-se. – O detetive encontrou um caderno e um lápis. – Quem é a pessoa?

– Sonja el-Aram.

– A dançarina?

– É. Quero que a vigiem 24 horas por dia na casa dela, que é uma casa-barco chamada *Jihan*, em Zamalek.

Enquanto o detetive anotava os detalhes, Vandam desejou não ter de usar a polícia egípcia para aquele trabalho, mas não tinha escolha. Era impossível, num país africano, usar pessoas brancas, visíveis demais, para vigilância.

– E qual é a natureza do crime? – quis saber o detetive.

Não vou dizer a *você*, pensou Vandam.

– Achamos que ela pode ter alguma relação com a pessoa que está distribuindo dinheiro falso no Cairo.

– Então o senhor quer saber quem entra e quem sai, se a pessoa carrega qualquer coisa, se acontecem reuniões no barco...

– É. E há um homem específico em que estamos interessados. Alex

Wolff, suspeito do assassinato de um soldado em Assyut. Vocês já devem ter a descrição dele.

– Claro. Informes diários?

– Sim, mas, se Wolff for visto, quero saber imediatamente. Você pode falar com o capitão Jakes ou comigo no QG durante o dia. Dê nossos números de telefone de casa, Jakes.

– Conheço aquelas casas-barcos – interrompeu o detetive. – O caminho de sirga é um passeio bastante popular no fim da tarde, especialmente para os casais de namorados.

– Isso mesmo – concordou Jakes.

Vandam levantou uma sobrancelha para Jakes.

– É um bom lugar, talvez, para um mendigo ficar sentado – continuou o detetive. – Ninguém nunca repara num mendigo. À noite... Bom, existem arbustos. Que também são populares entre os namorados.

– É, Jakes? – perguntou Vandam.

– Não sei, senhor.

Jakes percebeu que estava sendo provocado e sorriu. Deu ao detetive um pedaço de papel com os números de telefone.

Um menininho de pijama entrou na sala, esfregando os olhos. Devia ter uns 5 ou 6 anos. Olhou sonolento ao redor e foi até o detetive.

– Esse é meu filho – explicou o homem, orgulhoso.

– Acho que podemos ir agora – disse Vandam. – A não ser que queira que o deixemos na cidade.

– Não, obrigado, tenho um carro. E gostaria de vestir o paletó e a gravata, e pentear o cabelo.

– Muito bem, mas seja rápido.

Vandam se levantou. De repente não conseguia enxergar direito. Era como se as pálpebras quisessem se fechar, mas ele sabia que estava de olhos abertos. Sentiu-se perdendo o equilíbrio. Então Jakes estava a seu lado, segurando seu braço.

– Tudo bem, senhor?

Sua visão retornou aos poucos.

– Agora está.

– O senhor sofreu um ferimento sério – observou o detetive, compassivamente.

Foram para a porta.

– Senhores, estejam certos de que vou cuidar pessoalmente dessa vigilância – garantiu o detetive. – Eles não vão colocar nem mesmo um camun-dongo naquela casa-barco sem que eu saiba.

Ele ainda estava com o menino no colo. Passou-o para o lado esquerdo e estendeu a mão direita.

– Até logo – despediu-se Vandam, então trocou um aperto de mão com o homem. – Aliás, sou o major Vandam.

O detetive fez uma pequena reverência.

– Superintendente Kemel, ao seu dispor.

CAPÍTULO CATORZE

SONJA ESTAVA DE MAU humor. Ao voltar para a casa-barco, perto do alvorecer, tinha meio que esperado que Wolff estivesse lá, mas encontrou o lugar frio e vazio. Não sabia direito o que pensar disso. A princípio, quando a tinham prendido, sentiu apenas raiva de Wolff por fugir e deixá-la à mercê daqueles bandidos ingleses. Sozinha, sendo mulher e uma espécie de cúmplice da espionagem de Wolff, estava aterrorizada com o que poderia lhe acontecer. Achava que Wolff deveria ter ficado para cuidar dela. Depois percebeu que isso não seria inteligente. Ao abandoná-la, ele desviara as suspeitas para longe dela. Era difícil aceitar, mas era melhor assim. Sentada sozinha na saleta no QG, tinha transferido a raiva que estava sentindo de Wolff para os ingleses.

Tinha-os desafiado e eles recuaram.

Na hora não tivera certeza de que o homem que a interrogou era o major Vandam, mas depois, ao ser solta, o escrivão deixou o nome escapar. A confirmação foi um deleite. Sorriu de novo quando pensou no curativo grotesco no rosto de Vandam. Wolff devia tê-lo cortado com a faca. Deveria tê-lo matado. Ainda assim, que noite gloriosa!

Imaginou onde Wolff estaria. Sem dúvida escondido em algum lugar da cidade. Apareceria quando achasse que a barra estava limpa. Ela não podia fazer nada a respeito. Mas gostaria que ele estivesse ali, para compartilhar o triunfo.

Vestiu a camisola. Sabia que deveria ir para a cama, mas não sentia sono. Talvez uma bebida ajudasse. Encontrou uma garrafa de uísque escocês, pôs um pouco num copo e acrescentou água. Enquanto provava, escutou passos na prancha de embarque. Sem pensar, gritou: "Achmed?" Depois percebeu que a passada não era a dele – era leve e rápida demais. Parou ao pé da escada, com a bebida na mão. A escotilha estava levantada e um rosto árabe apareceu.

– Sonja?

– Sim...

– Acho que você estava esperando outra pessoa.

Sonja ficou olhando, pensando o que fazer? Ele saiu da escada e ficou diante dela. Era um homem pequeno, com um rosto bonito e movimentos rápidos, precisos. Usava roupas europeias: calça escura, sapatos pretos engraxados e camisa branca de manga curta.

– Sou o detetive superintendente Kemel, e é uma honra conhecê-la – disse, estendendo-lhe a mão.

Sonja se virou, caminhou até o sofá e se sentou. Pensou que tinha cuidado da polícia. Agora os egípcios queriam entrar no jogo. A situação provavelmente terminaria com um suborno, tranquilizou-se. Tomou um gole da bebida olhando para Kemel.

– O que você quer? – perguntou, enfim.

Kemel sentou-se sem ser convidado.

– Estou interessado no seu amigo, Alex Wolff.

– Ele não é meu amigo.

Kemel ignorou isso.

– Os ingleses me contaram duas coisas sobre o Sr. Wolff: um, ele esfaqueou um soldado em Assyut; dois, ele tentou passar dinheiro inglês falso num restaurante no Cairo. A história já é meio curiosa. Por que ele estava em Assyut? Por que matou o soldado? E onde conseguiu o dinheiro falso?

– Não sei nada sobre ele – respondeu Sonja, esperando que Wolff não voltasse para casa naquele momento.

– Mas eu sei. Tenho outra informação que os ingleses podem possuir ou não. Sei quem é Alex Wolff. O padrasto dele era advogado aqui no Cairo. A mãe era alemã. Também sei que Wolff é nacionalista. Sei que ele era seu amante. E sei que você é nacionalista.

Sonja ficou gelada. Permaneceu sentada, imóvel, com a bebida intocada, obervando o detetive astuto desenrolar as provas contra ela. Não disse nada.

– Onde ele conseguiu o dinheiro falso? – continuou Kemel. – Não foi no Egito. Não creio que exista no país uma gráfica capaz de fazer o serviço; e, se houvesse, acho que ela imprimiria dinheiro egípcio. Portanto o dinheiro veio da Europa. E Wolff, também conhecido como Achmed Rahmha, desapareceu discretamente há dois anos. Aonde ele foi? Para a Europa? Ele voltou, passando por Assyut. Por quê? Queria entrar no país sem ser percebido? Talvez tenha se juntado a uma quadrilha de falsários ingleses e agora retornou com sua parte nos lucros, mas ainda não acho que seja isso, porque ele não é um homem pobre nem criminoso. Portanto, temos um mistério.

Ele sabe, pensou Sonja. Santo Deus, ele sabe.

– Agora os ingleses pediram para eu colocar uma vigilância na casa-barco e contar a eles sobre qualquer pessoa que apareça aqui. Eles esperam que Wolff venha, e então vão prendê-lo, e logo terão as respostas. A não ser que eu decifre a charada primeiro.

Uma vigilância no barco! Ele jamais poderia voltar. Mas... mas por que Kemel está me contando isso?

– A resposta, acho, está na natureza de Wolff: ele é alemão e egípcio ao mesmo tempo. – Kemel se levantou, foi se sentar ao lado de Sonja e olhou no rosto dela. – Acho que ele está lutando nesta guerra. Acho que está lutando pela Alemanha *e* pelo Egito. Acho que o dinheiro falso vem dos alemães. Acho que Wolff é espião.

Sonja pensou: Mas você não sabe onde encontrá-lo. É por isso que está aqui. Kemel a encarava. Ela desviou os olhos, com medo de que ele lesse seus pensamentos.

– Se ele é espião, eu posso capturá-lo – disse Kemel. – Ou posso salvá-lo. Sonja virou a cabeça bruscamente para olhar para ele.

– O que isso quer dizer?

– Quero me encontrar com ele. Em segredo.

– Mas por quê?

Kemel lançou um sorriso sagaz.

– Sonja, você não é a única que quer libertar o Egito. Nós somos muitos. Queremos ver os ingleses derrotados e não nos importamos muito com quem vai conseguir isso. Queremos cooperar com os alemães. Queremos contatá-los. Queremos falar com Rommel.

– E você acha que Achmed pode ajudá-los?

– Se ele é espião, deve haver um modo de mandar mensagens para os alemães.

A mente de Sonja estava agitada. Kemel havia se transformado de acusador em colega conspirador. A não ser que fosse uma armadilha. Ela não tinha certeza se podia confiar nele. Não havia tempo suficiente para pensar. Não sabia o que dizer, por isso ficou em silêncio.

– Você pode arranjar um encontro? – insistiu Kemel, gentil.

Ela não poderia tomar essa decisão de uma hora para outra.

– Não – respondeu.

– Lembre-se da vigilância à casa-barco – disse ele. – Os relatórios da vigilância vão chegar a mim antes de serem passados ao major Vandam. Se houver uma chance, apenas uma chance, de você conseguir um encontro, posso garantir que os informes que cheguem a Vandam sejam alterados cuidadosamente para não conter nada... embaraçoso.

Sonja havia se esquecido da vigilância. Quando Wolff retornasse – e ele retornaria, cedo ou tarde –, os vigias iriam informar e Vandam saberia, a não ser que Kemel desse um jeito. Isso mudava tudo. Ela não tinha escolha.

– Eu arranjo um encontro.

– Ótimo. – Ele se levantou. – Ligue para a delegacia e deixe um recado dizendo que Sirhan quer falar comigo. Quando eu receber essa mensagem, entrarei em contato com você, para marcar dia e hora.

– Muito bem.

Ele foi até a escada e voltou.

– Aliás... – Pegou uma carteira no bolso da calça e tirou uma pequena fotografia. Entregou a Sonja. Era uma foto dela. – Poderia autografar para minha mulher? Ela é uma grande fã. – Ele lhe entregou uma caneta. – O nome dela é Hesther.

Sonja escreveu: "Para Hesther, tudo de bom, Sonja". Entregou a foto, pensando: Inacreditável.

– Muito obrigado. Ela vai ficar muito feliz.

Inacreditável.

– Faço contato assim que puder – disse Sonja.

– Obrigado.

Ele estendeu a mão. Desta vez, ela a apertou. Ele subiu a escada e saiu, fechando a escotilha.

Sonja relaxou. De algum modo tinha conseguido lidar bem com a situação. Ainda não estava completamente convencida da sinceridade de Kemel, mas, se havia uma armadilha, não dava para ver.

Estava cansada. Terminou o uísque e foi para o quarto. Ainda estava de camisola, e com bastante frio. Foi para a cama e puxou as cobertas. Ouviu uma batida. Seu coração falhou. Virou-se para a portinhola do lado oposto do barco, voltado para o rio. Havia um rosto atrás do vidro.

Gritou.

O rosto desapareceu.

Ela percebeu que tinha sido Wolff.

Subiu correndo a escada até o convés. Olhando pela amurada, viu-o na água. Parecia nu. Ele subiu pela lateral do barco, usando as portinholas como apoio. Ela estendeu a mão e o puxou para o convés. Wolff ficou de quatro por um momento, olhando para um lado e outro do rio como um rato d'água alerta, depois desceu rapidamente a escotilha. Ela foi atrás.

Ele parou no tapete, pingando e tremendo. Estava mesmo nu.

– O que aconteceu? – perguntou Sonja.

– Prepare um banho para mim.

Ela passou pelo quarto e foi até o banheiro. Havia uma pequena banheira com um aquecedor elétrico. Abriu as torneiras e jogou um punhado de sais perfumados na água. Wolff entrou e deixou a água envolvê-lo.

– O que aconteceu? – repetiu Sonja.

Ele controlou os tremores.

– Não queria me arriscar vindo pelo caminho de sirga, por isso tirei a roupa na margem oposta e atravessei a nado. Olhei e vi aquele homem com você. Imagino que fosse outro policial.

– Era.

– Por isso precisei esperar na água até ele ir embora.

Ela gargalhou.

– Coitadinho.

– Não tem graça nenhuma. Meu Deus, que frio. A porra do Abwehr me deu dinheiro falso. Alguém vai ser estrangulado por isso quando eu for de novo à Alemanha.

– Por que fizeram isso?

– Não sei se por incompetência ou deslealdade. Canaris sempre foi morno com relação a Hitler. Feche a água, está bem?

Ele começou a lavar a lama do rio das pernas.

– Você vai ter que usar seu próprio dinheiro – disse ela.

– Não posso pegá-lo. Claro que o banco tem instruções para ligar para a polícia assim que eu der as caras. Eu poderia pagar uma ou outra conta com cheque, mas até mesmo isso pode ajudá-los a me encontrar. Talvez se eu vendesse algumas das minhas ações, ou até a casa... Mas de novo o dinheiro precisa passar por um banco...

Então você vai ter que usar meu dinheiro, pensou Sonja. Mas não vai pedir: vai simplesmente pegar. Ela arquivou o pensamento para depois.

– Aquele detetive colocou alguém para vigiar o barco, por instruções de Vandam.

Wolff riu.

– Então era mesmo Vandam.

– Você o cortou?

– Cortei, mas não sei direito onde. Estava escuro.

– No rosto. Ele estava com um curativo enorme.

Wolff gargalhou.

– Eu gostaria de vê-lo. – Ficou sério e perguntou: – Ele interrogou você?

– Interrogou.

– O que você disse?

– Que mal conhecia você.

– Boa garota. – Ele lançou-lhe um olhar avaliador e ela soube que Wolff estava satisfeito e um pouco surpreso por ela ter mantido a cabeça no lugar. – Ele acreditou em você?

– Pelo jeito, não, já que ordenou essa vigilância.

Wolff franziu a testa.

– Isso vai ser ruim. Não posso atravessar o rio a nado sempre que quiser vir para casa...

– Não se preocupe. Resolvi isso.

– *Você* resolveu?

Não era exatamente o caso, Sonja sabia, mas parecia bom.

– O detetive é um de nós – explicou.

– Nacionalista?

– É. Quer usar o seu rádio.

– Como ele sabe que eu tenho um rádio?

Havia uma nota de ameaça na voz de Wolff.

– Não sabe – respondeu Sonja, calmamente. – Pelo que os ingleses disseram, ele deduziu que você é espião e presumiu que um espião tem como se comunicar com os alemães. Os nacionalistas querem mandar uma mensagem para Rommel.

Wolff balançou a cabeça negativamente.

– Prefiro não me envolver.

Sonja não admitiria que ele recuasse de uma barganha que ela havia feito.

– Você precisa se envolver – disse enfaticamente.

– Acho que sim – concordou ele, cauteloso.

Ela teve um estranho sentimento de poder. Era como se estivesse assumindo o controle. Achou isso empolgante.

– Eles estão chegando perto – disse Wolff. – Não quero mais surpresas, como ontem à noite. Gostaria de sair deste barco, mas não sei para onde ir. Abdullah sabe que meu dinheiro não presta; ele queria me entregar aos ingleses. Droga.

– Você vai estar seguro aqui, desde que ajude o detetive.

– Não tenho escolha.

Ela se sentou na borda da banheira, olhando o corpo nu de Wolff. Ele parecia... não derrotado, mas acuado. Seu rosto estava com rugas de tensão, e na voz havia uma leve nota de pânico. Ela se perguntou se, pela primeira vez, ele conseguiria se sustentar até a chegada de Rommel. E, também pela primeira vez, Wolff dependia dela. Precisava do seu dinheiro, da sua casa, na noite anterior tinha dependido de seu silêncio sob interrogatório e – ela agora acreditava – tinha sido salvo pelo acordo feito por ela com o detetive nacionalista. Ele estava caindo em sua rede de poder. A ideia a intrigou. Ela sentiu um pouco de tesão.

– Estou imaginando se devo comparecer ao encontro com aquela garota, Elene, hoje à noite – refletiu Wolff.

– Por que não? Ela não tem nada a ver com os ingleses. Você a pegou numa loja!

– Só acho que talvez seja melhor ficar escondido. Não sei.

– Não – disse Sonja com firmeza. – Eu a quero.

Wolff a encarou com os olhos estreitados. Ela se perguntou se ele estaria pensando no assunto em questão ou na força de vontade recém-encontrada dela.

– Certo – concordou Wolff. – Só terei que tomar precauções.

Ele finalmente havia cedido. Sonja tinha feito um teste comparando a própria força com a dele e tinha conseguido vencer. Isso lhe deu uma certa empolgação. Estremeceu.

– Ainda estou com frio – disse Wolff. – Ponha mais um pouco de água quente.

– Não.

Sem tirar a camisola, Sonja entrou na banheira. Montou nele de frente, os joelhos pressionados contra as laterais da banheira estreita. Levantou a aba molhada da camisola até a cintura e mandou que ele a chupasse.

Ele obedeceu.

~

Vandam estava animado quando se sentou no restaurante Oásis, tomando um martíni gelado, com Jakes ao lado. Tinha dormido o dia inteiro e estava com a sensação de ter levado uma surra, mas pronto para reagir. Tinha ido ao hospital, onde a Dra. Abuthnot lhe dissera que ele era um idiota por não estar de repouso, mas que era um idiota sortudo, já que o ferimento estava cicatrizando. Ela trocou o curativo por outro menor, que não precisava ser preso por um metro de bandagem em volta da cabeça. Eram sete e quinze, e em alguns minutos ele iria colocar as mãos em Alex Wolff.

Vandam e Jakes estavam nos fundos do restaurante, numa posição em que podiam vigiar o lugar inteiro. A mesa mais perto da entrada estava ocupada por dois sargentos fortes comendo frango frito bancado pelo serviço de informações. Num carro civil do outro lado da rua, estavam dois policiais à paisana com as pistolas nos bolsos dos paletós. A armadilha estava pronta: só faltava a isca. Elene chegaria a qualquer minuto.

Durante o café da manhã, Billy ficou chocado com a bandagem. Vandam fez o garoto jurar segredo, depois contou a verdade:

– Lutei com um espião alemão. Ele estava com uma faca e conseguiu fugir, mas acho que posso pegá-lo esta noite.

Era uma violação de segurança, mas que diabo, o garoto precisava saber por que o pai estava ferido. Depois de ouvir a história, Billy não se preocupou mais e ficou empolgado. Gaafar estava pasmo e passou a se mover sem fazer barulho e falar aos sussurros, como se tivesse havido uma morte na família.

Com Jakes ele descobriu que a intimidade da noite passada não havia deixado qualquer traço explícito. O relacionamento formal tinha voltado: Jakes recebia ordens, chamava-o de senhor e não dava opiniões sem que fossem pedidas. Tudo bem, pensou Vandam, eles formavam uma equipe boa, então por que mudar?

Olhou o relógio. Eram sete e meia. Acendeu outro cigarro. A qualquer momento Alex Wolff passaria pela porta. Vandam tinha certeza de que iria reconhecê-lo – um europeu alto, com nariz adunco, em boa forma física –, mas não faria nada até que Elene entrasse e se sentasse perto dele. Então Vandam e Jakes agiriam. Se Wolff fugisse, os dois sargentos bloqueariam a porta e, no caso improvável de ele passar pelos dois, os policiais lá fora atirariam contra ele.

Sete e trinta e cinco. Vandam estava ansioso para interrogar Wolff. Que batalha de vontades seria! Mas Vandam venceria, porque teria todas as vantagens. Sondaria Wolff, encontraria os pontos fracos e pressionaria até que o prisioneiro desembuchasse.

Sete e trinta e nove. Wolff estava atrasado. Claro que era possível que ele não aparecesse. Que Deus não permitisse. Vandam estremeceu ao se lembrar do ar superior com que tinha dito a Bogge: "Espero prendê-lo amanhã à noite." No momento a seção de Vandam estava em péssima posição, e apenas a prisão imediata de Wolff permitiria que se recuperasse. Mas e se, depois do susto da noite anterior, Wolff tivesse decidido manter a discrição por um tempo, onde quer que estivesse? De algum modo Vandam sentia que permanecer discreto não era do estilo de Wolff. Esperava que não.

Às sete e quarenta a porta do restaurante se abriu e Elene entrou. Vandam ouviu Jakes assobiar baixinho. Ela estava estonteante. Usava um vestido de seda cor de creme. As linhas simples atraíam a atenção para a figura esguia, e a cor e a textura destacavam a pele lisa e bronzeada. Vandam sentiu uma súbita ânsia de acariciá-la.

Ela olhou ao redor, obviamente procurando Wolff e não encontrando. Seu olhar encontrou o de Vandam e ela foi em frente sem hesitar. O garçom principal se aproximou e ela falou com ele. Ele a acomodou numa mesa para dois, perto da porta.

Vandam atraiu o olhar de um sargento e inclinou a cabeça na direção de Elene. O sargento assentiu de leve e olhou o relógio.

Onde estava Wolff?

Vandam acendeu um cigarro e começou a se preocupar. Tinha presumido que Wolff, sendo cavalheiro, chegaria um pouco cedo e que Elene chegaria um pouco tarde. Segundo essa hipótese, a prisão aconteceria no momento em que ela se sentasse. Está dando errado, pensou, está dando tremendamente errado.

O garçom trouxe uma bebida para Elene. Eram 19h45. Ela olhou na direção de Vandam e encolheu os ombros estreitos num pequeno gesto elegante.

A porta do restaurante se abriu. A mão de Vandam se imobilizou com um cigarro a caminho dos lábios e relaxou de novo, desapontado: era apenas um menino. O garoto entregou um pedaço de papel ao garçom e saiu de novo.

Vandam decidiu pedir outra bebida.

Viu o garçom ir até a mesa de Elene e lhe entregar o papel.

Vandam franziu a testa. O que era aquilo? Um pedido de desculpas de Wolff, dizendo que não poderia comparecer ao encontro? O rosto de Elene assumiu uma expressão de leve perplexidade. Ela olhou para Vandam e deu de ombros de novo.

Vandam pensou se deveria ir até ela e perguntar o que estava acontecendo, mas isso estragaria a emboscada: e se Wolff entrasse enquanto Elene estivesse falando com Vandam? Wolff poderia dar meia-volta e sair correndo, e só precisaria passar pelos policiais, ou seja a, duas pessoas em vez de seis.

– Espere – murmurou Vandam para Jakes.

Elene pegou sua bolsa de mão na cadeira ao lado e se levantou. Olhou para Vandam de novo e deu meia-volta. Vandam pensou que ela estivesse indo ao toalete. Em vez disso, ela foi até a porta e a abriu.

Vandam e Jakes se levantaram juntos. Um dos sargentos ficou meio de pé, olhando para Vandam, e o major sinalizou para que ele se sentasse: não havia sentido em prender Elene. Vandam e Jakes atravessaram correndo o restaurante até a porta.

Enquanto passavam pelos sargentos, Vandam disse:

– Venham comigo.

Atravessaram a porta e saíram à rua. Vandam olhou ao redor. Havia um mendigo cego sentado encostado à parede, segurando um prato rachado com algumas piastras dentro. Três soldados de uniforme cambaleavam pela calçada, já bêbados, os braços em volta dos ombros uns dos outros, cantando uma música vulgar. Um grupo de egípcios tinha acabado de se encontrar do lado de fora do restaurante e se cumprimentavam vigorosamente. Um vendedor de rua ofereceu lâminas de barbear baratas a Vandam. A alguns metros dali, Elene entrava num táxi.

Vandam começou a correr.

A porta do táxi bateu e ele começou a se afastar.

Do outro lado da rua, o carro dos policiais rugiu, saltou para a frente e colidiu com um ônibus.

Vandam alcançou o táxi e pulou no estribo. O carro deu uma rabeada súbita. Vandam perdeu o apoio e caiu na rua.

Levantou-se. Seu rosto chamejava de dor: o ferimento estava sangrando de novo, era possível sentir o calor pegajoso por baixo do curativo. Jakes e os dois sargentos se juntaram a ele. Do outro lado da rua, os policiais discutiam com o motorista do ônibus.

O táxi tinha desaparecido.

CAPÍTULO QUINZE

ELENE ESTAVA ATERRORIZADA. TUDO tinha dado errado. Wolff deveria ter sido preso no restaurante, e agora estava ali, num táxi com ela, dando um sorriso feroz. Ficou sentada imóvel, com a mente vazia.

– Quem era ele? – perguntou Wolff, ainda sorrindo.

Elene não conseguia pensar. Olhou para Wolff, olhou para fora de novo e disse:

– O quê?

– O homem que correu atrás da gente. Ele pulou no estribo. Não consegui ver direito, mas achei que era europeu. Quem era ele?

Elene lutou contra o medo. *William Vandam, e deveria prender você.* Precisava inventar uma história. Por que alguém iria segui-la para fora de um restaurante e tentar entrar no seu táxi?

– Ele... não sei. Ele estava no restaurante. – De repente sentiu-se inspirada. – Ele ficou me incomodando. Eu estava sozinha. A culpa é sua, você se atrasou.

– Desculpe – disse Wolff rapidamente.

Elene teve um acesso de confiança por ele ter engolido sua história com tanta facilidade.

– E por que estamos num táxi? – perguntou. – Que negócio foi esse? Nós não íamos jantar?

Ela ouviu um tom choramingado na própria voz e o odiou.

– Tive uma ideia maravilhosa. – Ele sorriu de novo e Elene conteve um tremor. – Vamos fazer um piquenique. Há uma cesta no porta-malas.

Ela não sabia se deveria acreditar. Por que ele tinha feito aquilo no restaurante, mandando um garoto com a mensagem "Venha para fora – A.W.", a não ser que suspeitasse de uma armadilha? O que faria agora? Iria levá-la para o deserto e matá-la a facadas? Sentiu uma vontade súbita de pular do carro em movimento. Fechou os olhos e se obrigou a ter calma. Se ele suspeitava de uma armadilha, por que tinha vindo? Não, devia ser mais complicado do que isso. Ele parecia ter acreditado nela com relação ao sujeito que tinha pulado no estribo, mas não era possível ter certeza sobre o que estava por trás daquele semblante sorridente.

– Aonde vamos? – perguntou ela.

– Alguns quilômetros fora da cidade, a um lugarzinho na margem do rio onde podemos ver o sol se pôr. Vai ser uma noite linda.

– Não quero ir.

– Por quê?

– Mal conheço você.

– Não seja boba. O motorista vai ficar conosco o tempo todo. E eu sou um cavalheiro.

– Eu deveria sair do carro.

– Por favor, não faça isso. – Ele tocou seu braço de leve. – Tenho salmão defumado, frango frito e uma garrafa de champanhe. Fico entediado demais nos restaurantes.

Elene pensou. Podia deixá-lo agora e estaria em segurança – nunca mais iria vê-lo. Era o que desejava: afastar-se daquele sujeito para sempre. Porém, ela pensou que era a única esperança de Vandam. Por que me importo com Vandam?, pensou. Ficaria feliz se nunca mais o visse de novo e pudesse voltar para sua antiga vida pacífica...

A antiga vida.

Ela *se importava* com Vandam, percebeu, pelo menos o suficiente para detestar a perspectiva de decepcioná-lo. *Precisava* continuar com Wolff, conquistá-lo, conseguir outro encontro, tentar descobrir qual era o endereço dele.

– Vamos à sua casa – sugeriu, num impulso.

Ele levantou as sobrancelhas.

– É uma mudança de ideia bastante repentina.

Elene percebeu que tinha cometido um erro.

– Estou confusa. Você armou uma surpresa para mim. Por que não me perguntou primeiro?

– Tive a ideia há apenas uma hora. Não me ocorreu que poderia assustar você.

Elene percebeu que, sem intenção, estava fazendo seu papel de garota boba. Decidiu não exagerar.

– Certo – disse, e tentou ficar relaxada.

Wolff estava observando-a.

– Você não é tão vulnerável como parece, é? – perguntou ele.

– Não sei.

– Eu me lembro do que você disse ao Aristopoulos, no dia em que eu a vi na loja.

Elene se lembrou: tinha ameaçado cortar o pau de Mikis se ele a tocasse de novo. Deveria ter ruborizado, mas não conseguia fazer isso voluntariamente.

– Eu estava com muita raiva – disse.

Wolff deu uma risadinha.

– E pareceu. Tente lembrar que eu não sou Aristopoulos.

Ela lhe deu um sorriso fraco.

– Está bem.

Ele voltou a atenção para o motorista. Estavam fora da cidade e Wolff começou a lhe dar orientações. Elene se perguntou onde ele teria arranjado aquele táxi: segundo os padrões egípcios, era luxuoso. Era algum tipo de carro americano, com bancos macios e muito espaço, e parecia ser novo.

Passaram por uma série de povoados e entraram numa trilha rural. O carro seguiu pela estradinha sinuosa subindo uma colina baixa e chegou a um pequeno platô acima de um penhasco. O rio ficava imediatamente abaixo, e do lado oposto Elene viu a colcha de retalhos de campos cultivados se estendendo até encontrar a nítida linha marrom da borda do deserto.

– Não é lindo? – perguntou Wolff.

Elene precisou concordar. Um bando de andorinhas levantando voo da margem oposta do rio atraiu seu olhar para cima e ela viu que as nuvens da tarde já estavam com as bordas rosadas. Uma menina se afastava do rio com um enorme jarro d'água na cabeça. Um falucho solitário velejava rio acima, impelido por uma brisa suave.

O motorista saiu do carro e caminhou uns 50 metros. Sentou-se de costas para eles, acendeu um cigarro e desdobrou um jornal.

Wolff pegou uma cesta de piquenique no porta-malas e colocou no piso do táxi entre os dois. Enquanto ele começava a tirar a comida, Elene perguntou:

– Como você descobriu este lugar?

– Minha mãe me trazia para cá quando eu era pequeno. – Ele lhe entregou uma taça de vinho. – Depois da morte do meu pai, minha mãe se casou com um egípcio. De vez em quando ela achava o ambiente da casa egípcia opressivo, por isso me trazia aqui, de charrete, e me contava sobre... a Europa, e assim por diante.

– Você gostava?

Ele hesitou.

– Ela conseguia estragar momentos assim. Vivia interrompendo a diversão. Costumava dizer: "Você é egoísta demais, igual ao seu pai." Naquela idade eu preferia minha família árabe. Meus irmãos adotivos eram malvados e ninguém tentava controlá-los. Nós costumávamos roubar laranjas do quintal dos outros, jogar pedras nos cavalos para fazê-los disparar, furar pneus de bicicleta... Só minha mãe se incomodava, e tudo o que podia fazer era alertar que acabaríamos sendo punidos. Vivia dizendo isso: "Um dia eles pegam você, Alex!"

A mãe estava certa, pensou Elene: um dia pegariam Alex.

Começou a relaxar. Imaginou se Wolff estaria com a faca que tinha usado em Assyut, e isso a deixou tensa de novo. A situação era tão normal – um homem charmoso levando uma jovem para um piquenique à beira do rio – que por um momento tinha esquecido que queria algo dele.

– Onde você mora atualmente? – perguntou.

– Minha casa foi... confiscada pelos ingleses. Estou morando com amigos.

Ele lhe entregou uma fatia de salmão defumado num prato de louça, depois cortou um limão ao meio com uma faca de cozinha. Elene olhou suas mãos hábeis. Imaginou o que *ele* queria *dela*, para se esforçar tanto para agradá-la.

~

Vandam estava péssimo. Seu rosto doía, assim como seu orgulho. A grande prisão fora um fiasco. Tinha fracassado profissionalmente, vencido por Alex Wolff e mandado Elene para o perigo.

Sentou-se em casa, com um curativo novo no rosto, bebendo gim para aliviar a dor. Wolff tinha escapado com muita *facilidade*. Vandam tinha certeza de que o espião não sabia de fato sobre a emboscada, caso contrário não teria aparecido. Não, ele estava apenas tomando precauções, e as precauções haviam funcionado belamente.

Tinham uma boa descrição do táxi. Era um carro especial, bastante novo, e Jakes havia anotado o número da placa. Todos os policiais da cidade o estavam procurando e tinham ordens para pará-lo imediatamente e prender todos os ocupantes. Eles iriam encontrá-lo cedo ou tarde, e Vandam estava certo de que seria tarde demais. Mesmo assim, continuava sentado perto do telefone.

O que Elene estaria fazendo agora? Talvez estivesse num restaurante à luz de velas, tomando vinho e rindo das piadas de Wolff. Vandam a visualizou no vestido cor de creme, segurando uma taça, dando seu sorriso especial, malicioso, o que prometia tudo o que a pessoa quisesse. Vandam olhou o relógio. Talvez já tivessem terminado de jantar. O que fariam então? Era tradicional ir olhar as pirâmides ao luar: o céu negro, as estrelas, o deserto plano e interminável e as faces limpas e triangulares das tumbas dos faraós. O lugar estaria deserto, a não ser, talvez, por outro casal de amantes. Eles poderiam subir alguns degraus, ele saltando à frente e depois estendendo a mão para puxá-la; mas logo ela estaria exausta, o cabelo e o vestido meio desalinhados. E ele diria que aqueles sapatos não eram propícios a escaladas, por isso iriam sentar-se nas pedras grandes, ainda quentes do sol, e respirar o suave ar noturno enquanto olhavam as estrelas. De volta ao táxi, ela tremeria dentro do vestido sem mangas e ele poderia passar o braço pelos seus ombros para aquecê-la. Será que iria beijá-la no táxi? Não, ele era velho demais para isso. Quando desse a cantada, seria alguma coisa sofisticada. Será que sugeriria que fossem para a casa dele ou para a dela? Vandam não sabia o que esperar. Se fossem para a casa dele, Elene informaria de manhã e Vandam poderia prender Wolff em casa, com seu rádio, seu livro de código e talvez até as mensagens recebidas. Profissionalmente isso seria melhor – mas também significaria que Elene iria passar uma noite com Wolff, e esse pensamento deixou Vandam com mais raiva do que deveria. Por outro lado, se eles fossem para a casa dela, onde Jakes estava esperando com dez homens e três carros, Wolff seria agarrado antes de ter a chance de...

Vandam se levantou e andou de um lado para outro. Preguiçosamente pegou o livro *Rebecca*, o que achava que Wolff estava usando como base do código. Leu a primeira linha: "Ontem à noite sonhei que voltava a Manderley." Pousou o livro, depois o abriu de novo e continuou lendo. A história da jovem vulnerável e maltratada era uma bem-vinda distração das suas preocupações. Quando percebeu que a moça iria se casar com o viúvo glamoroso e mais velho, e que o casamento seria atrapalhado pela presença fantasmagórica da primeira mulher dele, fechou o volume e o colocou de lado de novo. Qual era a diferença de idade entre ele e Elene? Por quanto tempo seria assombrado por Angela? Ela também tinha sido de uma perfeição fria; Elene também era jovem, impulsiva e precisava ser resgatada da vida que levava. Esses pensamentos o irritaram, já que não iria se casar com Elene. Acendeu um cigarro. Por que o tempo passava tão devagar? Por que o telefone não tocava? Como podia ter deixado Wolff escapar por entre os seus dedos duas vezes em dois dias? Onde estava Elene?

Onde estava Elene?

Certa vez, já tinha mandado uma mulher para o perigo. Aconteceu depois de seu outro fiasco, quando Rashid Ali escapuliu da Turquia sob o nariz de Vandam. Vandam mandou uma agente ir atrás do alemão que tinha trocado de roupa com Ali e permitido que ele escapasse. Tinha esperado resgatar alguma coisa daquela confusão descobrindo tudo sobre o sujeito. Mas no dia seguinte a mulher foi encontrada morta numa cama de hotel. Ficava arrepiado só de pensar que os casos poderiam terminar de forma parecida.

Não adiantava ficar em casa. Não conseguiria dormir e não havia mais nada que pudesse fazer ali. Iria se juntar a Jakes e os outros, apesar das ordens de Abuthnot. Vestiu um paletó e pôs o quepe, saiu e empurrou a motocicleta para fora da garagem.

~

Elene e Wolff estavam juntos, perto da beira do penhasco, olhando as luzes distantes do Cairo e os brilhos mais próximos, tremeluzentes, dos fogões dos camponeses nos povoados escuros. Elene estava pensando num camponês imaginário – trabalhador, pobre, supersticioso – colocando um colchão de palha no chão de terra, puxando um cobertor áspero sobre o corpo e encontrando consolo nos braços da mulher. Ela tinha deixado a pobreza para trás, esperava que para sempre, mas às vezes parecia que tinha deixado outra coisa junto, algo sem o qual não podia viver. Em Alexandria, quando era criança, as pessoas pintavam a mão de tinta azul e marcavam a palma nas paredes de barro vermelho, para afastar o mal. Elene não acreditava na eficácia desse costume, mas, apesar dos ratos, dos gritos noturnos enquanto o agiota batia nas duas esposas, apesar dos carrapatos que infestavam todo mundo, apesar da morte precoce de muitos bebês, acreditava que houvera *alguma coisa* lá que afastava o mal. Ela estivera procurando essa coisa enquanto levava homens para a cama, aceitava os presentes, as carícias e o dinheiro eles. Mas jamais encontrou.

Não queria mais fazer isso. Tinha passado grande parte da vida procurando o amor nos lugares errados. Sobretudo, não queria fazer isso com Alex Wolff. Várias vezes tinha dito a si mesma: "Por que não fazer só mais uma vez?" Era o ponto de vista frio e razoável de Vandam. Mas toda vez que pensava em fazer amor com Wolff, via de novo o devaneio que a havia assolado nas últimas semanas, o devaneio de seduzir William Vandam.

Sabia *exatamente* como Vandam seria: iria olhá-la com um espanto inocente e tocá-la com um deleite de olhos arregalados. Ao pensar nisso ela se sentiu desamparada de tanto desejo por um momento. Também sabia como Wolff seria. Experiente, egoísta, hábil e impossível de se chocar.

Em silêncio, deu as costas à paisagem e voltou para o carro. Era hora de ele lhe dar a cantada. Tinham terminado de comer, esvaziado a garrafa de champanhe e a de café, acabado com o frango e o cacho de uvas. Agora ele esperaria a justa recompensa. Do banco de trás do carro, Elene olhou para ele. Wolff ficou mais um momento na beira do penhasco, depois foi até ela, chamando o motorista. Tinha a graça confiante que a altura costuma dar aos homens. Era um homem atraente, muito mais glamoroso do que qualquer um dos amantes de Elene, mas que ela sentia medo, sentimento que não vinha somente do que sabia sobre ele, de sua história, seus segredos e sua faca, mas de uma compreensão intuitiva da sua natureza: de algum modo tinha noção de que o charme dele não era espontâneo, mas manipulador, e que se ele parecia gentil era porque desejava usá-la.

Ela já fora usada o bastante.

Wolff entrou ao seu lado.

– Gostou do piquenique?

Ela se esforçou para parecer alegre.

– Sim, foi ótimo. Obrigada.

O carro começou a andar. Wolff iria convidá-la para a casa dele ou iria levá-la ao apartamento dela e oferecer um último drinque. Elene teria que encontrar um modo encorajador de recusá-lo. Isso lhe pareceu ridículo: estava se comportando como uma virgem amedrontada. Pensou: O que estou fazendo, me guardando para o homem certo?

Estivera em silêncio por muito tempo. Devia ser espirituosa e envolvente. Devia falar com ele.

– Já ouviu as novidades da guerra? – perguntou, e imediatamente percebeu que não era o assunto mais leve.

– Os alemães ainda estão vencendo – respondeu ele. – Claro.

– Por que *claro*?

Ele deu um sorriso condescendente.

– O mundo é dividido em senhores e escravos, Elene. – Wolff falava como se explicasse fatos simples a uma colegial. – Os ingleses foram os senhores por tempo de mais. Ficaram frouxos, e agora será a vez de outros.

– E os egípcios... são senhores ou escravos?

Ela sabia que deveria ficar quieta, que estava pisando em terreno perigoso, mas a complacência dele a deixou furiosa.

– Os beduínos são senhores – respondeu ele. – Mas o egípcio mediano é um escravo nato.

Ela pensou: Ele acredita em cada palavra. Estremeceu.

Chegaram aos arredores da cidade. Passava de meia-noite e os subúrbios estavam silenciosos, mas o centro da cidade continuava agitado.

– Onde você mora? – perguntou Wolff.

Ela respondeu. Então seria na sua casa.

– Precisamos fazer isso de novo – sugeriu ele.

– Eu adoraria.

Chegaram ao Sharia Abbas e ele mandou o motorista parar. Elene se perguntou o que aconteceria em seguida. Wolff se virou para ela.

– Obrigado por uma noite maravilhosa. Vejo você em breve.

Então, saiu do carro.

Ela ficou olhando atônita. Ele se curvou perto da janela do motorista, deu algum dinheiro ao sujeito e disse o endereço de Elene. O homem assentiu. Wolff bateu no teto do carro e ele partiu. Elene olhou para trás e viu Wolff acenando. Enquanto o automóvel começava a virar uma esquina, Wolff foi na direção do rio.

Ela pensou: O que você acha disso?

Nenhuma cantada, nenhum convite para a casa dele, nenhum último drinque, nem mesmo um beijo de boa-noite. Que jogo ele estava fazendo, bancando o difícil?

Ficou pensando na situação toda enquanto o táxi a levava para casa. Talvez aquela fosse a técnica de Wolff: tentar intrigar uma mulher. Talvez ele fosse apenas excêntrico. Qualquer que fosse o motivo, Elene ficou muito agradecida. Recostou-se e relaxou. Não foi obrigada a escolher entre brigar ou ir para a cama com ele. Graças a Deus.

O carro parou diante do seu prédio. De repente, vindos de lugar nenhum, três carros chegaram rugindo. Um deles parou bem em frente ao táxi, um logo atrás e um ao lado. Homens se materializaram saindo das sombras. As quatro portas do táxi foram abertas e quatro armas foram apontadas para dentro. Elene gritou.

Então uma cabeça se enfiou no carro e Elene reconheceu Vandam.

– Ele foi embora? – perguntou ele.

Elene percebeu o que estava acontecendo.

– Achei que vocês fossem atirar em mim.

– Onde ele saltou?

– No Sharia Abbas.

– Há quanto tempo?

– Cinco ou dez minutos. Posso sair do carro?

Ele estendeu a mão e ela saltou.

– Desculpe se nós a assustamos – falou Vandam.

– Isso se chama fechar a porta do estábulo depois de o cavalo fugir.

– É.

Ele parecia completamente derrotado.

Elene sentiu um jorro de afeto por Vandam. Tocou seu braço.

– Você não faz ideia de como estou feliz em ver seu rosto – disse.

Ele lhe deu um olhar estranho, como se não tivesse certeza se deveria acreditar.

– Por que não manda seus homens para casa e vamos conversar lá dentro? – sugeriu ela.

Vandam hesitou.

– Certo. – Virou-se para um de seus homens, um capitão. – Jakes, quero que você interrogue o motorista do táxi e veja o que consegue com ele. Mande os homens embora. Vejo você no QG daqui a uma hora.

– Muito bem, senhor.

Elene entrou primeiro. Era bom demais estar em seu próprio apartamento, deixar-se cair no sofá e chutar os sapatos para longe. A aflição havia passado, Wolff tinha ido embora e Vandam estava ali.

– Sirva-se de uma bebida – sugeriu ela.

– Não, obrigado.

– O que deu errado, afinal?

Vandam sentou-se diante dela e pegou seus cigarros.

– Nós esperávamos que ele entrasse na armadilha sem perceber. Mas ele estava muito desconfiado, ou pelo menos cauteloso, e nós o perdemos. O que aconteceu depois?

Ela apoiou a cabeça no encosto do sofá, fechou os olhos e contou sobre o piquenique em poucas palavras. Deixou de fora os pensamentos sobre ir para a cama com Wolff e não disse que ele mal a havia tocado durante toda a noite. Falava abruptamente: queria esquecer, não lembrar. Quando terminou a história, disse:

– Prepare uma bebida para mim, mesmo que você não queira beber.

Ele foi até o armário. Elene podia ver que Vandam estava com raiva. Olhou o curativo no rosto dele. Tinha-o visto no restaurante, e de novo alguns minutos atrás, quando havia chegado, mas agora estava com tempo de pensar o que aquilo significava.

– O que aconteceu com seu rosto? – perguntou.

– Quase pegamos Wolff ontem à noite.

– Ah, não.

Então ele havia fracassado duas vezes em 24 horas: não era de espantar que parecesse derrotado. Ela queria consolá-lo, envolvê-lo com os braços, pousar a cabeça dele no colo e acariciar seu cabelo; o desejo era como uma dor. Decidiu – impulsivamente, como sempre decidia as coisas – que iria levá-lo para a cama esta noite.

Ele lhe deu o drinque. Tinha preparado um para si mesmo, no fim das contas. Enquanto Vandam se curvava para lhe entregar o copo, ela estendeu a mão, tocou o queixo dele com as pontas dos dedos e virou a cabeça dele para olhar seu rosto. Ele permitiu que ela o tocasse, só por um segundo, depois afastou a cabeça.

Elene ainda não o tinha visto assim, tão tenso. Ele atravessou a sala e sentou-se diante dela, mantendo-se ereto na ponta da poltrona. Estava cheio de uma emoção suprimida, algo parecido com fúria, mas quando ela olhou em seus olhos não viu raiva, mas dor.

– O que achou de Wolff? – perguntou.

Elene não sabia direito aonde Vandam queria chegar.

– Charmoso. Inteligente. Perigoso.

– E fisicamente?

– Mãos limpas, camisa de seda, bigode que não lhe cai bem. O que você está querendo saber?

Ele balançou a cabeça, irritado.

– Nada. Tudo.

E acendeu outro cigarro.

Ela não podia interpretá-lo com esse temperamento. Queria que ele viesse sentar-se ao seu lado e dizer que ela era linda, corajosa e que tinha se saído bem. Mas sabia que não adiantava pedir. Mesmo assim, disse:

– Como eu me saí?

– Não sei. *O que* você fez?

– Você sabe o que eu fiz.

– É. Estou muito agradecido.

Ele sorriu e ela soube que o sorriso não era sincero. Qual era o problema dele? Havia algo familiar em sua raiva, algo que ela entenderia assim que identificasse. Não era só porque sentia que tinha fracassado. Era a atitude com relação a ela, o modo como falava, o modo como se sentava diante dela e sobretudo o modo como a olhava. Sua expressão era de... quase nojo.

– Ele disse que a procuraria de novo? – perguntou Vandam.

– Disse.

– Espero que ele faça isso. – Vandam apoiou o queixo nas mãos. Seu rosto estava tenso. Nuvens de fumaça subiam do cigarro. – Meu Deus, espero que ele faça isso.

– Além disso ele falou "Precisamos fazer isso de novo." Ou algo assim.

– Sei. "Precisamos fazer isso de novo", é?

– Algo do tipo.

– O que você acha que ele estava pensando, exatamente?

Ela deu de ombros.

– Outro piquenique, outro encontro... Que droga, William, o que deu em você?

– Só estou curioso. – O rosto dele tinha um sorriso deturpado, que ela nunca vira antes. – Gostaria de saber o que vocês dois fizeram, além de comer e beber no banco de trás daquele táxi grande estacionado na margem do rio. Você sabe, todo esse tempo juntos, no escuro, um homem e uma mulher...

– Cale a boca. – Ela fechou os olhos. Agora entendia; agora sabia. Sem abrir os olhos, disse: – Vou dormir. Você pode sair sozinho.

Alguns segundos depois, a porta da frente bateu.

Ela foi até a janela e olhou para a rua. Viu-o sair do prédio e montar na moto. Vandam ligou o motor, partiu rugindo pela rua a uma velocidade alucinante e virou a esquina no final como se estivesse numa corrida. Elene estava muito cansada e meio triste porque no fim das contas passaria a noite sozinha, mas não se sentia infeliz, porque tinha entendido o motivo da raiva dele, e isso lhe dava esperança. Enquanto ele sumia de vista, ela deu um leve sorriso e disse baixinho:

– William Vandam, creio que você está com ciúme.

CAPÍTULO DEZESSEIS

QUANDO O MAJOR SMITH fez sua terceira visita à casa-barco, na hora do almoço, Wolff e Sonja tinham entrado numa rotina que funcionava bem. Wolff se escondia no armário quando Smith se aproximava. Sonja o recebia na sala com uma bebida na mão, já pronta para ele. Fazia-o sentar-se ali, garantindo que a pasta fosse posta no chão antes de irem para o quarto. Depois de um ou dois minutos, começava a beijá-lo. A essa altura podia fazer o que quisesse com ele, porque o major estava embriagado de luxúria. Ela conseguia tirar sua bermuda e pouco depois o levava para o quarto.

Para Wolff estava muito claro que nada disso jamais havia acontecido com o major – ele era escravo de Sonja desde que ela fizesse amor com ele. Wolff sentia-se grato: as coisas não seriam tão fáceis com um homem de mentalidade mais forte.

Assim que escutava a cama ranger, Wolff saía do armário. Pegava a chave no bolso da bermuda e abria a pasta. Seu caderno e o lápis ficavam ao lado, a postos.

A segunda visita de Smith tinha sido frustrante, fazendo Wolff se perguntar se ele só teria planos de batalha ocasionalmente. Mas desta vez encontrou ouro de novo.

O general sir Claude Auchileck, comandante em chefe do Oriente Médio, tinha assumido o controle direto do 8º Exército das mãos do general Neil Ritchie. Como sinal do pânico dos Aliados, apenas isso já seria uma notícia bem-vinda para Rommel. Também poderia ajudar Wolff, porque significava que agora as batalhas eram planejadas no Cairo, não no deserto, e nesse caso era mais provável que Smith conseguisse cópias.

Os Aliados tinham recuado para uma nova linha de defesa em Mersa Matruh, e o papel mais importante na pasta de Smith era um resumo das novas posições.

A nova linha começava no povoado litorâneo de Matruh e se estendia para o sul, pelo deserto, até uma escarpa chamada Sidi Jamza. A 10ª Unidade estava em Matruh. Havia um pesado campo minado com 25 quilômetros de extensão, depois um campo minado mais espaçado com 15 quilômetros, depois a escarpa. E ao sul da escarpa a 13ª Unidade.

Atento aos sons no quarto, Wolff pensou nesse posicionamento. A imagem era razoavelmente clara: a linha aliada era forte nas duas extremidades e fraca no meio.

O movimento mais provável de Rommel, segundo o pensamento dos Aliados, era rodear a extremidade sul da linha, uma clássica manobra de flanco do comandante alemão, tornada mais viável pela captura de aproximadamente 500 toneladas de combustível em Tobruk. Um avanço desses seria repelido pela 13ª Unidade, que consistia na forte 1ª Divisão Blindada e na 2ªDivisão da Nova Zelância. Esta última – como observava o útil resumo –, recém-chegada da Síria.

Mas, armado com a informação fornecida por Wolff, Rommel poderia, em vez disso, atacar o centro fraco da linha e derramar suas forças através da abertura como um rio estourando uma represa no ponto mais fraco.

Wolff sorriu. Sentia que representava papel importante na luta pela dominação alemã do Norte da África: achou isso tremendamente satisfatório.

No quarto, uma rolha espocou.

Smith sempre surpreendia Wolff com a rapidez com que fazia amor. O espocar da rolha era sinal de que tudo havia acabado e que Wolff tinha alguns minutos para arrumar as coisas antes que o inglês viesse pegar a bermuda.

Recolocou os papéis na pasta, trancou-a e pôs a chave de volta no bolso da bermuda. Não voltava mais para o armário – uma vez tinha bastado. Pôs os sapatos no bolso da calça e subiu a escada apenas de meias, nas pontas dos pés, sem fazer barulho, atravessou o convés e desceu a prancha até o caminho de sirga. Depois se calçou e foi almoçar.

~

Kemel apertou a mão de Vandam educadamente.

– Espero que seu ferimento esteja cicatrizando depressa, major.

– Sente-se – falou Vandam. – O curativo atrapalha mais do que o ferimento. O que você conseguiu?

Kemel sentou-se e cruzou as pernas, ajeitando o vinco da calça preta de algodão.

– Pensei em trazer o relatório de vigilância, mas infelizmente não há nada de interessante nele.

Vandam pegou o envelope e o abriu. Tinha apenas uma folha datilografada. Começou a ler.

Sonja tinha chegado em casa – presumivelmente da Cha-Cha – às onze horas da noite anterior. Estava sozinha. Saiu por volta das dez da manhã seguinte e foi vista no convés, de roupão. O carteiro tinha chegado à uma hora. Sonja saiu às quatro e voltou às seis com uma bolsa de uma das lojas de roupas mais caras do Cairo. A essa hora o vigia foi substituído pelo da noite.

No dia anterior Vandam tinha recebido por mensageiro um informe semelhante da parte de Kemel, cobrindo as primeiras doze horas de vigilância. Durante quatro dias, portanto, o comportamento de Sonja tinha sido rotineiro e totalmente inocente, e nem Wolff nem ninguém mais a tinha visitado na casa-barco.

Vandam estava desapontadíssimo.

– Os homens que estou usando são de confiança e estão prestando contas diretamente a mim – disse Kemel.

Vandam resmungou, depois se levantou para ser cortês.

– Sim, tenho certeza. Obrigado por ter vindo.

Kemel também se levantou.

– Disponha. Até logo.

Em seguida, saiu.

Vandam ficou sentado, pensativo. Leu de novo o relatório de Kemel, como se pudesse haver pistas nas entrelinhas. Se Sonja tinha ligação com Wolff – e Vandam ainda acreditava que tivesse –, sem dúvida a associação não era íntima. Se ela estava se encontrando com alguém, devia ser fora da casa-barco.

Vandam foi até a porta e chamou:

– Jakes!

– Senhor!

Vandam sentou-se de novo e Jakes entrou.

– De agora em diante quero que você passe toda noite na Cha-Cha – disse Vandam. – Vigie Sonja e observe com quem ela se senta depois da apresentação. Além disso, suborne um garçom para dizer se alguém entra no camarim dela.

– Sim, senhor.

Vandam assentiu, dispensando-o, e acrescentou com um sorriso:

– Concedo permissão para se divertir.

O sorriso foi um erro: doeu. Pelo menos ele não estava mais tentando viver à base de glucose dissolvida em água quente – Gaafar estava fazendo purê de batata com molho, que ele conseguia comer com uma colher e engolir sem mastigar. Estava se sustentando com isso e gim. A Dra. Abuthnot dissera que ele bebia e fumava demais, e Vandam prometeu diminuir – depois da guerra. Em particular, pensava: depois de colocar as mãos em Wolff.

Se Sonja não iria levá-lo a Wolff, só Elene seria capaz disso. Vandam sentia vergonha de sua explosão no apartamento dela. Tinha ficado com raiva do próprio fracasso, e pensar nela com Wolff o havia enlouquecido. Seu comportamento só podia ser descrito como um ataque de mau humor. Elene era uma jovem adorável que estava arriscando o pescoço para ajudá--lo, e educação era o mínimo que ele lhe devia.

Wolff tinha dito que queria ver Elene de novo. Vandam esperava que ele entrasse em contato com ela em breve. Ainda sentia uma raiva irracional ao pensar nos dois juntos; mas, agora que a abordagem da casa-barco tinha se mostrado um beco sem saída, Elene era sua única esperança. Sentou-se à mesa esperando o telefone tocar, morrendo de medo da coisa que mais desejava.

~

Elene saiu para fazer compras no fim da tarde. Seu apartamento tinha se tornado claustrofóbico agora que ela passava a maior parte do dia andando de um lado para outro, sentindo-se alternadamente arrasada e feliz; por isso colocou um alegre vestido listrado e saiu ao sol.

Gostava da feira de legumes e verduras. Era um lugar animado, em especial no fim do dia, quando os vendedores tentavam se livrar do resto das mercadorias. Parou para comprar tomates. O homem que a serviu escolheu um ligeiramente amassado e o jogou longe de forma dramática, antes de encher um saco de papel com outros, perfeitos. Elene gargalhou, porque sabia que o tomate amassado seria apanhado de volta assim que ela tivesse se afastado e recolocado na barraca para que toda a pantomima pudesse ser reapresentada para a próxima cliente. Pechinchou um pouquinho o preço, mas o vendedor percebeu que a atenção dela estava em outro lugar, e Elene acabou pagando quase o que ele havia pedido a princípio.

Comprou ovos, também, após decidir que ia fazer uma omelete para o jantar. Era bom estar carregando o cesto de comida, uma quantidade maior do que poderia comer numa refeição: isso a fazia sentir-se segura. Lembrava-se bem dos dias em que não houvera jantar.

Saiu da feira e foi olhar as vitrines de vestidos. Comprava a maior parte de suas roupas por impulso: tinha ideias firmes quanto ao que lhe agradava e, se planejava uma saída para comprar alguma coisa específica, jamais encontrava. Um dia queria ter a própria costureira.

Pensou: Será que William Vandam poderia pagar isso para a esposa?

Quando pensou em Vandam ficou feliz, mas então Wolff lhe veio à mente.

Sabia que podia escapar, se quisesse, simplesmente recusando-se a encontrar Wolff, recusando-se a sair com ele, recusando-se a responder ao seu recado. Não tinha a obrigação de bancar a isca numa armadilha para um assassino. Ficava retornando a essa ideia, preocupada com ela como se fosse um dente mole: não sou obrigada.

De repente perdeu o interesse pelos vestidos e foi para casa. Desejou poder preparar uma omelete para dois, mas uma omelete para um era algo a agradecer. Não dava para esquecer a dor na barriga que surgia quando, depois de ir para a cama sem jantar, acordava e não tinha o que comer no café da manhã. A Elene de 10 anos costumava se perguntar, em segredo, quanto tempo as pessoas demoravam para morrer de fome. Tinha certeza de que Vandam não havia passado por esses horrores na infância.

Quando se virou para a entrada do seu prédio, uma voz disse:

– Abigail.

Elene ficou paralisada. Era a voz de um fantasma. Não ousou olhar. A voz repetiu:

– Abigail.

Obrigou-se a virar. Uma figura saiu das sombras: um velho judeu, mal-vestido, com barba por fazer, pés cheios de veias em sandálias de solas de pneu.

– Pai – disse ela.

Ele parou à sua frente, como se tivesse medo de tocá-la.

– Continua tão linda! E não está pobre...

Impulsivamente ela deu um passo à frente, beijou o rosto dele e recuou de novo. Não sabia o que dizer.

– Seu avô, meu pai, morreu – falou ele.

Ela segurou o braço dele e o guiou escada acima. Era tudo irreal, irracional, como um sonho.

– O senhor deveria comer – disse ela, já dentro do apartamento. Levou-o para a cozinha. Colocou uma panela para esquentar e começou a bater os ovos. De costas para o pai, falou:

– Como o senhor me encontrou?

– Eu sempre soube onde você estava. Sua amiga Esme escreve ao pai dela, e eu o encontro às vezes.

Esme era mais uma conhecida do que amiga, mas as duas se esbarravam a cada dois ou três meses. Esme nunca dera a entender que escrevia para casa.

– Não queria que o senhor pedisse que eu voltasse – disse Elene.

– E o que eu diria a você? "Venha para casa, seu dever é morrer de fome com sua família?" Não. Mas eu sabia onde você estava.

Ela adicionou tomates à omelete.

– O senhor diria que é melhor morrer de fome do que viver na imoralidade.

– É, diria. E estaria errado?

Ela se virou para olhá-lo. O glaucoma que havia lhe tirado a visão do olho esquerdo anos atrás estava agora fazia o mesmo com o direito. Ele tinha 55 anos, calculou Elene. Aparentava 70.

– Sim, estaria errado. É sempre melhor viver.

– Talvez seja.

A surpresa de Elene deve ter se evidenciado em sua expressão, porque ele explicou:

– Não tenho mais tanta certeza dessas coisas como antigamente. Estou ficando velho.

Elene partiu a omelete ao meio e serviu cada metade em um prato. Colocou pão na mesa. Seu pai lavou as mãos e abençoou o pão.

– Bendito sois vós, senhor nosso Deus, rei do universo...

Elene ficou surpresa pelo fato de a oração não a ter deixado furiosa. Nos momentos mais sombrios de sua vida solitária, tinha xingado e gritado contra o pai e sua religião, pelo que ela a havia levado a fazer. Tinha tentado cultivar uma atitude de indiferença, talvez de leve desprezo, mas em vão. Agora, olhando-o rezar, pensou: E o que eu faço quando esse homem que odeio aparece à porta? Beijo seu rosto, mando-o entrar e lhe sirvo o jantar.

Começaram a comer. Seu pai estava com muita fome e devorou a comida. Elene se perguntou por que ele teria aparecido. Seria apenas para falar da morte do avô? Não. Isso era uma parte, talvez, mas sem dúvida havia mais.

Perguntou pelas irmãs. Depois da morte da mãe, todas as quatro, de diferentes maneiras, tinham rompido com o pai. Duas tinham ido para os Estados Unidos, uma havia se casado com o filho do maior inimigo do pai e a mais nova, Naomi, tinha escolhido a fuga mais segura e morrido. Elene percebeu que o pai estava destruído.

Ele perguntou o que ela estava fazendo. Elene decidiu contar a verdade.

– Os ingleses estão tentando capturar um homem, um alemão, que acreditam que é espião. Meu serviço é ficar amiga dele... Sou a isca para uma armadilha. Mas acho que talvez não possa mais ajudá-los.

Ele tinha parado de comer.

– Você está com medo?

Ela assentiu.

– Ele é muito perigoso. Matou um soldado com uma faca. Ontem à noite eu deveria encontrá-lo num restaurante e os ingleses iriam prendê-lo lá, mas algo deu errado e eu passei quase a noite toda com ele. Fiquei apavorada, e quando tudo acabou, o inglês... – Ela parou e respirou fundo. – De qualquer modo, talvez eu não possa mais ajudá-los.

Seu pai continuou comendo.

– Você ama esse inglês?

– Ele não é judeu – respondeu ela, num tom de desafio.

– Desisti de julgar as pessoas.

Elene não conseguia entender. Será que não restava *nada* do homem antigo?

Terminaram a refeição e Elene se levantou para preparar uma xícara de chá para o pai.

– Os alemães vão chegar – disse ele. – Vai ser muito ruim para os judeus. Eu vou embora.

Ela franziu a testa.

– Para onde?

– Jerusalém.

– Como vai chegar lá? Os trens estão cheios, há uma cota...

– Vou caminhando.

Ela o encarou, sem acreditar que ele falava sério, sem acreditar que ele brincaria com algo assim.

– Caminhando?

Ele sorriu.

– Já fizeram isso antes.

Ela viu que ele falava a sério e ficou com raiva.

– Pelo que lembro, Moisés não conseguiu chegar.

– Talvez eu consiga pegar uma carona.

– É maluquice!

– Eu não fui sempre meio maluco?

– Foi! – gritou ela. De repente sua raiva desmoronou. – É, o senhor sempre foi meio maluco, e eu deveria saber que é melhor não tentar fazê-lo mudar de ideia.

– Vou rezar para que Deus a proteja. Você terá uma chance aqui: é jovem e bonita, e talvez eles não saibam que é judia. Mas eu, um velho inútil murmurando preces em hebraico... Eles me mandariam para um campo de concentração, onde eu certamente morreria. É sempre melhor viver. Você disse.

Elene tentou convencê-lo a ficar com ela, ao menos por uma noite, mas ele não quis. Ela lhe deu um suéter e um cachecol, além de todo o dinheiro que tinha em casa, e disse que, se ele esperasse um dia, ela poderia pegar mais no banco e lhe comprar um casaco bom. Mas ele estava com pressa. Ela chorou, secou os olhos e chorou de novo. Quando ele saiu, Elene espiou pela janela e o viu andando pela rua, um velho saindo do Egito para o deserto, seguindo os passos dos Filhos de Israel. *Restava* alguma coisa do homem antigo: sua ortodoxia havia se suavizado, mas ele ainda tinha uma vontade de ferro. Desapareceu na multidão e Elene se afastou da janela. Quando pensou na coragem dele, soube que não poderia abandonar Vandam.

~

– Ela é uma garota intrigante – disse Wolff. – Não consigo decifrá-la direito. – Estava sentado na cama, observando Sonja se vestir. – É meio arisca. Quando eu disse que íamos fazer um piquenique ela pareceu com medo, falou que não me conhecia direito, como se precisasse de um acompanhante.

– Com você, ela precisava.

– No entanto, ela consegue ser muito pé no chão e direta.

– Traga-a para mim. Eu vou decifrá-la.

– Tem algo me incomodando. – Wolff franziu a testa. Estava pensando em voz alta. – Alguém tentou pular no táxi conosco.

– Um mendigo.

– Não, era europeu.

– Um mendigo europeu. – Sonja parou de escovar o cabelo e olhou Wolff pelo espelho. – Esta cidade é cheia de gente maluca, você sabe. Escute, se estiver em dúvida, basta visualizar a garota se contorcendo nesta cama, comigo de um lado e você do outro.

Wolff riu. Era uma imagem atraente, mas não irresistível: era a fantasia de Sonja, não sua. Seu instinto lhe dizia para se manter discreto e não marcar encontros com ninguém. Mas Sonja iria insistir – e ele ainda precisava dela.

– E quando vou entrar em contato com Kemel? – perguntou ela. – A esta altura ele já deve saber que você está morando aqui.

Wolff suspirou. Outro encontro; outra exigência para ele; outro perigo; além disso, outra pessoa de cuja proteção ele precisava.

– Ligue para ele hoje à noite, da boate. Não estou com pressa para marcar esse encontro, mas precisamos mantê-lo do nosso lado.

– Certo. – Ela estava pronta e seu táxi a esperava. – Marque um encontro com Elene.

E saiu.

Sonja não estava sob o poder dele como antigamente, percebeu Wolff. Os muros que uma pessoa constrói para se proteger também a cercam. Será que podia se dar ao luxo de desafiá-la? Se houvesse um perigo claro e imediato, sim. Mas tudo o que ele tinha era um nervosismo vago, uma inclinação intuitiva para manter a cabeça baixa. E Sonja podia ser louca a ponto de traí-lo se ficasse realmente com raiva. Ele se sentia obrigado a escolher o perigo menor.

Levantou-se da cama, encontrou um papel e uma caneta e se sentou para escrever um bilhete para Elene.

CAPÍTULO DEZESSETE

A MENSAGEM VEIO NO DIA seguinte à partida do pai de Elene para Jerusalém. Um menino chegou à porta com um envelope. Elene lhe deu uma gorjeta e leu a carta. Era curta. "Minha cara Elene, vamos nos encontrar no restaurante Oásis às oito horas na próxima quinta-feira. Não vejo a hora. Com carinho, Alex Wolff." Ao contrário de sua fala, a escrita possuía uma rigidez que parecia alemã – mas talvez fosse imaginação dela. Não sabia se ficava empolgada ou com medo. Seu primeiro pensamento foi telefonar para Vandam, depois hesitou.

Tinha ficado bastante curiosa com relação ao major. Sabia muito pouco sobre ele. O que ele fazia quando não estava atrás de espiões? Será que escutava música, colecionava selos, caçava patos? Teria interesse em poesia, arquitetura ou tapetes antigos? Como seria a casa dele? Com quem morava? De que cor eram seus pijamas?

Queria fazer as pazes depois da discussão e saber onde ele morava. Agora tinha uma desculpa para contatá-lo. Mas, em vez de telefonar, iria à sua casa.

Decidiu trocar o vestido, depois decidiu tomar um banho primeiro, em seguida decidiu lavar o cabelo também. Sentada na banheira, pensou em qual vestido usaria. Pensou nas ocasiões em que tinha visto Vandam e tentou se lembrar de que roupas havia usado. Ele nunca tinha visto o vestido rosa-claro com ombreiras e botões na frente: era bem bonito.

Colocou um pouco de perfume, depois a roupa de baixo de seda dada por Johnnie, que sempre a fazia se sentir muito feminina. O cabelo curto já estava seco e ela se sentou à frente do espelho para penteá-lo. As mechas escuras e finas brilhavam. Estou magnífica, pensou, e sorriu para si mesma, sedutora.

Saiu do apartamento levando o bilhete de Wolff. Vandam ficaria interessado na letra dele. Ele se interessava por qualquer pequeno detalhe de Wolff, talvez porque nunca tivessem se encontrado cara a cara, a não ser no escuro ou de longe. A letra era muito organizada, bem legível, quase como a de um artista calígrafo: Vandam tiraria alguma conclusão disso.

Foi para Garden City. Eram sete horas e Vandam trabalhava até tarde, por isso Elene tinha tempo de sobra. O sol ainda estava forte e ela gostou do calor nos braços e nas pernas enquanto andava. Um punhado de soldados assobiou para ela e, em seu bom humor, ela sorriu de volta, de modo que eles a seguiram por alguns quarteirões antes de se desviarem para um bar.

Sentia-se alegre e imprudente. Que ideia boa ir à casa dele! Muito melhor do que ficar sentada em seu apartamento. Passara tempo demais sozinha. Para seus homens, ela só existia quando eles conseguiam visitá-la, e Elene havia absorvido as atitudes deles, de modo que quando eles não estavam presentes ela sentia que não tinha o que fazer, nenhum papel para representar, ninguém para ser. Agora tinha rompido com todas essas coisas. Ao fazer isso, ao ir ao encontro de Vandam sem ser convidada, sentiu que estava sendo ela mesma, em vez de uma pessoa no sonho de outra. Isso a deixou quase tonta.

Encontrou a casa facilmente. Era uma pequena construção colonial francesa, toda de colunas e janelas altas, a pedra branca refletindo o sol da tarde com um brilho que fazia os olhos doerem. Subiu pelo curto caminho de entrada, tocou a campainha e esperou à sombra da varanda.

Um egípcio velho e careca veio à porta.

– Boa noite, madame – disse, falando como um mordomo inglês.

– Gostaria de falar com o major Vandam. Meu nome é Elene Fontana.

– O major ainda não retornou, madame.

O empregado hesitou.

– Será que eu poderia esperar?

– Claro, madame.

Ele ficou de lado para que ela entrasse.

Elene passou pela soleira. Olhou em volta, nervosa. Estava num saguão fresco, com piso de ladrilhos e pé-direito alto. Antes que ela pudesse assimilar tudo, o empregado disse:

– Por aqui, senhora. – Ao conduzi-la para uma sala de estar, falou: – Meu nome é Gaafar. Por favor, chame se precisar de alguma coisa.

– Obrigada, Gaafar.

Ele saiu. Elene ficou empolgada por estar na casa de Vandam e ser deixada sozinha para olhar em volta. A sala tinha uma grande lareira de mármore e vários móveis tipicamente ingleses: de algum modo ela achou que não tinha sido ele que a havia mobiliado. Tudo era limpo, arrumado e não muito usado. O que isso diria sobre o caráter dele? Talvez nada.

A porta se abriu e um menino entrou. Era muito bonito, com cabelos castanhos cacheados e a pele lisa de um pré-adolescente. Aparentava uns 10 anos. Parecia vagamente familiar.

– Olá, sou Billy Vandam – apresentou-se.

Elene o encarou horrorizada. Um filho... Vandam tinha um filho! Agora sabia por que o garoto parecia familiar: lembrava o pai. Por que nunca lhe ocorrera que Vandam podia ser casado? Um homem assim – charmoso, gentil, bonito, inteligente – não chegaria aos quase 40 anos sem ser fisgado. Que burra havia sido ao pensar que podia ter sido a primeira a desejá-lo! Sentiu-se tão idiota que ficou ruborizada.

Apertou a mão de Billy.

– Como vai? Eu me chamo Elene Fontana.

– Nunca sabemos a que horas papai chega em casa – explicou Billy. – Espero que a senhorita não precise esperar muito.

Ela ainda não tinha recuperado a compostura.

– Não se preocupe, não faz mal, não importa...

– Quer uma bebida ou alguma outra coisa?

Ele era muito educado, como o pai, com uma formalidade que desarmava qualquer pessoa.

– Não, obrigada.

– Bom, preciso jantar. Desculpe-me por deixá-la sozinha.

– Não, não...

– Se precisar de alguma coisa, basta chamar Gaafar.

– Obrigada.

O garoto saiu e Elene se sentou pesadamente. Estava desorientada, como se tivesse encontrado em sua própria casa uma porta para um quarto que ela não sabia existir. Notou uma foto no console de mármore da lareira e se levantou para olhá-la. Era de uma mulher linda, de 20 e poucos anos, aparência fria e aristocrática e um sorriso levemente superior. Elene admirou o vestido que ela estava usando, de um tecido sedoso e delicado, pendendo em dobras elegantes no corpo esguio. O penteado e a maquiagem eram perfeitos. Os olhos eram espantosamente familiares, límpidos, perceptivos e claros. Elene percebeu que Billy tinha esses olhos. Então aquela era a mãe dele, a esposa de Vandam. Claro, era exatamente o tipo de mulher que casaria com ele, uma clássica beldade inglesa com ar superior.

Sentiu que havia feito papel de idiota. Mulheres assim formavam fila para se casar com homens como Vandam. Como se ele fosse deixar todas de lado para se apaixonar por uma cortesã egípcia! Repassou na cabeça os elementos que a separavam dele: ele era respeitável e ela era difamada; ele era inglês e ela era egípcia; ele era cristão – presumivelmente – e ela era judia; ele era bem-nascido e ela vinha das favelas de Alexandria; ele tinha quase 40 anos e ela 23... A lista era longa.

Enfiada atrás da moldura da foto havia uma página de uma revista. O papel era velho e estava amarelando. Tinha a mesma foto. Elene viu que era de uma publicação chamada *The Tatler*. Havia ouvido falar: era muito lida pelas mulheres dos coronéis no Cairo, já que informava todos os acontecimentos triviais da sociedade londrina: festas, bailes, almoços beneficentes, vernissages e as atividades da realeza da Inglaterra. A foto da Sra. Vandam ocupava a maior parte da página, e um parágrafo de texto embaixo informava que Angela, filha de sir Peter e lady Beresford, estava noiva e iria se casar com o tenente William Vandam, filho do Sr. e da Sra. John Vandam, de Gately, Dorset. Elene dobrou de novo o recorte e o guardou no lugar.

A imagem da família estava completa. Oficial britânico bonito, esposa inglesa fria e segura de si, filho charmoso e inteligente, casa linda, dinheiro, classe e felicidade. Todo o resto era sonho.

Andou pela sala, imaginando se haveria mais algum choque reservado para ela. A sala fora mobiliada pela Sra. Vandam, claro, com enorme bom gosto e sobriedade. A estampa respeitável das cortinas combinava com o tom contido dos estofados e a elegância do papel de parede listrado. Elene imaginou se o quarto deles seria assim. Teria um bom gosto muito frio, supôs. Talvez a cor principal fosse verde-azulado, o tom que chamavam de *eau de nil*, apesar de não se parecer em nada com a água lamacenta do rio Nilo. Será que teriam duas camas, e não uma de casal? Esperava que sim. Jamais saberia.

Encostado numa parede havia um pequeno piano de armário. Ela imaginou quem o tocaria. Talvez a Sra. Vandam se sentasse na frente dele às vezes, nos fins de tarde, preenchendo o ar com Chopin enquanto Vandam se sentava na poltrona e observava com carinho. Talvez ele cantasse baladas românticas para ela numa voz forte de tenor. Talvez Billy tivesse um professor particular e dedilhasse escalas hesitantes toda tarde, depois de chegar da escola. Examinou a pilha de partituras no banco do piano. Estava certa com relação a Chopin: havia todas as valsas ali, num livro.

Pegou um romance em cima do piano e abriu. Leu a primeira linha: "Ontem à noite sonhei que voltava a Manderley." As primeiras frases a intrigaram e ela se perguntou se Vandam o estaria lendo. Talvez pudesse pegá-lo emprestado: seria bom ter alguma coisa dele. Por outro lado, teve a sensação de que ele não era um grande leitor de ficção. Não queria pegar o livro emprestado com a esposa.

Billy entrou. Elene pousou o livro subitamente, sentindo uma culpa irracional, como se estivesse xeretando. Billy viu o gesto.

– Esse aí não presta – disse. – É sobre uma moça idiota que tem medo da governanta do marido. Não tem ação.

Elene sentou-se e Billy se acomodou à sua frente. Sem dúvida ele iria entretê-la. Era uma miniatura do pai, a não ser, talvez, pelos olhos cinza-claros.

– Você já leu, então? – perguntou.

– *Rebecca?* Já. Não gostei muito. Mas sempre vou até o final.

– O que você gosta de ler?

– Gosto mais dos livros de detetives.

– Ah, é?

– Sim. Já li todos da Agatha Christie e da Dorothy Sayers. Mas gosto mais dos americanos. S.S. van Dine e Raymond Chandler.

– É mesmo? – Elene sorriu. – Também gosto de histórias de detetives. Leio sempre.

– Ah! Qual é o seu predileto?

Elene pensou.

– Maigret.

– Nunca ouvi falar. Qual é o nome do autor?

– Georges Simenon. Ele escreve em francês, mas agora alguns livros foram traduzidos para o inglês. As histórias se passam principalmente em Paris. São muito... complexas.

– A senhorita me empresta um? É tão difícil conseguir livros novos! Já li todos os que existem nesta casa e na biblioteca da escola. E troco com meus amigos, mas eles gostam... a senhorita sabe, de histórias com aventuras de crianças nas férias.

– Certo. Vamos trocar. O que você tem para me emprestar? Acho que não li nenhum americano.

– Vou emprestar um do Raymond Chandler. Os americanos são bastante realistas, sabe? Estou farto daquelas histórias sobre casas de campo inglesas e pessoas que provavelmente não conseguiriam assassinar uma mosca.

Era estranho, pensou Elene, que um menino para quem uma casa de campo inglesa poderia fazer parte da vida cotidiana achasse histórias de detetives particulares americanos mais "realistas". Hesitou, depois perguntou:

– Sua mãe lê histórias de detetives?

Billy respondeu rapidamente:

– Minha mãe morreu no ano passado, em Creta.

– Ah!

Elene levou a mão à boca e sentiu o sangue se esvair do rosto. Então Vandam *não* era casado!

Um instante depois, ficou envergonhada por esse ter sido seu primeiro pensamento, antes da compaixão pelo menino.

– Billy, que horrível! Sinto muito.

De repente a morte verdadeira havia se insinuado na conversa leve sobre histórias de assassinatos, e ela ficou sem graça.

– Tudo bem. É a guerra, sabe?

E agora ele estava de novo igual ao pai. Durante um tempo, falando sobre livros, tinha sido tomado pelo entusiasmo infantil, mas agora a máscara voltara, e era uma versão menor da usada por Vandam: cortesia, formalidade, a atitude do anfitrião educado. *É a guerra, sabe?* Ele tinha ouvido alguém dizer isso e havia adotado a frase como defesa. Elene se perguntou se sua preferência pelos assassinatos "realistas" em detrimento das mortes implausíveis em casas de campo tinha surgido na época da morte da mãe. Agora ele estava olhando em volta, procurando alguma coisa, talvez inspiração. Em algum momento iria lhe oferecer cigarro, uísque, chá. Já era bastante difícil saber o que dizer a um adulto de luto, e com Billy ela se sentiu impotente. Decidiu falar de outra coisa.

– Acho que, com seu pai trabalhando no QG, você tem mais notícias da guerra do que o resto das pessoas.

– Acho que sim, mas em geral não entendo o que ele diz. Quando ele chega em casa mal-humorado, sei que perdemos mais uma batalha. – Billy começou a roer uma unha, depois enfiou as mãos nos bolsos da bermuda. – Eu gostaria de ser *mais velho*.

– Quer lutar?

Billy a encarou impetuosamente, como se achasse que Elene estava zombando dele.

– Não sou um daqueles garotos que acham que tudo é diversão, como nos filmes de caubói.

– Tenho certeza de que não é – murmurou ela.

– Só que tenho medo de os alemães *vencerem*.

Elene pensou: Ah, Billy, se você tivesse dez anos a mais eu me apaixonaria por você também.

– Talvez não seja tão ruim – disse. – Eles não são monstros.

Billy lhe lançou um olhar cético – Elene deveria saber que não era aconselhável ser condescendente.

– Eles só fazem com a gente o que estamos fazendo com os egípcios há cinquenta anos – disse o menino.

Era outra fala do pai, ela teve certeza.

– Mas nesse caso tudo seria por nada – acrescentou ele.

Começou a roer as unhas de novo e desta vez não parou. Elene se perguntou *o que* seria por nada: a morte da mãe? A luta pessoal do menino para ser corajoso? O espaço de dois anos na guerra do deserto? A civilização europeia?

– Bom, ainda não aconteceu – retrucou Elene, fracamente.

Billy olhou para o relógio no console da lareira.

– Eu deveria ir para a cama às nove horas.

De repente tinha virado criança de novo.

– Acho melhor você ir, então.

– É.

Ele se levantou.

– Posso ir dar boa-noite a você, daqui a alguns minutos?

– Se quiser.

E então ele saiu.

Que tipo de vida eles levam nessa casa?, pensou Elene. O homem, o menino e o velho serviçal moravam juntos, cada um com suas preocupações. Será que havia risos, gentileza e afeto? Será que tinham tempo para fazer jogos, cantar músicas e ir a piqueniques? Em comparação com sua infância, a de Billy era enormemente privilegiada; mesmo assim, ela temia que aquele fosse um lar adulto demais para um menino crescer. A sabedoria ao mesmo tempo jovem e velha dele era encantadora, mas ele parecia uma criança que não se divertia muito. Sentiu um jorro de compaixão por ele, uma criança sem mãe num país estrangeiro cercado por exércitos inimigos.

Saiu da sala e subiu a escada. Parecia haver três ou quatro quartos no segundo andar, com uma escada estreita levando a um terceiro piso onde presumivelmente Gaafar dormia. A porta de um dos quartos estava aberta e ela entrou.

Não parecia muito o quarto de um menino. Elene não sabia grande coisa sobre meninos – tinha tido quatro irmãs –, mas estava esperando ver miniaturas de aviões, quebra-cabeças, uma maquete de trens, material esportivo e talvez um velho urso de pelúcia negligenciado. Não ficaria surpresa se visse roupas no chão, um jogo de blocos de montar em cima da cama e um par de chuteiras sujas na superfície envernizada de uma escrivaninha. Mas o lugar poderia muito bem ser o quarto de um adulto. As roupas estavam muito bem dobradas numa cadeira, o tampo da cômoda estava livre, havia livros escolares empilhados na mesa e o único brinquedo à vista era um tanque de papelão. Billy estava na cama, com a camisa do pijama listrado abotoada até o pescoço, um livro em cima do cobertor ao lado.

– Gostei do seu quarto – disse Elene, forçadamente.

– Ele é bom.

– O que você está lendo?

– *O mistério do ataúde grego.*

Ela se sentou na beira da cama.

– Bom, não fique acordado até muito tarde.

– Tenho que apagar a luz às nove e meia.

Ela se inclinou subitamente e lhe deu um beijo no rosto.

Nesse momento a porta se abriu e Vandam entrou.

~

O chocante foi a familiaridade da cena: o menino na cama com o livro, a luz do abajur caindo do modo exato, a mulher se inclinando para dar um beijo de boa-noite. Vandam ficou parado olhando, sentindo-se como alguém que sabe que está sonhando mas mesmo assim não consegue acordar.

Elene se levantou e disse:

– Olá, William.

– Olá, Elene.

– Boa noite, Billy.

– Boa noite, Srta. Fontana.

Ela passou por Vandam e saiu do quarto. Vandam se sentou na beira da cama, no mesmo lugar que ela ocupara.

– Estava entretendo nossa visita? – disse ao filho.

– Estava.

– Bom homem.

– Gosto dela. Ela lê histórias de detetives. Vamos trocar livros.

– Que ótimo. Já fez o dever de casa?

– Já. Vocabulário de francês.

– Quer que eu tome a lição?

– Tudo bem, Gaafar já tomou. Puxa, ela é tão bonita, não é?

– É. Ela está trabalhando para mim. É meio sigiloso, então...

– Minha boca é um túmulo.

Vandam sorriu.

– É assim que deve ser.

Billy baixou a voz.

– Ela é... o senhor sabe... uma agente secreta?

Vandam encostou um dedo nos lábios.

– As paredes têm ouvidos.

O menino pareceu cheio de suspeitas.

– O senhor está me enganando.

Vandam fez que não com a cabeça.

– Nossa! – exclamou o menino.

Vandam se levantou.

– Luzes apagadas às nove e meia.

– Entendido. Boa noite.

– Boa noite, Billy.

Vandam saiu. Enquanto fechava a porta, ocorreu-lhe que o beijo de boa-noite de Elene provavelmente tinha feito muito mais bem a Billy do que sua conversa de homem para homem.

Encontrou Elene na sala de estar, preparando martínis. Achou que estava mais ressentido do que deveria, pelo modo como ela parecia à vontade em sua casa, mas estava cansado demais para fazer pose. Afundou agradecido numa poltrona e aceitou uma bebida.

– Dia cheio? – perguntou Elene.

Toda a seção de Vandam estivera trabalhando nos novos procedimentos de segurança de rádio que vinham sendo introduzidos depois da captura da unidade de escuta alemã na colina de Jesus, mas Vandam não contaria isso a Elene. Além do mais, sentia que ela estava representando o papel de dona de casa, e não tinha o direito de fazer isso.

– Por que veio aqui? – perguntou ele.

– Tenho um encontro com Wolff.

– Sensacional! – Vandam esqueceu imediatamente todas as preocupações menores. – Quando?

– Na quinta-feira.

Ela lhe entregou o pedaço de papel.

Vandam examinou a mensagem. Era uma convocação peremptória escrita em letra legível, cheia de estilo.

– Como isso chegou?

– Um menino levou à minha porta.

– Você interrogou o menino? Onde ele recebeu a mensagem, quem o mandou, essas coisas...?

Ela ficou consternada.

– Nem pensei nisso.

– Não faz mal.

Wolff teria tomado precauções, de qualquer modo; o menino não saberia nada importante.

– O que vamos fazer?

– A mesma coisa que da última vez, só que melhor.

Tentou parecer mais confiante do que se sentia. Deveria ser simples. O sujeito tinha marcado um encontro com a jovem, então era só ir ao ponto de encontro e prendê-lo quando ele aparecesse. Mas Wolff era imprevisível. Não usaria o truque do táxi de novo: Vandam teria o restaurante cercado, vinte ou trinta homens e vários carros, bloqueios de ruas a postos e assim por diante. Mas ele poderia tentar um truque diferente. Vandam não conseguia imaginar qual. E esse era o problema.

Como se estivesse lendo sua mente, Elene disse:

– Não quero passar outra noite com ele.

– Por quê?

– Tenho medo dele.

Vandam sentiu-se culpado – Lembre-se de Istambul – e suprimiu a compaixão.

– Mas na última vez ele não lhe fez mal.

– Ele não tentou me seduzir, por isso não precisei dizer não. Mas vai fazer isso, e acho que não aceitará um não como resposta.

– Nós aprendemos a lição – disse Vandam, com falsa segurança. – Desta vez não haverá erros. – Em seu íntimo, estava surpreso com a determinação simples de Elene, de não ir para a cama com Wolff. Tinha presumido que essas coisas não importavam muito para ela. Então a havia julgado mal. Vê-la sob essa nova luz o deixou muito animado, de algum modo. Decidiu que precisava ser honesto. – Eu deveria dizer isso de outra maneira. Vou fazer tudo o que puder para garantir que desta vez não haja erros.

Gaafar entrou.

– O jantar está servido, senhor.

Vandam sorriu; Gaafar estava representando seu número de mordomo inglês em respeito à visita feminina.

– A senhorita já comeu? – perguntou a Elene.

– Não.

– O que temos, Gaafar? – perguntou Vandam.

– Para o senhor, sopa, ovos mexidos e iogurte. Mas tomei a liberdade de grelhar uma costeleta para a Srta. Fontana.

– Você sempre come assim? – disse Elene a Vandam.

– Não, é por causa da bochecha. Não consigo mastigar.

Ele se levantou.

Enquanto entravam na sala de jantar, Elene perguntou:

– Ainda dói?

– Só quando rio. É verdade... Não consigo esticar os músculos desse lado. Passei a sorrir só com um lado do rosto.

Sentaram-se e Gaafar serviu a sopa.

– Gostei muito do seu filho – disse Elene.

– Também gosto dele.

– Ele parece mais velho do que é.

– Você acha isso ruim?

Ela deu de ombros.

– Como saber?

– Ele passou por algumas coisas que deveriam ser reservadas apenas aos adultos.

– É. – Elene hesitou. – Quando sua esposa faleceu?

– Vinte e oito de maio de 1941, à tarde.

– Billy disse que foi em Creta.

– É. Ela trabalhava com criptoanálise para a força aérea. Estava num posto temporário em Creta quando os alemães invadiram a ilha. Vinte e oito de maio foi o dia em que os britânicos perceberam que tinham perdido a batalha e decidiram sair. Parece que um obus desgarrado a acertou e ela morreu na hora. Claro, na ocasião estávamos tentando tirar pessoas vivas, por isso... nenhum corpo, de modo que... Não existe um túmulo, veja bem. Nenhum memorial. Não restou nada.

– Você ainda a ama? – perguntou Elene, baixinho.

– Acho que sempre vou amar. Acho que isso acontece com as pessoas que a gente ama de verdade. Não importa se elas vão embora ou morrem. Se eu me casar de novo, continuarei amando Angela.

– Vocês eram felizes?

– Nós... – Ele hesitou, não querendo responder, depois percebeu que a hesitação em si era uma resposta. – Nosso casamento não era idílico. Eu é que era *devotado*... Angela gostava de mim.

– Você acha que vai se casar de novo?

– Bom, os ingleses no Cairo vivem empurrando réplicas de Angela para cima de mim.

Ele deu de ombros. Não sabia qual era a resposta. Elene pareceu entender, porque ficou em silêncio e começou a comer a sobremesa.

Depois Gaafar levou café na sala de estar. Era nesta hora do dia que Vandam começava a beber por horas a fio, mas hoje não faria isso. Mandou Gaafar se recolher e os dois tomaram o café. Vandam fumou um cigarro.

Sentiu vontade de escutar música. Costumava adorar música, mas ultimamente ela havia saído de sua vida. Agora, com o ar suave da noite entrando pelas janelas abertas e a fumaça subindo do cigarro, queria ouvir notas límpidas, deliciosas, harmonias doces e ritmos sutis. Foi ao piano e olhou as partituras. Elene o observou em silêncio. Ele começou a tocar "Für Elise". As primeiras notas tinham a simplicidade característica e devastadora de Beethoven, depois a hesitação, em seguida a melodia envolvente. A capacidade de tocar lhe voltou num instante, quase como se ele jamais tivesse parado. Suas mãos sabiam o que fazer, de um modo que ele sempre sentia que era milagroso.

Quando a música terminou, ele se sentou de novo perto de Elene e lhe deu um beijo no rosto. As faces dela estavam molhadas de lágrimas.

– William, eu te amo com todo o meu coração – disse ela.

~

Os dois sussurram.

– Gosto das suas orelhas – diz ela.

– Ninguém jamais as lambeu antes – responde ele.

Ela dá um risinho.

– Gostou?

– Gostei, gostei. – Ele sussurra. – Posso...?

– Abrir os botões. Aqui. Tudo bem... aah.

– Vou apagar a luz.

– Não. Quero ver você.

– Há a lua. – *Clic.* – Ali, está vendo? O luar basta.

– Volte logo para cá...

– Estou aqui.

– Me beije de novo, William.

Os dois ficam em silêncio por um tempo. Depois:

– Posso tirar essa coisa? – pergunta ele.

– Deixe-me ajudar... pronto.

– Ah! Ah, eles são tão *lindos*...

– Que bom que você gosta... Pode fazer isso com um pouco mais de força... Chupe um pouquinho... Aaah, meu Deus...

– Me deixe sentir *seu* peito – diz ela, pouco depois. – Malditos botões... Rasguei sua camisa...

– Dane-se.

– Ah, eu sabia que seria assim... Olhe.

– O quê?

– Nossa pele ao luar. Você tão claro e eu quase negra, olhe...

– É.

– Me toque. Me acaricie. Aperte, belisque, explore, quero sentir suas mãos no meu corpo inteiro...

– Sim...

– ... isso, o corpo todo... suas mãos... aí, sim, *aí*, ah, você *sabe*, você sabe *exatamente* onde, ah!

– Você é tão macia por dentro!

– Isso é um sonho.

– Não. É real.

– Não quero acordar nunca mais.

– Tão macia...

– E você está tão duro... Posso beijar?

– Sim, por favor... Ah... Meu Deus, que delícia... Meu *Deus*...

– William?

– O quê?

– Agora?

– Ah, sim.

– ...Tire tudo.

– Seda.

– É. Depressa.

– Sim.

– Eu queria isso há tanto tempo...

Ela ofega e ele faz um som parecido com um soluço, e então só existe a respiração dos dois por muitos minutos, até que finalmente ele começa a gritar, e ela abafa seus gritos com beijos, e então ela também sente e vira o rosto para a almofada, abre a boca e grita na almofada, e, como não estava acostumado com isso, ele acha que algo está errado e diz:

– Tudo bem, tudo bem, tudo bem...

...e finalmente ela relaxa e fica deitada de olhos fechados por um tempo, suando, até que a respiração volta ao normal. Em seguida, ela olha para ele e diz:

– Então é *assim* que deve ser!

Ele ri, e ela o fita com uma interrogação no olhar, por isso ele explica:

– É exatamente o que eu estava pensando.

Os dois gargalham e ele diz:

– Fiz um monte de coisas depois... Você sabe, depois... Mas acho que jamais gargalhei.

– Estou tão feliz... – diz ela. – Ah, William, estou tão feliz!

CAPÍTULO DEZOITO

ROMMEL PODIA SENTIR O cheiro do mar. Em Tobruk o calor, a poeira e as moscas eram tão ruins quanto no deserto, mas tudo se tornava suportável devido àquele sopro ocasional de umidade salgada na brisa fraca.

Von Mellenthin chegou ao Veículo de Comando com seu relatório de informações.

– Boa tarde, marechal de campo.

Rommel sorriu. Tinha sido promovido depois da vitória em Tobruk e ainda não havia se acostumado ao novo posto.

– Alguma novidade?

– Uma mensagem do espião no Cairo. Diz que a linha de Mersa Matruh é fraca no meio.

Rommel pegou o relatório e começou a examiná-lo. Sorriu ao ler que os Aliados previram que ele tentaria uma investida rápida até a extremidade sul da linha: parecia que estavam começando a entender seu modo de pensar.

– Então o campo minado fica mais estreito nesse ponto... – disse. – Mas ali a linha é defendida por duas colunas. O que é uma coluna?

– É um termo novo que eles estão usando. Segundo um dos nossos prisioneiros de guerra, uma coluna é um grupo de brigadas que foi derrotado duas vezes por Panzers.

– Uma força fraca, então.

– É.

Rommel bateu com o indicador no relatório.

– Se isso estiver correto, podemos atravessar a linha de Mersa Matruh assim que chegarmos lá.

– Vou fazer o máximo para verificar o relatório do espião nos próximos dois dias – disse Von Mellenthin. – Mas da última vez ele estava certo.

A porta do veículo se abriu e Kesselring entrou.

Rommel levou um susto.

– Marechal de campo! – exclamou. – Achei que estivesse na Sicília.

– Estava – respondeu Kesselring. Em seguida espanou a poeira de suas botas feitas sob medida. – Acabei de vir de lá, de avião, para falar com você.

Que droga, Rommel, isso precisa parar. Suas ordens são claras: você deveria avançar até Tobruk, e não ir mais longe.

Rommel se recostou em sua cadeira de lona. Tinha esperado manter Kesselring fora dessa discussão.

– As circunstâncias mudaram – falou.

– Mas suas ordens originais foram confirmadas pelo comando supremo italiano. E qual foi sua reação? Recusou o "conselho" e convidou Bastico para almoçar com você no Cairo!

Nada deixava Rommel mais furioso do que receber ordens dos italianos.

– Os italianos não fizeram *nada* nesta guerra! – exclamou, furioso.

– Isso é irrelevante. O apoio aéreo e marítimo deles é necessário agora para o ataque a Malta. Depois que tomarmos Malta, suas comunicações estarão garantidas para o avanço contra o Egito.

– Vocês não aprenderam nada! – Rommel fez um esforço para baixar a voz. – Enquanto estivermos cavando trincheiras, o inimigo também vai estar. Não cheguei até aqui fazendo o velho jogo de avançar, consolidar e depois avançar de novo. Quando eles atacam eu desvio; quando eles defendem uma posição eu circundo posição; e quando eles recuam eu os persigo. Agora eles estão fugindo, e esta é a hora de tomar o Egito.

Kesselring permaneceu calmo.

– Tenho uma cópia de seu telegrama para Mussolini. – Ele pegou um pedaço de papel no bolso e leu: – O estado e o moral das tropas, a atual situação dos suprimentos devida a depósitos capturados e a atual fraqueza do inimigo permitem que o persigamos até as profundezas da área egípcia. – Ele dobrou o papel e se virou para Von Mellenthin. – Quantos tanques alemães e homens temos?

Rommel conteve a vontade de ordenar que Von Mellenthin não respondesse: ele sabia que esse era um ponto fraco.

– Sessenta tanques, marechal de campo, e 2.500 homens.

– E os italianos?

– Seis mil homens e 14 tanques.

Kesselring se virou de volta para Rommel.

– E você vai tomar o Egito com um total de 74 tanques? Von Mellenthin, qual é a estimativa da força inimiga?

– As forças aliadas têm aproximadamente o triplo do nosso número, mas...

– Aí está.

Von Mellenthin continuou:

– ... mas estamos bem supridos de comida, roupas, caminhões, veículos blindados e combustível. E os homens estão muito animados.

– Von Mellenthin, vá ao caminhão de comunicações e veja o que chegou – disse Rommel.

Von Mellenthin franziu a testa, mas Rommel não explicou, então ele saiu.

– Os Aliados estão se reagrupando em Mersa Matruh – falou Rommel. – Eles esperam que flanqueemos a extremidade sul da linha. Em vez disso, vamos atacar no meio, onde eles estão mais fracos...

– Como você sabe tudo isso? – interrompeu Kesselring.

– Nossa avaliação do serviço de informações...

– Em que se baseia essa avaliação?

– Fundamentalmente no informe de um espião...

– Meu Deus! – Pela primeira vez Kesselring levantou a voz. – Você não tem tanques, mas tem o espião!

– Da última vez ele estava certo.

Von Mellenthin entrou de volta.

– Nada disso faz diferença – disse Kesselring. – Estou aqui para confirmar as ordens do Führer: você não deve avançar mais.

Rommel sorriu.

– Mandei um enviado pessoal ao Führer.

– Você...?

– Agora que sou marechal de campo, tenho acesso direto a Hitler.

– Claro.

– Acho que Von Mellenthin pode estar com a resposta do Führer.

– Sim – retrucou Von Mellenthin. E leu um pedaço de papel: – "A Deusa da Vitória sorri apenas uma vez. Avante para o Cairo. Adolf Hitler."

Todos fizeram silêncio.

Kesselring saiu.

CAPÍTULO DEZENOVE

QUANDO VANDAM CHEGOU À sua sala, ficou sabendo que, na tarde anterior, Rommel tinha avançado até chegar a quase 100 quilômetros de Alexandria.

Parecia impossível detê-lo. A linha de Mersa Matruh havia se partido ao meio como um palito de dentes. No sul, a 13ª Unidade tinha recuado em pânico, e no norte a fortaleza de Mersa Matruh havia capitulado. Os Aliados tinham recuado de novo – mas esta seria a última vez. A nova linha de defesa se estendia por uma brecha de 50 quilômetros entre o mar e a intransponível depressão de Qattara, e se essa linha caísse não existiriam mais defesas: o Egito seria de Rommel.

A notícia não bastou para diminuir a empolgação de Vandam. Fazia mais de 24 horas que ele havia acordado ao alvorecer, no sofá da sala de estar, com Elene nos braços. Desde então estivera imbuído de uma espécie de alegria adolescente. Ficava se lembrando de pequenos detalhes: como os mamilos dela eram pequenos e marrons, o gosto de sua pele, as unhas afiadas se cravando nas coxas. No escritório ele estava se comportando de modo um pouco diferente do habitual – tinha noção disso. Havia devolvido uma carta para sua datilógrafa dizendo "Há sete erros aqui; é melhor fazer de novo", e deu um sorriso ensolarado para ela. A mulher quase caiu da cadeira. Ele pensava em Elene e se perguntava: Por que não? Por que não, ora?, e não havia resposta.

Foi visitado cedo por um oficial da Unidade Especial de Ligação. Qualquer pessoa com seu conhecimento no QG sabia que as UEL tinham uma fonte de informações muito especial, ultrassecreta. As opiniões divergiam quanto à qualidade dos dados, e era sempre difícil avaliar porque eles jamais diziam qual era a fonte. Brown, que tinha o posto de capitão mas obviamente não era militar, sentou-se na beirada da mesa e falou, com o cachimbo na boca:

– Você vai ser evacuado, Vandam?

Aqueles sujeitos viviam num mundo próprio e não fazia sentido lhes dizer que um capitão precisava tratar com deferência um major.

– O quê? Evacuado? Por quê? – perguntou Vandam.

– Nosso pessoal vai para Jerusalém, assim como todo mundo que sabe demais. Para manter o pessoal longe das mãos inimigas.

– Então os chefões estão ficando nervosos.

Realmente era lógico: Rommel podia cobrir 100 quilômetros em um dia.

– Haverá tumultos na estação, veja bem. Metade do Cairo está tentando sair e a outra está se embonecando para a libertação. Rá!

– Não contem a muita gente que estão indo...

– Não, não, não. Mas eu tenho uma coisinha para você. Todos sabemos que Rommel tem um espião no Cairo.

– Como ficaram sabendo?

– Essas informações acabam chegando de Londres, meu velho. De qualquer modo, o sujeito foi identificado como... e estou citando literalmente: "herói do caso Rashid Ali". Significa alguma coisa para você?

Vandam pareceu ser sido atingido por um raio.

– Significa!

– Bom, é isso.

Brown se levantou da mesa.

– Espere um minuto. É só *isso*?

– Infelizmente, sim.

– O que foi? Uma mensagem decifrada ou um informe de um agente?

– Basta dizer que a fonte é confiável.

– Vocês sempre dizem isso.

– É. Bom, talvez eu não o veja por um tempo. Boa sorte.

– Obrigado – murmurou Vandam, distraído.

Brown saiu cantarolando e soprando fumaça.

O herói do caso Rashid Ali. Era incrível que Wolff fosse o homem que enganara Vandam em Istambul. Mas fazia sentido: Vandam se lembrava da sensação estranha que tivera com relação ao *estilo* de Wolff, como se fosse familiar. A garota que Vandam tinha enviado para pegar o sujeito misterioso tivera a garganta cortada.

E agora Vandam ia mandar Elene para o mesmo homem.

Um cabo entrou com uma ordem. Vandam a leu com incredulidade crescente. Todos os departamentos deveriam tirar dos arquivos os documentos que pudessem ser perigosos se caíssem nas mãos do inimigo e queimá-los. Praticamente qualquer coisa nos arquivos de uma seção de informações poderia ser perigosa nas mãos dos inimigos. Seria melhor queimar tudo, pensou Vandam. E como os departamentos funcionariam depois? Sem dúvida os comandantes achavam que os departamentos não existiriam por muito mais tempo. Claro que era uma precaução, mas uma precaução muito drástica; eles não destruiriam os resultados acumulados de anos de trabalho a não ser que achassem haver uma chance muito forte de os alemães tomarem o Egito.

As coisas estão desmoronando, pensou. Desmoronando.

Era impensável. Vandam tinha dedicado três anos da vida à defesa do Egito. Milhares de homens tinham morrido no deserto. Depois de tudo isso seria possível que fossem perder? Desistir, na verdade, e sair correndo? Era insuportável sequer pensar nisso.

Chamou Jakes e observou enquanto ele lia a ordem. Jakes apenas assentiu, como se estivesse esperando aquilo.

– Meio drástico, não é? – perguntou Vandam.

– É parecido com o que vem acontecendo no deserto, senhor. Nós estabelecemos enormes depósitos de suprimentos a um custo gigantesco, depois, enquanto recuamos, explodimos para não caírem nas mãos do inimigo.

Vandam assentiu.

– Certo, é melhor você fazer isso. Tente fingir que não dá importância, em nome do moral. Você sabe, pode dizer que os chefes estão preocupados desnecessariamente, esse tipo de coisa.

– Sim, senhor. Vamos fazer a fogueira no quintal dos fundos, está bem?

– Sim. Encontre uma lixeira velha e faça buracos no fundo. Certifique-se de que o material queime direito.

– E nossos documentos?

– Vou examiná-los agora.

– Muito bem, senhor.

Jakes saiu.

Vandam abriu a gaveta do arquivo e começou a separar os papéis. Inúmeras vezes, nos últimos três anos, tinha pensado: não preciso me lembrar disso, sempre posso olhar os papéis. Havia nomes e endereços, relatórios de segurança sobre indivíduos, detalhes de códigos, sistemas de comunicação de ordens, anotações de casos e uma pequena pasta sobre Alex Wolff. Jakes trouxe uma grande caixa de papelão com "Lipton's Tea" impresso na lateral, e Vandam começou a jogar papéis dentro dela, pensando: perder é assim.

A caixa estava pela metade quando o cabo de Vandam abriu a porta.

– O major Smith quer falar com o senhor.

– Mande-o entrar.

Vandam não conhecia nenhum major Smith.

O major era um homem pequeno, magro, de 40 e poucos anos, com olhos azuis bulbosos e um ar de absoluta satisfação consigo mesmo. Apertou a mão dele e disse:

– Sandy Smith, S.S.I.

– O que posso fazer pelo Serviço Secreto de Informações?

– Sou uma espécie de elemento de ligação entre o S.S.I. e o Estado-Maior – explicou Smith. – Você fez uma investigação sobre um livro chamado *Rebecca*...

– Sim.

– A resposta passou por nós.

Smith pegou um pedaço de papel com um floreio.

Vandam leu a mensagem. O Chefe da Seção do S.S.I. em Portugal tinha reagido à indagação sobre *Rebecca* mandando um de seus homens visitar todas as livrarias que vendiam exemplares de língua inglesa do país. Na área de veraneio do Estoril, encontrou um livreiro que se lembrava de ter vendido todo o estoque – seis exemplares – para uma mulher. Outras investigações revelaram que por acaso a mulher era esposa do adido militar alemão em Lisboa.

– Isso confirma algo de que eu suspeitava – observou Vandam. – Obrigado por se dar o trabalho de trazê-lo até aqui.

– Sem problema. Eu venho aqui todas as manhãs, de qualquer modo. É um prazer ajudar.

Smith saiu.

Vandam pensou na notícia enquanto continuava o trabalho. Só havia uma explicação plausível para o fato de o livro ter ido do Estoril até o Saara. Sem dúvida era a base de um código – e, a menos que houvesse dois espiões alemães bem-sucedidos no Cairo, era Alex Wolff que estava usando o código.

Cedo ou tarde a informação seria útil. Era uma pena que a chave do código não tivesse sido capturada junto com o livro e a mensagem decifrada. Esse pensamento o lembrou da importância de queimar seus papéis secretos, e ele decidiu ser mais implacável com relação ao que destruía.

No final avaliou seus papéis sobre pagamentos e promoção de subordinados e decidiu queimá-los também, já que poderiam ajudar as equipes de interrogatório inimigas a determinar as prioridades. A caixa de papelão estava cheia. Colocou-a no ombro e saiu.

Jakes estava com a fogueira acesa num tanque de aço apoiado em tijolos. Um cabo colocava os papéis nas chamas. Vandam largou sua caixa e olhou o fogo por um tempo. Lembrou-se da Noite de Guy Fawkes, na Inglaterra, com fogos de artifício, batatas assadas e a efígie queimada de um traidor do século XVII. Pedaços de papel queimados flutuavam numa coluna de ar quente. Vandam virou as costas.

Queria pensar, por isso decidiu andar um pouco. Saiu do QG e foi para o centro da cidade. Sua bochecha estava doendo. Pensou que deveria aceitar a dor, porque podia ser um sinal de que estava se curando. Vinha deixando a barba crescer para esconder o ferimento e parecer um pouco menos feio quando o curativo fosse tirado. Gostava de não precisar fazer a barba todo dia de manhã.

Pensou em Elene e se lembrou dela com as costas arqueadas e o suor brilhando nos seios nus. Ficara perplexo com o que aconteceu depois de beijá--la – perplexo mas entusiasmado. Tinha sido uma noite cheia de novidades para ele: era a primeira vez que fazia amor fora de uma cama, a primeira que via uma mulher ter um orgasmo como o de um homem, a primeira que o sexo tinha sido consensual e não a imposição de sua vontade sobre uma mulher mais ou menos relutante. Claro, era desastroso o fato de ele e Elene terem se apaixonado tão perdidamente. Seus pais, seus amigos e o exército ficariam pasmos com a ideia de ele se casar com uma *wog*. Além disso, sua mãe sentiria a obrigação de explicar por que os judeus estavam errados em rejeitar Jesus. Vandam decidiu não se preocupar com tudo isso. Ele e Elene poderiam estar mortos em alguns dias. Vamos aproveitar o sol enquanto ele durar, pensou, e dane-se o futuro.

Seus pensamentos ficavam voltando à jovem cuja garganta havia sido cortada em Istambul, aparentemente por Wolff. Ficou aterrorizado com a possibilidade de alguma coisa dar errado na quinta-feira e Elene ficar sozinha com ele outra vez.

Olhando em volta, percebeu que havia um sentimento festivo no ar. Passou por um salão de cabeleireiro e notou que estava apinhado, com mulheres esperando de pé. As lojas de roupas femininas pareciam estar fazendo bons negócios. Uma mulher saiu de uma mercearia com um cesto cheio de comida enlatada e Vandam viu que havia uma fila do lado de fora da loja, estendendo-se pela calçada. Uma placa na loja ao lado dizia, em uma letra horrível: "Desculpem, não temos maquiagem". Vandam percebeu que os egípcios estavam se preparando para ser libertados, e estavam ansiosos por isso.

Não conseguia evitar um sentimento de destruição iminente. Até o céu parecia escuro. Levantou os olhos: *estava* escuro. Parecia haver uma névoa cinza em redemoinhos, salpicada de partículas, sobre toda a cidade. Percebeu que era fumaça misturada com papel queimado. Por todo o Cairo os britânicos queimavam seus arquivos e a fumaça fuliginosa tinha bloqueado o sol.

De repente ficou furioso consigo mesmo e com o resto dos exércitos aliados por se prepararem para a derrota de modo tão sereno. Onde estava o espírito de luta da Grã-Bretanha? O que havia acontecido com aquela famosa mistura de obstinação, engenhosidade e coragem que deveria caracterizar a nação? O que *você* está planejando fazer com relação a isso?, perguntou a si mesmo.

Deu meia-volta e retornou na direção de Garden City, onde o QG ocupava propriedades confiscadas. Visualizou o mapa da linha de El Alamein, onde os Aliados fariam a defesa final. Era uma linha que Rommel não podia flanquear, já que a extremidade sul ficava na intransponível depressão de Qattara. Por isso Rommel teria de romper a linha.

Onde ele tentaria atravessar? Se viesse pela extremidade norte, precisaria escolher entre ir direto para Alexandria ou girar e atacar as forças aliadas por trás. Se fosse pela extremidade sul deveria partir para o Cairo ou, de novo, girar e destruir os restos das forças aliadas.

Logo atrás da linha ficavam as colinas de Alam Halfa, que Vandam sabia que eram muito bem fortificadas. Sem dúvida seria melhor para os Aliados se Rommel girasse depois de romper a linha, porque então poderia exaurir suas forças atacando Alam Halfa.

Existia mais um fator. A abordagem de Alam Halfa pelo sul era através da areia fofa e traiçoeira. Era improvável que Rommel soubesse sobre a areia movediça, porque jamais havia penetrado tão a leste assim, e apenas os Aliados tinham bons mapas do deserto.

Assim, pensou Vandam, meu dever é impedir que Alex Wolff conte a Rommel que Alam Halfa é bem defendida e não pode ser atacada pelo sul.

Era um plano depressivamente negativo.

Sem intenção consciente, Vandam tinha chegado à Villa les Oliviers, a casa de Wolff. Sentou-se no pequeno parque em frente, embaixo das oliveiras, e olhou para a construção como se ela pudesse lhe dizer onde Wolff estava. Pensou inutilmente: Se ao menos Wolff cometesse um erro e encorajasse Rommel a atacar Alam Halfa pelo sul...

Então percebeu.

E se eu capturasse Wolff? E se conseguisse o seu rádio? E se conseguisse inclusive descobrir a chave do seu código?

Então poderia fingir que era Wolff, mandar a mensagem para Rommel pelo rádio e dizer que ele atacasse Alam Halfa pelo sul.

A ideia floresceu rápido em sua mente e ele começou a se empolgar. Nesse ponto Rommel estava convencido, com razão, de que as informações de Wolff eram boas. E se ele recebesse uma mensagem de Wolff dizendo que a linha de El Alamein era fraca na extremidade sul, que a abordagem de Alam Halfa indo para o sul era difícil e que a própria Alam Halfa era mal defendida?

A tentação seria grande demais para que Rommel resistisse.

Ele romperia a linha na extremidade sul e depois giraria para o norte, esperando tomar Alam Halfa sem muita dificuldade. Então chegaria às areias movediças. Enquanto estivesse lutando para atravessá-las, a artilharia dizimaria suas forças. Quando chegasse a Alam Halfa, iria encontrá-la muito bem defendida. Nesse ponto os ingleses levariam mais forças da linha de frente e esmagariam o inimigo como um quebra-nozes.

Se a emboscada desse certo, poderia não apenas salvar o Egito, mas também aniquilar o Afrika Korps.

Vandam pensou: Preciso levar essa ideia aos comandantes.

Não seria fácil. Sua posição não era muito boa nesse momento – na verdade sua reputação profissional estava arruinada por causa de Alex Wolff. Mas sem dúvida eles enxergariam o mérito da ideia.

Levantou-se do banco e foi para sua sala. De repente o futuro parecia outro. Talvez as botas da Gestapo não ressoassem nos pisos de ladrilhos das mesquitas. Talvez os tesouros do Museu Egípcio não fossem mandados para Berlim. Talvez Billy não tivesse de entrar para a Juventude Hitlerista. Talvez Elene não fosse mandada para Dachau.

Todos podemos ser salvos, pensou.

Se eu pegar Wolff.

TERCEIRA PARTE

Alam Halfa

CAPÍTULO VINTE

UM DIA AINDA VOU dar um soco no nariz de Bogge, pensou Vandam. Naquele dia o tenente-coronel Bogge estava pior do que nunca: indeciso, sarcástico e suscetível. Tinha uma tosse nervosa que usava quando estava com medo de falar, e agora tossia muito. Além disso, estava irrequieto: arrumando pilhas de papéis na mesa, cruzando e descruzando as pernas e polindo a maldita bola de críquete.

Vandam ficou sentado imóvel e em silêncio, esperando que ele se enforcasse sozinho.

– Bom, olhe aqui, Vandam, estratégia é com Auchinleck. O seu trabalho é a segurança pessoal, e você não está se saindo muito bem.

– Auchinleck também não – retrucou Vandam.

Bogge fingiu não ouvir: pegou o memorando de Vandam. Vandam tinha redigido seu plano para enganar Rommel e o submeteu formalmente a Bogge, com uma cópia para o brigadeiro.

– Para começo de conversa, isso está cheio de furos – disse Bogge.

Vandam ficou calado.

– Cheio de furos. – Bogge tossiu. – Em primeiro lugar, implica deixar o velho Rommel passar pela linha, não é?

– Talvez o plano possa ser contingenciado à possibilidade de ele atravessar.

– É. Agora... você vê? Esse é o tipo de coisa que estou falando. Se apresenta um plano cheio de furos assim, uma vez que sua reputação está num ponto tremendamente baixo neste momento, bom, você vai ser expulso do Cairo a gargalhadas. Agora... – Ele tossiu. – Você quer encorajar Rommel a atacar a linha no ponto mais fraco, quer dar a ele uma chance melhor de passar! Está vendo?

– Sim. Algumas partes da linha são mais fracas do que as outras, e, como Rommel tem reconhecimento aéreo, há uma chance de ele saber que partes são essas.

– E você quer transformar uma chance em certeza.

– Em favor da emboscada subsequente, sim.

– Bom, parece-me que desejamos que o velho Rommel ataque a parte *mais forte* da linha, para não atravessar.

– Mas se nós o repelirmos ele só vai se reagrupar e atacar de novo. Ao passo que, se o colocarmos numa armadilha, poderemos acabar com ele definitivamente.

– Não, não, não. É arriscado, muito arriscado. Esta é a nossa última linha de defesa, meu garoto. – Bogge soltou uma gargalhada. – Depois disso não há nada além de um pequeno canal entre ele e o Cairo. Parece que você não percebe...

– Percebo muito bem, senhor. Deixe-me colocar do seguinte modo. Um: se Rommel atravessar a linha, ele deve ser desviado para Alam Halfa com a falsa perspectiva de uma vitória fácil. Dois: é preferível que ele ataque Alam Halfa pelo sul, por causa da areia movediça. Três: ou devemos esperar e ver em que extremidade da linha ele vai atacar, e correr o risco de que ele vá para o norte, ou devemos encorajá-lo a ir para o sul e correr o risco de ele aumentar suas chances de romper a linha em primeiro lugar.

– Bom, agora que verbalizamos de outro modo, o plano está começando a fazer um pouco mais de sentido. Mas veja bem: você terá que deixá-lo comigo por um tempo. Quando eu tiver um momento, vou passar o pente fino em tudo e ver se posso colocá-lo em ação. Então, talvez, possamos levá-los aos comandantes.

Sei, pensou Vandam: o objetivo do exercício é transformá-lo no plano de Bogge. Bom, tudo bem. Se Bogge se dá o trabalho de fazer política nesse estágio, boa sorte para ele. O que importa é vencer, e não obter o crédito.

– Muito bem, senhor – disse Vandam. – Se eu puder enfatizar o fator temporal... Para o plano ser posto em ação, ele deve ser executado rapidamente.

– Acho que sou o melhor avaliador da urgência, major, não acha?

– Sim, senhor.

– E, afinal de contas, tudo depende de pegar o maldito espião, algo em que até agora você não foi muito bem-sucedido, não é?

– Sim, senhor.

– Vou cuidar pessoalmente da operação desta noite, para garantir que não aconteça mais nenhuma bobagem. Entregue-me suas propostas hoje à tarde e vamos examiná-las juntos...

Houve uma batida à porta e o brigadeiro entrou. Vandam e Bogge se levantaram.

– Bom dia, senhor – disse Bogge.

– Descansar, senhores – respondeu o brigadeiro. – Estive procurando você, Vandam.

Bogge sorriu.

– Estávamos trabalhando numa ideia que tivemos para enganar Rommel...

– Sim, eu vi o memorando.

– Ah, Vandam lhe mandou uma cópia – retrucou Bogge.

Vandam não olhou para Bogge, mas soube que o tenente-coronel estava furioso com ele.

– Sim, de fato – respondeu o brigadeiro. E se virou para Vandam. – Você deveria estar pegando espiões, major, e não aconselhando estratégia aos generais. Talvez, se passasse menos tempo nos dizendo como ganhar a guerra, poderia ser um oficial de segurança melhor.

O coração de Vandam quase parou no peito.

– Eu estava mesmo dizendo... – falou Bogge.

O brigadeiro o interrompeu:

– No entanto, já que fez isso, e já que é um plano tão esplêndido, quero que venha comigo para convencer Auchinleck a aplicá-lo. Você pode liberá-lo, Bogge, não pode?

– Claro, senhor – respondeu Bogge, com os dentes trincados.

– Certo, Vandam. A reunião vai começar a qualquer minuto. Vamos.

Vandam acompanhou o brigadeiro para fora e fechou a porta suavemente, deixando Bogge sozinho.

~

No dia em que Wolff encontraria Elene de novo, o major Smith chegou à casa-barco na hora do almoço.

A informação que trazia era a mais valiosa até então.

Wolff e Sonja fizeram sua rotina já familiar. Wolff se sentia numa farsa francesa, em que o ator que precisa se esconder no mesmo armário do cenário noite após noite. Sonja e Smith, seguindo o roteiro, começaram no sofá e passaram para o quarto. Quando Wolff saiu do armário, as cortinas estavam fechadas. E ali, no chão, estavam a pasta, os sapatos e a bermuda de Smith, com o chaveiro meio para fora do bolso.

Wolff abriu a pasta e começou a ler.

Mais uma vez, Smith havia chegado à casa-barco vindo direto da reunião matinal no QG, na qual Auchinleck e seu Estado-Maior discutiam a estratégia aliada e decidiam o que fazer.

Depois de alguns minutos de leitura, Wolff percebeu que o que tinha na mão era a ruína completa da última defesa dos Aliados na linha El Amein.

A linha consistia em artilharia nas colinas, tanques no nível do solo e campos minados por toda a extensão. As colinas de Alam Halfa, 8 quilômetros atrás do centro da linha, também eram muito bem fortificadas. Wolff notou que a extremidade sul da linha era mais fraca, tanto em tropas quanto em minas.

A pasta de Smith também continha um documento sobre o posicionamento do inimigo. O serviço de informações aliado achava que Rommel provavelmente tentaria romper a linha na extremidade sul, mas notava que a extremidade norte era possível.

Embaixo disso, escrita a lápis, presumivelmente na letra de Smith, havia um recado que Wolff achou mais empolgante do que todo o resto junto. Dizia: "O major Vandam propõe um plano de embuste. Encorajar Rommel a romper a extremidade sul, atraí-lo para Alam Halfa, pegá-lo na areia movediça e depois montar um quebra-nozes. Plano aceito por Auk."

"Auk" era Auchinleck, sem dúvida. Que descoberta! Wolff tinha nas mãos não apenas os detalhes da linha de defesa aliada: também sabia o que eles esperavam que Rommel fizesse, *e* conhecia o plano de embuste.

E o plano de embuste era de Vandam!

Isso seria lembrado como o maior golpe de espionagem do século. O próprio Wolff seria responsável por garantir a vitória de Rommel no norte da África.

Eles deveriam me tornar rei do Egito por causa disso, pensou, sorrindo.

Ergueu o olhar e viu Smith parado entre as cortinas, olhando-o.

– Quem é você, porra? – rugiu o inglês.

Wolff percebeu, com raiva, que não estivera prestando atenção aos sons do quarto. Algo tinha dado errado – o roteiro não fora seguido, não havia soado o alerta da rolha de champanhe. Ele estivera totalmente absorto pela avaliação estratégica. Os intermináveis nomes de divisões e brigadas, os números de homens e tanques, as quantidades de combustível e suprimentos, as colinas, depressões e areias movediças tinham monopolizado sua atenção até extinguir os sons ao redor. De repente sentiu um medo terrível de ser atrapalhado em seu momento de triunfo.

– Esta pasta é minha! – exclamou Smith, e deu um passo à frente.

Wolff estendeu a mão, agarrou o pé de Smith e o puxou de lado. O major tombou e bateu no chão com uma pancada forte.

Sonja gritou.

Wolff e Smith se levantaram atabalhoadamente.

Smith era um homem pequeno e magro, dez anos mais velho do que Wolff, e em má forma física. Deu um passo atrás, com o medo surgindo no rosto. Trombou numa prateleira, olhou de lado, viu uma tigela de frutas de vidro bisotado, pegou-a e jogou em Wolff.

A tigela passou direto, caiu na pia da cozinha e se quebrou ruidosamente.

O som, pensou Wolff: se ele fizer mais barulho virão pessoas investigar. Foi na direção de Smith.

De costas para a parede, o inglês gritou:

– Socorro!

Wolff lhe deu um soco no queixo e ele desmoronou, escorregando pela parede até cair sentado, inconsciente, no chão.

Sonja saiu e olhou para ele.

Wolff esfregou os nós dos dedos.

– É a primeira vez que faço isso – disse.

– O quê?

– Nocautear alguém com um soco no queixo. Achava que só os boxeadores conseguiam.

– Esqueça isso. O que vamos fazer com ele?

– Não sei.

Wolff pensou nas possibilidades. Matar Smith seria perigoso, já que a morte de um oficial, e o desaparecimento de sua pasta, causaria um tremendo rebuliço na cidade. Ainda haveria o problema do que fazer com o corpo. E Smith não levaria mais segredos.

O inglês gemeu e se mexeu.

Wolff se perguntou se seria possível deixá-lo ir. Afinal de contas, se Smith revelasse o que vinha acontecendo na casa-barco, iria se implicar. Isso não apenas arruinaria sua carreira, como acarretaria provavelmente na sua prisão. Não parecia o tipo de homem capaz de se sacrificar por uma causa mais elevada.

Deixá-lo ir livre? Não, o risco era grande demais. Saber que havia um oficial britânico na cidade que possuía todos os segredos de Wolff... impossível.

Smith estava de olhos abertos.

– Você... – disse ele. – Você é Slavenburg... – Ele olhou para Sonja, depois de novo para Wolff. – Foi você que me apresentou... na Cha-Cha... isso tudo foi planejado...

– Fique quieto – disse Wolff em tom tranquilo.

Matá-lo ou deixá-lo ir: que outras opções havia? Apenas uma: mantê-lo ali amarrado e amordaçado até Rommel chegar ao Cairo.

– Vocês são malditos espiões – murmurou Smith.

Estava com o rosto branco.

– E você achou que eu era louca por seu corpo horrível – comentou Sonja, maldosa.

– É. – Smith estava se recompondo. – Eu deveria saber que não podia confiar numa puta *wog*.

Sonja deu um passo à frente e chutou o rosto dele com o pé descalço.

– Pare com isso! – exclamou Wolff. – Precisamos pensar no que fazer com ele. Você tem alguma corda para amarrá-lo?

Sonja pensou por um momento.

– No convés, naquele compartimento de proa.

Wolff pegou na gaveta da cozinha o pesado amolador de aço que usava para afiar a faca de carne. Entregou-o a Sonja.

– Se ele se mexer, acerte-o com isso.

Achava que Smith não iria se mover.

Já ia subir a escada para o convés quando ouviu passos na prancha e parou.

– O carteiro! – disse Sonja.

Wolff se ajoelhou ao lado do inglês e sacou sua faca.

– Abra a boca.

Smith começou a dizer alguma coisa e Wolff colocou a faca entre os dentes dele.

– Agora, se você se mexer ou der um pio que seja, eu corto sua língua – ameaçou.

Smith ficou sentado, imóvel, olhando Wolff com uma expressão horrorizada.

Wolff percebeu que Sonja estava completamente nua.

– Vista alguma coisa, depressa!

Ela pegou um lençol na cama e se enrolou enquanto ia para a escada. A escotilha estava se abrindo. Wolff sabia que ele e Smith poderiam ser vistos. Sonja deixou o lençol cair um pouco enquanto levantava a mão para pegar a carta estendida pelo carteiro.

– Bom dia! – disse o homem.

Seus olhos estavam cravados nos seios meio expostos de Sonja.

Ela subiu mais a escada, de modo que ele precisou recuar, e ela deixou o lençol descer mais ainda.

– Obrigada – falou, com um sorriso tímido.

Em seguida estendeu a mão para a escotilha e a fechou.

Wolff respirou de novo.

Os passos do carteiro atravessaram o convés e desceram pela prancha.

– Me dê esse lençol – ordenou Wolff a Sonja.

Ela se desenrolou e ficou nua de novo.

Wolff tirou a faca da boca de Smith e a usou para cortar cerca de meio metro do lençol. Embolou o pano e o enfiou na boca do homem. O major não ofereceu resistência. Wolff colocou a faca na bainha embaixo do braço e se levantou. Smith fechou os olhos. Parecia frouxo, derrotado.

Sonja pegou o amolador de aço e se preparou para bater em Smith enquanto Wolff subia a escada e ia para o convés. O compartimento que ela tinha mencionado ficava no espelho de um degrau da proa. Wolff o abriu. Dentro havia um rolo de corda. Talvez tivesse sido usada para amarrar a embarcação antes de ela se tornar uma casa-barco. Wolff pegou a corda. Era forte, mas não muito grossa: ideal para amarrar as mãos e os pés de uma pessoa.

Escutou a voz de Sonja, embaixo, gritando. Houve um estardalhaço de pés na escada.

Wolff largou a corda e se virou.

Smith, apenas de cueca, saiu correndo pela escotilha.

Não estivera tão derrotado quanto parecia – e Sonja devia ter errado o golpe com o amolador.

Wolff atravessou correndo o convés até a prancha, para impedi-lo.

Smith se virou, correu para a lateral do barco e pulou na água.

– Merda! – disse Wolff.

Olhou em volta rapidamente. Não havia ninguém nos conveses das outras casas-barcos – era a hora da sesta. O caminho de sirga estava vazio, a não ser pelo "mendigo" – Kemel teria que lidar com ele – e um homem afastando-se ao longe. No rio havia alguns faluchos a pelo menos meio quilômetro de distância e uma barca a vapor, movendo-se lentamente atrás deles.

Wolff correu até a borda. Smith surgiu na superfície da água, ofegando. Esfregou os olhos e esquadrinhou em volta para se orientar. Era desajeitado na água, espadanando para todos os lados. Começou a nadar de qualquer jeito, afastando-se da casa-barco.

Wolff recuou vários passos, correu e pulou no rio.

Pousou com os pés na cabeça de Smith.

Durante vários segundos foi uma confusão só. Wolff afundou num emaranhado de braços e pernas – dele e de Smith – e lutou para chegar à superfície e ao mesmo tempo empurrar o inglês para baixo. Quando não conseguiu mais prender o fôlego, afastou-se do inglês e emergiu.

Sugou o ar e esfregou os olhos. A cabeça de Smith apareceu à sua frente, tossindo e cuspindo água. Wolff estendeu as duas mãos, agarrou a cabeça dele e empurrou-a para baixo. O inglês se sacudiu feito um peixe. Wolff pegou-o pelo pescoço e o empurrou ainda mais para baixo. O próprio Wolff afundou, mas voltou à superfície um instante depois. Smith ainda estava embaixo d'água, lutando.

Wolff pensou: Quanto tempo um homem demora para se afogar?

Smith se sacudiu convulsivamente e conseguiu se libertar. Sua cabeça veio à tona e ele inalou, enchendo os pulmões de ar. Wolff conseguiu lhe dar um soco, mas o golpe foi fraco. Smith tentava respirar enquanto cuspia e tinha ânsias de vômito, estremecendo. O próprio Wolff havia engolido água. Tentou agarrar o major de novo. Desta vez foi por trás dele e passou um braço por seu pescoço, enquanto usava o outro para empurrar o topo de sua cabeça para baixo.

Pensou: Meu Deus, espero que ninguém esteja vendo isto.

Smith afundou. Agora estava de rosto para baixo, com os joelhos de Wolff nas costas e a cabeça presa firmemente. Continuou a se sacudir embaixo da água, girando, arqueando-se, balançando os braços, chutando e tentando torcer o corpo. Wolff o apertou com mais força e o manteve submerso.

Morra, filho da mãe, morra!

Sentiu as mandíbulas de Smith se abrindo e soube que finalmente ele estava respirando água. As convulsões ficaram mais frenéticas. Wolff sentiu que precisaria soltá-lo. Os movimentos de Smith o puxavam para baixo. Wolff fechou os olhos com força e prendeu a respiração. Parecia que Smith estava perdendo as forças. Nesse ponto, seus pulmões deviam estar quase cheios de água, pensou Wolff. Depois de alguns segundos, ele mesmo começou a precisar de ar.

Os movimentos de Smith ficaram fracos. Segurando-o com menos força, Wolff bateu as pernas para emergir e puxar ar. Durante um minuto, Wolff apenas respirou. Smith virou um peso morto. Wolff começou a bater as pernas na direção da casa-barco, puxando Smith. A cabeça do homem saiu da água, mas não havia sinal de vida.

Wolff chegou ao costado do barco. Sonja estava no convés, usando um roupão, olhando por cima da amurada.

– Alguém viu? – perguntou Wolff.

– Acho que não. Ele está morto?

– Está.

Que diabo vou fazer agora?, pensou Wolff.

Segurou Smith contra a lateral do barco. Se eu soltá-lo, ele vai simplesmente boiar, pensou. O corpo será encontrado perto daqui e haverá uma busca de casa em casa. Mas não posso atravessar metade do Cairo carregando um corpo para me livrar dele.

De repente Smith se sacudiu e cuspiu água.

– Meu Deus, ele está vivo! – exclamou Wolff.

Empurrou o homem para baixo outra vez. Aquilo não era nada bom, estava demorando demais. Wolff então soltou Smith, sacou sua faca e golpeou. O inglês estava embaixo d'água, movendo-se fracamente. Wolff não conseguia dar um golpe fatal e arremeteu como louco. A água atrapalhava muito, e Smith não parava de se sacudir. A espuma da água ficou rosada. Por fim Wolff conseguiu agarrar Smith pelos cabelos, segurar sua cabeça e cortar a garganta.

Agora ele estava morto.

Wolff o soltou enquanto embainhava a faca de novo. A água do rio ficou num tom vermelho lamacento ao redor. Estou nadando em sangue, pensou, e subitamente se encheu de nojo.

O corpo estava se afastando. Wolff o puxou de volta. Percebeu, tarde demais, que um major afogado poderia apenas ter caído no rio, mas um major com a garganta cortada tinha sido inquestionavelmente assassinado. Agora *precisava* esconder o corpo.

Olhou para cima.

– Sonja!

– Estou passando mal.

– Agora não é hora disso. Precisamos fazer o corpo ficar no fundo.

– Ah, meu Deus, a água está cheia de sangue.

– Escute! – Queria gritar com ela, fazer com que saísse do transe, mas precisava manter a voz baixa. – Pegue... pegue a corda. Vá!

Ela sumiu de vista por um momento e voltou com a corda. Estava impotente, pensou Wolff. Ele precisaria lhe dizer exatamente o que fazer.

– Agora pegue a pasta dele e ponha alguma coisa pesada dentro.

– Alguma coisa pesada... O quê?

– Meu Deus... O que temos que é pesado? O que é pesado? Ah... livros, livros são pesados. Não, talvez isso não baste... Já sei, garrafas. Garrafas cheias, garrafas de champanhe. Encha a pasta dele com garrafas de champanhe.

– Por quê?

– Meu Deus, pare de embromar, faça o que estou mandando!

Ela sumiu de novo. Pela escotilha era possível vê-la descendo a escada até a sala. Sonja estava se movendo muito devagar, como uma sonâmbula.

Depressa, sua puta gorda, depressa!

Ela olhou em volta, atarantada. Ainda vagarosamente, pegou a pasta do chão. Levou-a à área da cozinha e abriu a geladeira. Olhou dentro, como se estivesse decidindo o que iria jantar.

Ande logo!

Pegou uma garrafa de champanhe e ficou parada com ela numa das mãos e a pasta na outra. Então franziu a testa, como se não conseguisse lembrar o que deveria fazer com elas. Por fim sua expressão clareou e ela pôs a garrafa ao comprido na pasta. Pegou outra.

Wolff pensou: Coloque-as invertendo os gargalos, sua idiota, para conseguir pôr mais.

Sonja colocou a segunda garrafa, olhou para ela, depois tirou-a e a colocou na posição invertida.

Brilhante, pensou Wolff.

Ela conseguiu colocar quatro garrafas. Fechou a geladeira e olhou em volta procurando mais alguma coisa para aumentar o peso. Pegou o amolador de aço e um peso de papel, de vidro. Acrescentou-os à pasta e a fechou. Depois subiu para o convés.

– E agora? – perguntou.

– Amarre a ponta da corda na alça da pasta.

Ela estava saindo do atordoamento. Seus dedos se moviam mais depressa.

– Prenda bem – orientou Wolff.

– Certo.

– Tem alguém por aí?

Ela olhou para um lado e para o outro.

– Não.

– Depressa.

Sonja terminou de dar o nó.

– Jogue a corda – disse Wolff.

Ela jogou a outra ponta da corda e ele a pegou. Estava se cansando com o esforço de se manter à superfície e segurar o cadáver ao mesmo tempo. Tinha que soltar Smith por um momento, porque precisava das duas mãos para pegar a corda, o que implicou bater as pernas furiosamente. Enfiou a corda por baixo das axilas do morto e a puxou do outro lado. Enrolou--a duas vezes em volta do tronco e depois deu um nó. Por várias vezes, durante a operação, começou a afundar. E uma vez engoliu um bocado de água sangrenta e repugnante.

Por fim o serviço estava feito.

– Teste o seu nó – ordenou a Sonja.

– Está bem preso.

– Jogue a pasta na água. O mais longe que puder.

Sonja atirou a pasta por cima da amurada, e ela caiu espirrando a água a uns 2 metros da casa-barco – era pesada demais para ser lançada mais longe – e afundou. Lentamente a corda acompanhou a pasta. O pedaço de corda entre Smith e a pasta se retesou, e em seguida o corpo afundou. Wolff olhou a superfície. Os nós estavam bem presos. Bateu as pernas embaixo da água, no ponto onde o corpo havia sumido, e não sentiu nada. O corpo tinha ido para o fundo.

– Meu Deus, que confusão! – murmurou Wolff.

Subiu ao convés. Olhando de novo para baixo, viu a mancha rosada de-saparecer rapidamente.

– Bom dia! – disse uma voz.

Wolff e Sonja se viraram na direção do caminho de sirga.

– Bom dia! – respondeu Sonja, e murmurou baixinho para Wolff: – É uma vizinha.

A vizinha era uma mestiça de meia-idade que carregava um pesado cesto de compras.

– Ouvi muito barulho de água – comentou ela. – Alguma coisa errada?

– Ah... não – respondeu Sonja. – Meu cachorrinho caiu no rio e o Sr. Robinson aqui precisou salvá-lo.

– Que amável! – disse a mulher. – Não sabia que você tinha um cachorro.

– É um filhotinho. Ganhei de presente.

– De que raça?

Wolff sentiu vontade de gritar: Vá embora, sua velha idiota!

– Poodle – respondeu Sonja.

– Eu adoraria ver.

– Amanhã, quem sabe? Ele está trancado de castigo.

– Coitadinho.

– É melhor eu ir trocar a roupa molhada – falou Wolff.

– Até amanhã – disse Sonja à vizinha.

– É um prazer conhecê-lo, Sr. Robinson – acrescentou a mulher.

Wolff e Sonja desceram.

Sonja se deixou cair no sofá e fechou os olhos. Wolff tirou a roupa molhada.

– Foi a pior coisa que já me aconteceu – disse Sonja.

– Você vai sobreviver.

– Pelo menos era um inglês.

– É. Você deveria estar pulando de alegria.

– E vou, quando meu estômago se acalmar.

Wolff foi para o banheiro e abriu as torneiras da banheira. Quando voltou, Sonja perguntou:

– Valeu a pena?

– Valeu. – Wolff apontou para os documentos militares ainda no chão, onde os havia largado quando Smith o surpreendeu. – Esse material é valiosíssimo, o melhor que ele já trouxe. Com isso Rommel pode vencer a guerra.

– Quando você vai mandar?

– Hoje, à meia-noite.

– Hoje você vai trazer Elene para cá.

Ele a encarou.

– Como você pode pensar nisso quando acabamos de matar um homem e afundar o corpo dele no mar?

Ela o encarou com um olhar desafiador.

– Não sei, só sei que isso faz com que eu me sinta muito sensual.

– Meu Deus.

– Você *vai* trazê-la para casa esta noite. Você me deve isso.

Wolff hesitou.

– Eu teria que fazer a transmissão com ela aqui.

– Vou mantê-la ocupada enquanto você estiver no rádio.

– Não sei...

– Droga, Alex, você me *deve* isso!

– Está bem.

– Obrigada.

Wolff entrou no banheiro. Sonja era inacreditável, pensou. Levava a depravação a novos níveis de sofisticação. Entrou na água quente.

– Mas agora Smith não vai trazer mais segredos – gritou ela, do quarto.

– Acho que não vamos precisar mais, depois da próxima batalha. Ele cumpriu com o objetivo.

Pegou o sabonete e começou a lavar o sangue.

CAPÍTULO VINTE E UM

VANDAM BATEU À PORTA do apartamento de Elene uma hora antes do horário marcado com Alex Wolff. Ela atendeu usando um vestido de noite preto e sapatos de salto alto da mesma cor, com meias de seda. No pescoço tinha uma fina corrente de ouro. O rosto estava maquiado e o cabelo reluzia. Estava esperando Vandam.

Ele sorriu, ao ver aquela pessoa familiar e ao mesmo tempo espantosamente linda.

– Olá.

– Entre. – Ela o levou para a sala. – Sente-se.

Vandam queria beijá-la, mas ela não deu chance. Ele se acomodou no sofá.

– Queria lhe contar os detalhes para hoje à noite.

– Certo. – Ela ocupou uma poltrona na frente dele. – Quer um drinque?

– Por favor.

– Sirva-se.

Ele a encarou.

– Alguma coisa errada?

– Nada. Vá pegar o seu drinque e depois me coloque a par de tudo.

Vandam franziu a testa.

– O que está acontecendo?

– Nada. Temos trabalho a fazer, então vamos fazer.

Ele se levantou, foi até ela e se ajoelhou diante da poltrona.

– Elene. O que você está fazendo?

Ela o encarou furiosa. Parecia à beira das lágrimas.

– Onde você esteve nos últimos dois dias? – perguntou, em uma voz mais alta que o usual.

Ele desviou o olhar, pensativo.

– No trabalho.

– E onde você acha que eu estive?

– Aqui, acho.

– Exatamente!

Vandam não entendeu o que isso significava. Passou pela sua cabeça que tinha se apaixonado por uma mulher que mal conhecia.

– Eu fiquei trabalhando e você ficou aqui, e por isso você está com raiva de mim?

– É! – gritou ela.

– Calma. Não entendo por que você está tão irritada e quero que me explique.

– Não!

– Então não sei o que dizer.

Vandam sentou-se no chão de costas para ela e acendeu um cigarro. Realmente não sabia o que a havia irritado, mas ela estava sendo teimosa: ele estava pronto para ser humilde, disposto a pedir desculpas por qualquer coisa que tivesse feito e consertar, mas não estava a fim de brincar de adivinhação.

Ficaram sentados por um minuto, sem se olhar.

Elene fungou. Vandam não podia vê-la, mas conhecia o tipo de fungada resultante de choro.

– Você poderia ter me mandado um bilhete, ou até uma porcaria de um buquê de flores! – disse ela.

– Um bilhete? Para quê? Você sabia que iríamos nos encontrar hoje.

– Ah, meu Deus.

– Flores? Por que você quer flores? Não precisamos mais fazer aquele jogo.

– Ah, é mesmo?

– O que você quer que eu diga?

– Escute. Caso você tenha esquecido, nós fizemos amor anteontem à noite...

– Não seja boba...

– Você me trouxe para casa e me deu um beijo de boa-noite. Depois... nada.

Ele deu um trago no cigarro.

– Caso *você* tenha esquecido, um certo Erwin Rommel está batendo à porta com um punhado de nazistas a reboque e eu sou uma das pessoas que está tentando mantê-lo do lado de fora.

– Cinco minutos, é só o que você demoraria para me mandar um bilhete.

– Para *quê*?

– Bem, exatamente. Para quê? Eu sou uma mulher perdida mesmo, não sou? Eu me entrego a um homem com a mesma facilidade com que tomo um gole d'água. Uma hora depois, já esqueci. É isso que você acha? Porque é o que parece! William Vandam, seu desgraçado, você faz com que eu me sinta barata!

Isso não fazia mais sentido do que tinha feito no início, mas agora ele podia ouvir a dor na voz de Elene. Virou-se para encará-la.

– Você é a coisa mais maravilhosa que me aconteceu em muito tempo, talvez desde sempre. Por favor, me desculpe por ser idiota.

Em seguida pegou a mão dela.

Elene olhou para a janela mordendo o lábio, lutando contra as lágrimas.

– É um idiota sim. – Olhou para ele e tocou em seu cabelo. – Idiota, idiota, idiota – sussurrou, acariciando a cabeça dele.

Seus olhos vertiam lágrimas.

– Tenho muita coisa para aprender sobre você – disse ele.

– E eu sobre você.

Vandam desviou o olhar, pensando em voz alta:

– As pessoas se ressentem da minha calma, sempre se ressentiram. Menos as que trabalham para mim. Elas gostam. Sabem que quando sentem que vão entrar em pânico, quando acham que não vão aguentar, podem vir a mim e contar o dilema. E quando eu não consigo enxergar uma saída, digo qual é o mal menor, qual é a melhor coisa a se fazer. Como faço isso falando calmamente, como vejo que é um dilema e não entro em pânico, elas se tranquilizam e fazem o que é necessário. Tudo o que eu faço é destrinçar o problema e me recusar a sentir medo dele, mas é só disso que elas precisam. Entretanto, a mesma atitude costuma enfurecer outras pessoas. Meus superiores, meus amigos, Angela, você... Nunca entendi por quê.

– Porque às vezes você *deveria* entrar em pânico, seu idiota – respondeu ela, baixinho. – Às vezes deveria mostrar que está com medo, obcecado, ou maluco por algum motivo. Faz parte de ser humano, e é um sinal de que se importa. Quando fica tão calmo o tempo todo, nós achamos que é porque não está ligando a mínima.

– Bom, as pessoas deveriam saber que não é assim. Os amantes deveriam saber, os amigos também, e os chefes, se forem bons.

Vandam disse isso com honestidade, mas no fundo da mente percebeu que havia mesmo um elemento implacável, de frieza, em sua famosa serenidade.

– E se elas não souberem...? – disse Elene.

Agora ela havia parado de chorar.

– Eu deveria ser diferente? Não. – Agora queria ser honesto com ela. Poderia ter dito uma mentira para deixá-la feliz: é, você está certa, vou tentar ser diferente. Mas de que adiantava? Se não pudesse ser *ele mesmo* com ela, nada valeria a pena. Estaria manipulando-a como todos os homens haviam feito, como ele manipulava as pessoas que não amava. Por isso, disse a verdade. – Veja bem, este é o modo como eu venço. Quero dizer, venço em tudo... No jogo da vida, por assim dizer. – Ele deu um sorriso torto. – Eu *sou* isolado. Olho tudo de longe. Eu *me importo*, mas me recuso a fazer coisas sem sentido, gestos simbólicos, ter ataques de fúria vazios. Ou nós nos amamos ou não nos amamos, e nem todas as flores do mundo vão fazer diferença. Mas o trabalho que eu fiz hoje pode significar nossa vida ou morte. Eu *pensei* em você. O dia inteiro. Mas cada vez que isso acontecia, eu obrigava minha mente a se concentrar em coisas mais imediatas. Eu trabalho com eficiência, estabeleço prioridades e não me preocupo com você quando sei que está bem. Consegue se imaginar acostumando-se com isso?

Ela lhe deu um sorriso lacrimoso.

– Vou tentar.

E o tempo todo, no fundo da mente, ele pensava: Por quanto tempo? Será que quero esta mulher para sempre? E se não quiser?

Afastou o pensamento. Nesse momento ele não era prioritário.

– O que eu queria dizer, depois de tudo isso, é: esqueça esta noite, não vá, vamos nos virar sem você. Mas não posso. Precisamos de você e essa missão é importantíssima.

– Tudo bem, eu entendo.

– Mas, em primeiro lugar, posso lhe dar um beijo?

– Sim, por favor.

Ajoelhado junto ao braço da poltrona, ele tomou o rosto dela em sua mão grande e beijou-lhe os lábios. A boca de Elene estava macia e entregue, ligeiramente úmida. Ele saboreou a sensação e o gosto. Nunca tinha se sentido assim, como se pudesse continuar beijando a noite toda e jamais se cansar.

Até que ela recuou, respirou fundo e disse:

– Ora, ora, acredito mesmo que você falou a verdade.

– Pode ter certeza.

Ela gargalhou.

– Quando você disse aquilo, por um momento era o antigo major Vandam. O que eu conhecia antes de conhecer você.

– E o seu "Ora, ora", naquela voz provocadora, era a antiga Elene.

– Ponha-me a par dos fatos, major.

– Terei que me afastar da distância beijável.

– Sente-se ali e cruze as pernas. A propósito, *o que* você estava fazendo hoje?

Vandam atravessou a sala até o armário de bebidas e pegou o gim.

– Um major do serviço de informações desapareceu. Junto com uma pasta cheia de segredos.

– Obra de Wolff?

– Talvez. Por acaso esse major andava desaparecendo na hora do almoço, duas vezes por semana, e ninguém sabia o que ele fazia. Tenho a intuição de que ele podia estar se encontrando com Wolff.

– E por que ele iria desaparecer?

Vandam deu de ombros.

– Algo deu errado.

– O que havia na pasta dele hoje?

Vandam se perguntou até que ponto deveria contar.

– Uma listagem de nossas defesas, tão completa que acho que poderia alterar o resultado da próxima batalha. – Smith também tinha o plano de embuste proposto por Vandam, mas Vandam preferiu não contar isso a Elene. Confiava totalmente nela, mas também tinha instintos de segurança. – Portanto, é melhor pegarmos Wolff esta noite.

– Mas pode já ser tarde demais!

– Não. Há um tempo nós encontramos uma mensagem dele decifrada. Tinha sido transmitida à meia-noite. Os espiões têm um horário estabelecido para se comunicar, em geral o mesmo todos os dias. Em outros horários os controladores não estão ouvindo, pelo menos não no mesmo comprimento de onda. Assim, mesmo que eles mandem a mensagem, ninguém vai captá-la. Então, acho que Wolff vai mandar essa informação hoje à meia-noite. A não ser que eu o pegue primeiro. – Ele hesitou, depois mudou de ideia com relação à segurança e decidiu que ela deveria saber de toda a importância do que estava fazendo. – Há outra coisa. Ele está usando um código baseado num livro chamado *Rebecca*. Eu tenho um exemplar. Se conseguir a chave do código...

– O que é isso?

– É só um pedaço de papel dizendo a ele como usar o livro para codificar os sinais.

– Continue.

– Se você conseguir a chave do código *Rebecca*, eu posso fingir que sou Wolff pelo rádio e mandar informações falsas para Rommel. Isso poderia virar a mesa completamente, poderia salvar o Egito. Mas preciso da chave.

– Entendi. Qual é o plano de hoje à noite?

– O mesmo de antes, só que vamos além. Eu estarei no restaurante com Jakes e nós dois portaremos pistolas.

Elene arregalou os olhos.

– Você está com uma arma?

– Agora, não. Jakes vai levá-la ao restaurante. De qualquer modo, haverá mais dois homens no restaurante e outros seis do lado de fora, na calçada, tentando não chamar atenção. Também haverá carros civis prontos para bloquear todas as saídas da rua ao som de um assobio. Não importa o que Wolff fizer esta noite, se ele quiser encontrar você, vai ser apanhado.

Houve uma batida à porta do apartamento.

– O que é isso? – perguntou Vandam.

– A porta...

– É, eu sei. Você está esperando alguém? Ou alguma coisa?

– Não, claro que não, está quase na hora de sair.

Vandam franziu a testa.

– Não gosto disso. Não atenda.

– Está bem – disse Elene. Depois mudou de ideia. – Preciso atender. Pode ser o meu pai. Ou alguém trazendo notícias dele.

– Está bem, atenda.

Elene saiu da sala. Vandam ficou sentado, ouvindo. A batida se repetiu, em seguida ela abriu a porta.

Vandam a ouviu dizer:

– Alex!

– Meu Deus! – sussurrou Vandam.

Escutou a voz de Wolff:

– Você está pronta. Que maravilha!

Era uma voz profunda e confiante, o inglês falado com apenas um leve traço de sotaque não identificável.

– Mas nós íamos nos encontrar no restaurante... – disse Elene.

– Eu sei. Posso entrar?

Vandam pulou por cima do sofá e se deitou no chão, atrás.

– Claro... – disse Elene.

A voz de Wolff chegou mais perto.

– Minha cara, você está estupenda.

Conquistador barato, pensou Vandam.

A porta da frente se fechou com um estrondo.

– Por aqui? – perguntou Wolff.

– Hã... sim...

Vandam escutou os dois entrando na sala.

– Que apartamento lindo! – exclamou Wolff. – Mikis Aristopoulos deve lhe pagar bem.

– Ah, eu não trabalho sempre lá. Ele é um parente distante. É da família, e eu ajudo.

– Tio. Ele deve ser seu tio.

– Hã... Tio-avô, primo em segundo grau, algo assim. Ele me chama de sobrinha para simplificar.

– Bem, isto é para você.

– Ah, flores. Obrigada.

Porra, pensou Vandam.

– Posso me sentar? – perguntou Wolff.

– Claro.

Vandam sentiu o sofá se mexer enquanto Wolff se acomodava. Wolff era um homem grande. Vandam se lembrava de quando tinha brigado com ele no beco. Também se lembrava da faca, e nesse momento sua mão foi até o ferimento no rosto. O que posso fazer?, pensou.

Poderia saltar em cima de Wolff agora. O espião estava ali, praticamente nas suas mãos! Os dois tinham mais ou menos o mesmo peso e as mesmas condições – a não ser pela faca. Wolff levara a faca na noite de seu encontro com Sonja no restaurante, de modo que devia levá-la a todo lugar e estaria com ela agora.

Se os dois lutassem, e Wolff tivesse a vantagem da faca, venceria. Isso havia acontecido antes, no beco. Vandam pôs a mão no rosto de novo.

Pensou: Por que eu não trouxe a arma?

Se lutassem e Wolff vencesse, o que aconteceria? Ao ver Vandam no apartamento de Elene, Wolff saberia que ela estivera tentando atraí-lo para uma armadilha. O que faria com ela? Em Istambul, numa situação seme-lhante, ele havia cortado a garganta da jovem.

Vandam piscou para afastar a imagem medonha.

– Vejo que você estava bebendo antes de eu chegar – comentou Wolff. – Posso tomar um drinque também?

– Claro – repetiu Elene. – O que você quer?

– O que é isso? – Wolff cheirou. – Ah, um pouco de gim seria ótimo.

Vandam pensou: Era a minha bebida. Graças a Deus Elene não tinha se servido também. Dois copos revelariam o jogo. Ouviu o tilintar de pedras de gelo.

– Saúde! – disse Wolff.

– Saúde.

– Parece que você não gosta de gim.

– É que o gelo derreteu.

Vandam soube por que ela fez careta ao beber um gole: tinha sido gim puro. Elene estava lidando muito bem com a situação, pensou. O que ela acharia que ele, Vandam, estava planejando? Devia ter adivinhado onde ele estava escondido. Tentaria desesperadamente não olhar na sua direção. Pobre Elene! Mais uma vez precisava fazer mais do que haviam combinado.

Vandam esperou que ela fosse passiva, assumisse o caminho de menor resistência e confiasse nele.

Será que Wolff ainda planejava ir ao Oásis? Talvez. Se ao menos eu pudesse ter certeza disso, pensou, poderia deixar tudo por conta de Jakes.

– Você parece nervosa, Elene – disse Wolff. – Será que atrapalhei seus planos aparecendo aqui? Se quiser terminar de se aprontar ou algo assim... Não que não esteja perfeita agora... Pode me deixar aqui com a garrafa de gim.

– Não, não... Bom, nós dissemos que íamos nos encontrar no restaurante...

– E cá estou eu, mudando tudo no último minuto de novo. Para ser sincero, fico entediado em restaurantes, e no entanto eles são, por assim dizer, o ponto de encontro convencional. Por isso marco jantares com as pessoas e, quando chega a hora, não suporto a ideia e penso em outra coisa para fazer.

Então eles não iriam ao Oásis, pensou Vandam. Droga.

– O que você quer fazer? – perguntou Elene.

– Posso surpreendê-la de novo?

Vandam pensou: Faça com que ele diga o que é!

– Está bem – respondeu Elene.

Vandam gemeu por dentro. Se Wolff revelasse aonde eles iriam, Vandam poderia entrar em contato com Jakes e levar toda a emboscada para o outro local. Elene não estava pensando do modo certo. Era compreensível: ela parecia aterrorizada.

– Vamos? – perguntou Wolff.

– Está bem.

O sofá rangeu quando Wolff se levantou. Vandam pensou: Eu poderia atacá-lo agora!

Arriscado demais.

Ouviu-os sair da sala. Ficou um momento onde estava. Escutou Wolff, no corredor, dizer:

– Você na frente.

Em seguida a porta se fechou com outro estrondo.

Vandam se levantou. Precisaria ir atrás deles e aproveitar a primeira oportunidade disponível para ligar para o QG e falar com Jakes. Elene não tinha telefone – não eram muitas pessoas que tinham, no Cairo. Mesmo se tivesse, não havia tempo. Foi até a porta e tentou escutar. Não ouviu nada. Abriu uma fresta: tinham ido embora. Saiu, fechou a porta, seguiu rapidamente pelo corredor e desceu a escada.

Quando saiu do prédio, viu os dois no outro lado da rua. Wolff segurava a porta de um carro para Elene entrar. Não era um táxi: ele devia ter alugado, pedido emprestado ou roubado um carro para aquela noite. Wolff fechou a porta e foi até o lado do motorista. Elene olhou pela janela e viu Vandam. Encarou-o. Ele desviou o olhar, com medo de fazer qualquer tipo de gesto e Wolff perceber.

Foi até sua motocicleta, montou e ligou o motor.

O carro de Wolff se afastou e Vandam foi atrás.

O trânsito na cidade ainda estava intenso. Vandam conseguia manter cinco ou seis carros entre ele e Wolff sem se arriscar a perdê-lo de vista. Era a hora do crepúsculo, mas poucos carros estavam com os faróis acesos.

Vandam se perguntou aonde Wolff estaria indo. Sem dúvida iriam parar em algum local, a não ser que ele pretendesse andar de carro a noite toda. Se ao menos parasse num lugar onde houvesse telefone...

Saíram da cidade na direção de Gizé. A noite caiu e Wolff acendeu os faróis. Vandam deixou o farol de sua moto apagado, para Wolff não perceber que estava sendo seguido.

Era uma perseguição digna de um pesadelo. Mesmo à luz do dia, na cidade, andar de motocicleta era algo meio arrepiante: as ruas eram cheias de calombos, buracos e trechos perigosos com óleo derramado, e Vandam descobriu que precisava ficar atento tanto ao solo quanto ao trânsito. A estrada do deserto era ainda pior, mas ele precisava continuar com o farol desligado e ficar de olho no carro à frente. Por três ou quatro vezes, quase caiu.

Estava com frio. Como não tinha previsto aquela corrida, usava apenas uma camisa de uniforme de mangas curtas, e, com a velocidade, o vento a atravessava. Até onde Wolff planejava ir?

As pirâmides se erguiam à frente.

Vandam pensou: Aqui não há telefone...

O carro diminuiu a velocidade. Os dois fariam um piquenique perto das pirâmides. Vandam desligou a moto, parou e a empurrou para a areia, fora da estrada, antes que Wolff tivesse chance de sair do carro. O deserto não era plano, a não ser visto de longe, e ele encontrou um calombo rochoso atrás do qual podia deixar a moto. Deitou-se na areia ao lado do calombo e vigiou o carro.

Nada aconteceu.

O automóvel permaneceu parado, com o motor desligado, o interior escuro. O que estariam fazendo lá dentro? Vandam foi dominado pelo ciúme. Disse a si mesmo para não ser idiota: eles estavam comendo, só isso. Elene tinha contado sobre o piquenique anterior: salmão defumado, frango, champanhe. Não era possível beijar uma mulher com a boca cheia de peixe. Mesmo assim, os dedos dos dois iriam se tocar quando ele lhe entregasse a taça.

Pare com isso.

Decidiu se arriscar a fumar um cigarro. Foi para trás do calombo para acender, depois o encobriu com a mão em concha, ao estilo do exército, para esconder a claridade enquanto voltava ao ponto de observação.

Cinco cigarros depois, as portas do carro se abriram.

As nuvens tinham se dissipado e a lua havia aparecido. Toda a paisagem estava mergulhada em azul-escuro e prata, as sombras complexas das pirâmides se destacando da areia brilhante. Duas silhuetas saíram do carro e foram na direção da tumba antiga mais próxima. Vandam podia ver que Elene caminhava com os braços cruzados diante do peito, como se estivesse com frio, ou talvez porque não quisesse segurar a mão de Wolff. Wolff passou o braço de leve pelos ombros dela e ela não fez menção de resistir.

Pararam na base do monumento e começaram a conversar. Wolff apontou para cima e Elene pareceu balançar a cabeça: Vandam supôs que ela não queria subir. Caminharam pela base e desapareceram atrás da pirâmide.

Vandam esperou que surgissem de volta do outro lado. Pareceram demorar muito. O que estariam fazendo lá atrás? A ânsia de ir ver era quase insuportável.

Poderia chegar ao carro agora. Flertou com a ideia de sabotá-lo, voltar correndo à cidade e retornar com sua equipe. Mas Wolff não estaria ali quando Vandam reaparecesse, e seria impossível perscrutar o deserto à noite. De manhã Wolff poderia estar a centenas de quilômetros de distância.

Era quase insuportável ficar olhando e esperando sem fazer nada, mas Vandam sabia que era a melhor opção.

Por fim Wolff e Elene reapareceram. Ele ainda estava com o braço em volta dos ombros dela. Voltaram ao carro e ficaram parados junto à porta. Wolff pôs as mãos nos ombros de Elene, disse alguma coisa e se inclinou à frente para beijá-la.

Vandam se levantou.

Elene ofereceu o rosto para Wolff beijar, depois deu meia-volta, desvencilhando-se, e entrou no carro.

Vandam se deitou na areia de novo.

O silêncio do deserto foi rasgado pelo rugido do carro de Wolff. Vandam o viu fazer a volta num círculo amplo e pegar a estrada. Os faróis se acenderam e Vandam baixou a cabeça involuntariamente, apesar de estar bem escondido. O carro passou por ele indo na direção do Cairo.

Vandam se levantou de um salto, empurrou a moto para a estrada e deu a partida. O motor não queria ligar. Vandam praguejou – estava morrendo de medo de ter entrado areia no carburador. Tentou de novo e desta vez conseguiu. Foi atrás do carro.

O luar tornava mais fácil ver os buracos e os calombos da estrada, mas também tornava Vandam mais visível. Ele ficou bem atrás do carro de Wolff, sabendo que não havia outro lugar para ir a não ser o Cairo. Imaginou o que o homem planejava fazer em seguida. Será que levaria Elene para casa? Nesse caso, para onde iria depois? Poderia guiar Vandam até sua base.

Vandam pensou de novo que gostaria de estar com uma arma.

Será que Wolff levaria Elene à casa *dele*? O sujeito precisava estar hospedado em algum lugar, precisava ter uma cama num quarto em alguma construção da cidade. Vandam tinha certeza de que Wolff planejava seduzir Elene. O espião tinha sido bastante paciente e gentil com ela, mas Vandam sabia que na verdade ele era um homem que gostava de conseguir depressa o que desejava. A sedução poderia ser o menor dos perigos que Elene enfrentaria. Vandam pensou: O que eu não daria por um telefone!

Chegaram aos arredores da cidade e Vandam foi obrigado a ficar mais perto do carro, mas felizmente o tráfego estava bastante intenso. Ele pensou em parar e mandar um recado através de um policial ou algum oficial militar, mas Wolff dirigia depressa, e de qualquer modo que recado dar? Vandam ainda não sabia aonde Wolff estava indo.

Começou a suspeitar da resposta quando atravessaram a ponte para Zamalek. Era ali que a dançarina, Sonja, tinha sua casa-barco. Não era possível que Wolff estivesse morando ali, pensou Vandam, porque o lugar estava sendo vigiado havia dias. Mas talvez ele relutasse em levar Elene para sua casa de verdade, por isso tinha pedido a casa-barco emprestada.

Wolff parou numa rua e saiu. Vandam encostou a moto numa parede e rapidamente acorrentou a roda para impedir que fosse roubada – poderia precisar dela de novo esta noite.

Seguiu Wolff e Elene da rua até o caminho de sirga. De trás de um arbusto, viu os dois percorrerem uma curta distância pelo caminho. Imaginou o que Elene estaria pensando. Será que esperava ser resgatada antes disso? Será que confiaria que Vandam ainda a estava vigiando? Será que agora perderia a esperança?

Pararam junto de um dos barcos – Vandam observou com atenção qual deles – e Wolff ajudou Elene a subir pela prancha. Vandam pensou se não tinha ocorrido a Wolff que a casa-barco podia estar sendo vigiada. Obviamente, não. Wolff acompanhou Elene até o convés e abriu uma escotilha. Os dois desapareceram dentro da embarcação.

Vandam pensou: E agora? Sem dúvida aquela era sua melhor chance de pedir ajuda. Wolff devia estar decidido a passar algum tempo no barco. Mas e se isso não acontecesse? E se, enquanto Vandam corria até um telefone, algo desse errado? Se Elene insistisse em ser levada para casa, Wolff mudasse de plano ou eles decidissem ir a uma boate?

Eu poderia perder o filho da mãe, pensou.

Devia haver um policial por ali, em algum lugar.

– Ei! – disse num sussurro teatral. – Tem alguém aí? Polícia? Aqui é o major Vandam. Ei, onde está...

Uma figura escura se materializou saindo de trás de uma árvore. Uma voz árabe disse:

– Sim?

– Olá. Sou o major Vandam. Você é o policial que está vigiando a casa-barco?

– Sim, senhor.

– Certo, escute. O homem que estamos perseguindo está no barco agora. Você tem uma arma?

– Não, senhor.

– Droga. – Vandam pensou se ele e o árabe poderiam invadir o barco sozinhos e decidiu que não: não podia confiar que o homem lutaria com entusiasmo suficiente, e, naquele espaço confinado, a faca de Wolff poderia causar danos terríveis. – Certo, quero que você vá até o telefone mais próximo, ligue para o QG e mande uma mensagem ao capitão Jakes ou ao coronel Bogge, prioridade máxima: eles devem vir aqui com força total e invadir a casa-barco imediatamente. Está claro?

– Capitão Jakes ou coronel Bogge, QG, devem invadir a casa-barco imediatamente. Sim, senhor.

– Certo. Depressa!

O árabe partiu correndo.

Vandam encontrou uma posição em que estava oculto mas ainda podia vigiar a casa-barco e o caminho de sirga. Alguns minutos depois, a figura de uma mulher veio pelo caminho. Vandam a achou familiar. Ela entrou na casa-barco e ele percebeu que era Sonja.

Ficou aliviado: pelo menos Wolff não poderia molestar Elene enquanto houvesse outra mulher no barco.

Acomodou-se para esperar.

CAPÍTULO VINTE E DOIS

O ÁRABE ESTAVA PREOCUPADO. "VÁ até o telefone mais próximo", tinha dito o inglês. Bom, havia telefones em algumas casas próximas. Mas essas casas eram em geral ocupadas por europeus, que não aceitariam facilmente um egípcio – nem mesmo sendo um policial – batendo à porta às onze da noite e exigindo usar o telefone. Sem dúvida recusariam, com palavrões e xingamentos: seria uma experiência humilhante. Ele não estava usando uniforme nem mesmo sua roupa civil usual – camisa branca e calça preta. Vestia-se como um *fellah*. Nem acreditariam que ele era policial.

Até onde ele sabia, não havia telefones públicos em Zamalek. Isso deixava apenas uma opção: telefonar da delegacia. Foi naquela direção, ainda correndo.

Também estava preocupado com a necessidade de ligar para o QG. Havia uma regra não escrita para os policiais egípcios no Cairo: nenhum deles deveria contatar voluntariamente os ingleses. Isso sempre significava problemas. O pessoal da central telefônica do QG se recusaria a transferir a ligação ou deixaria para enviar o recado na manhã seguinte – depois negaria que o tinha sequer recebido –, ou então lhe diria para telefonar mais tarde. E se alguma coisa desse errado haveria uma encrenca enorme. Como, afinal, ele sabia que o homem no caminho de sirga era quem dizia ser? Não fazia a mínima ideia de quem era o major Vandam, e qualquer um poderia vestir uma camisa de uniforme de major. E se fosse uma fraude? Havia um certo tipo de jovens oficiais ingleses que adoravam pregar peças em egípcios bem-intencionados.

Ele tinha uma reação-padrão em situações como essa: passar a bola para a frente. De qualquer modo, naquele caso ele fora instruído a prestar contas ao seu oficial superior e a ninguém mais. Iria à delegacia e dali, decidiu, ligaria para a casa do superintendente Kemel.

Kemel saberia o que fazer.

~

Elene saiu da escada e olhou, nervosa, o interior da casa-barco. Tinha esperado que a decoração fosse simples e náutica. Na verdade era luxuosa, ainda que um pouco exagerada. Havia tapetes grossos, divãs baixos, duas mesinhas elegantes e suntuosas cortinas de veludo que iam do chão ao teto e dividiam aquele espaço da outra metade do barco, presumivelmente o quarto. Do lado oposto às cortinas, onde o barco se estreitava até o que havia sido a popa, havia uma cozinha minúscula, com equipamentos pequenos porém modernos.

– É seu? – perguntou ela a Wolff.

– De uma amiga. Sente-se.

Elene se sentiu numa armadilha. Onde diabo estava William Vandam? Por várias vezes pensara ter visto uma motocicleta atrás do carro, mas não podia olhar com atenção, por medo de alertar Wolff. A cada segundo esperava que soldados cercassem o carro, prendessem Wolff e a libertassem, e, à medida que os minutos viravam horas, tinha começado a imaginar se tudo não seria um sonho, se William Vandam sequer existia.

Agora Wolff tinha ido à geladeira, pegado uma garrafa de champanhe, encontrado duas taças, tirado a película prateada do topo da garrafa, desenrolado o arame, puxado a rolha com um estalo alto e servido o champanhe nas taças e *onde diabo estava Vandam?*

Sentia-se aterrorizada com Wolff. Tivera muitas ligações com homens, algumas casuais, mas sempre havia confiado no homem, sempre soubera que ele seria gentil ou, se não gentil, ao menos educado. Era por seu corpo que sentia medo: se deixasse Wolff brincar com seu corpo, que tipo de jogos ele inventaria? Sua pele era sensível, macia, muito fácil de machucar, muito vulnerável deitada de costas com as pernas abertas... Ficar assim com alguém que a amava, com alguém que seria tão gentil com seu corpo quanto ela própria, era uma alegria, mas com Wolff, que só queria *usá-la*... Elene estremeceu.

– Está com frio? – perguntou ele, entregando-lhe a taça.

– Não, eu não estava tremendo.

Ele ergueu a taça.

– Saúde.

A boca de Elene estava seca. Ela tomou um gole pequeno do champanhe gelado, depois um gole grande. Isso a fez se sentir um pouquinho melhor.

Ele se sentou ao seu lado no sofá e virou para olhá-la.

– Que noite maravilhosa. Gosto demais da sua companhia. Você é uma feiticeira.

Aí vem, pensou ela.

Ele pôs a mão em seu joelho.

Ela congelou.

– Você é enigmática – continuou Wolff. – Atraente, altiva, linda, às vezes ingênua e às vezes tão sagaz... Pode me dizer uma coisa?

– Espero que sim.

Ela não o olhou.

Com a ponta do dedo ele traçou a silhueta de seu rosto: testa, nariz, lábios, queixo.

– Por que você está saindo comigo? – perguntou.

O que ele queria dizer? Seria possível que suspeitasse do que ela estava fazendo de verdade? Ou seria apenas a próxima jogada?

Ela o encarou.

– Você é um homem muito atraente.

– Fico feliz por você achar isso. – Ele pôs a mão em seu joelho outra vez e se inclinou para beijá-la. Ela lhe ofereceu o rosto, como tinha feito uma vez naquela noite. Os lábios de Wolff roçaram sua pele, e então ele sussurrou: – Por que está com medo de mim?

Houve um barulho no convés – passos rápidos e leves – e então a escotilha se abriu.

Elene pensou: William!

Um sapato de salto alto e um pé de mulher apareceram. Ela desceu, fechou a escotilha e saiu da escada. Elene viu o rosto dela e a reconheceu como Sonja, a dançarina do ventre.

Pensou: Que diabo está acontecendo?

~

– Certo, sargento – disse Kemel ao telefone. – Você fez a coisa certa entrando em contato comigo. Eu mesmo cuido disso. Na verdade, pode deixar o serviço agora.

– Obrigado, senhor. Boa noite.

– Boa noite.

Kemel desligou. Que catástrofe. Os ingleses tinham seguido Alex Wolff até a casa-barco e Vandam estava tentando organizar um ataque. Haveria duas consequências: primeiro, a perspectiva de os Oficiais Livres usarem o rádio dos alemães desapareceria, e não haveria possibilidade de fazer negociações com o Reich antes que Rommel conquistasse o Egito. Segundo, assim que os britânicos descobrissem que a casa-barco era um ninho de espiões, deduziriam rapidamente que Kemel estivera escondendo os fatos e protegendo os agentes. Kemel lamentou não ter pressionado Sonja mais um pouco, obrigado-a a marcar um encontro dentro de horas, e não de dias. Mas era tarde demais para lamentar. O que iria fazer agora?

Voltou ao quarto e se vestiu rapidamente. Na cama, a esposa perguntou baixinho:

– O que foi?

– Trabalho – sussurrou ele.

– Ah, não.

Ela se virou para o outro lado.

Kemel pegou a pistola na gaveta trancada da escrivaninha e a colocou no bolso do paletó, depois beijou a mulher e saiu de casa em silêncio. Entrou no carro e ligou o motor. Ficou sentado por um minuto. Precisava consultar Sadat, mas isso demoraria. Nesse meio-tempo Vandam poderia ficar impaciente esperando junto à casa-barco e fazer algo precipitado. Primeiro Kemel precisaria lidar com ele, e depois poderia ir à casa de Sadat.

Partiu com o carro na direção de Zamalek. Queria ter tempo para pensar, devagar e com clareza, mas tempo era algo que ele não tinha. Será que deveria matar Vandam? Nunca havia matado alguém e não sabia se seria capaz. Fazia anos desde que tinha apenas *batido* em alguém. E como poderia esconder seu envolvimento em tudo isso? Poderiam se passar dias até que os alemães chegassem ao Cairo – na verdade era possível, até mesmo neste estágio, que eles fossem repelidos. E haveria uma investigação quanto aos acontecimentos dessa noite no caminho de sirga, e cedo ou tarde a culpa iria bater à porta de Kemel. Ele provavelmente seria fuzilado.

– Coragem – disse em voz alta, lembrando-se de como o avião de Imam tinha explodido em chamas ao fazer o pouso de emergência no deserto.

Parou perto do caminho de sirga. Tirou um pedaço de corda de dentro do porta-malas. Enfiou a corda no bolso do paletó e pegou a arma com a mão direita.

Segurou-a pelo cano, para usar como porrete. Quanto tempo fazia que não a usava? Seis anos, pensou, sem contar o treino ocasional de tiro ao alvo.

Chegou à margem do rio. Olhou para o Nilo prateado, as formas negras das casas-barcos, a linha fraca do caminho de sirga e a escuridão dos arbustos. Vandam devia estar em algum ponto dos arbustos. Kemel avançou com passos leves.

~

Vandam olhou seu relógio à luz da brasa do cigarro. Onze e meia. Obviamente alguma coisa tinha dado errado. O policial árabe dera o recado errado, o QG não conseguira localizar Jakes ou de algum modo Bogge havia estragado tudo. Não podia correr o risco de Wolff usar o rádio com a informação que tinha agora. Não existia opção a não ser entrar na casa-barco sozinho e arriscar tudo.

Apagou o cigarro, então ouviu passos em algum ponto dos arbustos.

– Quem é? – sussurrou. – Jakes?

Uma forma escura emergiu.

– Sou eu.

Vandam não reconheceu a voz murmurada e não conseguia ver o rosto da pessoa.

– Quem?

A figura chegou mais perto e levantou um braço.

– Quem... – começou a perguntar Vandam.

Então percebeu que o braço estava descendo num golpe. Saltou de lado e algo acertou a lateral de sua cabeça, batendo em seguida no ombro. Gritou de dor e sentiu o braço direito ficar entorpecido. O braço subiu de novo. Vandam deu um passo adiante, tentando desajeitadamente alcançar o agressor com a mão esquerda. A figura recuou e golpeou outra vez, e desta acertou direto o topo da sua cabeça. Houve um momento de dor intensa e então Vandam perdeu a consciência.

~

Kemel pôs a arma no bolso e se ajoelhou ao lado do corpo caído de Vandam. Primeiro tocou o peito dele e ficou aliviado ao sentir batimentos cardíacos fortes. Rapidamente, tirou as sandálias de Vandam, removeu as meias, fez uma bola com elas e a enfiou na boca do inglês inconsciente. Isso deveria impedir que ele gritasse. Em seguida virou-o, cruzou seus pulsos às costas e os amarrou com a corda. Com a outra ponta da corda, amarrou os tornozelos. Por fim atou a corda a uma árvore.

Vandam voltaria a si em alguns minutos, mas não conseguiria se mexer. Nem poderia gritar. Ficaria ali até que alguém o encontrasse por acaso. Quando isso poderia acontecer? Em geral havia pessoas nos arbustos, rapazes com as namoradas e soldados com suas garotas, mas naquela noite sem dúvida houvera movimentação suficiente para espantá-los. Existia uma chance de que um casal chegando tarde visse Vandam ou talvez o escutasse gemendo... Kemel precisaria correr esse risco – não havia sentido em ficar por ali e se preocupar.

Decidiu dar uma olhada rápida na casa-barco. Foi com passos leves pelo caminho de sirga até o *Jihan*. Havia luzes acesas lá dentro, mas pequenas cortinas cobriam as escotilhas. Sentiu-se tentado a subir, mas primeiro queria consultar Sadat, porque não tinha certeza do que deveria ser feito.

Voltou para seu carro.

~

– Alex me contou tudo sobre você, Elene – disse Sonja, e sorriu.

Elene sorriu de volta. Aquela era a amiga de Wolff, dona da casa-barco. Será que Wolff estava morando com ela? Será que não esperava que ela voltasse tão cedo? Por que nenhum dos dois estava com raiva, confuso ou sem graça? Só para ter o que dizer, Elene perguntou:

– Está vindo da Cha-Cha?

– Isso.

– Como foi?

– Como sempre: exaustivo, empolgante, um sucesso.

Obviamente Sonja não era uma mulher modesta.

Wolff entregou uma taça de champanhe a Sonja. Ela a pegou sem olhar para ele e disse a Elene:

– Então você trabalha na loja do Mikis?

– Não, não trabalho – respondeu Elene, pensando: Você está mesmo interessada nisso? – Eu o ajudei durante uns dias, só isso. Nós somos parentes.

– Então você é grega?

– Isso mesmo. – A conversa estava dando confiança a Elene. Seu medo recuou. Não importava o que acontecesse, Wolff provavelmente não iria estuprá-la apontando-lhe uma faca na frente de uma das mulheres mais famosas do Egito. Sonja lhe dava espaço para respirar, pelo menos. William estava decidido a capturar Wolff antes da meia-noite...

Meia-noite!

Quase tinha esquecido. À meia-noite Wolff deveria entrar em contato com os inimigos pelo rádio e entregar os detalhes da linha de defesa. Mas onde estava o rádio? Ali, no barco? Se estivesse em outro lugar, Wolff precisaria sair logo. Se fosse ali, será que mandaria a mensagem na frente de Elene e Sonja? O que ele estaria pensando?

Wolff sentou-se ao lado de Elene. Ela se sentiu vagamente ameaçada, com um de cada lado.

– Que homem de sorte eu sou, sentado aqui com as duas mulheres mais lindas do Cairo – disse Wolff.

Elene olhou direto para a frente, sem saber o que falar.

– Ela não é linda, Sonja? – falou Wolff.

– Ah, sim. – Sonja tocou o rosto de Elene, depois segurou seu queixo e virou sua cabeça para ela. – Você me acha bonita, Elene?

– Claro.

Elene franziu a testa. Aquilo estava ficando esquisito. Era quase como se...

– Fico tão feliz com isso! – exclamou Sonja, e pôs a mão no joelho de Elene.

E então ela entendeu.

Tudo se encaixou: a paciência de Wolff, sua cortesia fingida, a casa-barco, o surgimento inesperado de Sonja... Elene percebeu que não estava nem um pouco segura. Seu medo de Wolff retornou, mais forte do que antes. Os dois queriam usá-la e ela não teria escolha, precisaria se deitar ali, muda e sem resistir, enquanto eles fariam o que quisessem. Wolff com a faca numa das mãos...

Pare com isso!

Não vou sentir medo. Posso suportar ser abusada por um par de velhos idiotas e depravados. Há mais coisas em jogo aqui. Esqueça seu corpinho precioso, pense no rádio e em como impedir Wolff de usá-lo.

Aquele sexo a três poderia ser usado a seu favor.

Olhou furtivamente o relógio. Quinze para meia-noite. Tarde demais para contar com William. Ela, Elene, era a única que poderia impedir Wolff.

E achava que sabia como.

Sonja e Wolff trocaram um olhar, como um sinal. Cada qual com uma das mãos nas coxas de Elene, inclinaram-se pela frente dela e se beijaram diante de seus olhos.

Ela fitou os dois. Foi um beijo longo, lascivo. Pensou: O que eles esperam que eu faça?

Eles se separaram.

Wolff beijou Elene do mesmo modo. Ela não resistiu. Depois sentiu a mão de Sonja em seu queixo. Ela virou o rosto de Elene e beijou seus lábios.

Elene fechou os olhos, pensando: Isso não vai me machucar, não vai me machucar.

Realmente não machucava, mas era *estranho* ser beijada com tanta ternura por uma mulher.

Pensou: De algum modo preciso controlar essa situação.

Sonja abriu a blusa. Tinha seios grandes e morenos. Wolff inclinou a cabeça e pegou um mamilo com a boca. Elene sentiu Sonja empurrando sua cabeça para baixo. Percebeu que deveria seguir o exemplo de Wolff. Fez isso. Sonja gemeu.

Tudo aquilo era para Sonja: obviamente era a fantasia dela, sua tara; era ela que ofegava e gemia, não Wolff. Elene sentiu medo de a qualquer minuto Wolff se afastar e ir usar o seu rádio. Enquanto realizava mecanicamente os movimentos de fazer amor com Sonja, ficava pensando em modos de deixar Wolff fora de si de tanta luxúria.

Mas a cena toda era tão idiota, tão farsesca, que tudo o que ela pensava fazer parecia apenas cômico.

Preciso manter Wolff longe daquele rádio.

Qual é a *chave* de tudo isso? O que eles querem *de verdade*?

Afastou o rosto para longe de Sonja e beijou Wolff. Ele virou a boca para a dela. Elene encontrou a mão dele e a apertou contra as coxas. Ele respirou fundo e Elene pensou: pelo menos está interessado.

Sonja tentou separá-los.

Wolff olhou para Sonja e lhe deu um tapa no rosto, com força.

Elene ofegou, surpresa. Seria essa a chave? Devia ser um jogo deles, só podia ser.

Wolff voltou a atenção para Elene. Sonja tentou entrar entre os dois de novo.

Desta vez Elene deu um tapa nela.

Sonja soltou um gemido profundo.

Elene pensou: Consegui, adivinhei o jogo, estou no *controle*.

Viu Wolff olhar para o relógio.

De repente Elene se levantou. Os dois olharam para ela. Então ela ergueu os braços lentamente, tirou o vestido pela cabeça, jogou-o de lado e ficou parada, só com a calcinha preta e a meia-calça. Tocou-se de leve, passando as mãos entre as coxas e nos seios. Viu o rosto de Wolff mudar: sua expressão de compostura sumiu e ele a encarou com os olhos arregalados de desejo. Estava tenso, hipnotizado. Lambeu os lábios. Elene levantou o pé esquerdo, plantou um sapato de salto alto entre os seios de Sonja e a empurrou para trás. Depois agarrou a cabeça de Wolff e a puxou para a barriga.

Sonja começou a beijar o pé de Elene.

Wolff fez um som que era algo entre um gemido e um suspiro e enterrou o rosto entre as coxas de Elene.

Ela olhou para o relógio.

Meia-noite.

CAPÍTULO VINTE E TRÊS

ELENE ESTAVA DEITADA NA cama, nua. Estava imóvel, rígida, os músculos tensos, olhando fixamente para o teto vazio. À direita, Sonja, de bruços, com os braços e as pernas esparramados sobre os lençóis, roncava. A mão direita dela estava pousada, frouxa, no quadril de Elene. Wolff estava à esquerda de Elene. Deitado de lado, virado para ela, acariciando seu corpo, sonolento.

Elene estava pensando: Bom, isso não me matou.

O jogo tinha sido sobre rejeitar e aceitar Sonja. Quanto mais Elene e Wolff a rejeitavam e abusavam dela, mais passional a dançarina se tornava, até que por fim Wolff rejeitou Elene e fez amor sofregamente com Sonja. Era um roteiro que os dois obviamente conheciam muito bem: já tinham feito aquilo antes.

Tinha dado muito pouco prazer a Elene, mas ela não se sentiu nauseada, humilhada nem enojada como imaginara a princípio. O que sentiu foi que tinha sido traída, e por si mesma. Era como empenhar uma joia dada por um amante, ter o cabelo comprido cortado para vender ou mandar uma criança pequena trabalhar numa fábrica. Tinha abusado de si mesma. Pior de tudo, o que havia feito era o ápice lógico da vida que levava: nos oito anos desde que tinha saído de casa, estivera a um passo da prostituição, e agora sentiu que havia chegado lá.

As carícias pararam e ela olhou de lado para o rosto de Wolff. Os olhos dele estavam fechados. Estava caindo no sono.

Elene se perguntou o que teria acontecido com Vandam.

Algo tinha dado errado. Talvez ele tivesse perdido de vista o carro de Wolff no Cairo. Talvez tivesse tido um acidente no trânsito. Qualquer que fosse o motivo, Vandam não a estava mais vigiando. Ela estava sozinha.

Tinha conseguido fazer com que Wolff se esquecesse da transmissão para Rommel à meia-noite – mas o que o impediria de mandá-la em outra noite? Elene precisaria ir ao QG e contar a Jakes onde Wolff podia ser encontrado. Teria de escapulir agora mesmo, encontrar Jakes, fazer com que ele tirasse a equipe da cama...

Demoraria demais. Wolff poderia acordar, descobrir que Elene tinha ido embora e desaparecer de novo.

Será que o rádio estava ali, na casa-barco, ou em outro lugar? Isso fazia toda a diferença.

Lembrou-se de uma coisa que Vandam tinha dito na noite anterior. Teriam sido mesmo apenas algumas horas atrás? "Se você conseguir a chave do código *Rebecca*, eu posso fingir que sou ele pelo rádio... Isso poderia virar a mesa completamente..."

Pensou: Talvez eu possa encontrar a chave.

Ele dissera que era um pedaço de papel explicando como usar o livro para codificar as mensagens.

Elene percebeu que agora tinha a chance de localizar o rádio e a chave do código.

Precisava fazer uma busca na casa-barco.

Não se mexeu. Estava com medo outra vez. Se Wolff a descobrisse procurando... Lembrou-se da teoria dele sobre a natureza humana: o mundo era dividido em senhores e escravos. A vida de um escravo não valia nada.

Não, pensou. Vou sair daqui de manhã, normalmente, e depois vou dizer aos ingleses onde Wolff pode ser encontrado, aí eles vão invadir a casa-barco e...

E se Wolff tiver ido embora? E se o rádio não estiver aqui?

Então tudo teria sido por nada.

Agora a respiração de Wolff estava lenta e tranquila: ele dormia a sono solto. Elene baixou a mão, pegou a de Sonja, frouxa, e moveu-a de sua coxa para o lençol. A mulher não se mexeu.

Agora nenhum dos dois estava tocando Elene. Era um grande alívio.

Sentou-se lentamente.

A mudança de peso no colchão incomodou os dois. Sonja grunhiu, levantou a cabeça, virou-se para o outro lado e voltou a roncar. Wolff rolou de costas sem abrir os olhos.

Movendo-se devagar, encolhendo-se a cada movimento do colchão, Elene se virou até estar de quatro, na direção da cabeceira da cama. Começou a engatinhar para trás: joelho direito, mão esquerda, joelho esquerdo, mão direita. Olhou os dois rostos adormecidos. O pé da cama parecia estar a quilômetros de distância. O silêncio ressoava em seus ouvidos como trovões. A própria casa-barco balançou para um lado e para outro na esteira de uma barca que passava e Elene aproveitou a agitação para sair rapidamente da cama. Ficou imóvel, enraizada no lugar, olhando os dois, até que o barco parou de se mexer. Eles continuaram dormindo.

Onde deveria iniciar a busca? Decidiu ser metódica e começar na frente e ir até a parte de trás. Na proa do barco ficava o banheiro. De repente percebeu que precisava ir lá de qualquer modo. Atravessou o quarto na ponta dos pés e entrou no cômodo minúsculo.

Sentada no vaso sanitário, olhou em volta. Onde um rádio poderia estar escondido? Não sabia muito bem que tamanho ele teria – seria do tamanho de uma mala? De uma pasta? De uma bolsa de mão? Ali havia uma pia, uma banheira pequena e um armário na parede. Levantou-se e abriu o armário. Continha objetos para fazer a barba, comprimidos e um pequeno rolo de gaze.

O rádio não estava no banheiro.

Não tinha coragem de revistar o quarto enquanto eles dormiam, pelo menos por enquanto. Atravessou-o e passou pela cortina até a sala. Olhou rapidamente em volta. Sentia a necessidade de ser rápida e se obrigou a permanecer calma e cuidadosa. Começou pelo lado de estibordo. Ali havia um divã. Bateu na base, com delicadeza: parecia oca. O rádio podia estar embaixo. Tentou levantá-lo e não conseguiu. Olhando pela borda, viu que o divã era aparafusado no chão. Os parafusos estavam bem apertados. O rádio não estaria ali. Em seguida, viu um armário alto. Abriu-o devagar. Ele guinchou um pouco e ela parou. Ouviu um grunhido no quarto. Esperou que Wolff passasse intempestivamente pela cortina e a flagrasse, mas nada aconteceu.

Olhou dentro do armário. Havia uma vassoura, alguns espanadores, material de limpeza e uma lanterna. Nenhum rádio. Fechou a porta. Ela rangeu de novo.

Foi para a área da cozinha. Precisou abrir seis armários menores. Eles continham louça, comida enlatada, panelas, copos, café, arroz, chá e toalhas. Embaixo da pia havia um balde para o lixo da cozinha. Elene olhou dentro da geladeira. Continha uma garrafa de champanhe. Havia várias gavetas. Será que o rádio seria pequeno a ponto de caber numa gaveta? Abriu uma delas. O barulho dos talheres estraçalhou seus nervos. Nada do rádio. Outra gaveta: uma enorme variedade de vidros de temperos, desde essência de baunilha até curry em pó – alguém gostava de cozinhar. Mais uma gaveta: facas de cozinha.

Junto da cozinha ficava um pequeno escritório com uma escrivaninha de tampo de correr. Embaixo havia uma maleta. Elene a pegou e viu que era pesada. Abriu-a. Ali estava o rádio.

Seu coração deu um salto.

Era uma mala comum, simples, com dois fechos, uma alça de couro e cantos reforçados. O rádio se encaixava exatamente dentro, como se tivesse sido feito sob medida. A tampa deixava um pequeno espaço em cima do rádio, e ali havia um livro. A sobrecapa tinha sido arrancada para que ele coubesse no espaço da tampa. Elene pegou o livro e abriu. Leu: "Ontem à noite sonhei que voltava a Manderley." Era *Rebecca*.

Folheou o livro. Havia algo entre as páginas. Abriu o exemplar de cabeça para baixo e um pedaço de papel caiu no chão. Ela se abaixou e o pegou. Era uma lista de números e datas, com algumas palavras em alemão. Sem dúvida, a chave do código.

Estava segurando o que Vandam precisava para virar a maré da guerra.

De repente a responsabilidade pesou.

Sem isso, pensou, Wolff não pode mandar mensagens para Rommel – ou, se mandar mensagens em linguagem comum, os alemães vão suspeitar da autenticidade e ficar preocupados com a possibilidade de os aliados ouvirem... Ou seja: sem isso Wolff é inútil. Com isso Vandam pode vencer a guerra.

Precisava fugir agora, levando a chave.

Lembrou-se de que estava totalmente nua.

Saiu do transe. Seu vestido estava no sofá, embolado e amarrotado. Atravessou o barco, pousou o livro e a chave do código, pegou o vestido e o passou pela cabeça.

A cama rangeu.

De trás das cortinas veio o som inconfundível de alguém se levantando, alguém pesado – só podia ser Wolff. Elene ficou paralisada. Escutou o homem caminhar para a cortina, depois para longe de novo. Ouviu a porta do banheiro.

Não tinha tempo de colocar a calcinha. Pegou a bolsa e o livro com a chave dentro. Escutou Wolff saindo do banheiro. Foi até a escada e subiu correndo, com os sapatos altos soando como tiros nos degraus de madeira. Olhando para baixo, viu Wolff aparecer entre as cortinas e encará-la, atônito. Os olhos dele correram até a mala aberta no chão. Elene olhou para a escotilha. Estava presa pelo lado de dentro com dois trincos. Puxou-os para trás. Com o canto do olho, viu Wolff correr para a escada. Empurrou a escotilha e saiu correndo. Quando parou no convés, Wolff estava subindo a escada. Elene abaixou-se rapidamente e levantou a pesada escotilha de madeira. Quando a mão direita de Wolff segurou a borda da abertura, Elene bateu a escotilha em cima dos dedos dele com toda a força. Houve um rugido de dor. Ela correu pelo convés e desceu a prancha.

Era exatamente isso: uma prancha que levava do convés até a margem do rio. Ela parou, segurou a ponta da tábua e a jogou no rio.

Wolff saiu pela escotilha e seu rosto era uma máscara de dor e fúria.

Elene entrou em pânico ao vê-lo atravessar o convés correndo. Pensou: ele está nu, não pode me perseguir! Ele deu um salto por cima da amurada do barco.

Ele não vai conseguir!

Wolff pousou na extremidade da margem do rio, sacudindo os braços para se equilibrar. Com um súbito acesso de coragem, Elene correu na direção dele e, enquanto o espião ainda estava desequilibrado, empurrou-o de costas na água.

Virou de novo e saiu correndo pelo caminho de sirga.

Quando chegou ao fim do caminho, que levava à rua, parou e olhou para trás. Seu coração estava quase pulando pela boca e ela sorvia o ar em inspirações longas e trêmulas. Ficou animada ao ver Wolff, ensopado e nu, subindo a margem lamacenta do rio. Estava clareando: ele não poderia persegui-la daquele jeito. Virou na direção da rua, começou a correr e trombou em alguém.

Braços fortes a agarraram com força. Ela lutou desesperadamente, conseguiu se soltar e foi capturada de novo. Afrouxou o corpo, derrotada – depois de tudo aquilo, pensou. Depois de tudo aquilo...

Foi girada, agarrada pelos braços estranhos e então levada na direção da casa-barco. Viu Wolff andando na sua direção. Começou a lutar de novo, e o homem que a segurava decidiu passar um braço pelo seu pescoço. Ela abriu a boca para gritar por socorro, mas, antes que pudesse emitir qualquer som, o homem enfiou com força os dedos pela sua garganta, fazendo-a sentir ânsia de vômito.

Wolff se aproximou e disse:

– Quem é você?

– Meu nome é Kemel. Você deve ser Wolff.

– Graças a Deus você estava aqui.

– Você está bastante encrencado, Wolff – disse o homem chamado Kemel.

– É melhor subir a bordo. Ah, merda, ela jogou fora a porra da prancha.

– Wolff olhou para o rio e viu a prancha flutuando ao lado da casa-barco.

– Bem, mais molhado que isso não dá para ficar – disse. Em seguida, deslizou pela margem, mergulhou, pegou a prancha, empurrou-a margem acima e subiu. Pegou-a de novo e a colocou no espaço entre a casa-barco e a beira do rio. – Por aqui – orientou.

Kemel fez Elene subir pela prancha, atravessar o convés e descer a escada.

– Coloque-a ali – ordenou Wolff, apontando para o sofá.

Kemel empurrou Elene para o sofá, com alguma delicadeza, e a fez se sentar.

Wolff passou pela cortina e voltou um instante depois com uma toalha grande. Começou a se enxugar com ela. Não parecia nem um pouco constrangido com a própria nudez.

Elene ficou surpresa ao ver que Kemel era um homem bastante pequeno. Pelo modo como a havia agarrado, pensara que ele teria o tamanho de Wolff. Era um árabe bonito, de pele morena. Estava olhando para longe de Wolff, inquieto.

Wolff enrolou a toalha na cintura e se sentou. Examinou a mão.

– Ela quase quebrou meus dedos – disse.

Em seguida olhou para Elene com uma mistura de raiva e diversão.

– Onde está Sonja? – perguntou Kemel.

– Na cama – respondeu Wolff, acenando com a cabeça na direção da cortina. – Ela dorme no meio de um terremoto, especialmente depois de uma noite de luxúria.

Kemel estava desconfortável com aquela conversa, observou Elene, e talvez também impaciente com a tranquilidade de Wolff.

– Você está bastante encrencado – repetiu.

– Eu sei – disse Wolff, resignado. – Imagino que ela esteja trabalhando para Vandam.

– Disso eu não sei. Recebi um telefonema no meio da noite, do meu policial que estava no caminho de sirga. Vandam tinha aparecido e mandado o sujeito pedir ajuda.

Wolff ficou chocado.

– Foi por pouco! – exclamou. Pareceu mais preocupado. – Onde está Vandam?

– Lá fora, ainda. Eu o acertei na cabeça e o amarrei.

O coração de Elene quase parou de bater. Vandam estava lá fora nos arbustos, ferido e incapacitado, e mais ninguém sabia onde ela se encontrava. Tudo tinha sido por nada, afinal de contas.

Wolff assentiu.

– Vandam a seguiu até aqui. São duas pessoas que conhecem este lugar. Se eu ficar aqui, terei que matar ambos.

Elene estremeceu – ele falava com muita tranquilidade sobre matar pessoas. Senhores e escravos, lembrou.

– Não vai funcionar – disse Kemel. – Se você matar Vandam, eu acabarei sendo culpado pelo assassinato. Você pode ir embora, mas eu preciso viver nesta cidade. – Ele fez uma pausa, observando Wolff com os olhos estreitados. – E, se me matasse, ainda restaria o homem que ligou para mim ontem à noite.

– Então... – Wolff franziu a testa e fez um ruído raivoso. – Não há escolha. Preciso ir embora. Droga.

Kemel assentiu.

– Se você desaparecer, acho que posso encobrir as coisas. Mas quero algo de você. Lembre-se do motivo pelo qual estou ajudando.

– Você quer falar com Rommel.

– Quero.

– Vou mandar uma mensagem para ele amanhã à noite... Quero dizer, agora à noite... Droga, eu mal dormi. Diga o que quer transmitir e eu vou...

– Não – interrompeu Kemel. – Nós mesmos queremos transmitir. Queremos o seu rádio.

Wolff franziu a testa. Elene percebeu que Kemel era um rebelde nacionalista, cooperando ou tentando cooperar com os alemães.

– Podemos mandar sua mensagem para você... – acrescentou Kemel.

– Não há necessidade – disse Wolff. Ele parecia ter chegado a uma decisão. – Tenho outro rádio.

– Então está combinado.

– Ali está o rádio. – Wolff apontou para a maleta aberta, que ainda estava no chão, exatamente onde Elene a havia deixado. – Já está sintonizado na frequência certa. Você só precisa transmitir à meia-noite, em qualquer noite, mas deve ser meia-noite.

Kemel foi até o aparelho e o examinou. Elene se perguntou por que Wolff não tinha dito nada sobre o código *Rebecca*. Wolff não se importava se Kemel contatasse Rommel ou não, concluiu, e dar o código a ele seria correr o risco de ele entregá-lo a outra pessoa. Wolff estava agindo com segurança de novo.

– Onde Vandam mora? – perguntou Wolff.

Kemel disse o endereço.

Elene pensou: E *agora*, o que ele quer?

– Ele é casado, imagino – disse Wolff.

– Não.

– Um solteirão. Droga.

– Não é um solteirão – explicou Kemel, ainda olhando para o rádio. – É viúvo. A mulher dele foi morta em Creta no ano passado.

– Filhos?

– Sim. Um menino de 10 anos chamado Billy, pelo que me disseram. Por quê quer saber?

Wolff deu de ombros.

– Sou interessado, um tanto obcecado, pelo homem que chegou tão perto de me pegar.

Elene teve certeza de que ele estava mentindo.

Kemel fechou a mala, aparentemente satisfeito.

– Fique de olho nela por um minuto, por favor, está bem? – pediu Wolff.

– Claro.

Wolff se virou, depois girou de volta. Tinha notado que Elene ainda segurava o *Rebecca*. Estendeu a mão e pegou o livro. Despareceu do outro lado da cortina.

Elene pensou: se eu contar a Kemel sobre o código, talvez ele exija que Wolff o entregue. Mas o que vai acontecer a mim?

– O que... – começou Kemel a lhe dizer.

Parou abruptamente quando Wolff retornou trazendo suas roupas e começou a se vestir.

– Você tem codinome? – perguntou a ele.

– Esfinge – respondeu Wolff rapidamente.

– Algum código?

– Nenhum código.

– O que havia naquele livro?

Wolff pareceu irritado.

– Um código. Mas você não pode saber qual é.

– Nós precisamos dele.

– Não posso dar. Vocês terão que correr o risco e transmitir às claras.

Kemel assentiu.

De repente Wolff estava com a faca na mão.

– Não discuta – disse. – Sei que você tem uma arma no bolso. Lembre-se: se atirar, vai ter que se explicar aos ingleses. É melhor ir agora.

Kemel se virou em silêncio, subiu a escada e passou pela escotilha. Elene ouviu os passos dele acima. Wolff foi até a escotilha e observou-o se afastar pelo caminho de sirga.

Wolff guardou a faca e abotoou a camisa por cima da bainha. Calçou os sapatos e os amarrou bem apertados. Pegou o livro no outro cômodo, tirou de dentro o pedaço de papel com o código, amassou o papel e o largou num grande cinzeiro de vidro. Em seguida, pegou uma caixa de fósforos numa gaveta da cozinha e pôs fogo no papel.

Wolff talvez tenha outra chave guardada junto com o outro rádio, pensou Elene.

Wolff olhou as chamas para garantir que o papel estivesse totalmente queimado. Olhou para o livro, como se pensando em queimá-lo também, depois abriu uma escotilha e o jogou no rio.

Pegou uma maleta pequena num armário e começou a colocar algumas coisas dentro.

– Aonde você vai? – perguntou Elene.

– Você já vai saber. Você vai junto.

– Ah, não.

O que Wolff faria com ela? Ele a flagrara. Será que havia imaginado algum castigo adequado? Elene sentiu-se muito cansada e com medo. Nada do que tinha feito dera certo. Em determinado momento, temera simplesmente a ideia de ser obrigada a fazer sexo com ele. O que deveria recear agora? Pensou em tentar fugir de novo – da última vez quase tinha conseguido –, mas não tinha mais ânimo.

Wolff continuou arrumando a mala. Elene viu algumas de suas próprias roupas no chão e lembrou que não tinha se vestido direito. Ali estavam a calcinha e a meia-calça. Decidiu vesti-los. Levantou-se e tirou o vestido. Abaixou-se para pegar a calcinha. Quando se levantou, Wolff a abraçou. Ele comprimiu um beijo rude contra seus lábios, não parecendo se importar que ela estivesse completamente sem reação. Pôs a mão entre suas pernas e enfiou um dedo dentro dela. Tirou o dedo da vagina e o enfiou em seu ânus. Ela ficou tensa. Então ele enfiou o dedo com mais força e ela ofegou de dor.

Wolff a encarou.

– Sabe, acho que vou levá-la comigo mesmo que você não tenha mais utilidade.

Ela fechou os olhos, humilhada. Wolff lhe deu as costas abruptamente e voltou a arrumar a mala.

Elene vestiu a roupa.

Quando ficou pronto, Wolff deu uma última olhada ao redor.

– Vamos.

Elene o acompanhou até o convés, imaginando o que ele planejava fazer com relação a Sonja.

Como se soubesse o que ela estava pensando, Wolff disse:

– Odeio interromper o sono da beleza de Sonja. – Riu. – Vá andando.

Seguiram pelo caminho de sirga. Por que ele estava deixando Sonja para trás? Elene não conseguia entender, mas sabia que era uma atitude insensível. Wolff era um homem totalmente inescrupuloso, concluiu, e o pensamento a fez estremecer, porque estava sob o domínio dele.

Imaginou se conseguiria matá-lo.

Ele carregou a mala na mão esquerda e segurou o braço dela com a direita. Os dois viraram na trilha, foram até a rua e se dirigiram ao carro dele. Wolff destrancou a porta do lado do motorista e a fez entrar passando por cima da alavanca de câmbio até o banco do carona. Entrou depois dela e ligou o carro.

Era um milagre o veículo estar inteiro depois de ser deixado na rua durante toda a noite: normalmente qualquer coisa que pudesse ser levada teria sido roubada, inclusive as rodas. Ele é o homem mais sortudo que existe, pensou Elene.

Partiram. Ela se perguntou aonde iriam. Onde quer que fosse, o segundo rádio de Wolff estava lá, junto com mais um exemplar do *Rebecca* e outra chave do código. Quando chegarmos precisarei tentar de novo, pensou, cansada. Agora tudo estava por sua conta. Wolff havia saído da casa-barco, de modo que Vandam não poderia fazer nada depois que alguém o desamarrasse. Elene, sozinha, precisava impedir que Wolff contatasse Rommel e, se possível, roubar a chave do código. A ideia era ridícula, totalmente impensável. Tudo o que desejava de fato era se afastar daquele homem maligno e perigoso e ir para casa, esquecer tudo sobre espiões, código e guerra, e sentir-se segura de novo.

Pensou no pai caminhando até Jerusalém e soube que precisava tentar.

Wolff parou o carro. Elene percebeu onde estavam.

– Aqui é a casa de Vandam! – exclamou.

– É.

Olhou para Wolff, tentando ler sua expressão.

– Mas ele não está aqui – observou.

– Não. – Wolff deu um sorriso sinistro. – Mas Billy está.

CAPÍTULO VINTE E QUATRO

A NWAR EL-SADAT ESTAVA MARAVILHADO com o rádio.
– É um Hallicrafter/Skychallenger – disse a Kemel. – Americano.
Em seguida o ligou para testar e afirmou que o sinal era muito forte.

Kemel explicou que ele precisaria transmitir à meia-noite e que o codinome era Esfinge. Disse que Wolff tinha se recusado a lhe dar o código e que precisariam correr o risco de transmitir às claras.

Esconderam o rádio no fogão da cozinha da casa pequenina.

Kemel deixou Sadat em casa e foi de Kubri al-Qubbah de volta para Zamalek. No caminho, pensou em como encobriria seu papel nos acontecimentos da noite.

Sua história precisava bater com a do sargento que Vandam tinha mandado em busca de ajuda, por isso precisaria admitir que havia recebido o telefonema. Talvez dissesse que, após alertar os britânicos, tinha ido pessoalmente à casa-barco investigar, para o caso de o "major Vandam" ser um impostor. E depois? Ele havia revistado o caminho de sirga e os arbustos à procura de Vandam, e também levara uma pancada na cabeça. O problema é que não teria ficado inconsciente durante todas aquelas horas. Por isso precisaria dizer que também fora amarrado. Sim, diria que fora amarrado e que conseguira se libertar. Então ele e Vandam entrariam na casa-barco – e descobririam que ela estava vazia.

Isso serviria.

Parou o carro e seguiu com cuidado pelo caminho de sirga. Olhando para os arbustos, deduziu mais ou menos onde tinha deixado Vandam. Entrou neles uns 30 ou 40 metros à frente desse ponto. Deitou-se no chão e rolou, para sujar as roupas, depois esfregou um pouco do óleo com areia no rosto e passou os dedos pelos cabelos. Em seguida, esfregando os pulsos para fazer com que parecessem esfolados, foi procurar Vandam.

Encontrou-o exatamente onde o havia deixado. Os nós ainda estavam firmes e a mordaça no lugar. Vandam encarou Kemel com os olhos arregalados.

– Meu Deus, eles pegaram o senhor também! – exclamou Kemel.

Abaixou-se, tirou a mordaça e começou a desamarrar Vandam.

– O sargento entrou em contato comigo – explicou. – Vim procurar o senhor e a próxima coisa que lembro foi ter acordado amarrado e amordaçado, com dor de cabeça. Isso foi há horas. Acabei de conseguir me soltar.

Vandam não disse nada.

Kemel jogou a corda de lado. Vandam se levantou rigidamente.

– Como o senhor está se sentindo? – perguntou Kemel.

– Estou bem.

– Vamos invadir a casa-barco e ver o que podemos encontrar – disse Kemel.

E se virou.

~

Assim que Kemel lhe deu as costas, Vandam avançou e o golpeou com o máximo de força possível, batendo na nuca do homem com o dorso da mão. Aquilo poderia ter matado Kemel, mas Vandam não se importou. Estivera amarrado e amordaçado e não pudera ver o caminho de sirga, mas escutara. "Meu nome é Kemel. Você deve ser Wolff." Foi assim que soube que Kemel o havia traído. Kemel não tinha pensado nessa possibilidade, obviamente. Desde que ouvira essas palavras, Vandam ficara furioso, e toda a raiva contida tinha ido para o golpe.

Kemel estava no chão, atordoado. Vandam o rolou, revistou-o e encontrou a arma. Usou a corda que estivera prendendo suas próprias mãos para amarrar as de Kemel às costas. Depois esbofeteou-o até ele recuperar a consciência.

– Levante-se – ordenou.

Kemel parecia inexpressivo, então o medo surgiu em seus olhos.

– O que o senhor está fazendo?

Vandam lhe deu um chute.

– Chutando você. Levante-se.

Kemel obedeceu com dificuldade.

– Vire-se.

Kemel se virou. Vandam segurou-o pelo colarinho com a mão esquerda, mantendo a arma na direita.

– Ande.

Caminharam até a casa-barco. Vandam empurrou Kemel adiante, subiram a prancha e atravessaram o convés.

– Abra a escotilha.

Kemel enfiou o bico do sapato na alça da escotilha e a levantou.

– Desça.

Desajeitadamente, com as mãos amarradas, Kemel desceu a escada. Vandam se abaixou para olhar dentro. Não havia ninguém ali. Desceu a escada rapidamente. Empurrou Kemel de lado e puxou a cortina, cobrindo o espaço com a arma.

Viu Sonja na cama, dormindo.

– Entre – ordenou a Kemel.

Kemel passou e parou junto à cabeceira da cama.

– Acorde-a.

Kemel tocou Sonja com o pé. Ela se virou, rolando para longe dele, sem abrir os olhos. Vandam percebeu vagamente que estava nua. Estendeu a mão e beliscou o nariz dela. Sonja abriu os olhos e se sentou no mesmo instante, parecendo furiosa. Reconheceu Kemel, depois viu Vandam com a arma.

– O que está acontecendo? – perguntou.

Então ela e Vandam disseram ao mesmo tempo:

– Onde está Wolff?

Vandam teve certeza absoluta de que ela não estava fingindo. Agora estava claro que Kemel tinha alertado Wolff, que fugira sem acordar Sonja. Presumivelmente tinha levado Elene – ainda que Vandam não pudesse imaginar o motivo.

Ele encostou a arma no peito de Sonja, logo abaixo do seio esquerdo.

– Vou fazer uma pergunta – disse a Kemel. – Se você der a resposta errada, ela morre. Entendeu?

Kemel assentiu, tenso.

– Wolff mandou uma mensagem de rádio ontem à meia-noite? – perguntou Vandam.

– Não! – gritou Sonja. – Não, não mandou, não mandou!

– O que aconteceu aqui? – exigiu saber Vandam, morrendo de medo da resposta.

– Nós fomos para a cama.

– Quem?

– Wolff, Elene e eu.

– Juntos?

– É.

Então era isso. E Vandam tinha pensado que Elene estava em segurança porque havia outra mulher por perto! Isso explicava o interesse contínuo de Wolff por ela: eles a desejavam para fazer sexo a três. Vandam ficou nauseado, não pelo que tinham feito, mas porque *ele* fizera com que Elene fosse obrigada a participar daquilo.

Afastou o pensamento. Será que Sonja estava dizendo a verdade? Será que Wolff realmente não havia mandado a mensagem para Rommel na noite anterior? Vandam não conseguia pensar num modo de ter certeza. Só podia esperar que fosse verdade.

– Vista-se – ordenou a Sonja.

Ela saiu da cama e pôs um vestido rapidamente. Mantendo os dois na mira do revólver, Vandam foi para a proa do barco e olhou pela porta pequena. Viu um banheiro minúsculo com duas escotilhas.

– Entrem aí.

Kemel e Sonja obedeceram. Vandam fechou a porta e começou a revistar a casa-barco. Abriu todos os armários e gavetas, e jogou o conteúdo no chão. Tirou a roupa de cama. Com uma faca afiada que pegou na cozinha, cortou o colchão e o estofado do sofá. Examinou todos os papéis do escritório. Encontrou um cinzeiro grande de vidro cheio de papel queimado e o examinou, mas só havia cinzas. Esvaziou a geladeira. Foi ao convés e analisou todos os armários. Olhou por toda a parte externa do casco, procurando alguma corda pendurada na água.

Depois de meia hora, teve certeza de que a casa-barco não continha nenhum rádio, nenhum exemplar do *Rebecca* e nenhuma chave de código.

Tirou os dois prisioneiros do banheiro. Num dos compartimentos trancados do convés tinha achado um pedaço de corda. Amarrou as mãos de Sonja, depois amarrou Sonja e Kemel juntos.

Fez com que saíssem do barco e seguissem pelo caminho de sirga até a rua. Foram até a ponte, onde ele fez sinal para um táxi. Conduziu Sonja e Kemel ao banco de trás, mantendo a arma apontada para eles, e se sentou no banco da frente, ao lado do aterrorizado motorista árabe.

– QG britânico – ordenou a ele.

Os dois prisioneiros precisariam ser interrogados, mas na verdade só havia duas perguntas a fazer:

Onde Wolff estava?

Onde Elene estava?

~

No carro, Wolff segurou o pulso de Elene. Ela tentou se soltar, mas ele era muito forte. Ele tirou a faca e passou a lâmina de leve nas costas da mão dela. A faca era muito afiada. Elene olhou para a mão, horrorizada. A princípio havia apenas uma linha, como um risco de lápis. Depois o sangue brotou no corte e ela sentiu uma dor aguda e começou a ofegar.

– Você vai ficar bem perto de mim e não vai falar nada, entendido? – ameaçou Wolff.

De repente Elene o odiou. Fitou-o direto nos olhos.

– Caso contrário você vai me machucar? – perguntou com todo o desprezo que conseguiu.

– Não. Caso contrário vou machucar Billy.

Ele soltou seu pulso e saiu do carro. Elene ficou sentada, impotente. O que poderia fazer contra aquele homem forte e implacável? Pegou um lencinho na bolsa e o enrolou na mão que sangrava.

Impaciente, Wolff deu a volta até o seu lado do carro e abriu a porta. Segurou o braço dela e a fez sair. Depois, ainda agarrando-a, atravessou a rua até a casa de Vandam.

Subiram pelo curto caminho de entrada e tocaram a campainha. Elene se lembrou da última vez que tinha estado naquela varanda esperando a porta se abrir. Parecia ter sido anos antes, mas fazia apenas alguns dias. Desde então soubera que Vandam fora casado e que sua mulher havia morrido, fizera amor com Vandam e ele não tinha lhe mandado flores – como ela pudera fazer um estardalhaço tão grande por causa disso? –, e haviam encontrado Wolff, e...

A porta se abriu. Elene reconheceu Gaafar. O empregado também se lembrou dela.

– Bom dia, Srta. Fontana.

– Olá, Gaafar.

– Bom dia, Gaafar – cumprimentou Wolff. – Sou o capitão Alexander. O major pediu que eu viesse. Precisamos entrar, tudo bem?

– Claro, senhor. – Gaafar ficou de lado para lhes dar passagem. Ainda segurando o braço de Elene, Wolff entrou na casa. Gaafar fechou a porta. Ela se lembrava do saguão ladrilhado. Gaafar disse: – Espero que o major esteja bem...

– Sim, ele está bem – respondeu Wolff. – Mas não pôde vir para casa agora de manhã, então pediu que eu passasse aqui para dizer a você que ele está bem, e também para levar Billy à escola.

Elene ficou horrorizada. Era terrível – Wolff ia sequestrar Billy. Ela devia ter imaginado isso assim que Wolff mencionara o nome do menino, mas era algo impensável – ela não podia permitir isso! O que poderia fazer? Queria gritar: "Não, Gaafar, ele está mentindo, pegue Billy e leve embora! Corra, corra!" Mas Wolff estava com a faca e Gaafar era velho. Wolff pegaria Billy de qualquer modo.

O empregado pareceu hesitante.

– Vamos, Gaafar, ande logo. Chame o garoto. Não temos o dia todo – disparou Wolff.

– Sim, senhor – reagiu Gaafar com o reflexo de um serviçal egípcio tratado de modo autoritário por um europeu. – Billy está terminando o café da manhã. Poderia esperar aqui um momento?

Ele abriu a porta da sala de estar.

Wolff empurrou Elene para a sala e finalmente soltou o braço dela. Ela olhou para o estofado dos móveis, o papel de parede, a lareira de mármore e a foto de Angela Vandam que havia saído na *Tatler*: essas coisas tinham a aparência fantasmagórica de objetos familiares vistos num pesadelo. Angela saberia o que fazer, pensou Elene, arrasada. "Não seja ridícula!", diria ela; então, levantando um braço imperioso, ordenaria que Wolff saísse da sua casa. Elene balançou a cabeça, afastando a fantasia: Angela ficaria tão impotente quanto ela.

Wolff sentou-se diante da escrivaninha. Abriu uma gaveta, pegou um bloco e um lápis e começou a escrever.

Elene se perguntou o que Gaafar poderia fazer. Seria possível que tivesse a ideia de ligar para o QG e verificar a história com Vandam? Os egípcios relutavam em telefonar para o QG, Elene sabia bem disso. Gaafar teria dificuldade de passar pelas telefonistas e secretárias. Olhou ao redor e viu que o telefone ficava ali na sala, de modo que, se Gaafar tentasse ligar, Wolff saberia e o impediria.

– Por que me trouxe aqui? – gritou ela.

A frustração e o medo tornaram sua voz esganiçada.

Wolff levantou o olhar do bloco.

– Para conseguir manter o garoto quieto. Nós temos um longo caminho pela frente.

– Deixe Billy em paz! – implorou. – Ele é uma criança.

– É o filho de Vandam – disse Wolff com um sorriso.

– Não precisamos dele.

– Talvez Vandam consiga adivinhar aonde eu vou. Quero garantir que ele não me siga.

– Você acha mesmo que ele vai ficar parado enquanto você estiver com o filho dele?

Wolff pareceu considerar a ideia.

– Espero que sim – disse, enfim. – De qualquer modo, o que tenho de fato a perder? Se eu não levar o menino, ele sem dúvida nenhuma virá atrás de mim.

Elene lutou contra as lágrimas.

– Você não tem *pena*?

– Pena é uma emoção decadente – retrucou Wolff com um brilho nos olhos. – O ceticismo com relação à moralidade é que é decisivo. O fim da interpretação moral do mundo, que não tem mais qualquer sanção... – Ele parecia estar citando alguém.

– Não acredito que esteja fazendo isso para manter Vandam longe – interrompeu Elene. – Acho que está fazendo por maldade. Está pensando na angústia que vai causar a ele e está adorando. Você é um homem grosseiro, odioso, repugnante.

– Talvez você esteja certa.

– Você é doente.

– Chega! – Wolff ficou ligeiramente vermelho. Pareceu se esforçar para se acalmar. – Cale a boca enquanto estou escrevendo.

Elene se obrigou a se concentrar. Eles fariam uma longa jornada. Wolff temia que Vandam os seguisse. Tinha dito a Kemel que possuía outro rádio, que talvez Vandam adivinhasse aonde eles iam. No fim da jornada, sem dúvida, estariam o rádio reserva com um exemplar do *Rebecca* e uma cópia da chave do código. De alguma forma ela precisava ajudar Vandam a segui-los, de modo que ele pudesse resgatá-los e conseguir a chave. Se Vandam pode descobrir o destino, pensou Elene, eu também posso. Onde Wolff manteria um rádio reserva? Era uma viagem longa. Ele poderia ter escondido um rádio em algum lugar antes de chegar ao Cairo. Poderia ser algum local no deserto, ou entre ali e Assyut. Talvez...

Billy entrou.

– Olá – cumprimentou Elene. – Trouxe o livro?

Ela não sabia do que ele estava falando.

– Livro? – repetiu, encarando-o, pensando que ele ainda era muito criança, apesar dos modos de adulto.

Usava uma bermuda de flanela cinza e camisa branca, e não havia pelos na pele lisa de seu antebraço. Estava carregando uma bolsa escolar e usando gravata de uniforme.

– Você esqueceu – disse ele, e pareceu traído. – Você ia me emprestar uma história de detetives do Simenon.

– Esqueci mesmo. Desculpe.

– Vai trazer na próxima vez em que vier?

– Claro.

Wolff encarara Billy durante todo esse tempo, como um avarento espiando seu baú de tesouro. Ele se levantou.

– Olá, Billy – cumprimentou com um sorriso. – Sou o capitão Alexander. Billy apertou a mão dele.

– Como vai, senhor?

– Seu pai pediu para dizer que está muito ocupado.

– Ele sempre vem tomar café da manhã em casa – disse Billy.

– Hoje, não. Ele está muito ocupado cuidando do velho Rommel, você sabe.

– Ele esteve em outra briga?

Wolff hesitou.

– Na verdade sim, mas está bem. Levou uma pancada na cabeça.

Billy pareceu mais orgulhoso do que preocupado, observou Elene.

Gaafar entrou e falou com Wolff:

– Tem certeza, senhor, de que o major disse que o senhor deveria levar o menino para a escola?

Ele *está* desconfiado, pensou Elene.

– Claro – respondeu Wolff. – Alguma coisa errada?

– Não, mas é que eu sou o responsável por Billy, e na verdade nós não conhecemos o senhor...

– Mas conhecem a Srta. Fontana – retrucou Wolff. – Ela estava junto quando o major Vandam falou comigo, não é verdade, Elene?

Wolff a encarou e colocou a mão sob o braço esquerdo, onde a faca estava escondida.

– Estava – respondeu Elene, arrasada.

– Mas você tem razão em suspeitar, Gaafar – disse Wolff. – Talvez devesse ligar para o QG e falar pessoalmente com o major.

Elene pensou: Não, Gaafar, ele vai matá-lo antes que você termine de discar.

O empregado hesitou, depois disse:

– Tenho certeza de que não será necessário, senhor. Como disse, nós conhecemos a Srta. Fontana.

Elene pensou: É tudo culpa minha.

Gaafar se retirou.

Wolff falou rapidamente com Elene em árabe:

– Mantenha o garoto quieto um minuto.

Em seguida, continuou escrevendo.

Elene olhou para a bolsa escolar de Billy com o material dentro e de repente teve uma ideia.

– Me mostre seus livros de escola, Billy.

O garoto a encarou como se ela fosse louca.

– Ande – urgiu Elene. A bolsa estava aberta e um atlas se projetava para fora. Ela o pegou. – O que você está estudando em geografia?

– Os fiordes da Noruega.

Elene viu Wolff terminar de escrever e pôr o papel num envelope para, em seguida, colocá-lo no bolso.

– Vamos encontrar a Noruega – disse ela, e começou a folhear as páginas do atlas.

Wolff pegou o telefone e discou. Olhou para Elene, depois virou o rosto na direção da janela.

Elene encontrou o mapa do Egito.

– Mas isso... – começou Billy.

Rapidamente Elene tocou os lábios dele com o dedo. O menino parou de falar e franziu a testa para ela.

Ela pensou: Por favor, meu querido amigo Billy, fique quieto e deixe isso comigo.

– É a Escandinávia, sim, mas a Noruega fica na Escandinávia, não é verdade?

Ela desenrolou o lenço da mão. Billy olhou para o corte. Com a unha, Elene abriu o corte e o fez sangrar de novo. O menino ficou branco. Pareceu que ia falar, por isso Elene tocou os lábios dele e balançou a cabeça, com uma súplica no olhar.

Ela tinha certeza de que Wolff ia para Assyut. Era uma hipótese provável, e Wolff tinha dito que temia que Vandam adivinhasse o destino. Enquanto pensava isso, escutou-o dizer ao telefone:

– Alô? A que horas sai o trem para Assyut?

Eu estava certa!, pensou. Enfiou o dedo no sangue da mão. Com três movimentos, desenhou uma seta de sangue no mapa do Egito, com a ponta na cidade de Assyut, 500 quilômetros ao sul do Cairo. Fechou o atlas. Usou o lenço para espalhar sangue na capa, depois empurrou o livro para trás de si.

– Sim, e a que horas ele chega? – perguntou Wolff, ao telefone.

– Mas por que existem fiordes na Noruega e não no Egito? – perguntou Elene.

Billy pareceu abismado, enquanto olhava a mão dela. Elene precisava fazê-lo sair do transe antes que ele revelasse alguma coisa.

– Escute, você leu uma história de Agatha Christie chamada *A Pista do Atlas Sujo de Sangue*? – começou a dizer.

– Não, não existe...

– É muito inteligente o modo como o detetive consegue deduzir tudo baseado *em uma única pista*.

Ele franziu a testa, mas não como alguém absolutamente perplexo, mas como quem estava deduzindo alguma coisa.

Wolff desligou o telefone e se levantou.

– Vamos. Você não vai querer se atrasar para a escola, Billy.

Em seguida, foi até a porta e a abriu.

Billy pegou sua bolsa e saiu. Elene se levantou, morrendo de medo de Wolff notar o atlas.

– Venha – chamou ele, impaciente.

Ela passou pela porta do saguão e Wolff seguiu atrás. Billy já estava na varanda. Havia uma pequena pilha de cartas numa mesinha no saguão. Elene viu Wolff largar seu envelope no topo da pilha.

Passaram pela porta da rua.

– Você sabe dirigir? – perguntou Wolff a Elene.

– Sei – respondeu ela, e em seguida praguejou por causa de seu raciocínio lento.

Deveria ter dito que não.

– Vocês dois vão no banco da frente – instruiu Wolff, e se acomodou no de trás.

Enquanto colocava a chave na ignição e partia com o carro, Elene viu Wolff se inclinar à frente.

– Está vendo isso? – ouviu-o dizer.

Ela olhou. Wolff estava mostrando a faca a Billy.

– Estou – respondeu o menino, com a voz insegura.

– Se criar algum problema ou causar alguma encrenca, eu corto sua cabeça fora – ameaçou Wolff.

Billy começou a chorar.

CAPÍTULO VINTE E CINCO

— **S**ENTIDO! – GRITOU JAKES em sua voz de sargento instrutor.
Kemel obedeceu.

A não ser por uma mesa, a sala de interrogatório estava vazia. Vandam entrou atrás de Jakes, carregando uma cadeira numa das mãos e uma xícara de chá na outra. Sentou-se.

– Onde está Alex Wolff? – perguntou Vandam.

– Não sei – respondeu Kemel, relaxando ligeiramente.

– Atenção! – gritou Jakes. – Ereto, rapaz!

Kemel ficou em posição de sentido outra vez.

Vandam tomou um gole de chá. Isso fazia parte da representação, um modo de dizer que tinha todo o tempo do mundo e não estava muito preocupado com nada, ao passo que o prisioneiro se encontrava numa verdadeira encrenca. Era o inverso da verdade.

– Ontem à noite você recebeu um telefonema do policial que vigiava a casa-barco *Jihan*.

– Responda ao major! – gritou Jakes.

– Recebi – disse Kemel.

– O que ele lhe disse?

– Que o major Vandam tinha chegado ao caminho de sirga e o orientado a pedir ajuda.

– Senhor! – exclamou Jakes. – Pedir ajuda, *senhor*!

– Pedir ajuda, senhor.

– E o que você fez? – perguntou Jakes.

– Fui pessoalmente ao caminho de sirga para investigar, senhor.

– E depois?

– Fui golpeado na cabeça e fiquei inconsciente. Quando me recuperei, estava com as mãos e os pés amarrados. Demorei várias horas para me libertar. Depois libertei o major Vandam e ele me atacou.

Jakes chegou perto de Kemel.

– Você está mentindo, seu *wog* miserável! – Kemel deu um passo atrás.
– Fique parado! – gritou Jakes. – Você é um *wogzinho* mentiroso, não é?

Kemel ficou em silêncio.

– Escute, Kemel – disse Vandam. – Do jeito que as coisas estão, você vai ser fuzilado por espionagem. Se contar tudo o que sabe, pode se livrar da morte e sair apenas com uma sentença de prisão. Seja sensato. Você chegou ao caminho de sirga e me nocauteou, não foi?

– Não, senhor.

Vandam suspirou. Kemel tinha sua história e iria se ater a ela. Mesmo se soubesse – ou pudesse adivinhar – aonde Wolff tinha ido, não revelaria enquanto estivesse fingindo inocência.

– Qual é o envolvimento da sua esposa em tudo isso? – perguntou Vandam.

Kemel não respondeu, mas parecia apavorado.

– Se não vai responder às minhas perguntas, terei que perguntar a ela – acrescentou Vandam.

Os lábios de Kemel estavam crispados numa linha dura. Vandam se levantou.

– Certo, Jakes. Prenda a mulher dele por suspeita de espionagem.

– Típica justiça britânica – reagiu Kemel.

Vandam o encarou.

– Onde está Wolff?

– Não sei.

Vandam saiu. Esperou Jakes do lado de fora. Quando o capitão se juntou a ele, Vandam disse:

– Ele é policial, conhece as técnicas. Vai se render, mas não hoje.

Mas Vandam precisava encontrar Wolff ainda naquele dia.

– Quer que eu prenda a mulher dele? – perguntou Jakes.

– Ainda não. Talvez mais tarde.

E onde estaria Elene?

Caminharam alguns metros até outra cela.

– Está tudo pronto aqui? – quis saber Vandam.

– Está.

– Certo.

Ele abriu a porta e entrou. Aquela sala não estava tão vazia. Sonja encontrava-se sentada numa cadeira, usando um vestido de prisão cinza e grosseiro. Ao lado, de pé, havia uma policial capaz de meter medo em Vandam se ele fosse o prisioneiro. Era baixa e atarracada, com um rosto duro, de feições masculinizadas, e cabelo grisalho curto. Havia um catre num canto da cela e uma bacia de água fria no outro.

Quando Vandam entrou, a policial ordenou:

– De pé!

Vandam e Jakes se acomodaram.

– Sente-se, Sonja – disse Vandam.

A policial empurrou-a na cadeira.

Vandam examinou a dançarina por um minuto. Já a havia interrogado uma vez e ela o vencera. Desta vez seria diferente: a segurança de Elene estava em jogo e não restavam muitos escrúpulos a Vandam.

– Onde está Alex Wolff?

– Não sei.

– Onde está Elene Fontana?

– Não sei.

– Wolff é um espião alemão, e você vem o ajudando.

– Isso é ridículo.

– Você está encrencada.

Ela ficou em silêncio. Vandam a observou. Ela era orgulhosa, confiante, corajosa. Ele se perguntou o que exatamente teria acontecido na casa-barco naquela manhã. Sem dúvida Wolff tinha ido embora sem avisar Sonja. Será que ela não se sentia traída?

– Wolff traiu você – disse ele. – Kemel, o policial, alertou Wolff sobre o perigo. Mas Wolff a deixou dormindo e foi embora com outra mulher. Você vai protegê-lo depois disso?

Ela não disse nada.

– Wolff mantinha o rádio no seu barco. Mandava mensagens para Rommel sempre à meia-noite. Você sabia de tudo, portanto ajudava na espionagem. Vai ser fuzilada por isso.

– O Cairo inteiro vai entrar em comoção! Vocês não ousariam!

– Você acha? O que nos importa se houver um levante no Cairo agora? Os alemães estão às portas da cidade. Eles que acabem com a rebelião.

– Você não ousaria tocar em mim.

– Para onde Wolff foi?

– Não sei.

– Não consegue nem imaginar?

– Não.

– Você não está ajudando, Sonja. Isso vai tornar as coisas mais difíceis.

– Você não pode tocar em mim.

– Talvez seja melhor eu provar que posso.

Vandam assentiu para a policial.

A mulher segurou Sonja enquanto Jakes a amarrava à cadeira. Ela tentou lutar, mas não adiantou. Olhou para Vandam e pela primeira vez surgiu em seus olhos uma sugestão de medo.

– O que vocês vão fazer, seus desgraçados? – perguntou.

A policial pegou uma tesoura grande em sua bolsa. Levantou um pedaço do cabelo comprido e farto de Sonja e cortou.

– Você não pode fazer isso! – berrou Sonja.

Rapidamente, a mulher começou a cortar o resto do cabelo e a largar as pesadas mechas no colo de Sonja. Sonja gritou, xingando Vandam, Jakes e os ingleses numa linguagem que Vandam jamais tinha escutado uma mulher usar.

A policial pegou uma tesoura menor e cortou o cabelo de Sonja rente ao couro cabeludo.

Os gritos da dançarina se reduziram a lágrimas. Quando pôde ser ouvido, Vandam disse:

– Como pode ver, não estamos mais nos importando muito com legalidade e justiça, nem com a opinião pública egípcia. Estamos com as costas contra a parede. Podemos ser todos mortos em muito pouco tempo. Estamos desesperados.

A oficial pegou sabão e um pincel de barba e cobriu a cabeça de Sonja de espuma, depois começou a raspar o crânio.

– Wolff estava pegando informações com alguém do QG – falou Vandam. – Quem era?

– Você é mau – disse Sonja.

Por fim, a policial pegou um espelho na bolsa e segurou diante do rosto de Sonja. A princípio ela não quis olhar, mas depois de um momento cedeu. Ofegou ao ver o reflexo da cabeça totalmente careca.

– Não – disse para si mesma. – Não sou eu.

E irrompeu em lágrimas de novo.

Todo o ódio havia sumido – ela estava totalmente desmoralizada.

– Onde Wolff estava conseguindo as informações? – perguntou Vandam, baixinho.

– Com o major Smith – respondeu Sonja.

Vandam soltou um suspiro de alívio. Ela tinha cedido, graças a Deus.

– Primeiro nome?

– Sandy Smith.

Vandam olhou para Jakes. Era o nome do major do MI6, o Serviço

Secreto de Informações inglês, que tinha desaparecido. As coisas tinham mesmo acontecido da forma como eles temiam.

– Como ele conseguia as informações?

– Sandy ia à casa-barco na hora do almoço para me ver. Enquanto nós estávamos na cama, Alex revistava a pasta dele.

Simples assim, pensou Vandam. Meu Deus, estou cansado. Smith era o elemento de ligação entre o MI6 e o QG, e nesse papel estava a par de todos os planejamentos estratégicos, já que o MI6 precisava saber o que o exército estava fazendo para dizer a seus espiões que tipo de informações procurar. Smith ia direto das reuniões matinais no QG para a casa-barco, com uma pasta cheia de segredos. Vandam já descobrira que Smith dizia ao pessoal do QG que almoçava no MI6 e dizia aos seus superiores do MI6 que almoçava no QG, para que ninguém soubesse que ele estava transando com uma dançarina. A princípio Vandam presumira que Wolff estava subornando ou chantageando alguém: nunca lhe ocorrera que podia estar obtendo informações sem que a pessoa soubesse.

– Onde está Smith? – perguntou.

– Ele pegou Alex mexendo na pasta. Alex o matou.

– Onde está o corpo?

– No rio, perto da casa-barco.

Vandam assentiu para Jakes, que saiu.

– Fale sobre Kemel – pediu a Sonja.

Agora ela não oferecia qualquer resistência, estava ansiosa para contar tudo o que sabia. Faria qualquer coisa para que as pessoas fossem gentis com ela.

– Kemel apareceu e me disse que você pediu para ele vigiar a casa-barco. Disse que iria censurar os relatórios de vigilância se eu marcasse um encontro entre Alex e Sadat.

– Alex e quem?

– Anwar el-Sadat. Capitão do exército.

– Por que ele queria se encontrar com Wolff?

– Para que os Oficiais Livres pudessem mandar uma mensagem para Rommel.

Vandam pensou: Há coisas nessa situação nas quais nunca pensei.

– Onde Sadat mora? – perguntou.

– Em Kubri al-Qubbah.

– Endereço?

– Não sei.

– Vá descobrir o endereço exato do capitão Anwar el-Sadat – ordenou à policial.

– Sim, senhor.

O rosto da mulher se abriu num sorriso surpreendentemente bonito. Ela saiu.

– Wolff guardava o rádio na sua casa-barco – disse Vandam.

– Sim.

– Ele usava um código para as mensagens.

– É, ele tinha um romance inglês que usava para formar as palavras em código.

– *Rebecca*.

– É.

– E tinha uma chave do código.

– Uma chave?

– Um pedaço de papel dizendo que páginas do livro deveria usar.

Ela assentiu lentamente.

– É, acho que tinha.

– O rádio, o livro e a chave se foram. Você sabe para onde?

– Não. – Ela ficou apavorada. – Honestamente, não, não sei. Estou dizendo a verdade...

– Tudo bem, acredito. Sabe para onde Wolff pode ter ido?

– Ele tinha uma casa... Villa les Oliviers.

– Boa ideia. Alguma outra sugestão?

– Abdullah. Ele pode ter ido procurar Abdullah.

– Sim. Mais alguma?

– Os primos dele, no deserto.

– E onde esses primos podem ser encontrados?

– Ninguém sabe. São nômades.

– Será que Wolff tem como saber onde eles estão agora?

– Acho que sim.

Vandam ficou sentado olhando para ela um pouco mais. Sonja não era atriz: não poderia ter fingido aquilo. Tinha cedido totalmente, e estava não somente disposta, mas também ansiosa para trair os amigos e contar todos os segredos. Estava dizendo a verdade.

– Voltarei a falar com você – disse Vandam, e saiu.

A policial lhe entregou um pedaço de papel com o endereço de Sadat, depois entrou na cela. Vandam foi rapidamente até a sala de reuniões. Jakes estava esperando.

– A marinha vai nos emprestar dois mergulhadores – disse Jakes. – Vão chegar em alguns minutos.

– Ótimo. – Vandam acendeu um cigarro. – Quero que você invada a casa de Abdullah. Vou prender esse tal de Sadat. Mande uma pequena equipe à Villa les Oliviers, só para garantir, mas acho que não vão encontrar nada. Todo mundo foi informado?

Jakes assentiu.

– Eles sabem que estamos procurando um rádio-transmissor, um exemplar de *Rebecca* e um conjunto de instruções de código.

Vandam olhou em volta e pela primeira vez notou que havia policiais egípcios na sala.

– Por que temos malditos árabes na equipe? – perguntou, com raiva.

– Protocolo, senhor – respondeu Jakes formalmente. – Ideia do coronel Bogge.

Vandam engoliu uma resposta.

– Quando terminar com Abdullah, encontre-me na casa-barco.

– Sim, senhor.

Vandam apagou o cigarro.

– Vamos.

Saíram ao sol da manhã. Cerca de uma dúzia de jipes estavam em fila, com os motores ligados. Jakes deu instruções aos sargentos das equipes, depois assentiu para Vandam. Os homens entraram nos veículos e as equipes partiram.

Sadat morava num subúrbio a 5 quilômetros do Cairo, na direção de Heliópolis. Era uma casa comum, com um jardim pequeno. Quatro jipes chegaram à frente, rugindo, e os soldados cercaram imediatamente a casa e começaram a revistar o jardim. Vandam bateu à porta da frente.

– Gostaria de falar com o capitão Anwar el-Sadat – pediu ele quando a porta se abriu.

– Sou eu.

Sadat era um rapaz magro e sério, de estatura mediana. O cabelo castanho cacheado já estava recuando na testa. Ele usava o uniforme de capitão e um fez, como se estivesse para sair.

– Você está preso – disse Vandam, e passou por ele para entrar na casa. Outro rapaz apareceu por uma porta. – Quem é ele? – perguntou Vandam.

– Meu irmão, Tal'at – respondeu Sadat.

Vandam olhou para Sadat. O árabe estava calmo e digno, mas escondia alguma tensão. Está com medo, pensou Vandam, mas não de mim, e não está com medo de ir preso. Está com medo de outra coisa.

Que tipo de acordo Kemel tinha feito com Wolff naquela manhã? Os rebeldes precisavam da ajuda de Wolff para contatar Rommel. Estariam escondendo Wolff em algum lugar?

– Onde é o seu quarto, capitão? – perguntou Vandam.

Sadat apontou e Vandam entrou no cômodo. Era simples, com um colchão no piso e uma galabia pendurada num gancho. Vandam apontou para dois soldados britânicos e um policial egípcio.

– Certo, vão em frente – disse, e eles começaram a revistar o quarto.

– O que significa isso? – perguntou Sadat, baixinho.

– Você conhece Alex Wolff – respondeu Vandam.

– Não.

– Ele também se chama Achmed Rahmha, mas é europeu.

– Nunca ouvi falar.

Sem dúvida Sadat tinha uma personalidade bastante forte – não era do tipo que cedia e confessava tudo só porque alguns soldados valentões tinham começado a revirar sua casa. Vandam apontou para a outra ponta do corredor.

– O que é aquele cômodo?

– Meu escritório...

Vandam foi até a porta. Sadat disse:

– Mas as mulheres da família estão aí – acrescentou Sadat. – O senhor precisa deixar que eu as alerte...

– Elas sabem que estamos aqui. Abra a porta.

Vandam deixou Sadat entrar primeiro. Não havia mulheres lá dentro, mas uma porta dos fundos estava aberta – parecia que alguém tinha acabado de sair. Tudo bem: o quintal estava cheio de soldados, e ninguém escaparia. Vandam viu uma pistola do exército na mesa, em cima de alguns papéis preenchidos com escrita em árabe. Foi à estante e examinou os livros: *Rebecca* não estava ali.

Um grito veio de outra parte da casa:

– Major Vandam!

Ele seguiu o som até a cozinha. Um sargento da polícia militar estava parado junto ao fogão, com o cachorro da casa latindo para suas botas.

A porta do forno estava aberta, e o sargento tirou lá de dentro uma maleta-rádio.

Vandam olhou para Sadat, que o havia acompanhado até a cozinha. O rosto do árabe era um retrato de amargura e desapontamento. Então era aquele o trato que tinham feito: alertaram Wolff e, em troca, ficaram com o rádio dele. Será que isso significava que ele possuía outro? Ou será que Wolff tinha combinado de ir ali, à casa de Sadat, fazer a transmissão?

– Muito bem – disse Vandam ao sargento. – Leve o capitão Sadat para o QG.

– Protesto! – exclamou Sadat. – A lei declara que os oficiais do exército egípcio só podem ser detidos no refeitório dos oficiais e serem vigiados por um colega oficial.

O policial egípcio de maior posto estava parado ali perto.

– Isso mesmo – disse ele.

Mais uma vez Vandam xingou Bogge por incluir os egípcios naquilo.

– A lei também declara que os espiões devem ser fuzilados – respondeu a Sadat, em seguida se virou para o sargento. – Mande meu motorista. Termine de revistar a casa. Depois faça com que Sadat seja acusado de espionagem.

Olhou de novo para Sadat. A amargura e o desapontamento haviam sumido do rosto dele, substituídos por uma expressão calculada. Ele está pensando em como se aproveitar disso, pensou Vandam. Está se preparando para bancar o mártir. Ele é muito adaptável – deveria virar político.

Vandam saiu da casa e foi até o jipe. Alguns instantes depois, seu motorista chegou correndo e pulou no banco ao lado.

– Para Zamalek – ordenou Vandam.

– Sim, senhor.

O motorista ligou o jipe e partiu.

Quando Vandam chegou à casa-barco, os mergulhadores tinham feito o serviço e estavam no caminho de sirga, tirando o equipamento. Dois soldados puxavam alguma coisa extremamente feia do Nilo. Os mergulhadores tinham amarrado cordas ao corpo encontrado no fundo e consideraram seu serviço acabado.

Jakes foi até Vandam.

– Olhe isso, senhor.

Ele lhe entregou um livro encharcado. A sobrecapa tinha sido arrancada. Vandam examinou o volume: era um exemplar de *Rebecca*.

O rádio fora entregue a Sadat, o livro de código fora jogado no rio. Vandam se lembrou do cinzeiro cheio de papel queimado na casa-barco: será que Wolff tinha queimado a chave do código?

Por que teria se livrado do rádio, do livro e da chave quando tinha uma mensagem vital para mandar a Rommel? A conclusão era inevitável: ele tinha *outro* rádio, outro livro e outra chave escondidos em algum lugar.

Os soldados puxaram o corpo para a margem e depois recuaram, como se não quisessem ter mais nada a ver com aquilo. Vandam se aproximou. A garganta tinha sido cortada e a cabeça estava quase separada do corpo. Havia uma pasta amarrada à cintura com uma corda. Vandam se abaixou e abriu cuidadosamente a pasta. Estava cheia de garrafas de champanhe.

– Meu Deus – disse Jakes.

– Horrível, não é? – comentou Vandam. – Garganta cortada, depois jogado no rio com uma pasta cheia de champanhe para fazer peso.

– Desgraçado frio.

– E tremendamente rápido com a faca. – Vandam tocou o próprio rosto: o curativo tinha sido retirado e a barba de vários dias cobria o ferimento. *Mas não Elene, não com a faca, por favor.* – Imagino que você não o tenha encontrado.

– Não encontrei nada. Mandei que Abdullah fosse trazido só para constar, mas não havia nada na casa dele. E na volta parei na Villa les Oliviers. Mesma coisa.

– E a mesma coisa na casa do capitão Sadat. – De repente Vandam sentiu-se absolutamente exausto. Parecia que Wolff era mais esperto do que ele todas as vezes. Ocorreu-lhe que ele simplesmente não devia ser inteligente o bastante para pegar aquele espião astuto e esquivo. – Talvez tenhamos perdido. – Esfregou o rosto. Não tinha dormido nas últimas 24 horas. Imaginou o que estava fazendo ali, parado junto ao corpo hediondo do major Sandy Smith. Não havia mais nada a descobrir com ele. – Acho que vou para casa dormir por uma hora – disse. Jakes pareceu surpreso. Vandam acrescentou: – Acredito que isso vá me ajudar a pensar com mais clareza. Hoje à tarde vamos interrogar os prisioneiros de novo.

– Muito bem, senhor.

Vandam retornou ao seu veículo. Enquanto atravessava a ponte de Zamalek lembrou que Sonja tinha mencionado outra possibilidade: os primos nômades de Wolff. Olhou os barcos no rio largo e vagaroso. A correnteza os levava rio abaixo e o vento os empurrava rio acima – uma coincidência de enorme importância para o Egito. Os barqueiros ainda usavam a mesma vela triangular, um projeto aperfeiçoado... quanto tempo antes? Milhares de anos, talvez. Muitas coisas naquele país eram feitas do mesmo modo durante milhares de anos. Vandam fechou os olhos e visualizou Wolff num falucho, velejando rio acima, manipulando a vela triangular com uma das mãos enquanto com a outra enviava mensagens para Rommel pelo transmissor. O carro parou de repente e Vandam abriu os olhos, percebendo que estivera devaneando ou cochilando. Por que Wolff iria rio acima? Para encontrar os primos nômades. Mas quem sabia onde seria isso? Talvez Wolff pudesse encontrá-los, caso eles seguissem algum padrão anual em suas perambulações.

O jipe tinha parado diante da casa de Vandam. Ele saiu.

– Quero que me espere – disse ao motorista. – É melhor você entrar. – Ele foi até a casa, depois mandou o motorista para a cozinha. – Meu empregado, Gaafar, vai lhe dar alguma coisa para comer, desde que você não o trate como um *wog*.

– Muito obrigado, senhor.

Havia uma pequena pilha de correspondências sobre a mesa. O envelope de cima não tinha selo e estava endereçado a Vandam numa letra vagamente familiar. Tinha a palavra "Urgente" escrita no canto superior esquerdo. Vandam o pegou.

Havia mais coisas que ele poderia fazer, percebeu. Wolff poderia muito bem estar indo para o sul naquele momento mesmo. Bloqueios de estrada seriam postos em todas as principais cidades do caminho. Deveria haver alguém em cada parada da ferrovia, procurando Wolff. E o próprio rio... Tinha que haver algum modo de verificar o rio, para o caso de Wolff ter mesmo ido de barco, como no devaneio. Vandam estava achando difícil se concentrar. Poderíamos estabelecer bloqueios no rio da mesma forma que fazemos bloqueios de estradas, pensou. Por que não? Nada disso adiantaria se Wolff simplesmente tivesse se enfiado em algum lugar no Cairo. E se estivesse escondido nos cemitérios? Muitos muçulmanos enterravam seus mortos em casas minúsculas, e havia muitos hectares de construções assim, vazias, na cidade. Vandam precisaria de mil homens para revistar todas. Talvez eu devesse fazer isso, pensou. Mas Wolff poderia ter ido para o norte, na direção de Alexandria, ou para o leste, ou para o oeste, no deserto...

Foi para a sala de estar, procurando uma espátula para abrir a carta. De algum modo a busca precisaria ser estreitada. Vandam não tinha milhares de homens à disposição – estavam todos no deserto, lutando. Tinha que decidir qual era a melhor aposta. Lembrou-se de onde tudo aquilo havia começado: Assyut. Parecia ser lá que Wolff havia chegado, vindo do deserto, de modo que talvez voltasse para aquela localidade. Talvez os primos dele estivessem nos arredores da cidade. Vandam olhou indeciso para o telefone. Onde estava a maldita espátula? Foi até a porta e gritou:

– Gaafar!

Voltou para a sala e viu o atlas escolar de Billy numa poltrona. Parecia sujo. O filho o havia deixado cair numa poça, ou algo assim. Pegou-o. Estava pegajoso. Vandam percebeu que era sangue. Sentiu-se num pesadelo. O que estava acontecendo? Nenhuma espátula, sangue no atlas, nômades em Assyut...

Gaafar entrou.

– Que sujeira é essa? – perguntou Vandam.

O empregado olhou.

– Sinto muito, senhor, não sei. Eles estavam com isso na mão enquanto o capitão Alexander estava aqui...

– Eles quem? Quem é capitão Alexander?

– O oficial que o senhor mandou para levar Billy à escola, senhor. O nome dele era...

– Pare. – Um medo terrível fez a mente de Vandam clarear num instante. – Um capitão do exército britânico veio aqui hoje cedo e levou Billy?

– Sim, senhor. Para a escola. Ele disse que o senhor o mandou vir...

– Gaafar, *eu não mandei ninguém vir.*

O rosto moreno do empregado ficou cinza.

– Você não verificou se ele estava falando a verdade? – perguntou Vandam.

– Mas, senhor, a Srta. Fontana estava com ele, de modo que tudo pareceu direito.

– Ah, meu Deus.

Vandam olhou para o envelope em sua mão. Agora sabia por que a letra era familiar: era a mesma do bilhete que Wolff tinha mandado para Elene. Rasgou o envelope. Dentro havia uma mensagem escrita com a mesma letra:

Caro major Vandam,
Billy está comigo. Elene está cuidando dele. Ele ficará bem enquanto eu estiver em segurança. Aconselho-o a permanecer onde está e não

fazer nada. Não guerreamos contra crianças e não quero fazer mal ao garoto. Mesmo assim, a vida de uma criança não é nada diante do futuro das minhas duas nações, Egito e Alemanha. Portanto, esteja certo de que, se isso servir ao meu propósito, matarei Billy.

Atenciosamente,

Alex Wolff.

Era uma carta de um louco: as saudações educadas, o inglês correto, a pontuação, a tentativa de justificar o sequestro de uma criança inocente... Agora Vandam sabia que, bem no fundo, Wolff era louco.

E estava com Billy.

Ele entregou o bilhete a Gaafar, que pôs os óculos com a mão trêmula. Wolff tinha levado Elene ao sair da casa-barco. Não seria difícil coagi-la a ajudar: só era necessário ameaçar Billy e ela ficaria impotente. Mas qual era de fato o objetivo do sequestro? E para onde teriam ido? E por que o sangue?

Gaafar estava chorando descontroladamente.

– Quem estava machucado? – perguntou Vandam. – Quem estava sangrando?

– Não houve violência – disse Gaafar. – Acho que a Srta. Fontana pode ter cortado a mão.

E tinha sujado o atlas de Billy de sangue e deixado na poltrona. Era um sinal, algum tipo de mensagem. Vandam abriu o livro e viu no mesmo instante o mapa do Egito com uma seta vermelha e borrada, desenhada grosseiramente. Apontava para Assyut.

Pegou o telefone e ligou para o QG. Quando a telefonista atendeu, ele desligou, pensando: se eu informar isso, o que vai acontecer? Bogge vai ordenar que um esquadrão de infantaria ligeira prenda Wolff em Assyut. Haverá uma luta. Wolff saberá que perdeu, saberá que será fuzilado por espionagem, para não mencionar sequestro e assassinato, e o que fará, então?

Ele é louco, pensou Vandam. Vai matar meu filho.

Sentiu-se paralisado de medo. Claro que era isso que Wolff desejava. O objetivo dele ao sequestrar Billy era neutralizar Vandam. Era assim que os sequestros funcionavam.

Se Vandam acionasse o exército, haveria um tiroteio. Wolff poderia matar Billy só por rancor. Portanto, só havia uma opção.

Vandam precisaria ir sozinho atrás deles.

– Pegue duas garrafas d'água para mim – pediu a Gaafar.

O empregado saiu. Vandam foi para o corredor e colocou seus óculos de motociclista, depois pegou um cachecol e o enrolou em volta da boca e do pescoço. Gaafar veio da cozinha com as garrafas d'água. Vandam saiu de casa e foi até a motocicleta. Colocou as garrafas no alforje e montou. Pisou no pedal de partida e acelerou. O tanque de combustível estava cheio. Gaafar parou a seu lado, ainda chorando. Vandam tocou o ombro dele.

– Vou trazê-los de volta – garantiu.

Tirou a moto do descanso, foi até a rua e virou para o sul.

CAPÍTULO VINTE E SEIS

MEU DEUS, A SITUAÇÃO está um caos total. Acho que todo mundo quer sair do Cairo com medo de a cidade ser bombardeada. Não há lugar nos trens para a Palestina – nem mesmo em pé. As esposas e os filhos dos ingleses estão fugindo feito ratos. Ainda bem que a procura é menor pelos trens que vão para o sul. Mesmo assim, o escritório de reservas disse que não havia lugares, mas eles sempre dizem isso; algumas piastras aqui e mais algumas ali sempre rendem um lugar, ou três. Eu estava com medo de perder Elene e o garoto na plataforma, no meio de centenas de camponeses descalços e vestidos com suas galabiyas sujas, carregando caixas amarradas com barbante, galinhas em caixotes, sentados tomando café da manhã, uma mãe gorda vestida de preto entregando ovos cozidos, pão pita e bolos de arroz para o marido e os filhos, primos, filhas e genros. Ideia inteligente, a minha, de segurar a mão do garoto, meu Deus, sou mais esperto do que Vandam, pode engolir o próprio coração, Vandam, estou com o seu filho. Vi alguém puxando um bode por uma corda. Imagine levar um bode numa viagem de trem. Que emprego, limpar o vagão da classe econômica no fim da viagem, imagino quem faz isso, algum pobre *fellah*, uma linhagem diferente, uma raça diferente, nascidos escravos, graças a Deus temos lugares na primeira classe, sempre viajei de primeira classe a vida inteira, odeio sujeira, meu Deus, aquela estação estava suja. Vendedores; cigarros, jornais, um homem com um cesto enorme de pães na cabeça. Gosto quando as mulheres carregam cestos na cabeça – ficam tão graciosas e orgulhosas que dá vontade de fazer sexo com elas ali mesmo, em pé. Adoro quando as mulheres gostam disso, quando perdem a cabeça de tanto prazer, quando gritam, Gesundheit! Veja Elene, sentada ali perto do garoto, tão amedrontada, tão linda, quero fazer sexo com ela de novo em breve, esqueça Sonja, eu gostaria de fazer sexo com Elene agora mesmo, aqui no trem, na frente de todas essas pessoas, humilhá-la na frente do filho de Vandam, aterrorizado, rá! Veja os subúrbios de tijolos de barro, casas encostadas umas nas outras em busca de apoio, vacas e ovelhas nas ruas estreitas e empoeiradas. Sempre me pergunto o que elas comem, essas ovelhas de cidade com essas caudas gordas. Onde será que pastam? Não há encanamento naquelas casinhas escuras ao lado da via férrea. Mulheres junto das portas descascando legumes, sentadas de pernas cruzadas no chão empoeirado. Gatos. Tão graciosos, os gatos! Os gatos europeus são diferentes, mais vagarosos e muito mais gordos; não é de espantar que os gatos sejam sagrados aqui, são lindos demais, um gatinho dá sorte. Os ingleses gostam de cachorros. Animais nojentos, os cachorros: sujos, indignos, babando, puxando o saco, farejando. Um gato é superior e sabe disso. É muito importante ser superior. Ou você é senhor ou é escravo. Eu mantenho a cabeça erguida, como um gato; ando por aí ignorando o povinho, atento às minhas tarefas misteriosas, usando as pessoas como um gato usa o dono, sem agradecer ou aceitar afeto, pegando o que oferecem como um direito, não um presente. Sou um senhor, um nazista alemão, um beduíno egípcio, um governante nato. Quantas horas até Assyut? Oito, dez? Preciso agir rápido. Encontrar Ishmael. Ele deve estar junto ao poço, ou não distante dele. Então vou pegar o rádio, transmitir à meia-noite. Toda a defesa britânica, que grande golpe! Eles com certeza vão me dar medalhas. Os alemães dominando todo o Cairo. Ah, garoto, vamos dar um jeito nesse lugar. Que combinação, alemães e egípcios, eficiência de dia e sensualidade à noite. Se eu conseguir sobreviver, chegar a Assyut, entrar em contato com Rommel... Então Rommel poderá atravessar a última ponte, destruir a última linha de defesa, partir para o Cairo, aniquilar os britânicos... Que vitória será! Que vitória!! Se eu conseguir. Que triunfo! Que triunfo! Que triunfo!

~

Não vou vomitar, *não* vou vomitar, *não* vou vomitar. O trem diz isso por mim, chacoalhando nos trilhos. Já estou grande demais para vomitar em trens; costumava fazer isso quando tinha 8 anos. Papai me levou a Alexandria, comprou doces e limonada para mim, comi demais, não pensei nisso, e fico enjoado só de lembrar, papai disse que não era culpa minha, e sim dele, mas eu sempre ficava enjoado, mesmo se não comesse. Hoje Elene comprou chocolate mas eu disse: "Não, obrigado." Devo estar bem crescido para recusar chocolate, porque as crianças nunca recusam chocolate, olha, dá para ver as pirâmides, uma, duas, e a pequena que completa as três, deve ser Gizé. Aonde estamos indo? Ele deveria me levar para a escola. Depois pegou a faca. É curva. Vai cortar minha cabeça. Cadê o meu pai? Eu deveria estar na escola, temos geografia no primeiro tempo hoje, uma prova sobre os fiordes da Noruega, estudei tudo ontem à noite, mas nem precisava, porque perdi a prova. A esta hora já devem ter terminado, o Sr. Johnstone está recolhendo as folhas. *Você chama isso de mapa, Higgins? Mais parece um desenho da sua orelha, garoto!* Todo mundo ri. *Smythe não sabe escrever Moskenstraumen. Escreva cinquenta vezes, garoto.* Todo mundo fica feliz por não ser o Smythe. O velho Johnstone abre o livro. *Em seguida a tundra do Ártico.* Eu queria estar na escola. Queria que Elene passasse o braço em volta de mim. Queria que o homem parasse de me olhar daquele jeito, tão satisfeito consigo mesmo, acho que é maluco. Cadê meu pai? Se eu não pensar na faca vai ser como se ela não estivesse lá. Não posso pensar na faca. Se eu me concentrar em não pensar na faca vai ser a mesma coisa que pensar na faca. Como é que alguém para de pensar em alguma coisa? Apenas parando. Pensando em outra coisa. Qualquer coisa serve. Qualquer coisa mesmo. Pronto, parei de pensar na faca por um segundo. Se eu vir um policial vou correr até ele e gritar: "Me salve, me salve!" Vou ser tão rápido que *ele* não vai conseguir me fazer parar. Eu consigo correr feito o vento, sou rápido. Posso ver um oficial. Posso ver um general. Vou gritar: "Bom dia, general!" Ele vai me olhar surpreso e dizer: "Ora, meu jovem, você é um ótimo garoto!" Vou dizer: "Com licença, senhor, sou filho do major Vandam, e esse homem está me levando embora e meu pai não sabe, desculpe incomodá-lo, mas preciso de ajuda." "O quê?", vai questionar o general. "Olhe, senhor, o senhor não pode fazer isso com o filho de um oficial britânico! Afaste-se dele, ouviu? Quem, afinal de contas, o senhor acha que é? E não precisa me mostrar essa faquinha idiota, eu tenho uma pistola! Você é um garoto muito corajoso, Billy." Sou um garoto corajoso. Todo dia homens são mortos no deserto. Bombas caem no meu país. Navios no oceano Atlântico são afundados por U-boats, homens caem na água gelada e se afogam. Os rapazes da Força Aérea Real disparam tiros por cima da França. Todo mundo é corajoso. Cabeça erguida! Dane-se esta guerra. É o que dizem: dane-se esta guerra. Depois sobem na cabine, disparam torpedos contra os U-boats, escrevem cartas para casa. Eu pensava que isso era emocionante. Agora sei que não é. Não é nem um pouco emocionante. Dá vontade de vomitar.

~

Billy está pálido demais. Parece enjoado. Está tentando ser corajoso. Não deveria. Deveria agir como uma criança, deveria gritar, chorar e dar um chilique. Wolff não conseguiria lidar com isso. Mas ele não fará, claro, porque foi ensinado a ser forte, a segurar o choro, a suprimir as lágrimas, a ter autocontrole. Sabe como o seu pai seria, e que outra coisa um menino faz a não ser imitar o pai? Veja o Egito. Um canal ao lado da linha férrea. Um bosque de tamareiras. Um homem agachado numa plantação, a galabiya puxada acima da roupa de baixo branca, fazendo algo com as plantas; um jumento pastando, muito mais saudável do que os espécimes sofridos que a gente vê puxando carroças na cidade; três mulheres sentadas na beira de um canal, lavando roupa, batendo-as em pedras para limpá-las; um homem a cavalo, galopando, deve ser o efêndi local – só os camponeses mais ricos têm cavalos; a distância o campo verde e luxuriante termina abruptamente numa barreira de colinas poeirentas e marrons. Na verdade o Egito tem apenas 50 quilômetros de largura: o resto é deserto. O que vou fazer? Aquele peso no peito sempre que olho para Wolff. O modo como ele olha para Billy. O brilho em seus olhos. Seu jeito implacável, o modo como espia pela janela, depois o vagão ao redor, depois se vira para Billy, depois para mim, depois para Billy de novo, sempre com aquela expressão de triunfo. Eu deveria consolar Billy. Queria saber mais sobre meninos, mas tive quatro irmãs. Que madrasta ruim eu seria para ele! Queria tocá--lo, abraçá-lo, fazer um carinho, mas não sei se é isso que ele quer – pode fazer com que ele se sinta pior. Talvez eu conseguisse distraí-lo, brincando de alguma coisa. Que ideia ridícula! Aqui está a bolsa escolar dele. Aqui está um caderno de exercícios. Ele me olha com curiosidade. Que brinca-deira? Jogo da velha. Quatro linhas para a grade; minha cruz no centro. O modo como ele me olha quando pega o lápis, acho que vai concordar com essa ideia maluca para me reconfortar! Wolff pega o caderno, olha para ele, dá de ombros e me devolve. Minha cruz, a bola de Billy; vai dar empate. Na próxima vez vou deixar que ele vença. Posso fazer esse jogo sem pensar, que pena! Wolff tem um rádio reserva em Assyut. Talvez eu devesse ficar com Wolff e tentar impedir que ele use o rádio. Uma esperança! Preciso levar Billy para longe, depois contatar Vandam e dizer onde estou. Espero que ele tenha visto o atlas. Talvez o empregado tenha visto e ligado para o QG. Talvez o livro fique caído na poltrona o dia inteiro, sem que ninguém o veja. Talvez Vandam não vá para casa hoje. Preciso manter Billy afastado de Wolff, daquela faca. Billy faz uma cruz no centro de uma grade nova. Faço uma bola e escrevo rapidamente: *Precisamos escapar – esteja preparado.* Billy faz outra cruz e escrve uma resposta: *Ok.* Em seguida a cruz de Billy e outra palavra: *Quando?* Minha bola e a resposta para Billy: *Na próxima estação*. A terceira cruz de Billy faz uma linha. Ele risca a fileira de cruzes e sorri satisfeito para mim. O trem diminui de velocidade.

~

Vandam sabia que o trem ainda estava à sua frente. Tinha parado na estação de Gizé, perto das pirâmides, para perguntar quanto tempo fazia que o trem havia passado. Depois parou e fez a mesma pergunta nas três estações seguintes. Agora, após viajar durante uma hora, não precisava mais parar e perguntar, porque a estrada e a via férrea seguiam paralelas, dos dois lados de um canal, e ele veria o trem quando o alcançasse.

A cada parada, bebera água. Com o quepe do uniforme, os óculos de motociclista e o cachecol em volta da boca e do pescoço, estava razoavelmente protegido da poeira, mas estava muito quente e ele sentia uma sede constante. Por fim percebeu que estava um pouco febril. Pensou que devia ter pegado um resfriado na noite anterior, deitado no chão junto ao rio durante horas. Sua respiração estava quente na garganta e os músculos das costas doíam.

Precisava se concentrar na estrada. Era a única que seguia por toda a extensão do Egito, desde o Cairo até Assuã, e consequentemente boa parte era pavimentada. Além disso, nos últimos meses o exército tinha feito alguns reparos, mas ele ainda precisava ficar atento a calombos e buracos. Felizmente ela seguia reta como uma seta, então era possível ver com antecedência os problemas causados pelo gado, por carroças, caravanas de camelos e rebanhos de ovelhas. Ele dirigia muito rápido, a não ser quando passava por aldeias ou cidades, onde a qualquer momento as pessoas podiam entrar na estrada: não iria matar uma criança para salvar uma criança, nem mesmo que fosse seu filho.

Até o momento tinha passado apenas por dois carros – um Rolls-Royce pesadão e um Ford velho. O Rolls-Royce era dirigido por um motorista uniformizado e continha um casal inglês idoso no banco de trás, e o Ford levava pelo menos uma dúzia de árabes. Àquela altura Vandam tinha quase certeza de que Wolff viajava de trem.

De repente ouviu um apito distante. Olhando adiante e à esquerda viu, a pelo menos 1,5 quilômetro, uma tira de fumaça branca subindo inconfundivelmente de uma locomotiva a vapor. Billy!, pensou. Elene! Acelerou mais.

Paradoxalmente, a fumaça da locomotiva o fez pensar na Inglaterra, em encostas suaves, campos verdes intermináveis, uma torre de igreja quadrada espiando por cima das copas de um agrupamento de carvalhos e uma ferrovia passando por um vale, com uma locomotiva bufando e desaparecendo a distância. Por um momento ele estava naquele vale inglês, sentindo o gosto do ar úmido da manhã; então a visão passou e ele viu de novo o céu africano azul-aço, as plantações de arroz, as palmeiras e os distantes penhascos marrons.

O trem estava chegando a uma cidade. Vandam não sabia mais os nomes dos lugares: seus conhecimentos geográficos não eram muito bons e ele havia perdido a noção da distância que tinha viajado. Era uma cidade pequena. Isso podia dizer. Teria três ou quatro prédios de tijolos e um mercado.

O trem entraria lá antes dele. Tinha feito planos, sabia como agir; mas precisava de tempo – era impossível entrar correndo na estação e pular no trem sem se preparar. Chegou ao povoado e diminuiu a velocidade. Numa porta, um velho fumando em um narguilé observou Vandam: um europeu numa motocicleta devia ser uma imagem rara, mas não desconhecida. Um jumento amarrado numa árvore zurrou para a moto. Um búfalo-asiático bebendo de um balde nem levantou a cabeça. Duas crianças imundas, vestidas com trapos, correram ao lado, segurando guidons imaginários e gritando "Vrum, vrum". Vandam viu a estação. Da praça não era possível enxergar a plataforma, escondida pelo prédio baixo e comprido. No entanto, era possível observar a saída e ver qualquer pessoa que passasse ali. Esperaria do lado de fora até o trem partir, só para o caso de Wolff sair dele, depois iria em frente e chegaria com tempo suficiente à próxima parada. Parou a moto e desligou o motor.

~

O trem seguiu devagar por uma passagem de nível. Elene viu os rostos pacientes das pessoas do outro lado da cancela, esperando que a composição passasse para atravessar a linha férrea: um homem gordo num jumento, um menino muito pequeno segurando um camelo, uma charrete de aluguel puxada a cavalo, um grupo de velhas em silêncio. O camelo se agachou, o menino começou a bater na cara dele com uma vara e então a cena sumiu de vista. Em um instante o trem entraria na estação. A coragem

311

de Elene a abandonou. Desta vez, não, pensou. Não tive tempo de pensar num plano. Na próxima estação. Vou deixar para a próxima estação. Mas tinha dito a Billy que tentaria fugir naquela. Se não fizesse nada, ele não confiaria mais nela. Precisava ser daquela vez.

Tentou bolar um plano. Qual era a sua prioridade? Afastar Billy de Wolff. Era a única coisa que importava. Dar a Billy a chance de fugir, depois tentar impedir que Wolff fosse atrás dele. Teve uma lembrança súbita, nítida, de uma briga de infância numa rua imunda em Alexandria: um garoto grande, valentão, batendo nela, e outro intervindo e lutando com o valentão, o menino gritando "Corra, corra!" enquanto ela ficava parada olhando a briga, horrorizada porém fascinada. Não conseguia se lembrar de como aquilo havia terminado.

Olhou em volta. Pense rápido! Estavam num vagão aberto, com quinze ou vinte fileiras de assentos. Ela e Billy encontravam-se lado a lado, virados para a frente, com Wolff diante deles. Ao lado dele havia um lugar vazio. Atrás ficava a porta de saída para a plataforma. Os outros passageiros eram uma mistura de europeus e egípcios ricos, todos usando roupas ocidentais, todos com calor, cansados e irritados. Várias pessoas dormiam. Um funcionário do trem servia chá para um grupo de oficiais do exército egípcio na outra extremidade do vagão.

Pela janela Elene viu uma pequena mesquita, depois um tribunal francês, em seguida a estação. Algumas árvores cresciam no solo poeirento ao lado da plataforma de concreto. Um velho estava sentado de pernas cruzadas embaixo de uma árvore, fumando um cigarro. Seis soldados árabes com aparência jovem se apertavam num banco pequeno. Uma mulher grávida carregava um bebê no colo. O trem parou.

Ainda não, pensou Elene. Ainda não. A hora de agir seria quando o trem estivesse para sair de novo – isso daria menos tempo para Wolff persegui--los. Ficou sentada numa imobilidade frenética. Havia um relógio de numerais romanos na plataforma. Tinha parado às cinco para as cinco. Um homem chegou à janela oferecendo refrescos de frutas e Wolff o dispensou com um aceno.

Um sacerdote com manto copta entrou no trem e ocupou o lugar ao lado de Wolff.

– Por favor, com sua licença, senhor? – disse educadamente, em francês.

Wolff deu um sorriso charmoso.

– À vontade – respondeu, também em francês.

– Quando o apito soar, corra para a porta e saia do trem – murmurou Elene para Billy.

Seu coração batia mais rápido – agora ela estava concentrada.

Billy não falou nada.

– O que foi? – quis saber Wolff.

Elene desviou o olhar. O apito soou.

O menino olhou para Elene, hesitante.

Wolff franziu a testa.

Elene se jogou contra Wolff, tentando alcançar seu rosto com as mãos. De repente estava dominada pela fúria, devido à humilhação, à ansiedade e à dor que ele lhe infligira. Wolff levantou os braços para se proteger, mas isso não a impediu. A força de Elene a deixou pasma. Ela arranhou o rosto dele com as unhas e viu o sangue jorrar.

O sacerdote deu um grito de surpresa.

Por cima das costas de Wolff ela viu Billy correr para a porta e lutar para abri-la.

Elene se deixou cair em cima de Wolff, chocando a cabeça contra a testa dele. Levantou-se de novo e tentou arranhar-lhe os olhos.

Por fim Wolff encontrou a própria voz e rugiu de fúria. Levantou-se do banco, empurrando Elene para trás. Ela agarrou a frente da camisa dele com as mãos, e então ele bateu nela. A mão do homem deu um impulso de baixo para cima, o punho fechado acertando a lateral do maxilar dela. Elene não sabia que um soco podia doer tanto. Por um instante não conseguiu enxergar. Soltou a camisa de Wolff e caiu de volta no banco. Quando sua visão retornou, ela o viu indo na direção da porta. Levantou-se.

Billy tinha conseguido abrir a porta. Ela o viu escancará-la e pular na plataforma. Wolff saltou atrás e Elene correu para a porta.

O menino tinha disparado ao longo da plataforma, correndo feito o vento, com Wolff em seu encalço. Os poucos egípcios parados por perto olhavam meio atônitos, sem fazer nada. Elene desceu do trem e correu atrás de Wolff. O trem estremeceu, prestes a partir. Wolff acelerou.

– Corra, Billy, corra! – gritou Elene.

O menino olhou por cima do ombro. Estava quase chegando à saída. Um coletor de passagens com capa de chuva olhava boquiaberto. Elene pensou: Eles não vão deixá-lo sair, ele não tem passagem. Não importava, percebeu, porque agora o trem avançava lentamente e Wolff precisaria voltar para ele. O alemão olhou para o trem mas não diminuiu o passo. Elene viu que ele não conseguiria pegar Billy e pensou: Conseguimos! Então Billy caiu.

Tinha escorregado em alguma coisa – grãos de areia ou uma folha. Perdeu o equilíbrio e voou, arremessado pelo ímpeto da própria corrida, até bater no chão com força. Elene alcançou os dois e pulou nas costas de Wolff, que tropeçou e não conseguiu capturar Billy. Elene se agarrou a Wolff. O trem se movia devagar mas constantemente. Wolff agarrou os braços de Elene, soltando-se dela, e em seguida sacudiu os ombros largos, jogando-a no chão.

Por um momento ela ficou atordoada. Ao erguer o olhar, viu que Wolff tinha jogado Billy por cima do ombro. O garoto gritava e desferia socos nas costas de Wolff, sem qualquer efeito. Wolff correu alguns passos junto ao trem em movimento e pulou por uma porta aberta. Elene queria ficar onde estava, jamais ver Wolff de novo, mas não podia abandonar Billy. Lutou para se levantar.

Correu, cambaleando ao lado do trem. Alguém estendeu a mão para ela. Elene segurou-a e pulou. Estava de novo a bordo.

Tinha fracassado terrivelmente. Estava de volta à estava zero. Sentia-se arrasada.

Acompanhou Wolff pelos vagões, de volta aos lugares originais. Não olhou o rosto das pessoas por quem passava. Viu Wolff dar um tapa com força no traseiro de Billy e jogá-lo em seu lugar. O menino chorava em silêncio.

Wolff se virou para Elene.

– Você é uma idiota, uma louca – disse em voz alta, para os outros passageiros ouvirem.

Em seguida agarrou-a pelo braço e a puxou mais para perto. Deu-lhe um tapa no rosto com a palma, depois com as costas da mão, repetidamente. Doeu, mas Elene não tinha energia para resistir. Por fim o sacerdote se levantou, tocou o ombro de Wolff e disse alguma coisa.

Wolff a soltou e se sentou. Ela olhou em volta. Todos a encaravam. Ninguém a ajudaria, porque ela não era apenas uma egípcia – era uma *mulher* egípcia, e as mulheres, como os camelos, precisavam ser espancadas de vez em quando. Enquanto encarava os outros passageiros eles desviavam o olhar, sem graça, e se viravam para os jornais, os livros e a paisagem lá fora. Ninguém falou nada.

Ela afundou no banco. Uma fúria inútil, impotente, cresceu em seu peito. Quase, quase tinham escapado.

Passou o braço em volta do menino e o puxou para perto. Começou a acariciar seu cabelo. Depois de um tempo ele caiu no sono.

CAPÍTULO VINTE E SETE

VANDAM OUVIU O TREM bufar, bufar, avançar e bufar de novo. Ele ganhou velocidade e saiu da estação. Vandam bebeu outro gole d'água. A garrafa estava vazia. Colocou-a de volta no alforje. Deu um trago no cigarro e jogou a guimba fora. Apenas alguns camponeses tinham saído do trem. Ele ligou a moto e partiu.

Em alguns instantes estava fora da cidadezinha e de volta à estrada reta e estreita ao lado do canal. Logo tinha deixado o trem para trás. Era meio-dia – o sol estava tão quente que parecia possível tocá-lo. Vandam imaginou que, se estendesse o braço, poderia arrastar o calor como a um líquido viscoso. A estrada à frente se estendia num infinito tremeluzente. Pensou: Como seria fresco e revigorante se eu conduzisse a moto direto para dentro desse canal!

Em algum lugar na estrada tinha tomado uma decisão. Havia partido do Cairo sem nenhum pensamento a não ser salvar seu filho Billy, mas em determinado ponto percebeu que aquele não era seu único dever. Ainda havia a guerra.

Tinha quase certeza de que Wolff estivera ocupado demais à meia-noite do dia anterior para usar o rádio. Naquela manhã tinha se desfeito do rádio, jogado o livro no rio e queimado a chave do código – era provável que tivesse outro rádio, outro exemplar de *Rebecca* e outra chave para o código, e que tudo isso estivesse escondido em Assyut. Se quisesse implementar o plano para enganar Rommel, Vandam precisaria colocar as mãos no rádio e na chave – e isso significava deixar Wolff chegar a Assyut e pegar o equipamento reserva.

Deveria ser uma decisão agonizante, mas de algum modo Vandam a aceitou com calma. Precisava salvar Billy e Elene, sim, mas *depois* que Wolff pegasse o rádio reserva. Seria difícil para o menino, tremendamente difícil, mas o pior – o sequestro – já estava no passado e era irreversível. E viver sob o domínio nazista, com o pai num campo de concentração, também seria difícil demais.

Depois de tomar uma decisão e endurecer o coração, Vandam precisava de garantias de que Wolff estava mesmo viajando naquele trem. E, ao chegar à conclusão de como poderia ter certeza, também pensou numa maneira de tornar as coisas um pouquinho mais fáceis para Billy e Elene.

Quando chegou à estação seguinte, imaginou que estaria pelo menos quinze minutos à frente do trem. Era uma cidade como a anterior: os mesmos animais, as mesmas ruas poeirentas, as mesmas pessoas vagarosas, o mesmo punhado de construções de tijolos. A delegacia ficava numa praça central à frente da estação, ladeada por uma grande mesquita e uma igrejinha. Vandam parou do lado de fora e deu uma série de buzinadas peremptórias.

Dois policiais árabes logo saíram do prédio: um homem grisalho de uniforme branco e uma pistola presa na cintura e um rapaz de cerca de 20 anos, desarmado. O mais velho estava abotoando a camisa. Vandam saiu da moto e berrou:

– Sentido! – Os dois se empertigaram e prestaram continência. Vandam fez o mesmo gesto e apertou a mão do mais velho. – Estou perseguindo um bandido perigoso e preciso da sua ajuda – disse dramaticamente.

Os olhos do sujeito brilharam.

– Vamos entrar.

Vandam foi à frente. Sentia que precisava continuar tomando a iniciativa. Não sabia muito bem qual era seu status ali e não poderia fazer muita coisa se os policiais optassem por não cooperar. Entrou no prédio. Por uma porta entreaberta, viu uma mesa com um telefone. Entrou na sala e os policiais foram atrás.

– Ligue para o quartel-general britânico no Cairo – disse Vandam ao mais velho. Deu-lhe o número e o homem pegou o telefone. Então se virou para o policial mais novo: – Você viu a motocicleta?

– Vi, vi – respondeu ele, assentindo energicamente.

– Sabe dirigir?

O rapaz ficou empolgado com a ideia.

– Eu dirijo muito bem.

– Vá lá e experimente.

O jovem olhou em dúvida para o superior, que estava gritando ao telefone.

– Vá – insistiu Vandam.

Ele saiu.

O mais velho estendeu o telefone para Vandam.

– O QG.

– Ligue-me com o capitão Jakes – depressa ordenou Vandam, e em seguida esperou.

Ouviu a voz de Jakes depois de um ou dois minutos.

– Pois não?

– Aqui é Vandam. Estou no sul, seguindo uma pista.

– O pânico se instaurou aqui desde que a chefia soube do que aconteceu ontem à noite. O brigadeiro está quase tendo um filho pela boca e Bogge não para de andar de um lado para outro, atarantado e sem fazer nada. Onde o senhor está, afinal?

– Não importa onde exatamente, porque não vou ficar muito tempo aqui e no momento preciso trabalhar sozinho. Para garantir o máximo apoio dos beleguins locais... – ele falava assim para que os policiais não entendessem o significado de suas palavras – quero que você faça o papel do oficial durão. Preparado?

– Sim, senhor.

Vandam entregou o telefone ao policial grisalho e recuou. Podia adivinhar o que Jakes estava dizendo. Inconscientemente o policial ficou mais ereto e ajeitou os ombros enquanto Jakes ordenava, em termos explícitos, que ele fizesse tudo o que Vandam pedisse, e rápido.

– Sim, senhor! – respondeu o policial várias vezes. Por fim, disse: – Por favor, fique tranquilo, senhor, que faremos tudo o que estiver ao nosso alcance... – Ele parou abruptamente. Vandam supôs que Jakes devia ter desligado. O policial olhou para Vandam e disse para a linha muda: – Adeus, senhor!

Vandam foi até a janela e olhou para fora. O jovem policial estava dando voltas e mais voltas na praça com a moto, buzinando e acelerando demais. Uma pequena turba tinha se reunido para olhar e um punhado de crianças corria atrás da moto. O rapaz ria de orelha a orelha. Ele vai servir, pensou Vandam.

– Escute – disse. – Vou entrar no trem para Assyut quando ele parar aqui, daqui a alguns minutos. Vou saltar na estação seguinte. Quero que o seu rapaz leve a moto até lá para me encontrar. Entendeu?

– Sim, senhor. O trem vai parar aqui, então?

– Não costuma parar?

– Em geral o trem de Assyut não para aqui.

– Então vá à estação e ordene que parem!

– Sim, senhor!

Ele partiu correndo.

Vandam o observou atravessar a praça. Ainda não dava para ouvir o trem. Ou seja, tinha tempo para mais um telefonema. Pegou o aparelho, esperou a telefonista e pediu para falar com a base do exército em Assyut. Seria um milagre se o sistema telefônico funcionasse perfeitamente duas vezes seguidas. Funcionou. Assyut atendeu e Vandam pediu para falar com o capitão Newman. Houve uma longa espera enquanto o localizavam. Por fim o capitão veio à linha.

– Olá, aqui é Vandam. Acho que estou na pista do seu assassino da faca, Newman.

– Que maravilha, senhor! – exclamou Newman. – Posso fazer alguma coisa?

– Bom, escute. Precisamos agir com muita discrição. Por uma série de motivos, que vou explicar mais tarde, estou trabalhando totalmente sozinho. E ir atrás do Wolff com um grande esquadrão de homens armados seria mais do que inútil.

– Entendi. De que o senhor precisa?

– Vou chegar a Assyut em duas horas. Preciso de um táxi, uma galabia grande e um menino. Você pode me encontrar?

– Claro, sem problema. O senhor vem pela estrada?

– Vou encontrá-lo na entrada da cidade, o que acha?

– Ótimo. Agora preciso ir.

– Estarei esperando.

Vandam se levantou. Colocou uma nota de 5 libras na mesa ao lado do telefone: uma pequena gorjeta nunca fazia mal. Saiu para a praça. Ao longe, no norte, podia ver a fumaça do trem que se aproximava. O policial mais novo trouxe a moto até ele.

– Vou entrar no trem – disse Vandam. – Leve a moto até a próxima estação e se encontre comigo lá. Está bem?

– Está, está!

Ele estava deliciado.

Vandam pegou uma nota de uma libra e a rasgou ao meio. Os olhos do jovem policial se arregalaram imediatamente. Vandam lhe deu uma das metades da nota.

– Você ganha a outra metade quando me encontrar.

– Está bem, senhor!

O trem estava quase na estação. Vandam atravessou a praça correndo. O policial mais velho o encontrou.

– O agente da estação está parando o trem.

Vandam apertou a mão dele.

– Obrigado. Qual é o seu nome?

– Sargento Nesbah.

– Vou falar sobre você com os oficiais no Cairo. Adeus.

Vandam entrou correndo na estação. Correu para o sul ao longo da plataforma, longe do trem, de modo a embarcar na parte da frente sem que algum passageiro o visse pelas janelas.

O trem chegou soltando fumaça. O agente da estação veio pela plataforma até onde Vandam estava parado. Quando o trem parou, o agente falou com o maquinista e o foguista. Vandam deu uma gorjeta aos três e embarcou.

Viu-se num vagão da classe econômica. Sem dúvida Wolff viajaria de primeira classe. Começou a caminhar pela composição, passando por cima das pessoas sentadas no chão com suas caixas, caixotes e animais. Notou que eram sobretudo mulheres e crianças que estavam acomodados no chão: os bancos de ripas eram ocupados pelos homens com suas garrafas de cerveja e seus cigarros. Os vagões estavam insuportavelmente quentes e fedorentos. Algumas mulheres cozinhavam em fogões improvisados – sem dúvida aquilo era perigoso! Vandam quase pisou num bebê minúsculo que engatinhava no chão imundo. Teve a sensação de que, se não tivesse desviado da criança na última hora, seria linchado.

Passou por três vagões da classe econômica, depois se encontrou à porta de um da primeira classe. Encontrou um guarda do lado de fora, sentado num banquinho simples de madeira, tomando chá. O guarda se levantou.

– Aceita um pouco de chá, general?

– Não, obrigado. – Vandam precisava gritar para ser ouvido acima do som das rodas. – Preciso verificar os documentos de todos os passageiros da primeira classe.

– Estão todos em ordem, todos muito bons – disse o guarda, tentando ser útil.

– Há quantos vagões de primeira classe?

– Tudo em ordem...

Vandam precisou gritar no ouvido do sujeito:

– Há quantos vagões de primeira classe?

O guarda ergueu dois dedos.

Vandam assentiu e se empertigou. Olhou determinado para a porta. De repente não sabia mais se tinha coragem para prosseguir com aquilo.

Lembrou-se então de que Wolff nunca tinha olhado direito para ele – os dois haviam lutado no escuro, no beco –, mas não podia ter certeza absoluta disso. O talho no rosto poderia denunciá-lo, mas de qualquer forma agora o ferimento estava quase totalmente escondido pela barba que deixara crescer. Ainda assim, ele deveria se esforçar para manter aquele lado do rosto fora da vista de Wolff. O verdadeiro problema era Billy. Vandam precisava dar um jeito de alertar o filho para ficar quieto e fingir que não reconhecia o próprio pai. Não havia como planejar isso, esse era o maior problema. Precisava entrar lá e ir pensando enquanto isso.

Respirou fundo e abriu a porta.

Ao passar, deu uma olhada rápida e nervosa para os primeiros bancos e não reconheceu ninguém. Deu as costas para o vagão enquanto fechava a porta, depois se virou de novo. Seu olhar percorreu depressa as fileiras de bancos: nada de Billy.

Falou com os passageiros mais próximos.

– Seus documentos, por favor, senhores.

– O que houve, major? – perguntou um oficial do exército egípcio, pelo uniforme, um coronel.

– Verificação de rotina, senhor – respondeu Vandam.

Seguiu devagar pelo corredor, olhando os documentos das pessoas. Quando estava na metade do vagão, tinha examinado os passageiros suficientemente bem para ter certeza de que Wolff, Elene e Billy não estavam ali. Sentiu que precisava terminar a farsa de verificação dos documentos antes de seguir para o próximo vagão. Começou a imaginar se suas suposições estariam erradas. Talvez eles não estivessem naquele trem; talvez Assyut nem fosse o destino de Wolff; talvez a pista do atlas fosse um truque para enganá-lo...

Chegou ao fim e passou então para o espaço entre os vagões. Se Wolff estiver no trem, vou vê-lo agora, pensou. Se Billy estiver aqui... se Billy estiver aqui...

Abriu a porta.

Viu o menino no mesmo instante. Sentiu uma pontada de dor. O garoto estava dormindo no banco, os pés apenas tocando o chão, o corpo tombado de lado, o cabelo caído na testa. A boca estava aberta e o maxilar se movia lentamente. Vandam sabia – porque já vira aquilo antes – que o filho estava rilhando os dentes durante o sono.

A mulher que estava com o braço em volta dele, e em cujo seio ele descansava, era Elene. Vandam teve um sentimento desorientador de déjà-vu: lembrou-se da noite em que a tinha encontrado dando um beijo de boa-noite em Billy.

Ela ergueu o olhar.

Viu Vandam. Ele notou que a expressão dela começou a mudar – os olhos se arregalaram, a boca começou a se abrir para um grito de surpresa. Como ele já estava preparado para algo assim, foi rápido em levar um dedo aos lábios num pedido de silêncio. Ela entendeu imediatamente e baixou os olhos. No entanto, Wolff tinha visto a expressão dela e estava virando a cabeça para descobrir o que Elene vira.

Eles estavam à esquerda de Vandam, e fora a face esquerda a que Wolff cortara com a faca. Vandam se virou de modo a ficar de costas para o vagão, em seguida falou com as pessoas do lado do corredor oposto ao de Wolff.

– Documentos, por favor.

Não tinha contado com a hipótese de Billy estar dormindo.

Estivera preparado para fazer um sinal rápido ao menino, como tinha feito com Elene, e esperava que ele estivesse alerta o suficiente para disfarçar logo a surpresa, também como Elene. Mas aquela situação era diferente. Se Billy acordasse e visse o pai ali, parado, provavelmente entregaria o jogo antes de ter tempo de pensar.

Vandam se virou para Wolff.

– Documentos, por favor.

Era a primeira vez que via o inimigo cara a cara. Wolff era um filho da mãe bonito. Seu rosto grande tinha feições fortes: testa larga, nariz adunco, dentes brancos e regulares e queixo largo. Apenas em volta dos olhos e nos cantos da boca havia uma sugestão de fraqueza, de autoindulgência, de depravação. Ele entregou os documentos e olhou pela janela, entediado. Os papéis o identificavam como Alex Wolff, da Villa les Oliviers, Garden City. O sujeito tinha uma coragem notável.

– Para onde está indo, senhor? – perguntou Vandam.

– Assyut.

– A negócios?

– Visitar parentes.

A voz era profunda e forte, e Vandam não teria notado o sotaque se não estivesse atento.

– Vocês estão juntos? – perguntou Vandam.

– Este é meu filho e ela é a babá dele – respondeu Wolff.

Vandam pegou os documentos de Elene e os examinou. Queria agarrar Wolff pelo pescoço e sacudi-lo até os ossos chacoalharem. *Este é meu filho e ela é a babá dele.* Que desgraçado!

Entregou os documentos a Elene.

– Não precisa acordar o menino – disse.

Olhou o sacerdote sentado ao lado de Wolff e pegou a carteira que o homem estendia para ele.

– De que se trata isso, major? – indagou Wolff.

Vandam o olhou de novo e notou que ele tinha um arranhão novo no queixo, comprido: talvez Elene tivesse resistido.

– Segurança, senhor.

– Também vou para Assyut – informou o sacerdote.

– Sei – observou Vandam. – Ao convento?

– Isso mesmo. Então o senhor ouviu dizer.

– Sim, claro. O lugar onde a Sagrada Família ficou depois da viagem para o deserto.

– Isso. O senhor já esteve lá?

– Ainda não. Talvez dê um pulo desta vez.

– Espero que sim – disse o sacerdote.

Vandam devolveu os documentos.

– Obrigado.

Seguiu pelo corredor até os bancos seguintes e continuou a examinar os documentos. Quando ergueu a vista, encontrou o olhar de Wolff. Ele estava examinando-o inexpressivamente. Vandam imaginou se teria se comportado de modo suspeito. Na próxima vez em que levantou a cabeça, Wolff estava olhando de novo pela janela.

O que Elene estaria pensando? Devia estar tentando descobrir o que ele ia fazer, pensou Vandam. Talvez ela consiga adivinhar minhas intenções. Mesmo assim, deve ser difícil ficar parada e me ver passar sem dizer uma palavra. Pelo menos agora ela sabe que não está sozinha.

O que Wolff estaria pensando? Talvez estivesse impaciente, ou arrogante, ou temeroso, ou ansioso... Não, ele não estava nada disso, percebeu Vandam. Estava apenas entediado.

Chegou ao fim do vagão e examinou os últimos documentos. Estava devolvendo-os, prestes a voltar pelo corredor, quando ouviu um grito que partiu seu coração.

– Aquele é o meu pai!

Imediatamente, ergueu o olhar. Billy estava correndo em sua direção, tropeçando, oscilando de um lado para outro, batendo nos bancos, os braços estendidos.

Ah, meu Deus.

Atrás de Billy, Vandam podia ver Wolff e Elene se levantando, Wolff com intensidade, Elene com medo. Vandam abriu a porta às suas costas, fingindo não notar Billy, e recuou passando por ela. Billy a atravessou também. Vandam fechou a porta.

– Tudo bem – disse Vandam. – Está tudo bem.

Wolff iria até ali para investigar.

– Eles me pegaram! – exclamou Billy. – Eu perdi a aula de geografia e fiquei morrendo de medo!

– Agora está tudo bem.

Vandam sentiu que não poderia mais deixar Billy; teria que ficar com o menino e matar Wolff, abandonar o plano para enganar Rommel, abandonar o rádio e a chave do código... Não, isso precisava ser feito, *precisava* ser feito... Lutou contra os instintos.

– Escute – disse. – Eu estou aqui e vou cuidar de você, mas preciso pegar aquele homem e não quero que ele saiba quem eu sou. Ele é o espião alemão que estou procurando, entendeu?

– Entendi, entendi...

– Escute. Você pode fingir que cometeu um erro? Pode fingir que eu não sou o seu pai? Pode voltar para ele?

Billy ficou olhando-o, boquiaberto. Não disse nada, mas toda a sua expressão dizia *Não, não, não!*

– Isso é uma história de detetives da vida real, Billy, e você está participando dela, junto comigo. Você precisa voltar para aquele homem e fingir que se enganou. Mas lembre-se, eu vou estar perto, e juntos vamos pegar o espião. Está bem? Está bem?

Billy ficou em silêncio.

A porta se abriu e Wolff passou.

– O que está acontecendo? – perguntou Wolff.

Vandam forçou o rosto ficar inexpressivo e simulou um sorriso.

– Parece que ele acordou de um sonho e me confundiu com o pai. O senhor e eu temos o mesmo tamanho... O senhor disse que era pai dele, não foi?

Wolff olhou para Billy.

– Que absurdo! – disse bruscamente. – Volte para o seu lugar agora mesmo.

Billy ficou parado.

Vandam pôs a mão no ombro do menino.

– Ande, rapaz – disse. – Vamos vencer a guerra.

O velho bordão teve o efeito esperado. Billy deu um sorriso corajoso.

– Desculpe, senhor. Eu devia estar sonhando.

Vandam sentiu seu coração parar.

Billy lhe deu as costas e voltou para dentro do vagão. Wolff foi atrás dele e Vandam os seguiu. Enquanto andavam pelo corredor, o trem foi diminuindo a velocidade. Vandam percebeu que já estavam se aproximando da estação seguinte, onde sua motocicleta estaria esperando. Billy chegou ao banco e se sentou. Elene olhava atônita Vandam sem entender. Billy tocou o braço dela.

– Tudo bem, eu me enganei, devia estar sonhando.

Ela olhou para Billy, depois para Vandam, e uma luz estranha surgiu em seus olhos: parecia à beira das lágrimas.

Vandam não queria deixá-los para trás. Queria sentar, conversar com eles, fazer qualquer coisa para prolongar o tempo com os dois. Do lado de fora outra cidadezinha poeirenta surgiu. Vandam cedeu à tentação e parou junto à porta do vagão.

– Tenha uma boa viagem – disse a Billy.

– Obrigado, senhor.

Vandam saiu.

O trem entrou na estação e parou. Vandam saiu e andou um pouco ao longo da plataforma. Ficou à sombra de um toldo e esperou. Mais ninguém saiu, mas duas ou três pessoas entraram nos vagões da classe econômica. Houve um apito e o trem voltou a se mover. O olhar de Vandam estava fixado na janela que ele sabia que ficava junto ao banco de Billy. Quando a janela passou, viu o rosto do filho. O menino levantou a mão num pequeno aceno. Vandam acenou de volta e o rosto sumiu.

Vandam percebeu que seu corpo todo tremia.

Assistiu ao trem se afastar em meio à névoa. Quando ele estava quase fora de vista, Vandam saiu da estação. Do lado de fora estava sua motocicleta com o jovem policial da outra cidade montado, explicando os mistérios do veículo a um pequeno grupo de admiradores. Vandam lhe deu a outra metade da nota de libra. O rapaz prestou uma continência.

Em pouco tempo Vandam ultrapassou o trem. Calculou que chegaria a Assyut trinta ou quarenta minutos à frente dele. O capitão Newman estaria na cidade para recebê-lo. Vandam sabia, em termos gerais, o que faria em seguida, mas os detalhes precisariam ser improvisados à medida que prosseguisse.

Afastou-se do trem que levava Billy e Elene, as únicas pessoas que ele amava. Mais uma vez, disse a si mesmo que tinha feito a coisa certa, o melhor para todos, o melhor para Billy. No entanto, no fundo da mente uma voz dizia: monstro, monstro, monstro.

CAPÍTULO VINTE E OITO

O TREM ENTROU NA ESTAÇÃO e parou. Elene viu uma placa em que estava escrito Assyut em árabe. Percebeu, com um choque, que tinham chegado.

Havia sido um alívio enorme ver o rosto gentil e preocupado de Vandam no trem. Durante um tempo ficou eufórica: sem dúvida tudo estava terminado. Tinha visto a pantomima dele com os documentos e esperara que a qualquer instante ele sacasse uma arma, revelasse a identidade ou atacasse Wolff. Aos poucos percebeu que não seria tão simples. Ficou atônita e um tanto horrorizada diante da coragem fria com que Vandam tinha mandado o próprio filho de volta para Wolff. E a coragem de Billy tinha sido incrível. Seu ânimo esmoreceu mais ainda ao ver Vandam na plataforma da estação, acenando enquanto o trem se afastava. Que jogo ele estava fazendo?

Claro, o código *Rebecca* ainda estava na mente dele. Vandam devia ter algum plano para salvá-la junto com Billy e também conseguir a chave do código. Queria saber qual era. Felizmente, Billy não parecia incomodado com esses pensamentos: seu pai estava com a situação sob controle e pelo jeito o menino nem pensava na possibilidade de a trama dele fracassar. Ele havia se animado, demonstrando interesse pela região por onde o trem passava e até perguntando onde Wolff tinha conseguido a faca. Elene desejou ter a mesma fé em William Vandam.

Wolff também estava bastante entusiasmado. O incidente com Billy o havia deixado com medo, e ele tinha olhado para Vandam de forma hostil e ansiosa. Mas parecera se tranquilizar quando Vandam saiu do trem. Depois disso seu humor oscilou entre o tédio e a empolgação nervosa. E agora, chegando a Assyut, a empolgação se tornou dominante. Algum tipo de mudança ocorrera em Wolff nas últimas 24 horas, pensou. Quando o conhecera, ele era um homem muito controlado, cortês. Raramente seu rosto demonstrava alguma emoção espontânea além de uma leve arrogância. Em geral suas feições eram inexpressivas, os movimentos quase lânguidos. Agora tudo isso tinha sumido. Ele se remexia, olhava ao redor inquieto e, a intervalos de alguns segundos, o canto da boca se repuxava de forma quase imperceptível, como se estivesse a ponto de rir, ou talvez fazer uma careta diante dos próprios pensamentos. Ela supôs que era porque sua luta com Vandam tinha ficado feroz. O que havia começado como um jogo se transformara uma batalha mortal. Era curioso que Wolff, o implacável, estivesse ficando desesperado à medida que Vandam se tornava mais frio.

Elene pensou: Tomara que ele não fique frio demais.

Wolff se levantou e pegou a mala no bagageiro do alto. Elene e Billy o acompanharam pelo trem e desceram para a plataforma. Aquela cidade era maior e mais movimentada do que as outras por onde tinham passado, e a estação estava apinhada. Enquanto saltavam do trem, foram empurrados por pessoas tentando entrar. Wolff, que era cerca de 20 centímetros mais alto do que a maioria das pessoas, olhou ao redor procurando uma saída e começou a abrir caminho pela turba na direção dela. De repente um menino sujo e descalço, com um pijama de listras verdes, agarrou a mala dele.

– Consigo táxi! Consigo táxi! – gritou o menino.

Wolff deu de ombros, um gesto bem-humorado e ligeiramente sem graça, e deixou que o garoto o puxasse até o portão.

Mostraram os bilhetes e saíram na praça. A tarde estava no fim, mas ali no sul o sol continuava muito quente. A praça era cercada de prédios bastante altos, um deles chamado Grand Hotel. Do lado de fora da estação havia uma fileira de charretes de aluguel. Elene olhou ao redor, esperando encontrar um destacamento de soldados pronto para prender Wolff. Não havia sinal de Vandam.

– Táxi motorizado – disse Wolff ao menino árabe. – Quero um táxi motorizado.

Havia um carro, um velho Morris, parado alguns metros atrás das charretes de aluguel. O garoto os levou até ele.

– Entre na frente – disse Wolff a Elene. Em seguida deu uma moeda ao menino e se acomodou no banco de trás com Billy. O motorista usava óculos escuros e um turbante árabe para se proteger do sol. – Vá para o sul, na direção do convento – ordenou Wolff a ele, em árabe.

– Certo – respondeu o motorista.

O coração de Elene quase parou. Conhecia aquela voz. Olhou para o homem. Era Vandam.

~

Vandam guiou o carro para fora da estação, pensando que até o momento tinha corrido tudo bem, a não ser pela fala em árabe. Não havia lhe ocorrido que Wolff iria falar em árabe com um motorista de táxi. Seu conhecimento do idioma era muito rudimentar, mas era capaz de dar – e portanto entender – orientações de direção. Podia responder em monossílabos ou grunhidos, ou até mesmo em inglês, porque os árabes que falavam um pouco de inglês estavam sempre ansiosos por usar seus conhecimentos, mesmo quando um europeu se dirigia a eles em árabe. Ele ficaria bem, desde que Wolff não quisesse discutir o clima ou as colheitas.

O capitão Newman tinha conseguido tudo o que Vandam havia pedido, inclusive a discrição. Até mesmo emprestara seu revólver a Vandam, um Enfield .380 de seis tiros, que agora estava no bolso da calça, embaixo da galabiya emprestada. Enquanto esperava o trem, Vandam tinha estudado o mapa de Assyut e arredores que Newman lhe dera, de modo que fazia alguma ideia de como encontrar a estrada que saía da cidade pelo sul. Passou pelo mercado, buzinando mais ou menos continuamente ao modo egípcio, guiando de forma perigosa perto das grandes rodas de madeira das carroças, tirando as ovelhas do caminho com o para-choque. Dos prédios dos dois lados, cafés e oficinas invadiam a rua. A pista não pavimentada tinha uma superfície de areia, sujeira e esterco. Olhando pelo retrovisor, viu que quatro ou cinco crianças pegavam carona no para-choque traseiro.

Wolff disse alguma coisa e desta vez Vandam não entendeu. Fingiu não ter ouvido. Wolff repetiu. Vandam entendeu a palavra que significava gasolina. Wolff estava apontando para um posto de combustível. Vandam bateu no mostrador do painel que mostrava que o tanque estava cheio.

– *Kifaya* – disse. – Tem bastante.

Wolff pareceu aceitar.

Fingindo ajeitar o espelho, Vandam deu uma olhada em Billy, imaginando se ele havia reconhecido o pai. Billy estava olhando para a nuca de Vandam com uma expressão de pura alegria. Vandam pensou: Não entregue o jogo, pelo amor de Deus.

Deixaram a cidade para trás e seguiram para o sul por uma estrada reta no meio do deserto. À esquerda estavam os campos irrigados e os bosques, e à direita a parede de penhascos de granito, coloridos de bege por uma camada de areia poeirenta. A atmosfera no carro era estranha. Vandam podia sentir a tensão de Elene, a euforia de Billy e a impaciência de Wolff. Ele mesmo estava muito nervoso. Quanto daquilo tudo estaria claro para Wolff? O espião só precisaria dar uma boa olhada no motorista para perceber que ele era o homem que tinha inspecionado os documentos no trem. Vandam esperava que Wolff estivesse mais preocupado com seu rádio.

– *Ruh alyaminak* – disse Wolff.

Vandam sabia que isso significava "vire à direita". À frente, viu uma saída que parecia levar direto ao penhasco. Diminuiu a velocidade e entrou na curva, depois viu que estava indo em direção a uma passagem entre os morros.

Ficou surpreso. Na estrada para o sul havia alguns povoados e o famoso convento, segundo o mapa de Newman, mas para além daqueles morros só existia o Deserto Ocidental. Se Wolff tinha enterrado o rádio na areia, jamais iria encontrá-lo de novo. Sem dúvida ele sabia disso. Vandam esperava que sim, já que, se os planos de Wolff dessem errado, o mesmo aconteceria com os seus.

A estrada começou a subir e o velho carro lutava para enfrentar a inclinação. Vandam reduziu a marcha uma vez, e de novo. O carro chegou ao cume em segunda. Ele olhou para o deserto aparentemente vazio abaixo. Desejou ter um jipe. Imaginou até onde Wolff precisaria ir. Era melhor retornarem a Assyut antes do anoitecer. Não podia fazer perguntas, por medo de revelar sua ignorância do árabe.

A estrada virou uma trilha. Vandam dirigia pelo deserto, indo o mais rápido que ousava, esperando instruções de Wolff. No horizonte, o sol rolou para a borda do céu. Depois de uma hora passaram por um pequeno rebanho de ovelhas pastando um arbusto de acácias, vigiadas por um homem e um menino. Wolff se empertigou no banco e começou a olhar em volta. Logo depois a estrada cruzava com um riacho seco. Cautelosamente, Vandam deixou o carro descer a margem.

– *Ruh ashishmalak* – disse Wolff.

Vandam obedeceu e virou à esquerda. O piso era firme. Ficou perplexo ao ver grupos de pessoas, tendas e animais no riacho. Parecia uma comunidade secreta. Um quilômetro e meio à frente, viram a explicação: um poço.

A boca do poço era marcada por um muro de tijolos de barro, baixo e circular. Quatro troncos de árvore arrumados grosseiramente se inclinavam juntos acima do buraco, sustentando um rústico mecanismo de içamento. Cinco homens puxavam água de forma contínua, esvaziando os baldes em quatro tinas em volta do poço. Camelos e mulheres se apinhavam ao redor das tinas.

Vandam levou o carro para perto do poço.

– *Andak* – ordenou Wolff.

Vandam obedeceu e parou o carro. O povo do deserto não demonstrou curiosidade, ainda que fosse raro para eles ver um veículo a motor: talvez a vida difícil não lhes deixasse tempo para investigar coisas estranhas. Wolff estava fazendo perguntas a um dos homens, falando rápido em árabe. Houve um diálogo breve. O homem apontou para a frente.

– *Dughri* – disse Wolff a Vandam, que partiu com o carro.

Por fim chegaram a um grande acampamento onde Wolff fez Vandam parar. Existiam várias tendas agrupadas, algumas ovelhas num cercado, vários camelos com peias e uns dois fogos de cozinhar. Em um movimento rápido e súbito, Wolff levou a mão ao painel do carro, desligou o motor e tirou a chave. Sem dizer uma palavra, saiu.

~

Ishmael estava sentado junto ao fogo, fazendo chá. Ergueu o olhar e disse casualmente, como se Wolff tivesse saído da tenda ao lado:

– Que a paz esteja com você.

– E com você estejam a saúde, a misericórdia e a bênção de Deus – respondeu Wolff, formal.

– Como está sua saúde?

– Bem, graças a Deus.

Wolff se agachou na areia e Ishmael lhe entregou um copo.

– Tome.

– Que Deus aumente sua sorte – desejou Wolff.

– E a sua também.

Wolff bebeu o chá. Estava quente, doce e muito forte. Lembrou-se de como aquilo o havia fortalecido na viagem pelo deserto... Fazia apenas dois meses?

Quando Wolff terminou de beber, Ishmael levou a mão à cabeça.

– Que ele lhe faça bem.

– Que Deus permita que ele lhe faça bem.

As formalidades estavam terminadas.

– E seus amigos? – perguntou Ishmael, fazendo um gesto com a cabeça na direção do táxi parado no leito do rio seco, incongruente no meio das tendas e dos camelos.

– Não são meus amigos.

Ishmael assentiu. Não demonstrou curiosidade. Apesar de todas as perguntas educadas sobre a saúde um do outro, pensou Wolff, os nômades não se interessavam de fato pelo que as pessoas da cidade faziam: a vida deles era diferente a ponto de ser incompreensível.

– Você ainda está com a minha caixa? – quis saber Wolff.

– Estou.

Ishmael teria dito que sim, quer a tivesse ou não, pensou Wolff. Esse era o estilo árabe. Ishmael não fez qualquer movimento para pegar a mala. Era incapaz de ter pressa. "Depressa" significava "nos próximos dias"; "imediatamente" significava "amanhã".

– Preciso voltar hoje à cidade – disse Wolff.

– Mas vai dormir na minha tenda.

– Infelizmente, não.

– Então vai comer conosco.

– De novo, infelizmente não. O sol já está baixo e preciso voltar à cidade antes que anoiteça.

Ishmael balançou a cabeça com tristeza, com a expressão de alguém que contempla um caso sem solução.

– Você veio por causa da sua caixa.

– É. Por favor, vá pegá-la, primo.

Ishmael falou com um homem que estava de pé atrás dele, que falou com um homem mais novo, que por sua vez mandou uma criança pegar a mala. Ishmael ofereceu um cigarro a Wolff, que aceitou por educação. Ishmael acendeu os cigarros com um graveto tirado do fogo. Wolff se perguntou de onde os cigarros teriam vindo. A criança trouxe a mala e a entregou a Ishmael. Ishmael apontou para Wolff.

Wolff pegou a mala e abriu. Um grande sentimento de alívio o inundou enquanto olhava o rádio, o livro e a chave do código. Na longa e tediosa viagem de trem sua euforia tinha desaparecido, mas agora voltara, e ele ficou inebriado com a sensação de poder e da vitória iminente. Mais uma vez, soube que venceria a guerra. Fechou a mala. Suas mãos estavam sem firmeza.

Ishmael o observava com os olhos estreitados.

– Essa caixa é muito importante para você.

– É importante para o mundo.

– O sol nasce e o sol se põe. Às vezes chove. Nós vivemos, depois morremos.

Ishmael deu de ombros.

Ele jamais entenderia, pensou Wolff; mas outros entenderiam. Levantou-se.

– Obrigado, primo.

– Vá em segurança.

– Que Deus o proteja.

Wolff deu meia-volta e foi em direção ao táxi.

~

Elene viu Wolff se afastar da fogueira carregando uma mala.

– Ele está voltando – disse. – E agora?

– Ele vai querer retornar a Assyut – respondeu Vandam sem olhar para ela. – Esses rádios não têm bateria, precisam ser conectados a uma tomada. Ele precisa ir a algum lugar onde haja eletricidade, e isso significa Assyut.

– Posso ir no banco da frente? – perguntou Billy.

– Não – respondeu Vandam. – Quieto, agora. Não falta muito.

– Estou com medo dele.

– Eu também.

Elene estremeceu. Wolff entrou no carro.

– Para Assyut – disse.

Vandam estendeu a mão com a palma para cima e Wolff largou a chave nela. Vandam ligou o carro e deu meia-volta.

Seguiram pelo riacho seco, passaram pelo poço e entraram na estrada. Elene estava pensando na mala que Wolff mantinha sobre os joelhos. Ela continha o rádio, o livro e a chave do código *Rebecca* – era uma ideia absurda que tanta coisa dependesse de quem segurava aquela mala, que ela arriscasse a vida por causa dela, que Vandam colocasse o filho em perigo por ela! Sentia-se muito cansada. O sol estava baixo atrás deles, e os menores objetos – pedregulhos, arbustos, tufos de capim – lançavam sombras longas. As nuvens do fim de tarde estavam se juntando acima das colinas à frente.

– Mais rápido – disse Wolff em árabe. – Está escurecendo.

Vandam pareceu entender, porque aumentou a velocidade. O carro pulava e oscilava na estrada ruim. Depois de alguns minutos Billy disse:

– Estou enjoado.

Elene se virou para olhá-lo. O rosto do menino estava pálido e tenso e ele estava totalmente empertigado.

– Vá mais devagar – pediu ela a Vandam, depois repetiu em árabe, como se tivesse acabado de lembrar que ele não falava inglês.

Vandam diminuiu a velocidade por um momento, mas Wolff disse:

– Mais rápido. – E para Elene: – Esqueça a criança.

Vandam foi mais depressa.

Elene olhou para Billy outra vez. Ele estava branco feito um papel e parecia à beira das lágrimas.

– Seu desgraçado – disse ela a Wolff.

– Pare o carro – pediu Billy.

Wolff o ignorou e Vandam teve que fingir que não entendia inglês.

Havia um calombo baixo na estrada. O carro chegou a ele em alta velocidade, subiu alguns centímetros no ar e desceu de novo com uma pancada.

– Papai, pare o carro! Pai! – gritou Billy.

Vandam pisou fundo no freio.

Elene se firmou contra o painel e virou a cabeça para Wolff.

Por uma fração de segundo ele ficou pasmo de choque. Seu olhar foi para Vandam, depois para Billy, depois de volta a Vandam. Em sua expressão, Elene viu primeiro incompreensão, depois perplexidade, em seguida medo. Ela soube que ele estava pensando no incidente do trem, no menino árabe na estação e no turbante que cobria o rosto do motorista do táxi. Então viu que ele sabia, que tinha entendido tudo num clarão.

O carro cantou pneus até parar, arremessando os passageiros à frente. Wolff recuperou o equilíbrio e, com um movimento rápido, passou o braço esquerdo em volta de Billy e puxou o menino. Elene viu a mão dele sumir dentro da camisa e reaparecer com a faca.

O carro parou.

Vandam se virou. No mesmo instante Elene viu a mão dele entrar na fenda lateral da galabia e se imobilizar quando olhou para o banco de trás. Elene também se virou.

Wolff segurava a faca a 2 centímetros da pele macia do pescoço de Billy. O menino estava com os olhos arregalados de medo. Vandam parecia abalado. Nos cantos da boca de Wolff havia a sugestão de um sorriso louco.

– Droga – disse Wolff. – Você quase me enganou.

Todos o encararam em silêncio.

– Tire esse turbante ridículo – ordenou a Vandam.

Vandam obedeceu.

– Deixe-me adivinhar – continuou Wolff. – Major Vandam. – Ele parecia estar curtindo o momento. – Que coisa boa eu ter pegado seu filho como seguro.

– Está acabado, Wolff – disse Vandam. – Metade do exército britânico está atrás de você. Você pode me deixar levá-lo vivo ou esperar que eles o matem.

– Não acredito. Você não traria o exército para procurar o seu filho. Teria medo de aqueles caubóis atirarem nas pessoas erradas. Acho que seus superiores nem sequer sabem onde você está.

Elene teve certeza de que Wolff estava certo e ficou dominada pelo desespero. Não tinha ideia do que Wolff faria agora, mas sabia que Vandam havia perdido a batalha. Olhou para Vandam e viu a derrota nos olhos dele.

– Embaixo da galabia o major Vandam está usando uma calça cáqui – disse Wolff. – Num dos bolsos da calça, ou possivelmente na cintura, você vai encontrar uma arma. Pegue-a.

Elene enfiou a mão na fenda lateral da galabia de Vandam e encontrou a arma. Pensou: Como Wolff sabia? E depois: Ele supôs e acertou. Tirou a arma.

Olhou para Wolff. Ele não podia pegar a arma da mão dela sem soltar Billy e, se fizesse isso, mesmo que apenas por um instante, Vandam poderia reagir de alguma forma.

Mas Wolff tinha pensado nisso.

– Dobre a parte de trás da arma, de modo que o cano caia para a frente. Tenha cuidado para não puxar o gatilho por engano.

Ela remexeu nervosamente na arma.

– Provavelmente você vai encontrar uma trava ao lado do tambor – orientou Wolff.

Ela encontrou a trava e abriu a arma.

– Tire as balas e jogue fora do carro.

Elene obedeceu.

– Ponha a arma no chão do carro.

Mais uma vez, ela obedeceu.

Wolff pareceu aliviado. Agora, de novo, a única arma em cena era a faca.

– Saia do carro – disse a Vandam.

Vandam ficou sentado, imóvel.

– Saia – repetiu Wolff.

Com um movimento súbito e preciso, ele picou o lóbulo da orelha de Billy com a ponta da faca. Uma gota de sangue brotou.

Vandam saiu do carro.

– Vá para o volante – ordenou Wolff a Elene.

Ela passou por cima da alavanca de câmbio.

Vandam tinha deixado a porta do carro aberta.

– Feche a porta – disse Wolff.

Elene obedeceu. Vandam ficou parado junto ao carro, olhando.

– Dirija – mandou Wolff.

O carro tinha morrido. Elene colocou a alavanca em ponto morto e virou a chave. O motor engasgou e morreu. Ela torceu para que não funcionasse de novo. Virou a chave outra vez e outra vez falhou.

– Pise no acelerador enquanto vira a chave – disse Wolff.

Ela obedeceu. O motor pegou e rugiu.

– Dirija – ordenou Wolff.

Ela partiu com o carro.

– Mais rápido.

Elene mudou de marcha.

Pelo retrovisor, ela viu Wolff afastar a faca e soltar Billy. Do lado de fora do carro, já a 50 metros, Vandam estava parado na estrada do deserto, a silhueta escura contra o pôr do sol. Estava totalmente imóvel.

– Ele não tem água! – exclamou Elene.

– É – disse Wolff.

Então Billy ficou maluco de raiva.

Elene o ouviu gritar:

– Você não pode deixar meu pai para trás!

Ela se virou, esquecendo-se da estrada. Billy tinha pulado em cima de Wolff como um gato selvagem enlouquecido, dando socos, aranhando e, de algum modo, chutando. Berrava coisas incoerentes, o rosto uma máscara de fúria infantil, o corpo se sacudindo convulsivamente, como se estivesse tendo um ataque epilético. Wolff, que tinha relaxado pensando que a crise terminara, ficou incapaz de resistir por um momento. No espaço confinado, com Billy tão próximo, ele não conseguia desferir um soco eficiente, por isso levantou os braços para se proteger, empurrando o menino.

Elene olhou de volta para a estrada. Enquanto ela se virava, o carro tinha saído do rumo e agora a roda esquerda da frente mergulhava nos arbustos empoeirados junto da estrada. Ela lutou para virar o volante, mas ele parecia ter vontade própria. Elene pisou no freio e a traseira do carro começou a rabear. Tarde demais, ela viu uma vala cruzando a estrada logo à frente. O carro bateu de lado na vala no meio da derrapagem, com um impacto que abalou Elene até os ossos, e se ergueu do solo. Elene saiu do banco momentaneamente e, quando desceu de novo, pisou sem querer no acelerador. O automóvel saltou para a frente e começou a derrapar na outra direção. Pelo canto do olho, ela viu que Wolff e Billy estavam sendo jogados de um lado para outro, impotentes, ainda lutando. O carro saiu da estrada para a areia fofa. A velocidade diminuiu abruptamente e Elene bateu com a testa no volante. Todo o carro se inclinou de lado e pareceu voar. Ela viu o deserto tombar para o lado e percebeu que na verdade era o veículo que estava capotando. Pensou que ele continuaria girando para sempre. Ela caiu para o lado, agarrando o volante e a alavanca de câmbio. O carro não ficou de cabeça para baixo, mas de lado, e a alavanca se soltou em sua mão. Ela tombou contra a porta, batendo mais uma vez a cabeça. O automóvel finalmente parou.

Ficou de quatro, ainda segurando a alavanca quebrada, e olhou para o banco de trás. Wolff e Billy tinham caído juntos, com Wolff por cima. Enquanto ela olhava, o homem se mexeu.

Tinha esperado que ele estivesse morto.

Ela estava com um dos joelhos na porta do carro e o outro na janela. À sua direita estava o teto do carro e, à esquerda, o banco. Ela olhou para fora pelo espaço entre o encosto do banco e o teto.

Wolff se ergueu.

Billy parecia inconsciente.

Elene se sentiu desorientada e sem forças, ajoelhada na janela lateral.

Apoiado no lado de dentro da porta traseira esquerda, Wolff jogou seu peso contra a direção do piso do carro. O automóvel balançou. Ele repetiu o movimento e o veículo balançou de novo. Na terceira tentativa o carro se inclinou e caiu sobre as quatro rodas com um estrondo. Elene estava tonta. Viu Wolff abrir a porta e sair. Ele parou do lado de fora, agachou-se e sacou a faca. Ela viu Vandam se aproximar.

Ajoelhou-se no banco para ver melhor. Não conseguia se mover direito com a cabeça ainda girando. Viu Vandam se agachar como Wolff e se preparar para saltar, as mãos erguidas em proteção. Ele estava com o rosto vermelho e ofegante, pois tinha corrido atrás do carro. Os dois giraram um em volta do outro. Wolff mancava ligeiramente. O sol era um enorme globo laranja atrás deles. Vandam avançou, depois pareceu hesitar de um jeito estranho. Wolff desferiu um golpe com a faca, mas tinha sido surpreendido pela hesitação de Vandam e errou. Vandam aplicou um golpe com o punho fechado e Wolff se inclinou bruscamente para trás. Elene viu que o nariz dele estava sangrando.

Os dois se encararam de novo, como boxeadores num ringue.

Vandam deu um chute, mas Wolff estava fora de alcance. Wolff golpeou com a faca, rasgando a calça de Vandam e fazendo a perna dele sangrar. Wolff desferiu outro golpe, mas Vandam tinha se afastado. Uma mancha escura apareceu na perna da calça.

Elene olhou para Billy. O menino estava caído no piso do carro, de olhos fechados. Ela passou para trás e o colocou no banco. Não sabia se ele estava vivo. Tocou seu rosto e ele não se mexeu.

– Billy. Ah, Billy...

Olhou de novo para fora. Agora Vandam estava agachado sobre um dos joelhos. Seu braço esquerdo pendia frouxo e o ombro estava coberto de sangue. Ele levantou o braço direito num gesto defensivo enquanto Wolff se aproximava.

Elene pulou do carro. Ainda estava com a alavanca quebrada na mão. Viu Wolff recuar o braço, preparando-se para esfaquear Vandam de novo, e correu para trás dele, cambaleando na areia. Wolff desferiu o golpe e Vandam desviou para o lado. Elene levantou a alavanca de câmbio e baixou-a com toda a força contra a cabeça de Wolff. Ele pareceu ficar imóvel por um momento.

– Ah, meu Deus – disse ela.

E deu outro golpe. E mais outro.

Ele caiu e ela o acertou de novo, então largou a alavanca e se ajoelhou ao lado de Vandam.

– Muito bem – disse ele, debilmente.

– Você consegue se levantar?

Ele pôs a mão no ombro dela e se esforçou para ficar de pé.

– Não é tão ruim quanto parece – disse.

– Deixe-me ver.

– Daqui a pouco. Me ajude com isso.

Usando o braço bom, ele segurou a perna de Wolff e o puxou para o carro. Elene agarrou o braço do sujeito inconsciente para ajudar. Quando Wolff estava caído ao lado do carro, Vandam levantou o braço frouxo do espião e colocou a mão no estribo, com a palma virada para baixo. Então levantou o pé e pisou no cotovelo de Wolff com o calcanhar. O braço do homem se quebrou. Elene ficou branca.

– Isso é para garantir que ele não vai causar problemas quando acordar – disse Vandam.

Em seguida enfiou a mão na parte de trás do carro e a encostou no peito de Billy.

– Está vivo. Graças a Deus.

Os olhos do menino se abriram.

– Acabou – disse Vandam.

Billy fechou os olhos.

Vandam na parte da frente do carro.

– Cadê a alavanca? – perguntou.

– Quebrou. Foi com ela que eu o acertei.

Vandam girou a chave e o carro se sacudiu.

– Que bom, ainda está engrenado – disse. Em seguida pisou na embreagem e girou a chave de novo. O motor foi acionado. Ele soltou a embreagem e o carro avançou. Desligou-o. – Temos condições de ir. Que sorte!

– O que vamos fazer com Wolff?

– Colocá-lo no porta-malas.

Vandam olhou de novo para Billy. Agora ele estava consciente, os olhos totalmente abertos.

– Como está, filho?

– Desculpe – disse Billy. – Não consegui evitar o enjoo.

Vandam olhou para Elene.

– Você vai ter que dirigir – disse.

Havia lágrimas nos olhos dela.

CAPÍTULO VINTE E NOVE

OUVIU-SE O RUGIDO SÚBITO e aterrorizante de aeronaves próximas. Rommel olhou para cima e viu os bombardeiros britânicos se aproximando em altura baixa, surgindo de trás das colinas mais próximas: os soldados chamavam aquela formação de "Desfile Festivo", por ser igual à das demonstrações nos desfiles anteriores à guerra, em Nuremberg.

– Protejam-se – gritou Rommel.

Em seguida correu até uma trincheira estreita e mergulhou nela.

O barulho era ensurdecedor. Rommel ficou deitado de olhos fechados. Estava sentindo uma dor terrível na barriga. Tinham mandado um médico da Alemanha para atendê-lo, mas ele sabia que o único medicamento de que precisava era a vitória. Tinha perdido bastante peso: o uniforme pendia frouxo e o colarinho de suas camisas estava largo demais. O cabelo recuava rapidamente e estava ficando branco em alguns lugares.

Era o dia 1º de setembro e tudo tinha dado terrivelmente errado. O que parecera ser o ponto mais fraco da linha de defesa aliada se mostrava cada vez mais uma emboscada. Os campos minados eram intensos onde deveriam ser fracos, o chão era de areia movediça onde se esperava um piso firme. E as colinas de Alam Halfa, que deveriam ser tomadas com facilidade, estavam extremamente bem defendidas. A estratégia de Rommel estava errada; as informações recebidas estavam erradas; seu espião estava errado.

Os bombardeiros passaram por cima da trincheira e Rommel saiu. Seus ajudantes e oficiais emergiram da cobertura e se reuniram de novo ao redor. Ele levantou o binóculo e olhou o deserto. Dezenas de veículos estavam imóveis na areia, muitos queimando furiosamente. Se o inimigo ao menos atacasse, pensou, poderíamos lutar. Mas os aliados estavam parados, bem protegidos, destruindo os tanques Panzer como peixes num barril.

A situação não era nada boa. Suas unidades de frente estavam a 25 quilômetros de Alexandria, mas encalhadas. Vinte e cinco quilômetros, pensou. Mais 25 quilômetros e o Egito seria meu. Olhou os oficiais em volta. Como sempre, as expressões deles refletiam a sua: viu nos rostos o que eles viam no seu.

A derrota.

~

Sabia que era um pesadelo, mas não conseguia acordar.

A cela tinha 2 metros de comprimento por 1,20 de largura, e metade era ocupada por uma cama, embaixo da qual havia um penico. As paredes eram de pedra cinza e lisa. Uma pequena lâmpada pendia de um fio no teto. Numa extremidade da cela havia uma porta. Na outra, uma pequena janela quadrada, logo acima do nível dos olhos; por ela era possível ver o céu azul e luminoso.

No sonho ele pensava: vou acordar logo e tudo vai ficar bem. Vou acordar e haverá uma mulher linda deitada ao meu lado num lençol de seda, e vou tocar os seios dela – e enquanto pensava nisso ele se encheu de uma luxúria intensa –, ela vai acordar e me beijar e vamos beber champanhe... Mas não conseguia sonhar isso, e o sonho da cela de prisão voltou. Em algum lugar ali perto um tambor grave soava constante. Lá fora, soldados marchavam, acompanhando o ritmo. A batida era terrível, terrível, bum-bum, bum-bum, tará-tará, o tambor, os soldados e as paredes cinzentas e apertadas da cela, e aquele quadrado de céu azul distante, hipnotizante. E ele estava tão amedrontado, tão horrorizado que obrigou os olhos a se abrirem e acordou.

Olhou em volta, sem entender. Estava acordado, totalmente acordado – sem dúvida o sonho havia acabado. No entanto, ainda estava numa cela de prisão. Tinha 2 metros de comprimento e 1,20 de largura, e metade era ocupada por uma cama. Desceu da cama e olhou embaixo. Havia um penico.

Levantou-se. Então, em silêncio e calmamente, começou a bater a cabeça na parede.

~

Jerusalém, 24 de setembro de 1942

Querida Elene,

Hoje fui ao Muro Ocidental, também chamado de Muro das Lamentações. Fiquei diante dele junto com muitos outros judeus e rezei. Escrevi um *kvitlach* e coloquei numa fenda na parede. Que Deus conceda meu pedido.

Jerusalém é o lugar mais lindo do mundo. Claro que eu não vivo bem.

Durmo num colchão no chão, num quartinho, junto com outros cinco homens. Às vezes arranjo algum trabalho, limpando o chão de uma oficina para onde um dos meus colegas de quarto, um rapaz, carrega madeira para os carpinteiros. Estou muito pobre, como sempre, mas agora sou pobre em Jerusalém, o que é melhor do que ser rico no Egito.

Atravessei o deserto num caminhão do exército britânico. Eles me perguntaram o que eu teria feito se eles não me encontrassem, e quando falei que teria andado acho que me consideraram louco. Mas foi a coisa mais sã que já fiz.

Preciso dizer que estou morrendo. Minha doença é incurável, e ainda seria mesmo se eu pudesse pagar os médicos, e só me restam semanas, talvez alguns meses. Não fique triste. Nunca estive mais feliz em toda a minha vida.

Devo contar o que escrevi no meu *kvitlach*. Pedi que Deus concedesse a felicidade à minha filha Elene. Acredito que ele fará isso. Adeus.

Seu pai.

~

O presunto defumado tinha sido cortado fino como papel e arrumado em rolinhos elegantes. Os pãezinhos tinham sido feitos em casa naquela manhã, e estavam fresquinhos. Havia um vidro de salada de batata feita com maionese de verdade e cebolas crocantes. Uma garrafa de vinho, outra de suco, e um saco de laranjas. E um maço de cigarros da marca predileta dele.

Elene começou a pôr a comida num cesto de piquenique.

Tinha acabado de fechar a tampa quando escutou a batida à porta. Tirou o avental antes de ir abri-la.

Vandam entrou, fechou a porta e lhe deu um beijo. Envolveu-a com os braços e apertou a ponto de doer. Sempre fazia isso, e sempre doía, mas ela nunca reclamava, porque quase tinham perdido um ao outro e agora, quando estavam juntos, sentiam-se muito gratos.

Entraram na cozinha. Vandam levantou o cesto.

– Meu Deus, o que você colocou aqui, as joias da coroa?

– Quais são as novidades?

Ele sabia que ela estava falando da guerra no deserto.

– As forças do Eixo estão em retirada.

Ela pensou em como ele estava relaxado nos últimos tempos. Até falava de outro jeito. Fios grisalhos tinham começado a aparecer em sua cabeça e ele ria bastante.

– Acho que você é um daqueles homens que ficam mais bonitos à medida que envelhecem.

– Espere até meus dentes caírem.

Saíram. O céu estava curiosamente preto e Elene disse um "ah", de surpresa, quando saíram à rua.

– Hoje é o fim do mundo – disse Vandam.

– Nunca vi isso assim.

Montaram na motocicleta e foram para a escola de Billy. O céu ficou mais escuro ainda. A chuva começou a cair enquanto passavam pelo hotel Shepheard's. Elene viu um egípcio dobrar um lenço em cima do fez. As gotas eram enormes – cada uma atravessava direto o vestido, chegando à pele. Vandam virou a moto e parou diante do hotel. Enquanto desciam, as nuvens rebentaram.

Ficaram sob o toldo do hotel, olhando a tempestade. A quantidade de água era incrível. Em minutos as sarjetas transbordaram e as calçadas estavam lavadas. Do lado oposto ao hotel os donos de loja andavam com dificuldade na enchente para colocar anteparos. Os carros simplesmente precisaram parar.

– A cidade não tem um sistema de drenagem principal – observou Vandam. – A água não tem para onde ir, a não ser para o Nilo. Olhe só.

A rua tinha virado um rio.

– E a moto? – perguntou Elene.

– Vai sair boiando. Terei que puxá-la aqui para baixo.

Ele hesitou, depois correu para a calçada, pegou a moto pelo guidom e a puxou pela água até os degraus da entrada do hotel. Quando chegou de novo ao abrigo do toldo suas roupas estavam completamente encharcadas e o cabelo, grudado na cabeça como um esfregão saindo de um balde. Elene riu.

A chuva ainda durou bastante.

– E Billy? – perguntou Elene.

– Vão ter que ficar com as crianças na escola até a chuva parar.

Depois de um tempo, entraram no hotel para tomar um drinque. Vandam pediu xerez: tinha parado com o gim e dizia não sentir falta.

Finalmente, quando a tempestade terminou por completo, eles saíram de novo, mas ainda tiveram que esperar mais um pouco até a rua esvaziar.

Quando havia apenas uns 2 centímetros de água, o sol saiu. Os motoristas começaram a tentar dar a partida nos carros. A moto não estava muito molhada e ele conseguiu ligá-la na primeira tentativa.

O sol brilhava e o vapor se erguia do asfalto enquanto eles iam até a escola. Billy estava esperando do lado de fora.

– Que tempestade! – disse, empolgado.

Em seguida montou na moto, entre Elene e Vandam.

Partiram para o deserto. Segurando-se com força, com os olhos meio fechados, Elene não viu o milagre até que Vandam parou a moto. Os três saltaram e olharam em volta, sem fala.

O deserto estava coberto de flores.

– É a chuva, obviamente – disse Vandam. – Mas...

Milhões de insetos voadores também tinham surgido do nada, e agora borboletas e abelhas iam freneticamente de flor em flor, colhendo a fartura súbita.

– As sementes deviam estar na areia, esperando – comentou Billy.

– Isso mesmo – concordou Vandam. – Deviam estar aí há anos, só esperando.

As flores pareciam miniaturas de tão minúsculas, mas eram muito coloridas. Billy saiu um pouco da estrada para examinar uma. Vandam abraçou Elene e lhe deu um beijo. Começou como um beijo leve na bochecha, mas se transformou num longo abraço amoroso.

Até que ela se afastou, rindo.

– Você vai deixar Billy sem graça – disse ela.

– Ele vai ter que se acostumar com isso.

Elene parou de rir.

– É mesmo?

Vandam sorriu e lhe deu outro beijo.

As espiãs do Dia D

Segunda Guerra Mundial. Na fúria expansionista do Terceiro Reich, a França é tomada pelas tropas de Hitler. Os alemães ignoram quando e onde, mas estão cientes de que as forças aliadas planejam libertar a Europa.

Para a oficial inglesa Felicity Clairet, nunca houve tanto em jogo. Ela sabe que a capacidade de Hitler repelir um ataque depende de suas linhas de comunicação. Assim, a dias da invasão pelos Aliados, não há meta mais importante que inutilizar a maior central telefônica da Europa, alojada num palácio na cidade de Sainte-Cécile.

Porém, além de altamente vigiado, esse ponto estratégico é à prova de bombardeios. Quando Felicity e o marido, um dos líderes da Resistência francesa, tentam um ataque direto, Michel é baleado e seu grupo, dizimado.

Abalada pelas baixas sofridas e com sua credibilidade posta em questão por seus superiores, a oficial recebe uma última chance. Ela tem nove dias para formar uma equipe de mulheres e entrar no palácio sob o disfarce de faxineiras.

Arriscando a vida para salvar milhões de pessoas, a equipe Jackdaws tentará explodir a fortaleza e aniquilar qualquer chance de comunicação alemã – mesmo sabendo que o inimigo pode estar à sua espera.

As espiãs do Dia D é um thriller de ritmo cinematográfico inspirado na vida real. Lançado originalmente como Jackdaws, traz os personagens marcantes e a narrativa detalhada de Ken Follett.

O homem de São Petersburgo

A história pode estar prestes a mudar. 1914: a Alemanha se prepara para a guerra e os Aliados começam a construir suas defesas. Ambos os lados precisam da Rússia, que enfrenta graves problemas internos e vive na iminência de uma revolução. Na Inglaterra, Winston Churchill arquiteta uma negociação secreta com o príncipe Aleksei Orlov, visando a um acordo com os russos.

No entanto, o anarquista Feliks Kschessinsky, um homem sem nada a perder, está disposto a tudo para impedir que seu país envie milhões de rapazes para os campos de batalha de uma guerra que nem sequer compreendem. Para isso, ele se infiltra na Inglaterra com a intenção de assassinar o príncipe e, assim, frustrar a aliança entre russos e britânicos.

Um mestre da manipulação, Feliks tem várias armas a seu dispor, mas precisa enfrentar toda a força policial inglesa, um brilhante e influente lorde e o próprio Winston Churchill. Esse poderio reunido conseguiria aniquilar qualquer homem no mundo – mas será capaz de deter o homem de São Petersburgo?

Costurando com maestria a narrativa ficcional à colcha da História, mais uma vez Ken Follett fala sobre assuntos universais, como paixões perdidas e reencontradas, amores e traições, ao mesmo tempo que oferece uma visão precisa sobre os acontecimentos que mudaram o mundo para sempre.

Noite sobre as águas

Setembro, 1939. Poucos dias após o Reino Unido declarar guerra à Alemanha, um enorme hidroavião está prestes a partir da costa sul da Inglaterra. A aeronave mais luxuosa do mundo tem como destino Nova York, no que deve ser o último voo civil a sair da Europa antes do conflito.

A bordo dela encontram-se tanto a nata da sociedade quanto a escória da humanidade. Contudo, não é apenas a guerra que motiva os passageiros a deixar o continente: eles também querem se distanciar do próprio passado.

Confinados por trinta horas em meio a todo o conforto, porém numa época em que voar ainda é um empreendimento arriscado, eles veem a travessia do Atlântico se tornar uma viagem de crescente angústia, com perigos inesperados que os conduzem a uma tempestade de violência, intriga e traição.

Em Noite sobre as águas, Ken Follett exibe mais uma vez sua escrita magistral ao narrar as histórias dos mais diferentes personagens e fazê-las colidir neste emocionante voo cinco estrelas.

Queda de gigantes

Cinco famílias, cinco países e cinco destinos marcados por um período dramático da história. *Queda de gigantes*, o primeiro volume da trilogia "O Século", do consagrado Ken Follett, começa no despertar do século XX, quando ventos de mudança ameaçam o frágil equilíbrio de forças existente – as potências da Europa estão prestes a entrar em guerra, os trabalhadores não aguentam mais ser explorados pela aristocracia e as mulheres clamam por seus direitos.

De maneira brilhante, Follett constrói sua trama entrelaçando as vidas de personagens fictícios e reais, como o rei Jorge V, o Kaiser Guilherme, o presidente Woodrow Wilson, o parlamentar Winston Churchill e os revolucionários Lênin e Trótski. O resultado é uma envolvente lição de história, contada da perspectiva das pessoas comuns, que lutaram nas trincheiras da Primeira Guerra Mundial, ajudaram a fazer a Revolução Russa e tornaram real o sonho do sufrágio feminino.

Ao descrever a saga de famílias de diferentes origens – uma inglesa, uma galesa, uma russa, uma americana e uma alemã –, o autor apresenta os fatos sob os mais diversos pontos de vista. Na Grã-Bretanha, o destino dos Williams, uma família de mineradores de Gales do Sul, acaba irremediavelmente ligado por amor e ódio ao dos aristocráticos Fitzherberts, proprietários da mina de carvão onde Billy Williams vai trabalhar aos 13 anos e donos da bela mansão em que sua irmã, Ethel, é governanta.

Na Rússia, dois irmãos órfãos, Grigori e Lev Peshkov, seguem rumos opostos em busca de um futuro melhor. Um deles vai atrás do sonho americano e o outro se junta à revolução bolchevique. A guerra interfere na vida de todos. O alemão Walter von Ulrich tem que se separar de seu amor, lady Maud, e ainda lutar contra o irmão dela, o conde Fitz. Nem mesmo o americano Gus Dewar, o assessor do presidente Wilson que sempre trabalhou pela paz, escapa dos horrores da frente de batalha.

Enquanto a ação se desloca entre Londres, São Petersburgo, Washington, Paris e Berlim, *Queda de gigantes* retrata um mundo em rápida transformação, que nunca mais será o mesmo. O século XX está apenas começando.

Inverno do mundo

Depois do sucesso de *Queda de gigantes*, Ken Follett dá sequência à trilogia histórica "O Século" com um magnífico épico sobre o heroísmo da Segunda Guerra Mundial e o despertar da era nuclear.

Inverno do mundo retoma a história do ponto exato em que termina o primeiro livro. As cinco famílias – americana, alemã, russa, inglesa e galesa – que tiveram seus destinos entrelaçados no alvorecer do século XX embarcam agora no turbilhão social, político e econômico que começa com a ascensão do Terceiro Reich. A nova geração terá de enfrentar o drama da Guerra Civil Espanhola e da Segunda Guerra Mundial, culminando com a explosão das bombas atômicas.

A vida de Carla von Ulrich, filha de pai alemão e mãe inglesa, sofre uma reviravolta com a subida dos nazistas ao poder, o que a leva a cometer um ato de extrema coragem. Woody e Chuck Dewar, dois irmãos americanos cada qual com seu segredo, seguem caminhos distintos que levam a eventos decisivos – um em Washington, o outro nas selvas sangrentas do Pacífico.

Em meio ao horror da Guerra Civil Espanhola, o universitário inglês Lloyd Williams descobre que tanto o comunismo quanto o fascismo têm de ser combatidos com o mesmo fervor. A jovem e ambiciosa americana Daisy Peshkov só se preocupa com status e popularidade até a guerra transformar sua vida mais de uma vez. Enquanto isso, na URSS, seu primo Volodya consegue um cargo na inteligência do Exército Vermelho que irá afetar não apenas o conflito em curso, como também o que está por vir.

Como em toda obra de Ken Follett, o contexto histórico pesquisado com minúcia é costurado de forma brilhante à trama, povoada por personagens que esbanjam nuance e emoção. Com grande paixão e mão de mestre, o autor nos conduz a um mundo que pensávamos conhecer e que a partir de agora não parecerá mais o mesmo.

Eternidade por um fio

Durante toda a trilogia "O Século", Ken Follett narrou a saga de cinco famílias – americana, alemã, russa, inglesa e galesa. Neste livro que encerra a série, o destino de seus personagens é selado pelas decisões dos governos, que deixam o mundo à beira do abismo durante a Guerra Fria.

Esta inesquecível história de paixão e conflitos acontece numa das épocas mais tumultuadas da história: a enorme turbulência social, política e econômica entre as décadas de 1960 e 1980, com o Muro de Berlim, assassinatos, movimentos políticos de massa, a crise dos mísseis de Cuba, escândalos presidenciais e... rock 'n' roll!

Na Alemanha Oriental, a professora Rebecca Hoffmann descobre que durante anos foi espionada pela polícia secreta e comete um ato impulsivo que afetará para sempre a vida de sua família, principalmente a de seu irmão Walli, que anseia atravessar o muro e fazer carreira como músico no Ocidente.

Nos Estados Unidos, o jovem advogado George Jakes, filho de um casal mestiço, abre mão de uma carreira promissora para trabalhar no Departamento de Justiça do governo Kennedy e acaba se vendo no turbilhão pela luta em prol dos Direitos Civis.

Na Rússia, Dimka Dvorkin, jovem assessor de Nikita Kruschev, torna-se um agente primordial no Kremlin, enquanto os atos subversivos de sua irmã gêmea, Tanya, a levarão de Moscou para Cuba, Praga, Varsóvia – e para a História.

Do extremo sul dos Estados Unidos à vastidão da Sibéria, da isolada Cuba ao ritmo das ruas da Londres dos anos 1960, *Eternidade por um fio* encerra com maestria a história de pessoas que acreditaram em seus sonhos e, assim, mudaram o mundo.

Os pilares da terra
(Somente em e-book)

Emocionante e pontilhado de detalhes históricos, *Os pilares da terra* já vendeu mais de 18 milhões de exemplares e conquista novos leitores há mais de 25 anos ao traçar o retrato de uma época turbulenta, marcada por conspirações, violência e o surgimento de uma nova ordem social e cultural.

Na Inglaterra do século XII, Philip, um fervoroso prior, acredita que a missão de vida que Deus lhe designou é erguer uma catedral à altura da grandeza divina. Um dia, o destino o leva a conhecer Tom, um humilde e visionário construtor que partilha o mesmo sonho. Juntos, os dois se propõem a construir um templo gótico digno de entrar para a história.

No entanto, o país está assolado por sangrentas batalhas pelo trono, deixado vago por Henrique I, e a construção de uma catedral não é prioridade para nenhum dos lados, a não ser quando pode ser usada como peça em um intricado jogo de poder.

Os pilares da terra conta a saga das pessoas que gravitam em torno da construção da igreja, com seus dramas, fraquezas e desafios.

Mundo sem fim

Uma guerra que dura cem anos. Uma praga que devasta um continente. Uma rivalidade que pode destruir tudo.

Na Inglaterra do século XIV, quatro crianças se esgueiram da multidão que sai da catedral de Kingsbridge e vão para a floresta. Lá, elas presenciam a morte de dois homens. Já adultas, suas vidas se unem numa trama feita de determinação, desejo, cobiça e retaliação. Elas verão a prosperidade e a fome, a peste e a guerra. Apesar disso, viverão sempre à sombra do inexplicável assassinato ocorrido naquele dia fatídico.

Ken Follett encantou milhões de leitores com *Os pilares da terra*, um épico magistral e envolvente com drama, guerra, paixão e conflitos familiares sobre a construção de uma catedral na Idade Média.

Agora *Mundo sem fim* leva o leitor à Kingsbridge de dois séculos depois, quando homens, mulheres e crianças da cidade mais uma vez se digladiam com mudanças devastadoras no rumo da História.

INFORMAÇÕES SOBRE A ARQUEIRO

Para saber mais sobre os títulos e autores
da EDITORA ARQUEIRO,
visite o site www.editoraarqueiro.com.br
e curta as nossas redes sociais.
Além de informações sobre os próximos lançamentos,
você terá acesso a conteúdos exclusivos e poderá participar
de promoções e sorteios.

 www.editoraarqueiro.com.br

 facebook.com/editora.arqueiro

 twitter.com/editoraarqueiro

 instagram.com/editoraarqueiro

 skoob.com.br/editoraarqueiro

Se quiser receber informações por e-mail,
basta se cadastrar diretamente no nosso site
ou enviar uma mensagem para
atendimento@editoraarqueiro.com.br

Editora Arqueiro
Rua Funchal, 538 – conjuntos 52 e 54 – Vila Olímpia
04551-060 – São Paulo – SP
Tel.: (11) 3868-4492 – Fax: (11) 3862-5818
E-mail: atendimento@editoraarqueiro.com.br